Fritz Senn · *Nichts gegen Joyce*

FRITZ SENN

Nichts gegen Joyce

Joyce Versus Nothing

AUFSÄTZE 1959–1983

HERAUSGEGEBEN VON

FRANZ CAVIGELLI

HAFFMANS VERLAG

Umschlagzeichnungen von Tatjana Hauptmann
Frontispiz von Friedrich Karl Waechter

1.–3. Tausend, September 1983
4.–5. Tausend, Juni 1984

ISBN 3 251 000 23 3

Inhalt

Vorwort 7

I WER HAT ANGST?
Enzyklopädisches Stichwort: James Joyce 13
Ein Überfremder 22
Lese-Abenteuer »Ulysses« 32

II LEBEN
Korrespondenzen 51
»Meine arme kleine einsame Nora« 60
»Ein Wunder in sanften Augen« 78

III SPRACHE
Umgang mit Anfängen 85
Durch ein Glas 94
Dynamics of Corrective Unrest 108
Variants of Dislocution 125

IV GRIECHISCH-RÖMISCH
The Challenge: "ignotas animum" 143
Paratektonik oder Nichts gegen Homer 155
Homeric Afterwit 172

V FINNEGANS WAKE
Finnegan neckt 177
Wortgeschüttel 185
A Reading Exercise in "Finnegans Wake" 189

VI ÜBERTRAGENER SINN
»Ulysses« in der Übersetzung 207
Übersetzerwehen 244
Die fruchtbare Illusion der Übersetzbarkeit 246
Entzifferungen und Proben 261

VII TRIVIA JOYCEANA
Die erste Kreuzung 281
Auf der Suche nach einem Titel 283
Ein hoher Preis 285
Erstarrte Phrase 286
Keusche Freuden 287
Keine Spur von der Hölle 288
Versetzt 289

Skeptimismus 291

ANHANG
Abkürzungen 301
Anmerkungen 302
Nachweis 310
Bibliographie 313

Vorwort

Berichte einer Faszination sind hier versammelt, weil ein paar Freunde darauf vertrauen, daß subjektiv Erlesenes über den unmittelbaren Anlaß hinaus etwas aussagen könnte. Die Ansteckung Joyce – wohl noch immer harmloser als andere Süchte – regt möglicherweise an. Allerdings geht es dabei nicht so sehr um die Person des Autors als darum, was er geschaffen hat, vor allem wenn es uns schwierig vorkommt. Noch genauer: es geht um das, was schon ein paar Wörter zu bewirken vermögen.

Mir selber ist erst mit der Zeit aufgegangen, daß nicht das Entdeckte wichtig war, also nicht die Quellen, Zitate, und schon gar nicht eine Festlegung des Textes, sondern das, was dadurch in Bewegung geraten ist. Beispiele sind leicht aufzuführen (das Buch bringt viele), aber darüber hinaus regt sich die Versuchung, das, was durch Gestalten wie Odysseus oder Proteus schon mythisch anklingt, auch provisorisch zu benennen. Daher erklären sich Gruppierungen um begriffliche Notbehelfe wie »Verstellung«, »Metamorphosen«, »Konjugation«, »Dynamics of Corrective Unrest« oder »Dislocution«.

Die meisten Aufsätze kristallisierten sich allmählich um einen bestimmten Anreiz im Text, oft einen recht minuziösen, vielleicht eine Aha-Einsicht oder aber eine Störung, eine der vielen anfänglichen Frustrationen. Das wucherte dann leicht aus, und ich tastete mich induktiv nach Verallgemeinerungen und wurde verleitet, anhand eines ursprünglichen Knotens das ganze Werk aufzuwickeln. So jedenfalls sind die Teilansichten zustandegekommen, und wer in den Erprobungen eine zentrale Theorie sucht, tut dies auf eigene Gefahr.

Manche Arbeiten entstanden aus einem bestimmten Anlaß, oft auf Bestellung, und waren als mögliche Einführungen gedacht. Es ging meist darum, noch nicht Eingeweihten etwas vermeintlich Unzugängliches nahezubringen. Die kleine Auswahl der englisch geschriebenen Aufsätze richtet sich eher an Fachkundige, bei denen Grundkenntnisse vorausgesetzt sind.

Im Rückblick fällt auf, wie wenig wir aus unserer eigenen Haut können und daß wir eben mit dem, was wir an Fähigkeiten haben mögen, haushalten müssen, gelegentlich mit Variationen. Ich merke auch, wie ich immer wieder auf ein paar Lieblingsstellen zurückkomme: sie zeigen sich aber jedesmal von einer anderen Seite, und aus diesem exemplarischen Grund sind denn auch Überschneidungen mit Absicht nicht vermieden worden.

Zwei Themen vor allem haben ihre Anziehung beibehalten. Eine autodidaktische Jugendliebe zur Odyssee ist eher noch gewachsen. Die Odyssee kommt mir sogar immer mehr vor, als wäre sie von Joyce komponiert und verfeinert worden. Und dann die immer hinreißenden, aber nie lösbaren Probleme der Übersetzung. Aus der Neugierde, wie sich Übersetzer bei spezifisch Joyceschen Textreizen anstellen, wurde mit der Zeit eine ausgiebige Beschäftigung und mitunter – von Joyce losgelöst – so etwas wie ein Beruf. Wie immer verdeutlicht und potenziert Joyce die schon längst bekannten Probleme. Jedes Lesen setzt um: solche dynamische, aber nicht zügellose, Umsetzungen in eine andere Sprache zu übertragen ist mehr als die Suche nach Entsprechungen einzelner Wörter, Sprechsituationen oder Stile. Durch seine Aufgabe ist der Übersetzer genötigt, mögliche Leseentscheidungen vorwegzunehmen und somit einzuschränken – es gibt klügere und weniger kluge, unbeholfene und inspirierte Wege, dies zu tun. Lernen können wir von jeder Übersetzung; deren Schwierigkeiten überschätzen können wir nicht.

Nicht nur für die Übersetzung gilt, was ich in einem Aufsatz die Priorität des zufällig Entdeckten nenne. Was wir selber herausgefunden haben, wird gern wichtiger als alles andere, schließt es in der Praxis oft aus. Die vorliegenden Beobachtungen sollten, so hoffe ich, auch dieser eigenen Tendenz entgegensteuern. Lesen darf am Ende jeder selber.

März 1983 Fritz Senn

Prefatory Note

Most work on Joyce is naturally done in English. So a few essays remain here in their more congenial shape, addressed, as they were, to an audience more specialized and less in need of introductory assistance.

Some pieces try out tentative names for energetic principles that I think I see at work in Joyce's prose, and on the whole I am arguing against excessive trust in our own critical systems, and for dynamic autocorrective unrest.

F. S.

bis man sichs mal genauer ansieht

Ulysses S. 173

ENZYKLOPÄDISCHES STICHWORT: JAMES JOYCE

Joyce ist frühzeitig kanonisiert worden, zu früh: seit seinem plötzlichen Auftauchen – am 2. Februar 1922, dem Erscheinen des *Ulysses* – blieb Joyce immer in der Literaturszene, einst ein Skandal, heute ein Bezugspunkt; er wurde zum Klassiker abgestempelt und so der Notwendigkeit einer Neuentdeckung enthoben. Doch jeder Leser entdeckt ihn neu und gerät in Gefahr, angesteckt und verwöhnt zu werden und alles Geschriebene nunmehr mit erhöhten Ansprüchen zu messen. Hinderlich ist der nicht unzutreffende Ruf, die Akademiker hätten Joyce in Beschlag genommen: er ist einer der Schriftsteller, die, schon ihrer Universalität wegen, an die Universität gehören, einer der unerschöpflichen Lieferanten der Literaturwissenschaft, die aber gerade seiner Vitalität nur schwer beikommt und seinen Humor kaum erfassen kann. So hat er auch alle Umsetzungen in fachlichen Jargon überstanden. Der andauernde Reiz seiner Prosa hängt auch damit zusammen, daß wir sie nicht in den Griff bekommen, daß sie sich der Kategorisierung proteisch entwindet.

Ulysses und immer mehr *Finnegans Wake* sind zu Prüfsteinen jeder Literaturtheorie geworden, zu ihrer Bewältigung müssen immer wieder andere Modelle und Metaphern herhalten; daneben werden auch die bekannten kritischen Klischees wiederholt, weil auch sie noch etwas Gültiges aussagen. Die Auseinandersetzung mit Joyce führt zu den nachhaltigsten Leseerlebnissen und zu Frustration. Das von allen Modernen wohl am meisten kommentierte Werk weist noch zahlreiche weiße Flecken auf und erinnert an die prekäre Bedingtheit des Verständnisses von und der Verständigung mit Sprache.

Joyces gewaltige Ausstrahlung beruht ganz auf seinen Büchern und nicht auf einem öffentlichen Wirken. Der junge Joyce in Dublin mag noch die Rolle des exzentrischen, autonomen Künstlers kultiviert haben, nach 1904 aber hielt er sich zurück, führte ein allem Anschein nach bürgerliches, allerdings unstetes Leben in Sorge um den Unterhalt der Familie und um seine mühsam ausgearbeiteten Bücher, für die sich kaum ein Verleger finden zu lassen schien. Auch als berühmter, umstrittener Schriftsteller der Avantgarde blieb er reserviert, nahm nie am Kulturbetrieb teil, hielt keine Vorträge, äußerte sich nicht zu Literatur- oder Zeitproblemen und trat keiner Gruppe bei, wenn auch Gruppen ihn in Anspruch nehmen wollten. Sein ausgesprochen unpolitisches Verhalten hat gerade in den späten sechziger Jahren zu nachträglicher Kritik geführt; aber schon der Kongreß der Sowjetschriftsteller von 1934 in Moskau hatte Joyce als dekadent und bourgeois abgetan.[1]

Auch die nationalen Bewegungen in Irland beobachtete Joyce mit wohlwollender Distanz, er mißtraute allen Institutionen und euphorischen Programmen zur Änderung der Gesellschaft. Er glaubte im kleinen das Abbild der konstanten Pendelbewegungen der Geschichte zu erkennen und suchte sie zu analysieren; die beste Darstellung solcher Vorgänge sah er in Giovanni Battista Vicos Anschauung von der Wiederkehr geschichtlicher Zyklen.[2] Joyces Werke sind undogmatisch und in ihren Kühnheiten umwälzend geworden, dabei fühlte er sich gar nicht so sehr als Neuerer, sondern als einer, der in der Werkstatt erst allmählich die angemessensten Ausdrucksmittel entdeckt und fast erstaunt merkt, daß die gebildete Welt damit nicht so schnell Schritt halten kann.

Im Verlauf einer beinahe vierzigjährigen Tätigkeit schrieb Joyce an Umfang nur wenig, und von den von ihm veröffentlichten Büchern[3] gleicht keins den andern. Er wiederholte sich nicht. *Chamber Music*, ein Zyklus von konventioneller Lyrik, vereinigt elisabethanische Manier mit *fin-de-siècle*-Stimmung; die Gedichte sind ein früher Ausdruck der Musikalität in allen Werken. In den zwanziger Jahren ließ Joyce ein Bändchen von dreizehn Gedichten folgen, *Pomes Penyeach*, als er schon eingesehen hatte, daß seine Stärke weder im Vers noch im Drama lag. Das einzige Schauspiel, *Exiles*, gibt mehr her, wenn es als Verarbeitung von persönlichen Ängsten und als Schnittpunkt von durchgehenden Themen gelesen, als wenn es auf die Bühne gebracht wird.

Joyce machte die Prosa zum geschmeidigsten Medium und

brüstete sich in späteren Jahren, daß er mit der Sprache alles anstellen könne. Einfach zu lesen sind die *Dubliners*, fünfzehn teils nur skizzenhafte, nicht-anekdotische Kurzgeschichten, verfaßt in einem Stil von »skrupulöser Niedertracht«.[4] Darin wandte sich Joyce auch betont ab von den vorwiegend mythologischen oder ländlichen Stoffen der Irischen Renaissance (»Keltisches Zwielicht«) und schilderte die Ausweglosigkeit von Leuten meist des städtischen unteren Mittelstands. Den Geschichten fehlt zumeist der dramatische Höhepunkt, oft enden sie im Augenblick einer ernüchternden Einsicht.

Der erste Roman, *A Portrait of the Artist as a Young Man*, reiht sich an die Bildungsromane des 19. Jahrhunderts und bereichert das Genre um neue Varianten: erstmals verändern sich Ausdruck und Stil entsprechend dem heranreifenden Bewußtsein des Kindes, Jünglings und angehenden Künstlers, von kindlicher Naivität zu intellektuellem Ehrgeiz. Der etwa dreißigjährige Joyce hätte in derselben Art fortfahren und es so zum angesehenen Schriftsteller bringen können; statt dessen verwendete er die nächsten sieben Jahre auf *Ulysses*, fast den Rest der verbleibenden auf *Finnegans Wake*, Werke, die in der Gattung Roman kaum noch unterzubringen sind. Immer weniger konnte sich Joyce mit den notwendigen Vereinfachungen in der Dichtung zufrieden geben, und so zeichnen sich die beiden Bücher der mittleren und der letzten Periode aus durch zunehmende Komplexität, Erweiterung des Gesichtsfelds und durch technische Kühnheiten.

Ein Anliegen der Joyce-Forschung ist der Nachweis eines biographischen Hintergrunds in allen Werken, auch dort, wo er nicht so gut sichtbar bleibt wie in *Exiles*; da wird durchgespielt, was hätte geschehen können, wenn sich Joyce unverheiratet mit Gefährtin und Kind wieder in Dublin niedergelassen hätte. Da Joyce einen Mangel an phantasievoller Eingebung eingestand, war er auf die Bearbeitung des ihm Bekannten und des Selbsterlebten angewiesen, das oft an der Oberfläche leicht erkennbar bleibt. So besteht die Versuchung, das gesamte Werk als Autobiographie von unterschiedlichen Kaschierungsmechanismen zu deuten. Joyce rüstet denn auch seinen jungen Protagonisten mit dem eigenen Pseudonym Stephen Dedalus[5], mit einer in vielen Äußerlichkeiten ähnlichen Karriere an den Jesuitenschulen Clongowes Wood und

Belvedere College aus und läßt ihn ähnliche Triumphe, Anfechtungen und Krisen erleben. Wie Joyce begibt sich auch Dedalus mit nicht unbescheidenen Ansprüchen nach Paris, wird dann ans Totenbett der Mutter nach Dublin zurückberufen und verbringt dort ein paar grüblerische Monate in den Posen des verkommenen Dichters. Der Biograph Richard Ellmann und andere haben fast die meisten fiktiven Figuren auf wirkliche Personen zurückzuführen vermocht und damit einige Vergleichsmöglichkeiten geschaffen – der Prozeß der Verwandlung »des täglichen Brots der Erfahrung in den strahlenden Leib des ewigwährenden Lebens«[6] hat Joyce immer fasziniert. Natürlich springt er souverän frei mit allem Erlebnisstoff um.

Leben und Kunst, deren Getrenntheit und Verbundenheit, sind nur einer der vielen Kontraste, mit denen sich Joyce notdürftig einkreisen läßt. In seinem Werk berühren sich in der Tat extreme Gegensätze: von jeder gültigen Aussage darüber scheint auch das Gegenteil wahr zu sein. Joyce schrieb, wenn man will, elitäre Literatur von esoterisch anmutender Vertracktheit: sie ist gleichfalls unterhaltend, von unerhörter klanglicher Vielfalt – sogar Trivialliteratur in dem Sinn, daß Trivialstes nicht ausgespart bleibt und er sich verständnisvoll gerade auch dem sonst nicht beachteten Alltagsgeschehen zuwendet. Er ist einer der nachhaltigsten Humoristen, verfolgt abstruse Assoziationen in entlegene Gefilde und schildert doch auch anschaulich die kleinen Ängste und die Tragödien der Einsamkeit: ein tiefes Verständnis für die Unvermeidlichkeit des menschlichen Scheiterns zieht sich durch alle Werke.

Paradoxerweise erreicht Joyce die angestrebte Allseitigkeit (alles soll ein-, nichts ausgeschlossen werden) trotz der örtlichen und zeitlichen Einengung auf Provinzielles: *Ulysses* behandelt einen einzigen, wie zufällig herausgegriffenen Tag (mit viel Nacht) im Leben einiger Figuren in Dublin und ist eine der umfassendsten Darstellungen der Neuzeit und bei aller zeitlichen Befangenheit (16. Juni 1904) ein gültiges Abbild des menschlichen Aneinandervorbeilebens in der modernen Großstadt. Im *Ulysses* vereinigen sich, wie früh erkannt, Naturalismus und Symbolismus, und beide übersteigert. Die Handlung ist so sehr in den konkreten Gegebenheiten verankert, daß sich ein neuartiger philologischer Tourismus entwickeln konnte, der die Straßen, Häuser und Kneipen, selbst Türen und

Gitterstäbe, auf eine literarische Ergiebigkeit hin untersucht und gewissenhaft Details nachprüft (und findet). Aufnahmen, Stadtpläne, Zeitungsannoncen werden zu brauchbaren Hilfsmitteln zum Verständnis des Romans, der wiederum auch als einzigartige Dokumentation einer Stadt und Epoche dienen könnte. Gleichzeitig trägt jedes Element, das so nachdrücklich auf eine ihm zugehörige Realität hinweist, auch eine (oft unauffällige) Bürde an symbolischem Überbau: die lokale Minichronik ist auch noch eine vielschichtige kulturelle Übertragung der homerischen *Odyssee*, eine Adaptation des *Hamlet*, eine Neuinszenierung verschiedener Opern und irgendwie noch eine Paraphrase der katholischen Messe.

Die nicht im einzelnen ausgeführte, aber durch Stellvertretung suggerierte Universalität ist beileibe nicht Vollkommenheit. Schon die *Dubliners* zeichnen hilflose Gestalten in einer Welt des Verfalls – mit vergeblichen Ansätzen, der Enge zu entrinnen, und mit aussichtslosen Ersatztechniken des Überlebens: Abstumpfung, Resignation, Alkohol und Illusionen. Das oft aufgegriffene und an den Anfang der ersten Geschichte gerückte Stichwort »paralysis«[7] schlägt einen Grundton an, der nicht abklingt und gelegentlich religiös variiert vorkommt oder in soziale, psychologische und andere Bezüge ausgefächert wird. Auch im *Ulysses* ist die Wendung zum Besseren günstigenfalls eine Angelegenheit optimistischer Deutung; der Verzicht auf tröstende Formeln hat Joyce den Ruf eines zynischen Nihilisten eingetragen. Aber Joyce feiert auch den Menschen in seiner Beharrlichkeit und seinem ständigen, wenn auch eitlen Bemühen. Weit über die Schilderung von Mißverhältnissen hinaus bildet Joyce die allgegenwärtige Fehlbarkeit bis in die Zeitlupenaufnahmen der Denkvorgänge nach. *Ulysses* ist durchsetzt von Irrtümern des Wahrnehmens und des Überlegens, von Nichterinnern, falschen Analogien, Mißdeutungen: die Gewandtheit des Geistes, Nicht-Bekanntes oder Bedrohliches auf vertraute Denkschemen zurückzubiegen, manifestiert sich in den verschiedenartigsten Fehlleistungen, die sich auf die Sprache übertragen. Joyce spielt mit den Zufallstreffern und den Mißgeschicken der Kommunikationsformen und macht den Leser zum Zeugen der Umwandlung von Tatsachen zu Fiktionen.

In *Finnegans Wake* wird die Entstellung zur Regel: ein Gewoge von Mißverständnissen, die sich dann im Leser noch einmal potenzieren. Das Buch setzt das Aneinandervorbeidenken als buntes, linguistisch defektes Oberflächenchaos in Szene, als Stimmengewirr von Ver-Sprechern, in dem nichts mehr stimmt. Die konfuse Unstimmigkeit ist jedoch nicht bloß ein Defizit, sondern auch ökonomisch verdichtete Mehrleistung, ein Antrieb zu Ergänzung, Korrektion, Einsetzen des Nichtzustandegekommenen. Die Fehler provozieren zur weiterspinnenden Ausbesserung. An »badchthumpered peanas«[8] ist normativ alles falsch: das letzte Wort vielleicht ein mißglückter Versuch, »Paean« (Lobgesang) zu schreiben. Das häßliche Gebilde nimmt sich aus wie eine Klage über ein Klavier, auf dem schlecht geklimpert wird (»bad... thump... piano«). Eine weitere berichtigende Annäherung könnte als Grund die schlechte Stimmung oder Gestimmtheit vermuten: »bad-tempered«. Da Päan und Piano auf Musik hindeuten, bietet sich als halbartikulierte Möglichkeit der Komponist Bach an, zu dem dann wohl gleich »Das Wohltemperierte Klavier« einfällt, nur eben ins Gegenteil versetzt: »bad-tempered«. Keiner der emendierten Bestandteile ist graphisch vorhanden: das aus lauter Schnitzern zusammengeschachtelte Gestotter erweist sich als überdeterminiertes Bedeutungsgeflecht von meist musikalischen Assonanzen, das anderswie nicht auf zwei Wörter komprimierbar wäre.

Die Unstimmigkeiten, die wir zusehends als Humor erleben, laufen nicht nur auf ein Nichterreichen der Normen hinaus, sie stellen die Normen auch in Frage, weil diese oft nur arbiträr festzulegen sind. Bei Joyce wird die unoriginelle Erkenntnis, daß das offenkundig Falsche nicht unbedingt ein absolut Richtiges voraussetzt, immer radikaler ausgestaltet, wodurch er dem Leser einen Halt entzog und ihn aus Gewohnheiten aufschreckte und sich weigerte, die traditionellen Antworten ungebrochen weiterzugeben. Seither haben sich die Interpreten daran gemacht, dies auch durch ihr Beispiel zu illustrieren und mit den widersprüchlichsten Deutungen aufzuwarten. *Ulysses* fordert dazu heraus, die vermeintlichen Aussagen auf überschaubare Formeln zu reduzieren, und sträubt sich dagegen mit tückischer Behendigkeit. Die scheinbare Unverbindlichkeit frustrierte Leser wie C.G. Jung, der vermutete daß »hinter Abertausenden von Hüllen nichts steckt«, daß der Roman, »kalt wie der Mond, aus kosmischer Ferne schauend, die Komödie des Werdens, Seins und Vergehns sich abrollen läßt«. Am Ende seines Essays ringt er sich gleichwohl anerkennende Zugeständnisse ab und beschreibt den *Ulysses* sinnvollerweise nicht einfach als Kunstgegenstand von klar umrissenen Eigenschaften, sondern eher als Tätigkeit und Wandlung: »... Andachtsbuch... ein Exercitium, eine Askesis, ein qualvolles Ritual, eine magische Prozedur, achtzehn hintereinander geschaltete alchymische Retorten, in denen... der Homunkulus eines neuen Weltbewußtseins herausdestilliert wird« – oder aber in bezug auf seine Wirkung: »Du sagst nichts und verrätst nichts, o Ulysses, aber Du wirkst.«[9]

Die Wirkung ändert sich natürlich je nach Leser und beim einzelnen Leser wiederum mit der Zeit. Schon darin äußert sich die Relativität des Romans, der schon früh mit Strömungen in Psychologie und Physik und der bildenden Kunst in Verbindung gebracht wurde. Kein einzelner Standpunkt reicht aus zur Bewältigung der Phänomene, keine Perspektive, Darstellungsart und kein bestimmter Stil mehr. Die Erzählweise selbst wird ein Teil dessen, was zu erzählen ist, und die so grundverschiedenen und sich enzyklopädisch aneinanderreihenden Kapitelmodalitäten werden zu immer neuen Ansätzen und Berichtigungen dessen, was andere Partien nicht zu leisten vermögen. Damit wird der Roman so vielseitig und wandlungsfähig wie Odysseus, der sich je nach den Gegebenheiten anders einstellt.

Die irisch-alltägliche Volksausgabe des anpassungsfähigen Helden des Überlebens, Leopold Bloom, weiß sich notdürftig auch immer wieder zu helfen und zu überdauern in vielerlei Ungemach. Was ihm an Wissen und Bildung mangelt, machen seine Neugier wett und sein gesunder Sinn, der ihm eingibt, daß alle seine Orientierungsversuche unzulänglich sind, und ihn zu neuen Bemühungen antreibt. So ist seine Einstellung doch die des Forschers, der zu ständigen Revisionen seiner Ansichten bereit ist. Aus solchen veränderten Ansichten und Revisionen bestehen die Facetten des Romans. Bloom (naiv) und Joyce (bewußt) neigen dazu, allem scheinbar Bekannten zu mißtrauen: die daraus hervorgehenden Varianten sind dem Leser zum freien Gebrauch angeboten. So wendet sich

Ulysses gegen alle reduktiven Tendenzen und wirkt der gewohnheitsmäßigen Trägheit unbehaglich entgegen.

Unter anderem wird bei Joyce ganz einfach auch die alte humanistische, ja sokratische Tradition sprachlich wirksam. Die Haltung der Skepsis wird spätestens in *Finnegans Wake* auch einzelnen Wörtern integriert. Das Unsicherheitsprinzip verlangt eine ihm gemäße Ausdrucksweise, und so wird der mögliche Einwand auf der Stelle eingearbeitet und verändert die Aussage, noch bevor sie vollendet ist (dem Ganzen kommt ohnehin kein Ende zu und demgemäß fließt der Schlußsatz in den Anfang ein: ein gültiger Schluß ist nicht statthaft). *Finnegans Wake* behilft sich mit Simultanalternativen als dem vielleicht redlichsten Verfahren, überhaupt noch Gültiges anzudeuten. Gewißheit wird nur noch – oder schon gar nicht mehr – vorgetäuscht. Identität oder beruhigende Eindeutigkeit wird zu peripherer Grenzmöglichkeit: das Buch verzichtet auf Individuen zugunsten von archetypischen Mehrfachgestalten. Ob eine Handlung von Jedermann, Gott, Adam, Parnell, Napoleon, Lewis Carroll oder Humpty Dumpty ausgeführt wird, bleibt unerheblich wie Zeit und Ort: oft verschmelzen solche Figuren zum irischen Kneipenwirt H. C. Earwicker, dessen Initialen H. C. E. aber in allen möglichen Konstellationen durch Geographie und Geschichte verteilt sind; der Name selbst assimiliert sich zu Formen wie »Airwinger, Airwhacker, Eirewhiggs, wichser in his ear, Hairwigger, Irewaker...« usw., selbst zu tierischen Inkarnationen wie »earwig« (in wiederum vielen Ausfächerungen) – oder etwa zu »uhrwecker«. So entsteht das Paradigma einer allgegenwärtigen Figur, die in allen Personen, Numeri, Fällen, Zeiten usw. flektiert und abgewandelt wird in einer Grammatik, die dem Indikativ vor den Möglichkeitsformen nicht mehr den Vorzug gibt.

Was *Finnegans Wake* verwirrend neu macht, ist die Konsequenz, daß über banale oder metaphysische Probleme nicht mehr bloß geredet wird, sondern daß sie sich in der Sprache selbst abspielen. Nicht präexistierende und deswegen befremdliche Wortformen stimulieren zur Aus(einander)legung der Widersprüche und deren möglicher Relationen. Selbst in einem Satz von sententiöser Allgemeingültigkeit und scheinbar einfachem Duktus wie »We may come, touch and go, from atoms and ifs but we're presurely destined to be odd's without ends«[10] stoßen Vermutung und Bestimmtheit, Wahrscheinlichkeit und dogmatische Gewißheit hart aufeinander und verschmelzen unentwirrbar. Möglicherweise ist solcherart einer Spur Wahrheit asymptotisch überhaupt noch nahezukommen – durch alternative Verquickung zur Begutachtung des geneigten Lesers. So regt *Finnegans Wake* buchstäblich und wörtlich – durch Wörter und Buchstaben – Interpretationsvorgänge an – eine pluralistische Semantik zur Selbstbedienung. Die verunsichernden Alternativen werden nicht mehr hintereinandergereiht, sondern gleichzeitig an Ort und Stelle als augenblickliche Irritation angeführt.

Finnegans Wake stößt sich beharrlich am linearen Ablauf der Sprache und sucht ihn zu vereiteln, indem es etwa der polyphonen Natur der Musik nacheifert. Das Lesen wird zum tastenden Absichern des Geländes. Neu daran ist die Erkenntnisverzögerung mit oft rückwirkender Bedeutungsveränderung.[11] So wird *Finnegans Wake* zum dynamischsten aller Sprachwerke: an den einfachsten Themen wird der Zweifel durchexerziert, die semantische Verzweiflung läßt Zusammenhänge vermuten, die gleich wieder auf ihre kontextuelle Relevanz zu prüfen sind.

Wie die Sprache, die Literatur und alle Lebensvorgänge hält auch *Finnegans Wake* nicht still, und Joyce gibt keine Rezepte – nur immer wieder Anreiz.

(1978)

EIN ÜBERFREMDER

Die Redaktion hat keine Festrede bestellt und hätte auch keine bekommen: Joyce läßt sich nicht festreden. Auch keine Gesamtwürdigung, weil die, selbst wenn dafür je Platz wäre, doch auf allgemeingültige Banalitäten hinauslaufen würde, auf ewig Menschliches und auf die Problematik unserer Auffassung von Wirklichkeit. Um all das geht es natürlich bei Joyce, in vielen Varianten. Zum Glück nun aber ist der Hang zum Enzyklopädischen paradoxerweise mit Joyces extremer Zuwendung zu den geringfügigsten Details verknüpft, aus denen sich (fast) alles entwickeln läßt. Greift nur hinein... und reißt nur aus dem Zusammenhang (denn anders geht's ja nicht), und das daraus Gerissene bringt gleich seine eigenen, verwirrenden Zusammenhänge hervor. Gerade das macht einen Teil der anhaltenden Faszination aus: jedes beliebig aufgegriffene Element gibt uns seine Brechung des nicht faßbaren Überbaus. So muß es auch hier mit ein paar stellvertretenden Kostproben sein Bewenden haben, die fast wie von selbst jedes Thema widerspiegeln, auch etwa das Problem – also unser Problem –, ob jemand, der nicht von Kindheit an in der englischen Sprache aufgewachsen ist, bei Joyce etwas auszurichten hat.

Joyce hat sich ja in einer uns fremden Sprache ausgedrückt, und erst noch, das wissen auch alle, auf besonders befremdliche Weise. Joyce gilt als schwer zugänglich, fremd, überfremd. Ein Fremder ist einer, der entfernt ist (das ungefähr meinte die darin enthaltene Wortwurzel), also einer, der durch seine Distanz benachteiligt ist, ein Entrückter. Ähnliches steckt ja in den verwandten Begriffen »stranger, étranger«, ursprünglich jemand, der außerhalb ist, *extraneus*. Dieselbe Vorstellung ist im englischen »foreigner«, von *foranus*, einer der draußen ist, »vor der Tür«. Dieses Draußensein und oft Nichthineingelassenwerden ist ja dem 20. Jahrhundert als Einzelschicksal nur allzu vertraut geworden, und Joyce nennt es gleich nochmals in einem Schlüsselwort, dem Titel seines einzigen Schauspiels, *Exiles* – »Verbannte«. Fremd und draußen sein, mit anderen Worten, ist auch das, worüber Joyce schreibt.

Etwas draußen bleiben wir, die Nicht-Englisch-Sprechenden, die Nicht-Iren vor allem, immer; etwas Uneinholbares entgeht uns. In dieser Notlage bietet sich der bequeme Weg der Übersetzung an. Statt daß wir verunsichert fremdes Territorium betreten, bekommen wir das Andersartige heimgeholt und angeglichen. Schon das besagt, daß uns die Übersetzung auch wiederum verbannt und entfernt, weil ihr immer gerade das am meisten spezifisch Andere am schwersten gelingt. Die Einbürgerung des Fremden macht es uns leichter, aber verwandelt es durch die Aneignung. Eine umgekehrte Verfremdung ist hier vorgefertigt, sie ist die eigentliche Absicht. Angleichung an das heimisch Nichtgleiche bringt Gewinne beim Verständnis und Einbußen an Andersartigem. Da gibt es in Großbritannien so alltägliche Dinge wie »area railing«, diese meist hohen Gitter, die die eigenartigen Vertiefungen zu einem unter der Erde liegenden Untergeschoß umzäunen. Wie sagt man dem bei uns, wo es so etwas kaum gibt? »Vorplatzzaun«, »Vorhof«, »Unterhofgittergeländer«? Das ruft ganz andere Bilder hervor. Ein Dubliner »pub« muß zu so etwas wie »Kneipe« werden; andere Sitten, andere Assoziationen. Hier »Pub« (der oder das?) zu sagen wäre exotisch oder aber chic, fehl am Platz. So verschiebt sich alles, zwangsläufig, und bei Joyce noch viel gravierender. Was macht man aus dem Adverb »shrewdly« (schlau, verschlagen), wenn einer »shrewdly« spricht, sich dabei aber auf eine »shrew« bezieht, eine Art Xanthippe, die hier aber ganz bestimmt die Titelfigur aus Shakespeares *The Taming of the Shrew* ist? Und die kennt man hierzulande als die Widerspenstige. Dazu kommt noch, daß »shrewdly« sich von einem vorangehenden »rudely« abhebt. Mit so vielen Bällen kann man anderssprachig nicht jonglieren; so daß Hans Wollschläger »shrewdly« mit dem bedeutungsmäßig ein wenig schiefen, aber in der Querverbindung zutreffenden »widerspenstig« wiedergeben muß (die frühere Übersetzung von Georg Goyert sagte »bösesiebenhaft«, was recht mutig war, aber nicht an Shakespeare erinnert). »Widerspenstig« verrät auch – in bester Joycescher Manier – etwas von der Eigenschaft des Textes. So sind unzählige Lösungsversuche der Übersetzer oft herrlich, sogar genial, aber doch meist Notbehelfe (»widerspenstig« ist kaum noch an ein Wort anzugleichen, das »rüde« bedeutet).

Widerspenstigkeiten im Text, die anderswo vereinsamte Ausnahmen bleiben, werden hier zur Regel. Wie sollte man etwa einem Satz von nur 6 Wörtern und (oberflächlich gesehen) bloß 2 Bedeutungsträgern beikommen, »Madden back Madden's a maddening back«? Diese Verdichtung wäre etwa wie folgt auseinanderzuziehen: Es werden zwei Personen genannt, beide mit Namen Madden; die eine ist anwesend und nimmt teil an einem Gespräch über Pferdewetten; die andere ist der Jockey eines Pferds, des Favoriten, das nicht gewonnen hat. Ein Jockey sitzt auf dem Rücken (»back«) seines Pferds; wer wettet, setzt darauf (»to back«); dabei zu verlieren ist zum Verrücktwerden (»maddening«). Im Gespräch über all dies will sich einer, der jemand sieht, den er vom richtigen Tip abgehalten hat, verstecken und benützt dazu den Rücken des dastehenden Madden. Knapper könnte man dies wohl kaum ineinanderfalten und den Übersetzer frustrieren. Im Deutschen, wo schon das Wetten längst nicht so verbreitet ist und kein so anschauliches Bild wie »den Rücken stärken« dafür zur Hand ist, kann man kaum mehr verlangen als Wollschlägers geschicktes »Madden setzt auf Madden seins 'n madigen Einsatz« – das knistert recht ansprechend, ist aber Vorlage zu einem anderen Drehbuch.

Daß Übersetzung Fremdes vertraut und anders machen muß, zeigt sich auch, wo etwa zwei herannahende Gestalten im Original pointiert deutsch als »*Frauenzimmer*« aufgefaßt werden. Das deutsche Wort sticht heraus als erratische Blockierung; aber in einem schon deutschen Umfeld läßt sich dieser Verfremdungseffekt nicht bewahren, vor allem nicht, wenn man die komischen Verschiebungen von »Frauen-Zimmer« beibehalten will. Man hat sich derartige Hintergründe vor Augen zu halten, wenn man die oft großartigen und immer unterbewerteten Leistungen der Übersetzer würdigen will.

Wer nun aber die Originale selbst angeht, gerät als Auswärtiger arg ins Hintertreffen. Haben wir da überhaupt eine Aussicht, uns hineinzufinden? Die Antwort ist: zwar eigentlich nein, aber dann halt doch. Schon auch deshalb, weil das Andersartige ein Zauber umgibt, der uns zusätzlich motiviert, weil wir dort, wo der Einheimische mit abgegriffenen Wendungen umgeht, noch immer anschauliche Bilder sehen können. Gerade unsere naive Einstellung läßt uns genauer beobachten – aus Notwendigkeit. Der Ausländer als unverbildeter Betrachter einer fremden Kultur ist ja in der Literatur oft eingesetzt worden als ergiebige Perspektive. Auch Joyce nimmt das Verfahren auf. Viele seiner Gestalten sind Verbannte, auch in ihrem eigenen Land. Der Leopold Bloom des *Ulysses* bleibt distanziert in dem Irland, wo er aufgewachsen ist, nie ganz angepaßt. Wegen seiner jüdischen Herkunft wird er noch als Fremdkörper behandelt, und doch gehört er auch nicht zu den irischen Juden und bleibt so doppelt isoliert, aber eben darum ist er um so wacher und von einer vorsichtigen Neugier, die zur Technik des Überlebens gehört.

Der Außenstehende hat einen gewissermaßen Adlerschen Vorsprung darin, daß er um seinen Rückstand weiß. Der Anderssprachige muß also gut aufpassen, wo der Einheimische leicht über etwas wegliest. *Wir* wissen, daß uns die Sprache fremd ist, wo sie der andere irrtümlicherweise für vertraut halten könnte. Wenn wir im *Ulysses* darauf stoßen, daß ein Mr Kernan die vorbeifahrende Kutsche des Vizekönigs grüßt, und lesen: »Mr Kernan... greeted him vainly from afar«, wundern wir uns vielleicht, ob gemeint ist, daß der Gruß »umsonst, vergeblich« ist, was zutrifft, oder ob hier nicht auch die Eitelkeit von Mr Kernan, der auf sein Äußeres viel gibt, ausgedrückt ist – »vainly« bedeutet beides. Wo wir nicht von vornherein annehmen, daß wir es genau wissen, kommt uns ein Sokratischer Vorteil zugut. Es ist uns überdies erlaubt, daherzustümpern oder einmal zu raten; gerade das deutende Herumraten gehört ganz wesentlich zur Lesetechnik, die uns Joyce einüben hilft.

Er schildert auch immer wieder Leute, die sich sprachlich Fremdem gegenüberfinden. Im *Portrait of the Artist As a Young Man* geht dem jungen Schüler auf, daß es andere Sprachen überhaupt gibt: »*Dieu* war französisch für Gott und auch das war Gottes Name; und wenn jemand zu Gott betete und *Dieu* sagte, dann wußte Gott sofort, daß es ein Franzose war, der da betete...« Das ist eine wichtige, wenn auch hier noch mangelhafte Einsicht. Leopold Bloom, der mit wohlklingendem, aber nicht verstandenem Italienisch seine Mühe hat, überlegt sich, »... daß es doch letzten Endes mehr Sprachen gebe, als absolut notwendig wären...« Seine Gattin, Molly Bloom, kommt mit dem Fremdwort »metempsychosis« nicht zurecht und macht daraus »met – him – pike – hoses«; sie assimiliert es also, wie wir das alle tun, zu etwas, das ihr selbst ähnlich ist. Joyce läßt es uns nicht vergessen, daß wir bei Gelegenheit immer wieder zu fremdsprachlichen Lesern werden und uns nach besten Kräften behelfen müssen.

Unsere eigene Sprache war einmal fremd und geheimnisvoll und wird diese Eigenschaft nie ganz los. Daß wir sie überhaupt erlernen, ist merkwürdig genug. Einen solchen Lernprozeß drängt Joyce in den Anfang des *Portrait* zusammen, wo auf anderthalb Seiten der Verlauf eines Bewußtseins exemplarisch vorgeführt wird. Es beginnt im vertrauten Ton des Märchens: »Once upon a time.../Es war einmal...«, mit einer Begegnung. Eine Kuh wird lautlich als »moocow« veranschaulicht, und es folgt einfach Wahrnehmbares wie Straße, Haare, Lieblingsspeisen, Gerüche. Bald aber wird auch Undingliches eingeführt, es gibt Vergleiche: »His mother had a nicer smell than his father...«; dann kommen sogar Verallgemeinerungen. Und mit dieser Entwicklung hält auch die Syntax schritt; zuerst finden wir nur lapidare Sätze, dann Aneinanderreihung, dann Unterordnung und konjunktionale Verbindungen – die Quintessenz eines Lernvorgangs, der Monate oder länger dauern kann. Genau so müßte man übrigens auch ein Lehrbuch der Sprache aufbauen (Joyce war ja ein paar Jahre Englischlehrer in Triest und Zürich). Die Entwicklung gipfelt im Aneignen eines komplizierten Begriffs. Der Junge hat etwas angestellt, wofür er sich entschuldigen soll – »apologise«, sonst kommen die Adler und hacken ihm die Augen aus. Hier regt sich ein Gefühl des angehenden Wortkünstlers, der einen Gleichklang heraushört und die Ermahnungen der Erwachsenen zu einem kleinen Gedicht paart: »... Pull out his eyes / Apologise«. Es führt ein langer Weg von »once« zu »apologise«, einem Fremdwort aus dem Griechischen, und erst noch einem wirkungsvollen Wort. Denn es sagt aus, daß man durch bloßes Reden Schaden abwenden kann. Entweder man verliert das Augenlicht, wie angedroht, oder aber man sagt »Verzeihung« mit dem passenden Mienenspiel – so hat man etwas fürs Leben gelernt. Daß nun aber das griechische Wort diese Bedeutung erst noch in sich birgt, nämlich ein weg-reden *(apo-, logos, -legein)*, das weiß der Junge nicht, aber es kann seine Wirkung auf uns verstärken. Am Ende des Anfangs des Romans, der auch eine Apologie des Künstlers ist, steht schon der Logos, ein irgendwie negierender, aber auch wiedergutmachender Logos – ein mächtiges Wort.

Der heranwachsende Stephen Dedalus läßt sich von Worten beeindrucken; er lernt sie einsetzen. Später als Student unterhält er sich mit einem Dekan an der Universität und stellt fest, daß die beiden für einen Trichter ein jeweils ganz anderes Wort verwenden. Dabei geht ihm die besondere Lage des Iren auf, der nie Irisch gelernt hat. »Die Sprache, in der wir sprechen, ist seine, ehe sie die meine ist... Seine Sprache, so vertraut und so fremdländisch, wird für mich immer eine angelernte Sprache sein. Ich habe ihre Wörter nicht gemacht und nicht akzeptiert. Meine Stimme hält sie auf Distanz...« Wir können das nachempfinden. Joyce hat seinen irischen Abstand bewahrt und ist dadurch erst recht hellhörig für all die Nuancierungen und die überlieferten Ungereimtheiten geworden. Und wenn das so angeberische Klischee vom »Beherrschen« einer Sprache je berechtigt gewesen sein sollte, dann am ehesten bei diesem Untertanen des Britischen Weltreichs, der mit der Sprache des Eroberers souverän umgeht und gleich den ganzen Bereich des Englischen ausbeutet. Gleichsam als nähme er Revanche für die sprachliche Usurpation seiner Heimat, legt er nun den Briten ein immer anspruchsvolleres, immer mehr verfremdetes Englisch vor, so daß ihnen Hören und Lesen vergeht. Durch dissidente Ausweitungen, kaleidoskopische Drehungen, den radikalsten Stilwillen und beunruhigende Stilbrüche verwandelt er die Sprache und entlockt ihr ungewohnte Möglichkeiten.

Schon der erste gesprochene Satz im *Ulysses* ist im Latein der Bibel, intoniert von einer Stimme, die ständig wechselt, umschlägt, zur neuen Rolle wird – lauter Verfremdungen. Ein Blick aufs Meer führt zu Abwandlungen mit adjektivischen Varianten: »Isn't the sea... a great sweet mother? The snotgreen sea. The scrotumtightening sea. *Epi oinopa ponton... Thalatta!, Thalatta!...*« Dasselbe gleich viermal; alltäglich als »sea«, dann als dichterische Metapher, »great sweet mother«; dann in homerischem Ionisch, und nochmals als attisches Griechisch des Xenophon (es handelt sich um geläufige Zitate). Aber eben viermal *nicht* dasselbe, sondern verschiedene Sichtweisen: einmal neutral, einmal poetisch, einmal das

Meer als etwas Gefährliches, wie für den Odysseus, dann als Erlösung für die griechischen Söldner in fremden Landen. Dasselbe immer wieder anders, befremdend anders. Dem Sprecher gegenüber steht Stephen Dedalus, der sich nicht heimisch fühlt, ein Enterbter, der bald hinausgehen wird, vielleicht wie Joyce. Und ein Dritter ist da, ein Engländer, und ausgerechnet er studiert die Einheimischen und lernt ihre Sprache. Wo er aber sein angelerntes Irisch an einer Frau des Volkes ausprobieren will, wird es als Französisch mißverstanden.

Das Englische hat ausländischen Wörtern immer großzügig Asyl gewährt. Joyce nützt dies aus, aber verweist auch stets auf die Merkwürdigkeit der vertrauten Sprache oder ihre historische Gewordenheit. Ein Kapitel rekapituliert geradezu ihren Werdegang anhand von Phasen, die Eigenarten und Stile von z.B. Malory, Swift, Macaulay oder Dickens in sich aufnimmt, sich aber doch davon abhebt. Diese Passagen bedürfen auch für den Einheimischen der Übersetzungen, nur sind es zeitliche Übertragungen innerhalb der Sprache selbst. Die Schemen der sprachlichen Vergangenheit werden heraufbeschworen. Und im Grunde wird jedes einzelne Kapitel zu einer Umsetzung gemäß einem bestimmten Programm, etwa unter dem Aspekt des Todes, der Rhetorik, der Literatur oder aber auch des Hungers. Auch die Verfremdung des abstrakt Wissenschaftlichen findet sich, wo auch der Englischsprechende ein Gebilde wie »... the preordained frangibility of the hymen« in den Bereich des Gefühls zu übersetzen hat, dem es absichtlich entrückt worden ist.

Eine Wirkung der witzigen Schocktherapie ist es, daß uns am Ende gerade das Vertraute am meisten stutzig macht und das scheinbar Erkannte in Frage gestellt wird. *Finnegans Wake* ist der extreme literarische Grenzfall von integriertem Infragestellen, auch deshalb, weil sprachliche Grenzen verwischt worden sind. Der Ausländer findet weder aus noch ein, und es ist ein schwacher Trost, daß es dem Eingeborenen nicht viel besser geht. In diesem Buch ist selbst noch das Englische aus dem Gewirr herauszuschälen, etwa aus »Yet stir thee, to clay, Tamor!«: unter viel anderem auch das schlichte »yesterday, today, tomorrow«. Wir müssen lernen, das herauszuhören – nicht leicht für Anderssprachige. *Finnegans Wake* ist ein höchst xenophobes Werk, das dem Ausländer den Zugang vielseitig verbaut. Paradoxerweise kommt es ihm aber unter Mißachtung aller gewohnten Sitten übermäßig entgegen: es öffnet allen ein paar ganz besondere Türen. Es versucht so zu sprechen wie wir, etwa schweizerdeutsch: »Der Haensli ist ein Butterbrot, mein Butterbrot! Und Koebi iss dein Schtinkenkot! Ja! Ja! Ja!« Hier können *wir* einmal Dolmetscher spielen, müssen allerdings erst genauer hinschauen. Es ist, als wolle das Buch dartun, daß weder Sprachen noch Kulturen unvermischt sind. Der Unterschied zwischen Heimisch und Fremd wird bald absurd. *Finnegans Wake* ist ein Fest der Überfremdung. Man weiß nicht mehr – ganz wie in der irischen Geschichte –, wer hier alteingesessen ist, wer Eindringling ist, Eroberer oder Reisender.

Jeder Absatz ist von UNESCOscher Vielfalt, wie um jeden und jede grundsätzlich aufzunehmen. Und alles wird wiederum nie festlegbar. Zum Vorexerzieren eignen sich rituelle Wendungen am besten, weil sie dem Verständnis wenigstens Anhaltspunkte geben. Wir sehen, daß »A farternoiser for his tuckish armenities« englisch fundiert ist, aber nicht englisch bleibt. Angezeigt ist auch (beinahe) Türkisch und Armenisch – die Armenier waren jahrhundertelang von den Türken unterdrückt: die Verbindung enthält also einen Konflikt – auch sprachliche Konflikte. Im Gegensatz dazu deutet »farternoiser« auf väterliche Geborgenheit im Gebet, das lateinisch-deutsch als »Paternoster-Vaterunser« durchdringt. Doch die Schreibweise läßt auch ein blas-phemisches Geräusch verlauten oder, wieder anders gedreht, auf einen lärmigen Disput (franz. »*noise*«) schließen. Streit und Lärm paßt wiederum zu den politischen Auseinandersetzungen; doch heißt »amenities« auch Liebenswürdigkeiten. Keins aller dieser Wörter tritt unversehrt auf, der Text bietet sie an als Möglichkeiten. Das im letzten Wort enthaltene »arm(s)« fügt sich als Arme zu väterlichem Schutz, als Waffen aber zum kriegerischen Konflikt. Und dann erkennen wir erst noch unser »tückisch«, das wir nicht gewohnt sind, auf Gott bezogen zu sehen. Man könnte jeden Bestandteil der gegebenen Auslegung anzweifeln und sollte es wohl. Doch die Vermutung »Vaterunser« wird bestätigt in der Fortsetzung: »Ouhr Former who erred in having down to gibbous disdag our darling breed.« Wir hören heraus: »Our Father who art in heaven« bis hin zu (»down to«) »Give us this day our daily bread« – also eine Kurzfassung, aber auch in eine Verkehrung in den Vorwurf eines göttlichen Irrtums: »who erred in having down« – »der irrte, indem er getan hatte...« So wird die Erbsünde gleich in den Himmel hinaufprojiziert. Aus dem täglichen Brot, bemerken wir auch, ist »darling breed« geworden, also Brut, Zucht, oder Rasse. »Gibbous« bedeutet bucklig – die Schöpfung scheint nicht vollkommen, doch hat das ganze auch einen Darwinistischen Anstrich. Übrigens geht »darling« eher mit »bride« (Liebling, Braut), und das kann wiederum zu Vermehrung führen, Nachwuchs, wenn genug Brot da ist. Aber es steht gar nicht »Father« hier, oder »Vater«, sondern »Ouhr Former«. Engl. »former« ist der Frühere; und auf Zeit deutet auch das h in »Ouhr«, geschrieben mit »Uhr«. Die Schöpfung wie auch die Evolution brauchte Zeit. Und es geht um einen Former oder Urformer und um Urformen, die oft von *Finnegans Wake* herangezogen werden. Als Leser haben wir diese Wortgestalten zusammenzuformen, die je nach Sprachperspektive anders erscheinen. Ein Skandinavier würde sich eher an »fart« als Fahrt halten, in »dag« gleichfalls einen Tag sehen, aber »dis« als Nebel, Dunst, lesen und diesen Nebel vielleicht mit der Schöpfungsgeschichte verbinden (1. Moses 3, 6). Dänisch gesehen, ist »darling« nicht so sehr etwas Liebliches, sondern etwas Böses (»darlig«). So dreht und wendet sich der Satz, als forderte er uns zur Frage auf – Was wäre dies alles, wenn es englisch, deutsch, dänisch, usw. zu verstehen wäre, wenn wir es fromm-orthodox sähen, oder ungläubig, oder aber biologisch? Die Wider-Sprüche werden buchstäblich ausgetragen. Die Antwort wäre immer wieder anders, wäre eben Ant- (d.h. Gegen-) wort. Die Sätze sind Gegensätze. Viele Sprachen – theoretisch sind alle gemeint – leisten Gastarbeiterdienste, jede schafft etwas Bestimmtes an Sinn heran, ohne aber *den* Sinn je zu beschränken. Die Lektüre verleitet geradezu zu internationaler Zusammenarbeit, zu Erfahrungsaustausch.

Finnegans Wake macht uns demokratisch alle zu Fremden, wir werden nie ganz heimisch, aber auch nicht einfach draußen gelassen. Die kunterbunte Unstimmigkeit gibt sich bald als babylonische Verwirrung, bald als Reden in Zungen. Der vitale, tückische, sperrige Text verlockt uns in sein Labyrinth, gibt uns Anhaltspunkte und legt uns Fallstricke, und wir verstricken uns in unsere Deutungen und werden zu neuen Auseinandersetzungen provoziert. *Finnegans Wake* ist mehrdeutig und mehrwertig und überaus fremd.

(1982)

LESE-ABENTEUER »ULYSSES«

Wer hat Angst vor dem *Ulysses*? Die meisten, leider. Deshalb wohl ist freudige Erwartung mit Befangenheit durchsetzt, weil wir so abgerichtet sind, daß wir vor allem, was kulturell bedeutend ist, was den Ruf hat, bedeutend zu sein, in einen Prüfungszustand geraten: wir haben eine Aufgabe zu lösen, zu bestehen und, wenn immer möglich, auch noch etwas Bedeutendes von uns zu geben. Das entspannt nicht gerade, und so verfallen wir gern – d.h. ungern, denn richtig wohl ist dabei niemand – in den Bildungsstarrkrampf. Und der verhindert das Wagnis der eigenen Erfahrung, das Abenteuer des Erlesens, die ständige Anregung – eine der faszinierendsten Lektüren überhaupt.

Das Image des Buchs, was wir alles davon schon zu wissen glauben, steht seinem Genuß im Weg. Der Sockel, auf den es erhoben worden ist, trennt es von der Welt, in der es lebt und in der es verhaftet ist. So scheint es allemal leichter, der unmittelbaren Erfahrung auszuweichen und sich auf sekundäre Aussagen darüber einzulassen oder sich auf ferne geistige Horizonte auszurichten. Dabei würden wir viel verpassen.

Natürlich verdient der *Ulysses* die ganze intellektuelle Belastung durchaus. Der Roman ist noch lange nicht ausgebeutet: Da ist noch viel zu entdecken. Das Buch eignet sich vorzüglich für gelehrte und geistesgeschichtliche Untersuchungen, ob deren Ergebnisse nun pedantisch, abseitig, lehrreich, abstrakt oder wegweisend sind. Was alles wir über den *Ulysses* schon gehört haben, trifft meistens auch zu; aber noch viel mehr stimmt das, was vielleicht noch nicht gesagt worden ist und worauf vielleicht, wer weiß, gerade wir bei der unvoreingenommenen Lektüre, wenn's die gäbe, zuerst stoßen. Trotz der vielen Wegweiser, die hilfreich in alle Richtungen zeigen, weist die Landkarte noch ein paar weiße Flecke auf.

Der schlechteste Einstieg ins Unbekannte wäre wohl die Scheu vor dem großen Kunstwerk, die Furcht, es nicht zu bewältigen. Sie ist deswegen unbegründet, weil wir es ohnehin nicht bewältigen, denn warum sollten wir uns in einem der anregendsten Bücher – und gleich noch auf Anhieb – besser zurechtfinden, als es uns sonst mit all unseren praktischen Aufgaben gelingt? Der *Ulysses* befaßt sich erst noch mit dem Suchen, mit dem Sichzurechtfinden, und dabei mit der menschlichen Hybris, alles gleich verstehen zu wollen, die Wahrheit zu finden, zu besitzen und zu beherrschen. Einige Schwierigkeiten entspringen der nicht neuen, aber erneuerten Erkenntnis des notwendigerweise Behelfsmäßigen aller Unternehmungen.

Vielleicht wär's für den Anfänger gar nicht so unvorteilhaft, den Titel des Buchs beim Namen zu nehmen und auf eine Abenteuergeschichte gefaßt zu sein. Das Abenteuerliche besteht darin, daß man nie weiß, wohin man verschlagen wird. Das Lesen selbst wird zum Abenteuer. Ulysses – das ist eine andere Form von Odysseus – wollte nach Hause zurück, und ihm als einzigem aus einer ganzen Schar gelang es, mit knapper Not und nur mit Hilfe einer olympischen Lobby. Er mußte sich durchwinden in fremden Gegenden, mit Geschick und Wendigkeit, er kam auf Um- und Abwege, er verstrickte sich in Abenteuer und Episoden, wurde verführt und bedroht. Und darüber lesen wir und dahinein geraten wir als Leser. Nur haben wir allein die Vorteile: die einzige Gefahr wäre, irgendwo steckenzubleiben. Was wir brauchen, ist etwas von der Ausdauer des Odysseus und – vor allem – seine Aufmerksamkeit: wir müssen scharf beobachten und genau auf die Stimmen hören, die Anzeichen deuten, uns orientieren. Man weiß nie, ob man auf dem rechten Weg ist, und immer weniger, ob es einen rechten Weg überhaupt gibt. Wenn der Leser, wie Odysseus, noch Neugier mitbringt und das Verlangen, mehr zu erfahren, dann wird er auch stets wieder etwas von dem naiven Staunen erleben, das noch immer von der *Odyssee* ausgeht. Es sollte – mit andern Worten – umsichtig und hellhörig gelesen werden; das ist schon fast alles. Nur haben wir es beinahe verlernt.

Hier könnte man in den allgemeinen Jammer einstimmen und die nachlassende Fähigkeit zum mitdenkenden Lesen medial beklagen. Doch sehen wir lieber den *Ulysses* hier als eine große Chance, das Lesen wieder einzuüben, schon weil darin die Sprache selber auch zum Gegenstand wird. *Ulysses* wandelt die Möglichkeiten der Sprache ab, die subjektiven Versuche, die Welt und sich selbst zu benennen und mitzuteilen. Der Umgang damit wird zu etwas Erotischem oder – wem's lieber ist – zu etwas Kulinarischem. Darin gleicht der *Ulysses* einem Wein, der genießerisch bedächtig zu sich genommen wird – nicht in einem Zug. Viele lesen den *Ulysses*, den Roman, der an ein Epos erinnert und dessen eines Kapitel als Drama gestaltet ist, wie ein Gedicht, fast Wort für Wort. Joyce hat seine Prosa verdichtet: er sagt uns nichts, was wir nicht zu wissen brauchen.

Das Lesetempo verlangsamt sich von selbst. Schon weil nicht auszumachen ist, welche von vielen potentiell belanglosen Einzelheiten mehr Beachtung verdienen als andere und niemand beim ersten Durchgang gleich alles aufnehmen und verbinden kann. Der Leser wird nicht angewiesen, bleibt ganz seinem Gespür überlassen: und die neue (1922 war sie tatsächlich neu) Emanzipation des Lesers schafft zunächst Hilflosigkeit. So erscheint Joyce als einer der rücksichtslosesten Schriftsteller, dem der Leser gleichgültig bleibt: er erklärt nicht, stellt einfach hin, gibt Zeichen ohne die Anleitung, wie sie zu deuten sind. Damit macht Joyce seinem Leser auch das größte Kompliment: er behandelt ihn als seinesgleichen, fähig, Bedeutungen zu suchen, zu erkennen und weiter auszubauen: das in Gang gesetzte Spiel fortzuführen. Eigentlich haben uns Bücher wie der *Ulysses* die notwendigerweise mitdenkende, mitschöpferische, sinngebende Funktion des Lesers erst einsehen gelehrt. Dabei merken wir erst allmählich, wie sorgfältig uns Joyce alle Mittel auf den Weg gibt, die wir brauchen: beim Wiederlesen entpuppt er sich als außergewöhnlich rücksichtsvoll. Rücksicht, für den Leser, heißt auch, sich nach dem umschauen, was zurück liegt: der *Ulysses* verleitet immer wieder zum Zurückblättern. Die beste Voraussetzung wäre die vollständige Erinnerung an alles Vorangegangene: sie wäre viel nützlicher als alle Vorbildung, die natürlich auch hilft, wenigstens solange sie nicht die Neugier eindämmt. Wer sich unbefangen und mit wachen Sinnen auf den Weg macht, wird schon durchkommen, wird aus den Auseinandersetzungen gewitzigt hervorgehen und schließlich zu einem besseren, kritischeren Leser werden.

Joyce ist jedoch darin rücksichtsvoll, daß er in seinem maßlos überbordenden Buch doch wiederum alles mit Maß betreibt: nichts hält zu lange an, er sorgt für Abwechslung. Wir werden am Anfang mit der Lage von Stephen Dedalus vertraut gemacht, den wir aus dem *Porträt des Künstlers als junger Mann* kennen. Das zweite Kapitel gibt sich schon etwas widerborstiger, und das dritte ist wohl das schwierigste überhaupt: die äußere Wirklichkeit, worin wir uns gerade notdürftig zu orientieren begonnen haben, ist mehr und mehr nur noch reflektiert und Bestandteil einer Folge von sprunghaft eigenwilligen Gedanken – eine Folge von Umwandlungen, die den Leser verwirren. In diesem dritten Kapitel sind viele Noch-nicht-Seetüchtige versucht, die Reise vorzeitig abzubrechen, gerade bevor sie in die einfachsten, so quicklebendigen Gewässer kommen, die ersten Bloom-Kapitel mit ihrer vertrauten Häuslichkeit. Auch diese Ruhe dauert nicht überlang. So nach dem ersten Drittel schlagen Stimmung, Perspektiven, Stillagen um in die bisher überraschendste Folge literarischer Techniken, die jeweils neue Einstimmung verlangen. Und da ist's nun aufschlußreich, wie viele – die wir doch sonst alle so sehr auf neue Reize aus sind – beim ersten Mal reagieren: nicht mit der erwartungsvollen Umstellung auf Andersartiges, sondern nur zu oft mit dem Ärger, dem gewohnheitsmäßige Trägheit zugrunde liegt. Das hat dazu geführt, daß die kritische Literatur mit einer ganzen Reihe von Rechtfertigungsversuchen aufzuwarten hatte für all die Absonderlichkeiten, die sich Joyce herausnahm – und die kaum ein Schriftsteller mehr außer acht läßt. Warum also, so wurde gefragt, all diese Wechsel, diese Parodien?, hat es einen Sinn, wenn ein Kapitel als Frage-und-Antwort-Spiel, ein anderes als Schauspiel daherkommt?, kann man Musik mit der Sprache nachbilden?, sind die historischen Stilimitationen wirklich notwendig... usw. In solchen Fragen wurde immer wieder eine Norm unterstellt, die Joyce offensichtlich verleugnet hatte. Es fiel lange nicht allen frühen Lesern ein, die rein formale Fülle erst einmal als Bereicherung zu empfinden. Joyce fühlte sich nicht verpflichtet, in seinem Epos lediglich die hergebrachten Techniken noch ein weiteres Mal abrollen zu lassen. Er setzte konsequent die Mittel ein, die für den Zweck die optimale Wirkung versprachen; das konnten durchaus konventionelle Erzählweisen sein (ja, der *Ulysses* ist unter anderem geradezu ein Kompendium aller traditionellen Verfahren), aber er konnte auch nach Gutdünken neue schaffen. Doch Brüche und Abweichungen wirken zunächst beängstigend. Der Leser scheitert nicht einmal so sehr an der Widerspenstigkeit des Textes als an der eigenen starren Schwerfälligkeit, am Mangel dessen, was bei Odysseus die Behendigkeit ausmachte, das Vermögen, sich auf andere Gegebenheiten einzustellen, und wären diese Gegebenheiten noch so befremdend (d.h. immer befremdend für ihn, der ja als Fremder in andere Vorstellungswelten eindrang).

Wer immer die geistige Beweglichkeit mitbringt oder sie sich im Verlauf der Lektüre aneignet, für den wird der *Ulysses* zum nie vorhersehbaren Abenteuerroman, dem vielseitigsten, aber auch zum komischsten, denn viele der Unstimmigkeiten und Brüche erleben wir als Humor. Doch der *Ulysses* ist auch ein Trivialroman im eigentlichsten Sinn: hier wird Triviales ausgebreitet, wie es die Literatur vorher kaum je unternommen hatte. Neben dem ehrgeizigen Künstler Stephen Dedalus, der sein Abseitsstehen kultiviert, zeigt uns Joyce die einfachen Angestellten und Müßiggänger Dublins mit ihren unscheinbaren Überlebenstechniken. Er wendet sich dem (komplizierten) »einfachen« Menschen zu, der mit den Aufgaben des täglichen, banalen Lebens gerade noch, aber doch nie ganz, zurechtkommt. Joyce tut es ohne die Herablassung, die ihm die ersten Rezensenten gleich abnahmen. Sie nannten Leopold Bloom, aus erhabener Sicht, »*l'homme moyen sensuel*« oder den Durchschnittsmenschen. Joyce weiß um die vielen geringfügigen Pannen und Unzulänglichkeiten, aber er weiß auch, daß es den Durchschnittsmenschen so wenig gibt wie das Gewöhnliche. Im *Ulysses* zeigt sich die Problematik des anscheinend Gewöhnlichen. Vielleicht hat dies George Orwell am treffendsten beschrieben:

> Das wahrhaft Erstaunliche an *Ulysses* zum Beispiel ist, daß es ein ganz alltäglicher Stoff ist. Natürlich enthält es mehr als nur das, denn Joyce hat etwas von einem Dichter und ist zugleich ein Pedant von gigantischem Ausmaß, aber seine eigentliche Leistung besteht darin, daß er uns Vertrautes, Alltägliches zu Papier bringt. Er hat es gewagt – denn es ist

ebensosehr eine Frage der Kühnheit wie der Technik –, das Widersprüchliche unseres innersten Denkens bloßzulegen. Dabei entdeckte er ein Amerika, das jeder vor der Nase hatte, eine Welt, in der jeder seit seiner Kindheit gelebt hatte, ein Stoff, den man für unbeschreiblich hielt und den zu beschreiben Joyce doch gelungen ist. Die Wirkung war, die Einsamkeit, in der jedes menschliche Wesen lebt, wenigstens für Augenblicke aufzuheben. Bei der Lektüre bestimmter Stellen im *Ulysses* hast Du das Gefühl, daß Joyce und Du ein und derselbe sind, daß er alles über Dich weiß, obwohl er Deinen Namen nie gehört hat, daß es irgendwo eine Welt gibt, außerhalb von Zeit und Raum, die Joyce und Dich umfaßt. ('Inside the Whale', 1940)

Das Deutsche liefert für all das die Bezeichnung »Alltag« (die Hermann Broch zu einer kosmischen Ausweitung veranlaßte: »für die neue Generation erst wurde der banale Alltag des *Ulysses*-›Helden‹ Mr. Bloom zum ›Welt-Alltag der Epoche‹«). Und gerade bei der Schilderung dieses so vertrauten und nie reflektierten Alltags zeigt uns der Roman, wie wenig wir das Selbstverständliche zu verstehen imstande sind. Was wir tun können, ist, es von immer anderen Standpunkten neu zu betrachten.

Seinem Inhalt nach ist der *Ulysses* ein Trivialroman. Nur nimmt Joyce auch »trivial« beim Wort und weiß, daß es etwas mit »drei Wegen« *(tri-, via)* zu tun hat – *trivium* war ein Ort, wo drei Wege aufeinandertreffen: und genauso ist noch jedes Detail der Alltäglichkeit ein Schnittpunkt von Linien, die in beliebig viele Koordinatensysteme passen. Auf den Einwand, sein Geschehen sei trivial, hat Joyce einmal geantwortet, das sei es wohl – doch manches sei quadrivial. Damit verweist er auf die Wandlung eines Wortes und auf eine kulturgeschichtliche Entwicklung: im Mittelalter benannte *Trivium* drei klassische Wege, durch die man die Welt sprachlich und gedanklich darstellen und verändern konnte: Grammatik, Dialektik und Rhetorik (das Quadrivium ergänzte sie sogar auf sieben): und mit denselben, aber veränderten Mitteln versucht Joyce, die Welt von 1904 in den Griff zu bekommen. Er spannt aber auch die Abwertung ein, die vom ehrwürdigen Trivium bis zur Abgedroschenheit des heutigen Begriffs geführt hat, auch sie – zugleich Abnützung und Erneuerung – gehört zur Thematik des *Ulysses*. Die Zeiten ändern sich (vor allem die Iren wußten dies rhetorisch zu bedauern), und die Wörter ändern sich mit ihnen. Joyce geht es um die ganze Spannweite von Trivium bis zu trivial. Das Zitat von der »quintessentiellen Trivialität« (S. 269) ist eine von vielen Stellen, wo der Roman noch nebenbei auf seine eigene Thematik hinweist. Ausgeführt ist sie überall.

Die alltägliche Gegenwart selbst ist aber schon so mehrwegig verwickelt und in jedem einzelnen Fall das Ergebnis vielfältiger Prozesse, daß sie sprachlich kaum mehr zu fassen ist. Die Trivialität des Alltags wäre an sich schon spannend und geheimnisvoll genug, um den Roman hervorzuheben; und es ist jedem Leser unbenommen, sich damit zu begnügen. *Ulysses* besorgt auch die Verlebendigung einer Stadt, Dublin, die so spezifisch festgehalten scheint, daß wir sie zu kennen glauben – und in der Tat gehen dann auch viele hin und überprüfen sie auf ihre literarische Richtigkeit, so daß sich ihre Einwohner gegen den Eindruck wehren müssen, ihre Stadt sei *bloß* Abbild einer Romanfiktion. Im Roman allerdings sehen wir die Stadt nicht wie ein Tourist, der über alles informiert werden muß, sondern wie die Einheimischen selber. Das Dublin der Jahrhundertwende mit seinen Pferdedroschken mag heute niedlich und provinziell anmuten, es ist darin gleichwohl etwas evoziert von der Hektik der modernen Großstadt in ihrer Faszination und ihrer Widerwärtigkeit.

Ganz wie beiläufig liefert der *Ulysses* auch eine Art soziologischer Dokumentation über eine bestimmte Schicht einer Bevölkerung um 1900: wir können einiges über ihre Lebens-, Trink- oder Sprachgewohnheiten erfahren, über den Einfluß der katholischen Kirche, die politische Ohnmacht und die vagen Hoffnungen, die Stellung der Frau bis hin zum möglichen »Einfluß des Lichtes von Bogen- und Glühlampen auf das Wachstum von in der Nähe befindlichen paraheliotropischen Bäumen« (S. 840) oder das städtische Wasserversorgungssystem. Es ist möglich – und sogar sinnvoll –, einen *Topographischen Führer zum Ulysses* zusammenzustellen, der nicht nur Stadtpläne und einen Grundriß von Blooms Haus enthält, sondern auch ein Verzeichnis aller erwähnten Geschäfte und

Kneipen (mit Anschriften). So ist ein erster Eindruck der eines überwältigenden Realismus oder (auf Bezeichnungen soll's hier nicht ankommen) Naturalismus. Nur wird bald einmal klar – und das wäre spätestens der zweite Eindruck –, daß dieser Realismus einerseits übersteigert wird und andererseits irgendwo in ein Gegenteil umschlägt. Je konsequenter Realität nachgeahmt wird, desto mehr rückt das Verfahren der Nachahmung in den Blickpunkt. Wenn ein Kapitel, das sich mit der Zeitung befaßt, sich in einer Druckerei und einer Redaktion abspielt, selber typographisch beinahe wie eine Zeitung auftritt – und was könnte »realistischer« sein? –, dann entsteht auch eine offenkundige und absurde Abwegigkeit, die allmählich überhandnimmt. Der *Ulysses* gibt sich immer offener als ein Kunstwerk, ein Mach-Werk, zu erkennen: die beste Nachahmung ist lediglich die geschickteste Täuschung, so künstlich wie jede denkbare andere Methode. So wendet sich der *Ulysses* immer mehr von der Illusion der *Realität* zur *Illusion* der Realität und wird dadurch gleichzeitig zum superrealistischsten aller Romane und zum absurd unrealistischsten.

Ganz entsprechend ist, wie schon erwähnt, jedes triviale Detail Schnittpunkt vieler Linien in vielerlei Ordnungsschemen: psychologisch, theologisch, geschichtlich, politisch, phänomenologisch, mythologisch... usw. Die Langweiligkeit jeder solchen Aufzählung steht in strengem Gegensatz zu der Dynamik, mit der sich bei Joyce alle Kategorien weigern, voneinander losgelöst zu bleiben oder letztlich überhaupt Gültigkeit zu haben. Jede Einzelheit läßt sich in zahlreiche Kontexte einordnen – *Ulysses* ist der Roman mit den meisten denkbaren Kontexten und Zusammenhängen. Joyce war realistisch genug, um allen gängigen Vereinfachungen nicht mehr zu trauen. Das ist ein Grund, warum die Perspektiven und Techniken wechseln müssen. Es gibt keinen vorrangigen Standpunkt, weder die scheinbar objektive Schilderung, noch die Ich-Erzählung, noch die Simulierung des »Bewußtseinsstroms«, noch irgend eines der herkömmlichen literarischen Verfahren von Homer bis Nietzsche, noch die wissenschaftliche Präsentation. Jede Norm ist künstlich, gewählt aus Opportunitätsgründen (Odysseus war einer der ersten Opportunisten): aus den jeweils verschiedenartigen Abnormitäten setzt sich so etwas wie eine Gesamtschau zusammen. Die Befreiung von literarischer Normierung hat ihre Entprechung im Psychisch-Moralischen: auch hier hat der *Ulysses* mitgeholfen, menschliche Motivation anders als lediglich mit den Begriffen einer Religion oder eines Strafgesetzbuchs zu verstehen. Da ebenfalls nähert sich Joyce in seiner Haltung der naiv beobachtenden, nichturteilenden von Sigmund Freud: von anderer Warte aus hatte ja auch Freud bisher unbeachtete Erscheinungen des Alltagslebens auf ihre verstrickten Hintergründe untersucht.

Von der Psychopathologie des täglichen Umgangs hatte Joyce schon in seinem Erzählband *Dubliner* (begonnen 1904) etwas aufblitzen lassen und dabei sowohl Individuen in ganz bestimmten Situationen geschildert, in den verschiedenen Stadien möglicher Fehlentwicklung und Gebundenheit, wie auch ein Bild der damaligen Gesellschaft entworfen – und erst noch seine Heimatstadt Dublin genauestens dargestellt – als ein Milieu, das durch all diese Menschen erst entsteht und das sie dann gleichermaßen wieder prägt. Der Titel – *Dubliner* – vereinigte Individuum und gesellschaftliche Umwelt. In seinem ersten Roman wandte sich Joyce dem besonderen Individuum zu, dem Künstler – wohl mit dem Wink, daß sich jeder für etwas Besonderes hält, aber auch jeder seine schöpferischen Anlagen hat. Stephen Dedalus, der sich in einer ihm nicht sonderlich gewogenen Umwelt durchzusetzen sucht, hat etwas von James Joyce, wie er bei anderen Lebensumständen hätte werden können, aber er wird von seinem Autor gleichzeitig aus kritischer Distanz schonungslos in seinen Entwicklungsphasen enthüllt. Der Bildungsroman trägt den weitschweifigen Titel *Ein Porträt des Künstlers als junger Mann*. Diese übergenaue Bezeichnung, die den Gegenstand pedantisch zu fixieren sucht, gesteht auch die Unmöglichkeit einer derartigen Fixierung ein. Durch die Betonung nicht *des* Porträts schlechthin (als gäbe es ein gültiges), sondern eines unter vielen denkbaren, ist eine Relativierung angedeutet. Der Roman setzt sich zusammen aus einer Reihe von Bildnissen des (noch nicht) Künstlers als eines wahrnehmenden Kindes, eines Knaben, eines Jünglings und so weiter, wobei die Darstellungsart in bewußtem Gegensatz zum starren Bild gerade an die aufkommende neue Kunst der bewegten Bilder *(motion pictures)* erinnert, eine Kunst, mit der Joyce viel gemein hat: die Veränderung des Blickpunktes, die Möglichkeit des panoramischen Überblicks, der Nahaufnahme oder der Montage. Technik und Gesichtspunkt sind dem jeweiligen Reifeprozeß – mit seinen Rückfällen – angepaßt. Aus der Dynamik des Heranwachsens entsteht ein weiterer Gegensatz zur statischen Vorstellung eines Porträts. Gegensatz wie Relativierung ist enthalten schon im Titel, vor allem im konjunktiven und distanzierenden »als«.

Relativierung kennzeichnet noch viel mehr den *Ulysses*, der ja auch noch eine Fortsetzung des *Porträts* bleibt und der Geschichte von Stephen Dedalus noch eine weitere Wendung gibt. Der Titel besteht aus einem bloßen Namen, dessen bekannter Träger, Homers Odysseus, im Roman überhaupt nicht vorkommt. Er bildet zunächst einen frei verfügbaren Gegenpol, einen außerhalb stehenden Blickpunkt. Zu ihm *kann* die Oberflächenhandlung in Bezug gebracht werden. Es ist der Neigung des Lesers überlassen, diesen Weg zu versuchen und Vergleiche anzustellen. Er wird Ähnlichkeiten feststellen oder Verzerrungen, und sogar Umkehrungen. Durch gegenseitige Bespiegelung von Mythos und Gegenwart kommt je nach Geschmack eine Abwertung unserer Zeit zustande (T. S. Eliot schien es so zu sehen), oder deren Erhöhung: ganz sicher aber entstehen vielfältige Ansätze und möglicherweise ein Blick darauf, was die Menschheit über Länder, Zeiten und Kulturen hinweg an Gemeinsamem, Archetypischem, aufzuweisen haben könnte. Zwei Zeitalter sind überlagert, Joyce scheint es auf das größtmögliche Spektrum angelegt zu haben. Der Bogen reicht von den Anfängen der griechischen Antike (und natürlich auch, durch die vielen alttestamentarischen Bezüge, von der hebräisch-christlichen Kultur) bis zum letzten Erzeugnis des Abendlands. Der *Ulysses* setzt sich zwischen und über die Zeiten. Paradoxerweise ist der zeitlich am genauesten determinierte Roman (mitunter wissen wir auf die Minute genau, wo sich was abspielt; s. S. 305) auch der zeitlos offenste, der die sich selbst gesetzten Begrenzungen immer wieder durchbricht. Das 19. Jahrhundert hatte durch die abenteuerlichen Forschungen der Philologie auch die Geschichtlichkeit des Wortes entdeckt. Die Sprache ist neben vielem anderem auch ein historisches Museum; jedes Wort kann auch auf sein eigenes Gewachsensein hinweisen. So beutet Joyce die kinetische Energie etymologischer Zusammenhänge aus (»trivial« ist wieder ein Beispiel): im gegenwärtigen Zustand schlagen sich noch Vorstufen und ein langer Entwicklungsprozeß nieder. Die Bedeutung erstarrter Metaphern kann zu neuem Leben aufgeweckt werden.

Der *Ulysses* enthält alle Formen des Englischen, in räumlicher Ausdehnung von der mit gälischer Syntax unterlegten Sprache der Anglo-Iren bis zum Pidgin-English der Südsee, und von den angelsächsischen Anfängen bis zum letzten amerikanischen Slang. Ein Kapitel betont geradezu das Wachstum der Sprache: es setzt sich zusammen aus Annäherungen an literarische Stile. Damit wird das Geschehen in zeitliche Dimensionen verfremdet: die Handlung wird aufgezeichnet, wie sie ein Bunyan, ein Swift oder Dickens hätte schildern können. Dabei ändern sich Sprache, Dialog, Kleider, Umgangsformen und sogar die Handlung selbst, wie um anzudeuten, daß eine von der Darstellungsart unabhängige Erzählung gar nicht möglich ist. Dieses durch Zeitraffung der Formen anspruchsvollste Kapitel ist ausgerechnet der Geburt eines Kindes zugeordnet: das Hervorquellen sprachlicher Formen wird als biologischer Vorgang gesehen. Sprache wächst so gut wie die Keimzellen, ist lebendig, wandlungsfähig; es ist »natürlich«, daß embryonale Entwicklung sich als sprachliche und literarische Entwicklung (inbegriffen Fehlentwicklungen) offenbart – ganz »natürlich« oder aber, je nach Standort, auch ausgefallen künstlich, nur ein weiterer der vielen Kunstgriffe der Literatur, die ihrem Wesen nach alles mit Buchstaben zu bewältigen hat. Die Übersetzung gerade solcher Stellen bietet erwartungsgemäß ganz besondere Schwierigkeiten – schon deshalb, weil dieses biogenetische Kapitel aus lauter Übersetzungen (zurück in eine stilistische und kulturelle Vergangenheit) besteht und somit diese ganzen Übersetzungen noch einmal zu übertragen sind, und erst noch in eine ganz anders gewachsene Sprache mit anderer Geschichte. Dabei entstand eine deutsche Nachschöpfung, die, unvermeidlicherweise, viele konkrete Eigentümlichkeiten der englischen Literaturgeschichte verflachen mußte, aber andererseits die sprachlichen (und in diesem Fall besonders die orthographischen) Veränderungen ausnahmsweise eher verstärkt zum Ausdruck brachte.

»Ulysses« ist, wie gesagt, eine andere Form von Odysseus – und gerade darum scheint es Joyce vor allem zu gehen: um *andere Formen*. Joyce war nicht genialer romantischer Erfinder von originellen Fabeln. Er fand lediglich neue Arten zu sagen, daß es unter der Sonne nichts Neues gibt. Er ist der meisterhafte Umformer des Vorgefundenen. Er kann Zusammenhänge herstellen, zu Vergleichen anregen, das Vertraute neu entdecken. Schon im *Porträt* lehnt er sich an Ovids *Metamorphosen* an, die griechischen Mythen, die von einem römischen Dichter einem andern Geschmack angepaßt worden sind. Dem fügt Joyce seine Umsetzung der Metamorphosen von Stephen Dedalus bei, und im *Ulysses* die Metamorphose von schlechthin allem. Das Buch hebt an mit einer Verulkung der Transsubstantiation, der Verwandlung von Brot und Wein in der heiligen Messe. Und bald nach seinem ersten Auftritt erklärt Mr. Bloom seiner Frau umständlich das Wort »Metempsychose« als Seelenwanderung und Verwandlung; sie aber setzt es charakteristischerweise um in etwas ihr Entsprechendes – »Mit ihm zig Hosen«. Solcherart sind die Signale der Wandlungen im *Ulysses*. Das schon erwähnte dritte Kapitel ist deshalb nicht einfach zu bewältigen, weil darin die proteische Verwandlung vielfältig inszeniert und in den abstrusen Gedanken eines gequälten, poetisch-sprachschöpferischen Mannes noch einmal umgeformt wird. Joyce setzte sich das schwierigste Ziel, nicht so sehr Dinge zu beschreiben, als Vorgänge wiederzugeben, Prozesse, Abläufe, darunter auch die fluktuierenden, nicht stillehaltenden Gedanken selbst, in ihrer Flüchtigkeit und Unberechenbarkeit.

»Es strömt und fließt doch unaufhaltsam dahin, niemals dasselbe, was uns der Strom des Lebens bringt« (S. 213) ist Blooms volkstümliche und von Gemeinplätzen getragene Annäherung an diesen Zug des Romans. Der *Ulysses* ist Joyces Buch der imaginären Metamorphosen. Jedes Thema wird variiert, und auch der Roman ändert seine Gestalt, nimmt bei Gelegenheit die Form einer Zeitung, eines Bühnenstücks, eines Katechismus an, wird zu Zeiten amorph oder enthält Noten, Verse, eine Ouvertüre, eine Bilanz, Kataloge, eine Bücherliste – je nachdem. Als wollte es gleichzeitig ein Roman des zwanzigsten Jahrhunderts, die *Odyssee*, ein Shakespeare-Stück, eine Oper, ein Groschenblatt sein und dazu noch eine Grammophonaufnahme der Wirklichkeit und wohl auch umgesetzte Liturgie.

Wie die einzelnen Kapitel, so steht auch der Roman als Ganzes im Schnittpunkt verschiedener Beziehungssysteme. Das relativierende »als« vom *Porträt* wirkt unbesehen auch im *Ulysses*. Wir können den Roman auffassen als naturalistische Erzählung, als zeitgeschichtliches Genrebild, als Unterlagensammlung zur Tiefenpsychologie, als soziologisches Dokument oder als Triumph virtuoser Sprachbeherrschung. Er ist eine Darstellung der geschichtlichen Spannungen Irlands (die heute in Nordirland auffällig gewaltsam nachwirken). Er ist die radikalste Übertragung des homerischen Epos in unsere Sprache und Zeit. In einem Brief beschrieb Joyce den *Ulysses* als »Epos zweier Rassen (Israeliten-Iren)« und zugleich als »Zyklus des menschlichen Körpers« ebenso wie »die *storiella* eines Tages«. Und so weiter. (Und so geht es tatsächlich weiter.)

Einzelne Aspekte verkörpern sich besonders deutlich in einzelnen Kapiteln (die sich unverwechselbar voneinander unterscheiden). Am bekanntesten geworden ist das Schlußkapitel, der Monolog von Molly Bloom, pausenlos, unzäsuriert, ein scheinbar amorphes Ineinanderströmen von Gedanken zu einem einzigen langen endlosen Unsatz. Dann wieder gibt sich ein Kapitel spröd als ein Gewirr mechanischer Bewegungen: das großstädtische Miteinander- und Aneinandervorbeileben im gewollt oberflächenhaften Kapitel der »Irrfelsen« (die homerischen Titel, nicht Bestandteil des Romans, haben sich als Orientierungshilfen eingebürgert). Oder das Geschehen, in einer Zeitungsredaktion, wird seinerseits story- oder artikelmäßig aufgegliedert und mit Schlagzeilen versehen. Dann hört sich eine Episode an als musikalisches Arrangement, als Variationen zu den bereits gegebenen Themen, und der Laut erhält den Vorrang (es geht auch um das Motiv der Verführung durch die Sirenen). Dazu bildet dann etwa die nüchterne Bestandsaufnahme des zweitletzten Kapitels einen der formalen Gegensätze. Hier wird in einem Katalog von Fragen und Antworten viel auf Meßbares reduziert. In einer weiteren Permutation treten alle Elemente in einem Verwandlungsstück auf, das die Hoffnungen und Ängste der Charaktere grotesk übertrieben auf Bühnenrollen projiziert. Teilansichten dieser Art runden sich im Gedächtnis des Lesers zu einer Gesamtsicht.

Angesichts der vorherrschenden Vielseitigkeit und der vielschichtigen Verdrehung noch zu fragen, worin nun das Eigentliche, die Quintessenz, bestehe, wird dabei müßig – doch die Frage danach bleibt gleichwohl eine beständige Irritation. An Antworten fehlt es nicht, der Deutungen sind viele. Nichts scheint fixiert, eines der durchgehenden Themen ist das Streben, das in den Griff zu bekommen, was hinter den proteischen Wandlungen möglicherweise steckt. Dabei ist wenig Verlaß auf Etiketten, Begriffe, Namen. Selbst Identitäten entgleiten.

Im Mittelpunkt des *Ulysses* wirkt Leopold Bloom, ein vielgewanderter Mann, der sich verhältnismäßig geschickt auf die geringfügigen Verwandlungen versteht, die wir Anpassung an die Gegebenheiten nennen. Er ist ein Mensch von wachen Sinnen, einfühlsam, doch nicht so beschlagen in der Rede wie die meisten seiner Mitbürger in Dublin – deren Beredtheit eine weitere realistische Entsprechung zu der rhetorischen Vielfalt des Romans abgibt – und deshalb eher schweigsam und beobachtend. Nach mancherlei Anläufen übt er jetzt einen Beruf aus, der für das 20. Jahrhundert typisch geworden ist. Als Anzeigen-Akquisiteur ist er in der Werbung tätig, vermittelt er verbale oder graphische Illusionen, Wunschvorstellungen, den Schein.

Bloom ist in den drei vorherrschenden Religionen – dem allgegenwärtigen Katholizismus, dem Protestantismus der Oberschicht und dem Judentum seiner Vorfahren – gleichermaßen nicht zuhause. Seine Stellung als Außenseiter schärft seine Sinne als stiller Kommentator mancher institutionalisierter Unstimmigkeiten. Wie jedermann muß er verschiedene Rollen spielen, als Familienvater, Ehemann, als Berufstätiger, gelegentlich als behutsamer Liebhaber; er macht sich zum Retter und Beschützer von Stephen Dedalus, er kann Auskünfte geben und Wege weisen, er wird zum Opferlamm oder zum Sündenbock, seine Wünsche machen ihn zum Politiker und Reformer, seine Ängste zum Perversen und Verbrecher, er ist je nachdem vorsichtig, feige, unbesonnen, mutig, masochistisch oder androgyn – und zu alledem kommen die Rollen, von denen er selber nichts ahnt – Odysseus, Moses, der Ewige Jude.

Immerhin hat er einen soliden Namen. Der ist allerdings eine Übersetzung vom ungarischen *Virag* (Blume), und in seiner Korrespondenz nennt er sich Henry Flower. Seine Frau ruft ihn Poldy, seine Bekannten kennen den Vornamen nicht. Ein Wachmann scheint den Namen durchdeklinieren zu wollen: »Bloom. Von Bloom. Für Bloom. Bloom.« (S. 625), in konkaven oder konvexen Spiegeln erscheint er verzerrt zu »lugubrun Booloohoom« oder »Jollypoldy, der Rixdixdoldy« (S. 608). Ein neues Bloomusalem wird gegründet, es gibt Bloomitinnen und – zum Ergötzen seiner Frau – »Bloomer« als Bezeichnung für Damenunterhosen. Ein Druckfehler verballhornt den Namen zu L. Boom, und dann gibt es Abwandlungen wie Professor Luitpold Blumenduft, Senhor Enrique Flor, Don Poldo de la Flora und weitere blumige und blühende Varianten. So führt also der anscheinend so fixierte Bloom schon grammatikalisch oder nominal eine vielfältige Existenz, er wird geradezu zum Beispiel der grammatikalischen Abwandlung. Wer Bloom, das universelle Paradigma, zu flektieren versteht, der hat auch etwas vom Menschen schlechthin erfaßt, genau so wie der 16. Juni 1904 zum Weltalltag geworden ist.

Wer hier noch auf Gewißheit aus ist, wird enttäuscht. So ist der *Ulysses* auch noch das Buch der vielfach variierten Ent-täuschungen. Die alten, theoretisch längst bekannten Fragen der Erkenntnis tauchen hier unmittelbar im alltäglichen Geschehen auf und sind, bald nachhaltig, bald unauffällig, in Sprache umgesetzt. Schein und Wirklichkeit, Phänomen und Vorstellung, Wahrheit und Spekulation, Fakten und Fiktionen gilt es zu unterscheiden, aber sie lassen sich doch nicht ganz auseinanderhalten. So wird der *Ulysses* ganz nebenbei noch zu einer praktischen Anleitung zur Skepsis, einer Übung darin, nichts zu glauben – am allerwenigsten einer Einführung von der vorliegenden Art – und alles zu prüfen, nichts anzunehmen und nichts zu verwerfen.

Doch das klingt schon wieder bedenklich didaktisch und lenkt – wie alles, was zum *Ulysses* zu sagen ist – auf falsche Fährte, schon deshalb, weil es einen Wesenszug nicht anspricht, den der Roman erst nach einiger Zeit preisgibt: Der *Ulysses* gehört zu den ganz großen Werken der Komik (vielleicht weil allein die Komik die Verzweiflung des Daseins noch erträglich macht). Der *Ulysses* ist eines der lustigsten Bücher überhaupt. Und auch darin wandelt er sich mit der Zeit: er wird, beim Wiederlesen, nur immer noch lustiger.

Und er bleibt auch – nach bald sechzig Jahren – zum Glück noch immer ein anstößiges Buch, das uns nicht in Ruhe läßt und nicht in Ruhe lassen darf.

(1979)

Was schert es uns, wie der Dichter lebte?

Ulysses S. 265

KORRESPONDENZEN

Joyce in den Briefen

Seine außergewöhnlichen Anlagen verwandte Joyce mit seiner ganzen Kunstfertigkeit für seine nicht sehr zahlreichen Werke, und die Leidensgeschichte dieser Werke tritt denn auch in den Briefen unmittelbar in den Vordergrund. Die Briefe selber aber sind eher kunstlos, zumeist spontan, und fast alle sind auf einen bestimmten und oft recht konkreten Zweck ausgerichtet. Joyce schrieb viel, weil er viel brauchte: Geld, Unterstützung, Bücher, Auskunft, Einzelheiten von Dublin, Ermunterung, Anerkennung – und Liebe. Er schrieb aber nicht weniger eifrig, wenn er sich für seine Freunde und für seine Familie einsetzte. Ein großer Teil der Briefe ist eine Art Geschäftskorrespondenz mit widerwilligen Verlegern, über Geschäfte, die oft nicht zustande kommen sollten. Doch auch der geringste Anlaß bewegt Joyce dazu, immer andere Seiten seiner irgendwie doch entrückten Person herauszukehren – nicht selten in einer gewollten Pose.

Zürich 1915 bis 1919

Am 30. Juni 1915 schreibt Joyce vom Gasthof Hoffnung aus, ohne vorerst zu wissen, wo er sich niederlassen will. Er bleibt in Zürich; aber über die Stadt und ihre bunte Mischung begabter Flüchtlinge und Verkünder neuer Bewegungen läßt er sich kaum aus. Das alles hat er ja gewissermaßen im Haus, und seinen Angelegenheiten, den Büchern, die eben jetzt erst allmählich zu Büchern werden, gilt die ganze Korrespondenz. In England sind Pound und Yeats für ihn tätig, ebenfalls H. G. Wells. H. G. Wells war es auch, der Joyces Begabung gleich erkannte, einige seiner Vorbehalte aber in einen Ausdruck kleidete, von dem eine Abwandlung in jüngster Zeit wiederum auf die neueste Literatur angewendet worden ist: Wells sprach von der »cloacal obsession« von Joyce – der kloakalen Besessenheit. Anders Ezra Pound, dessen Begeisterung fühlbar ist:

> Eben hab ich den tollen Schluß von »A Portrait of the Artist« gelesen und versuche erst gar nicht, Ihnen zu sagen, wie gut er ist, um nicht in haltlosen Überschwang auszubrechen... Jedenfalls halte ich das Buch für eine harte und vollkommene Sache... Ich glaube, daß das Buch zeitlos ist wie Flaubert und Stendhal.

Mit gleicher Aufrichtigkeit beurteilt er aber auch *Exiles*, das er für lange nicht so intensiv hält wie den Roman, und mit eben derselben Aufrichtigkeit wird er später dann auch *Finnegans Wake* ablehnen. Joyce selbst hielt große Stücke auf sein Schauspiel, und wir sehen an einer seiner Bemerkungen, daß er sich um eine Aufführung in Bern bemühte.

Nun waren natürlich Yeats (dessen Urteil über *A Portrait* den unverkennbaren Tonfall aufweist: »His work has a curious brooding intensity«) und Pound die Avantgarde ihrer Zeit. Ein Bericht eines Verlagslektors, Edward Garnett, ist noch mehr in traditionellen Vorstellungen befangen. Der Roman hat große Anlagen, findet Garnett, ist aber formlos, langweilig, zu unkonventionell, und eine gründliche und sorgfältige Überarbeitung wird empfohlen (die sorgfältige Struktur von *A Portrait* ist heute Gegenstand vieler kritischer Untersuchungen geworden – ohne Garnetts Überarbeitung). Es wäre aber zu leicht und ungerecht, einem zeitbedingten Urteil aus unserer gesicherten Distanz kritischen Unverstand zuzuschreiben. Garnett war einer der feinsinnigsten Kenner und Entdecker der Literatur seiner Zeit. Vielleicht dienen solche Fehlurteile, gegen die kein Kritiker gefeit ist, am ehesten als Warnung für uns alle, wenn wir uns etwas wirklich Neuem gegenübersehen. Ezra Pound hat freilich wenig Nachsicht mit dem Elaborat des Lektors:

> Man höre sich dieses winselnde Gequengel an! Zu »unkonventionell«! Was zum Teufel tut uns denn mehr not als ein Abgehen von der unsäglichen Eintönigkeit der alljährlichen, nach wöchentlich für 6 Shilling feiner Pear's-Seife duften-

den Romane… »Schlampig geschrieben« – das von dem allereinzigen, oder doch fast allereinzigen Stück zeitgenössischer Prosa, an dem man sich Satz für Satz freuen und das man mit Vergnügen zum zweiten Mal lesen kann.

Ein Wunsch von Ezra Pound ist bis auf den heutigen Tag unerfüllt geblieben: »And damn the censors.«

So werden eine Zeitlang die Briefe, die Joyces Freunde schreiben, aufschlußreicher als seine eigenen. »My whole life seems to be taken up with useless correspondence« klagt er. Leider sind gerade die Jahre, da er das *Portrait* und die Anfangskapitel des *Ulysses* schrieb, im Hinblick auf diese Werke nicht ergiebig, hauptsächlich wohl deswegen, weil es an einem verständnisbereiten Vertrauten fehlte. Das war erst wieder der Fall beim Engländer Frank Budgen, den Joyce in Zürich kennenlernt und dem Joyce später immer wieder aus der Werkstatt berichtet in den für das Verständnis von *Ulysses* wichtigsten Briefen. Am 10. Oktober lesen wir die knappe Angabe an Harriet Weaver:

> Ich danke Ihnen auch, daß Sie sich so freundlich nach dem Buch, an dem ich schreibe, erkundigen. Ich arbeite daran so gut ich kann. Es heißt *Ulysses* und spielt in Dublin im Jahr 1904.

Vorerst sind ein paar Korrekturen im Text, die einem Freund mitgeteilt werden, aber noch der einzige Einblick in die Entstehung des Romans.

Mittlerweile haben auf den Briefköpfen die Adressen mehrmals gewechselt, die Familie hält sich über zwei Jahre im Zürcher Seefeld auf. Von örtlichem Geschehen erfahren wir wenig (zum Glück haben wir die Erinnerungen der Zürcher Freunde). Im Herbst 1916 stellt sich der erste schwere Anfall jener schmerzhaften Augenleiden ein, die jahrelang nicht mehr abbrechen und Aufenthalte in Kliniken und Operationen notwendig machen werden. Das Klima von Zürich paßt Joyce nicht; einige Monate verbringt er in Locarno. Er verfaßt Limericks über Bekannte, wird ungeduldig, daß die ›NZZ‹ sein Buch noch nicht besprochen hat, und schreibt dankbar an die Rezensentin des Romans im ›Journal de Genève‹ und gibt ihr seinerseits literarische Ratschläge. Ein Prozeß mit einem Angestellten des britischen Konsulats ist in einem Protokoll des Bezirksgerichts Zürich festgehalten. Ein Brief von Stefan Zweig deutet auf einen der wenigen Kontakte, zu denen sich Joyce im an literarischen Bewegungen nicht armen Zürich des Ersten Weltkrieges bereit fand.

An Nausikaa von Odysseus

Von mehr als nur lokaler Bedeutung ist das Zeugnis einer (wohl eher harmlosen) Liebschaft mit einer jungen Schweizerin, Martha Fleischmann, das seinen Niederschlag in vier Briefen gefunden hat, die nun zum erstenmal an die Öffentlichkeit gelangen. Das Vorhandensein dieser Briefe verdanken wir Prof. Heinrich Straumann, der in einer gedrängten Einführung schildert, wie die Briefe in seine Hand kamen, und wesentliche Aufschlüsse gibt über die Person und den Hintergrund der Empfängerin. Ellmann nennt die vier Briefe, die französisch und zu einem geringeren Teil deutsch geschrieben sind, »bizarr«.

Das Ineinandergreifen von Leben und Werk bei Joyce ist oft bemerkt worden; in diesen Briefen liegt davon ein Musterbild vor uns. Die recht einseitige Liebschaft, die Joyce sicher sehr nahegegangen ist, erhält ihr eigentümliches Gewicht durch das, was Joyce später für ein Kapitel daraus schlagen kann – das Nausikaa-Kapitel von *Ulysses* nämlich, an dem er wenige Monate später zu schreiben beginnt. Wie Heinrich Straumann erwähnt, enthielt die Korrespondenz früher eine nicht mehr erhaltene Postkarte, auf der Joyce Martha »Nausikaa« und sich »Odysseus« nannte. Im Roman ist Leopold Bloom Odysseus, und der Nausikaa entspricht ein schwärmerischer Dubliner Backfisch, Gerty MacDowell. Und hier – in diesen vier Briefen – sehen wir vor unseren Augen etwas von dem Vorgang, durch den aus dem Erleben Literatur wird. Die Situation an der Universitätstraße (wo Joyce wohnt) und an der Culmannstraße (wo Martha am Fenster von Joyce gesehen werden kann) wird aber nicht einfach übernommen und an den Strand von Dublin verlegt, sondern verwandelt und zum Teil in ihr Gegenteil verkehrt. So wird die Schwärmerei, die in Wirklichkeit ganz Joyce zukam, auf das Mädchen übertragen, während Bloom, der Mann, seine Nüchternheit bewahrt. Der Ire Joyce hielt Martha Fleischmann für eine Jüdin, und auch hier verhält sich der Roman genau umgekehrt – Bloom, der Jude, beobachtet »ein schönes Exemplar der irischen weiblichen Jugend«.

Ganz verblüffend sind aber einige Anklänge, zum Teil wörtliche, die ein Vergleich der vier Briefe mit dem Nausikaa-Kapitel zutage fördert. Joyce beginnt damit, daß er am Abend auf ein Zeichen von ihr gewartet hat: »en attendant votre signe«. Auch das entsprechende Kapitel spielt sich am Abend ab, und Gerty gibt Bloom ein Zeichen. »Je veux vous voir«, schreibt Joyce wiederholt, und im Buch hat Bloom eine willkommene Gelegenheit, Gerty zu betrachten. Joyce erwähnt Marthas Kleidung und ihren großen Hut; einen großen Hut trägt auch Gerty, und in fraulicher Eitelkeit beschäftigen sich ihre Gedanken immer wieder mit Kleidern und mit der Mode. Im Glauben, daß Martha Fleischmann eine Jüdin sei, spielt Joyce in seinem ersten Brief auf die Geburt Jesu an und auf den Leib der Jungfrau Maria: »dans le ventre d'une femme juive« – sicher eine seltsame Art der Liebeswerbung. Nun sind aber Anspielungen auf die Jungfrau Maria gerade ein Hauptmerkmal des Nausikaa-Kapitels: Gerty MacDowell ist in bewußter, ironischer Analogie zu der gebenedeiten Jungfrau porträtiert. Von der »fascination«, die Joyce zu schaffen gibt, ist auch in Gertys und in Blooms Gedanken die Rede. Joyce bekennt sich zu Sünden: »j'ai vécu et j'ai péché et créé«. Gerty hält Bloom für einen geheimnisvollen, faszinierenden Sünder: »a word of pardon even though he had erred and sinned and wandered« (die Jungfrau Maria ist die Zuflucht der Sünder).

»Comprennez-vous [*sic*] peutêtre le mystère de votre corps quand vous vous regardez dans la glace« läßt sich vergleichen mit jenem »mysterious embrace«, der das Kapitel einleitet, und mit Gertys fraulicher Neigung, sich im Spiegel zu besehen. Joyce nennt Martha »gracieuse« und Gerty verschiedentlich »graceful« (worin natürlich auch wiederum ein Anklang steckt an *Maria, gratia plena* – »full of grace«). Martha ist »rêveuse«: in Nausikaa ist Gerty »gazing out of the window *dreamily*« (in Zürich war es Joyce, der von seinem Fenster aus Martha zusah). Etwas melodramatisch bemüht Joyce gleich »ma destinée«, während Bloom dem gleichen Gedanken etwas gelassener nachgeht: »Still there is destiny in it, falling in love.« Wie Joyce seine Leiden aufführt (»moi, j'ai souffert aussi«), so erhöht dann Gerty MacDowell Bloom zu einem mit romantischen Leiden verbrämten Helden: »If he had suffered, more sinned against than sinning... she cared not«, worin sich auch wieder die Rolle der Jungfrau Maria als Trösterin der Leidenden abzeichnet. »Je voudrais vous envoyer des fleurs mais j'ai peur«, gesteht Joyce. Im Roman anderseits denkt Gerty sehnsuchtsvoll an ein Bild, dessen Schmelz wir uns vorstellen können, wo ein Jüngling seiner Geliebten einen Strauß Blumen überreicht. Joyce geht immerhin so weit, Martha einen Band seiner Gedichte zu schenken, und beobachtet, daß sie das Buch einmal in der Hand hält. Auch Gerty MacDowell hat ein Verhältnis zur Poesie:

> ... sie spürte, daß auch sie Gedichte schreiben könnte, wenn es ihr nur gelang, sich so auszudrücken wie jenes Gedicht, das sie so tief berührt hatte und das sie sich aus der Zeitung abgeschrieben hatte, die sie eines Abends um das Suppengemüse gewickelt fand. *Bist real du, Ideal du?* hieß es... und danach kam etwas mit *wenn mich Zwielicht sanft umdämmert*, und oftmals hatte die Schönheit der Poesie, so traurig in ihrer flüchtigen Lieblichkeit, ihre Augen mit stillen Tränen getrübt... (Ulysses S. 507–508)

Marthas Gesicht kommt Joyce »so blaß, so müde und so traurig« vor (diesmal deutsch geschrieben). Im Buch ist selbst das auf Bloom übertragen, mit seinem »pale intellectual face«, »the story of a haunting sorrow was written on his face«, und Bloom ist zweifellos müde. Joyce beschwört noch ein Bild von sanftem Tau im letzten Brief, und der Tau der Nacht senkt sich auch am Ende des Nausikaa-Kapitels hernieder. Dieser letzte Brief, datiert »Maria Lichtmesse 1919« (das Englische dafür ist »Candlemas«: zum symbolischen Hintergrund der Nausikaa-Handlung gehören Kerzen), endet mit einer Stelle aus der Litanei: »O rosa mistica, ora pro me!« Genau diese Stelle ist auch im Romankapitel angeführt, wo aus der nahen Kirche die Worte »pray for us, mystical rose« erklingen.

Diese Häufung von Entsprechungen ist sicher nicht zufällig. Sie zeigt, wie Joyce, verstrickt in ein heimliches Verhältnis mit all seinen Spannungen und Peinlichkeiten, nicht lange darauf dieses Erleben künstlerisch verwenden kann. Dabei parodiert er sich selbst, macht aber eine Frauengestalt zum Gegenstand dieser Parodie. Darin steckt möglicherweise etwas Vergeltung für die Enttäuschung, die er erlitten hat. Jetzt fällt die ganze Lächerlichkeit – allerdings nicht bösartig – auf das Mädchen, zumal es noch mit dem Geschmack rührseliger Mädchenromane ausgestattet ist. Man kann auch hier den Eindruck gewinnen, als hätte Joyce, wie er es einst von sich sagte, wenn auch hier nicht unbedingt bewußt, sein Leben zu einem Experiment gestaltet, das sich literarisch auswerten läßt.

Damit sind aber die Bezüge noch nicht erschöpft. Es ist wahrscheinlich, daß gewisse Zufälligkeiten Joyce dieser jungen Schweizerin noch etwas näher brachten, als es ihre Faszination allein vermocht hätte. Schon ihr Name könnte dazu beigetragen haben (Joyce war von Wörtern und Namen nicht weniger fasziniert als von Frauen). Als er Martha Fleischmann kennenlernte, hatte er bereits eine Martha in seinen Roman eingefügt, und mit dieser Martha pflegt Bloom einen heimlichen Briefwechsel. Das macht Joyce seinem Helden nach und führt die Ähnlichkeit so weit, daß Joyce und Bloom, wie Heinrich Straumann bemerkt, dieselben griechischen e (ε) schreiben – ein Faksimile eines Briefes zeigt sie. In einem seiner Briefe ist Bloom so unverschämt, ein Wort zu gebrauchen, das Martha schockiert: »I called you naughty boy because I do not like that other world« (in ihrer Erregung schreibt sie sogar »world« für »word«). Es ist eigenartig zu sehen, daß Joyces erster Brief an Martha Fleischmann auch ein Wort enthalten hat, das von ihr mit Absicht abgerissen worden ist, weil es, wie die Einleitung sagt, ein »unziemlicher Ausdruck« war.

Da im symbolischen Überbau von *Ulysses* Molly Bloom das Fleisch bedeutet, das stets bejaht, ist es wohl denkbar, daß selbst der Name Fleischmann für Joyce Anklänge erweckte (in der Person von Maria wird ja auch das Wort zu Fleisch). So ist der Gedanke nicht von der Hand zu weisen, daß Joyce in Martha Fleischmann eine Art Inkarnation einer ganze Reihe seiner Frauengestalten zu begegnen schien; und dort, wo die wirkliche Martha ihren symbolischen Rollen nicht ganz nachkam, verhalf ihr Joyce durch seine Briefe erst noch dazu.

Es ist kein Wunder, daß wir lesen, Joyce schreibe an einem Kapitel von *Ulysses* seine vier oder fünf Monate. Und bald klagt er über die große nervliche Belastung, die durch die Schwierigkeiten des Buches entsteht.

Ende 1919 ist Joyce wieder in Triest. »I am sure Zürich must be horrible now«, schreibt er im nächsten Jahr, »but I should like a litre of that Fendant in that famous corner« – im Pfauen-Restaurant.

Spätere Zürcher Beziehungen

Joyce kann sich nunmehr auch einige Reisen erlauben, teilweise auch Erholungsurlaube, nach England, Holland, später auch Dänemark und immer wieder in die Schweiz.

Der Zustand der Augen verschlimmert sich. Eine Zeitlang droht der Ausruf von einst, »I may be blind«, bittere Wirklichkeit zu werden. Erst die Eingriffe des Zürcher Augenarztes von Weltruf, Prof. Alfred Vogt, brachten eine Wendung, und für den Rest seines Lebens blieb Joyce die Sicht erhalten. Ein Bild zeigt Joyce, seine Familie und ein paar Freunde nach einer dieser Operationen in Zürich. So hat Joyce immer wieder Anlaß, seine Zürcher Freunde aufzusuchen, und es klingt für einen Zürcher recht vertraut, wenn er 1932 schreibt: »Half the streets of Zürich are ripped up.« Er schlägt Frank Budgen, der nun ein Buch über die Jahre im Ersten Weltkrieg und das Werden des *Ulysses* herausbringt, als Motto ein paar Verse aus einem Gottfried Keller-Gedicht vor und befürwortet eine deutsche Ausgabe des Werks. Er gibt Budgen auch Auskunft über die Zürcher Zünfte und nimmt Anteil an der Eigenart der Altkatholiken in der Augustinerkirche – sie erinnern ihn an eine religiös gefärbte Auseinandersetzung in *Finnegans Wake*. Es kommt ihm seltsam vor, daß Schweizer Professoren Klavier spielen und Tenorarien singen, aber auch dem Fendant zusprechen und Hasenpfeffer mögen. Und in einer Bemerkung erfahren wir, daß er die Idee zur Technik eines Kapitels von *Finnegans Wake* einer Vorlesung von Professor Fritz Fleiner verdankt.

Ein Brief von C. G. Jung, der Joyce eine Kenntnis der weiblichen Psychologie zubilligt, die vielleicht des Teufels Großmutter haben mag, aber Jung nicht zu haben vorgibt, unterscheidet sich erheblich von Jungs Aufsatz über *Ulysses*, der in seiner weitreichenden Verständnislosigkeit *die* Enttäuschung in der Literatur über den Roman darstellt. Joyce hat es ihm nie ganz verziehen:

> Er scheint den *Ulysses* von Anfang bis Ende ohne ein Lächeln gelesen zu haben. Das einzige, was man in solchem Fall machen kann, ist, sein Getränk zu wechseln.

(1967)

»MEINE ARME KLEINE EINSAME NORA«

Die etwa sechzig Briefe von Joyce an Nora, die erhalten geblieben sind, nehmen zusammen mit dem guten Dutzend, das sie ihm schrieb, im gesamten Briefwechsel einen kleinen Platz ein und beschränken sich zudem auf wenige kurze Zeitspannen. Das liegt daran, daß eine Voraussetzung des Briefschreibens, die räumliche Trennung, im Verlauf einer siebenunddreißigjährigen Gemeinsamkeit in Dublin, Pola, Triest, Zürich, Paris und auf vielen Reisen selten genug vorkam. Aber gerade in diesen Ausnahmesituationen tritt Joyces Verhältnis zu Nora am deutlichsten zutage: manche der Briefe gehören zu den intimsten Zeugnissen, die wir von Joyce haben.

Je weiter der Leser aber in einen intimen, nicht für ihn bestimmten Bereich Einsicht bekommt, desto unbehaglicher mag ihm bei seinem Voyeurismus zumute sein. Allerdings scheint Joyce zu privaten Einblicken herauszufordern: ihm ging es darum, in einer enzyklopädischen Besessenheit die Gesamtheit zu erfassen und zu umfassen. Ihn selbst um einiger Peinlichkeiten willen davon auszusparen, wäre eine unangemessene Zimperlichkeit. Der Schöpfer von Leopold Bloom und von Molly Bloom brauchte sich zum mindesten nicht zu verwundern, wenn Neugierige es nun darauf anlegen, ihrerseits »sein Privatleinen zu poblitizieren« oder »seine untersten Hosen an die Öffentlichkeit zu wringen« (*Anna Livia Plurabelle*, Frankfurt, S. 67 u. 101).

James Joyce war 22 Jahre alt, so alt wie Stephen Dedalus im *Ulysses*, als er im Sommer 1904 Nora Barnacle kennenlernte. Bis dahin war er seiner Umgebung durch abseitiges, unabhängiges, oft arrogantes Gebaren aufgefallen und hatte ein Künstlertum zur Schau gestellt, für das die Beweise noch zu erbringen waren. Einige Gedichte zwar hatte er schon herumgezeigt, die von Literaten wohlwollend gelobt wurden, doch in einem Land, wo sich außergewöhnliche Begabung im Ausdruck allzu oft in seichten Versen erschöpft, besondere Beachtung weder erregten noch verdienten (und erst als Anknüpfungen der Fäden, die in den Prosawerken zusammenlaufen, bedeutend werden). Er hatte sich zu literarischen und ästhetischen Fragen in Vorträgen und Pamphleten geäußert und dabei die Zeitgenossen, die ihn hörten, vor den Kopf gestoßen. Im Juni 1904 versuchte er, das Rätsel Shakespeare durch die brillanten Züge seiner biographieorientierten Theorie zu bereichern. In den »Epiphanien«, in den in Worte gefaßten Dubliner Momentaufnahmen, hatte er in Alltäglichkeiten Erkenntnisse aufblitzen zu lassen versucht, aber diese Prosaskizzen konnten so wenig wie die dünnen Gedichte die überheblichen Ansprüche des angehenden Künstlers rechtfertigen. Ein Roman, der im Entstehen war, handelte vom Heranwachsen eines Jünglings zu einem Künstler mit eben diesen Ansprüchen.

Es war einfach, den angehenden »Dichter« nicht ganz ernst zu nehmen. Er selber glaubte an sich. Talent wurde ihm zuerkannt, sein Bruder notierte ins Tagebuch, daß Jim »ein Genie ersten Ranges« sei.

Von seiner Familie hatte er sich abgesetzt; er kam meistens bei Bekannten unter, die er auch immer wieder um kleinere Summen anging. Er hatte längst entschieden, daß ihn weder Familie noch Vaterland zurückhalten oder einschränken sollte. Er wußte, daß Wegbereiter in ihrer Heimat nicht gut ankommen und nicht auf Verständnis zählen dürfen, und Joyce verglich sich ohne falsche Bescheidenheit mit Daidalos, Jesus Christus, Charles Stewart Parnell oder Ibsen. In sein Schicksal hatte er den zu erwartenden Verrat an ihm und die Verbannung schon eingeplant. Er war bereit, nach Europa auszubrechen, wohin sich auch die junge nationale Literatur zu richten hätte, um sich über ihre provinzielle Enge zu erheben. In den Geschichten der *Dubliner* hielt er die Hoffnungslosigkeit von Figuren fest, die es nicht gewagt hatten, selbst daraus auszubrechen – auf dädalischen Schwingen oder durch ehrsame Beschäftigung im Ausland.

In diese Zeit nun fällt die Begegnung mit Nora, der Beginn einer Liebschaft, der ersten, die nicht in Paris oder in Dublins »Nighttown« für Geld zu haben war. In ihrer Wucht nahm sie Joyce etwas von seiner dedalusschen Pose, und sie hatte Bestand.

In der »definitiven« Biographie, die Herbert Gorman mit der Genehmigung und wohl auch leichten Lenkung von Joyce herausbrachte, erhielt vermutlich auch die leicht stilisierte Schilderung des Vorfalls das Plazet: »Im Frühsommer, am 10. Juni, widerfuhr dem jungen Manne etwas, was von großer Bedeutung für ihn werden sollte, etwas, das ihn vorerst sogar das Schreiben vergessen ließ. Er wurde mit Nora Joseph Barnacle bekannt, einer entzückenden jungen Frau aus Galway mit kastanienbraunem Haar, die erst vor kurzem in den summenden Bienenkorb Dublins gekommen war, um sich dort ihren Lebensunterhalt zu verdienen. Sie war weder literarisch interessiert noch, wie es schien, darauf vorbereitet, die Launen und das Temperament eines Künstlers zu zügeln; aber ihre Frische, ihr Humor, ihre Fähigkeit sich zu freuen und ihre große Aufrichtigkeit faszinierten Joyce, und es dauerte nicht lange, bis er Hals über Kopf in sie verliebt war. Und sie fühlte sich hingezogen zu dem Schriftsteller mit der aufrechten Haltung und den blauen Augen, zu diesem Manne, der immer so anmaßend und selbstsicher auftrat, und erwiderte seine Liebe, ohne zu wissen, auf welches unabsehbare Abenteuer sie sich da einließ. Mit dieser Begegnung erfuhr Joyce's Leben eine entscheidende Wendung. Die Trinkstuben des nächtlichen Dublin bekamen ihn nicht mehr zu sehen, er lebte auch nicht mehr in den Tag hinein. Er hatte seinen zweiundzwanzigsten Geburtstag hinter sich, und das ernste Geschäft des Lebens, die schwierige Aufgabe, in einer Welt leben zu müssen, die dem Künstler keine Hilfe bot, tauchte vor ihm auf wie ein böser Geist aus *Tausendundeiner Nacht*.« (Herbert Gorman, *James Joyce, sein Leben und sein Werk*, Hamburg 1957, S. 133–34).

Zwanzig Jahre später war es möglich, viel mehr Einzelheiten zusammenzutragen, und Richard Ellmanns Darstellung ist ausführlicher und distanzierter:

Am 10. Juni 1904 spazierte Joyce »die Nassau Street in Dublin hinunter, als er plötzlich einer großen jungen Frau ansichtig wurde, die kastanienbraunes Haar und einen stolzen Gang hatte. Als er sie ansprach, antwortete sie gerade so schnippisch, daß ein Gespräch angeknüpft werden konnte. Mit seiner Segelmütze hielt sie ihn für einen Matrosen und dachte wegen seiner blauen Augen einen Augenblick, er könnte Schwede sein. Joyce erfuhr, daß sie in Finn's Hotel angestellt war, einem etwas hochtrabenden Logierhaus. Ihre trällernde Sprechweise verriet ihm, daß sie aus Galway stammte. Ihr Name war etwas seltsam: Nora Barnacle, aber auch er mochte ein Vorzeichen für eine glückliche Bindung bedeuten. (Joyces Vater sagte, als er viel später erfuhr, daß ihr Zuname Barnacle laute: ›Sie wird ihn nie verlassen‹. [*barnacle* = haftende Muschel]). Nach kurzem Gespräch kam man überein, sich vor dem Hause Sir William Wildes an der Ecke des Merrion Square am 14. Juni zu treffen. Aber Nora Barnacle erschien nicht, und Joyce schickte ihr ziemlich verzagt ein Briefchen.

Das Stelldichein wurde gewährt am Abend des 16. Juni. Sie gingen in Ringsend spazieren und trafen sich von da an regelmäßig. Den *Ulysses* an diesem Datum spielen zu lassen war Joyces beredsamster, wenn auch indirekter Tribut an Nora, eine Anerkennung der bestimmenden Wirkung, die seine Verbindung mit ihr auf sein Leben ausübte. An diesem 16. Juni trat er mit seiner Umwelt in Beziehung und ließ die Einsamkeit, die er seit dem Tod seiner Mutter verspürt hatte, hinter sich zurück. Später sagte er ihr dann: ›Du hast mich zum Manne gemacht.‹ Der 16. Juni war der geheiligte Tag, der Stephen Dedalus, den rebellischen Jüngling, von Leopold Bloom, dem nachgiebigen Gatten, trennte.

Jedem anderen Schriftsteller der Zeit wäre Nora Barnacle alltäglich und durchschnittlich vorgekommen. Joyce, mit seinem Bedürfnis, das Bemerkenswerte im Alltäglichen zu suchen, fand, sie sei nichts dergleichen. Sie hatte nur Primarschulbildung, sie hatte kein Verständnis für Literatur und weder Begabung noch Interesse an Selbstbeobachtung. Aber sie verfügte über reichlich Witz und Geist und eine Befähigung zu kurzer und bündiger Ausdrucksweise, die jener von Stephen Dedalus in keiner Weise nachstand. Neben einem koketten Zug trug sie eine Miene abgesonderter Unschuld zur Schau, und wenn auch ihre Treue immer ein wenig mit Spott vermischt war, so blieb sie nichtsdestoweniger beständig. Sie konnte keine intellektuelle Gefährtin sein, aber darum kümmerte sich Joyce nicht. Seine Landsleute Yeats und Lady Gregory mochten von symbolischen Ehen des Künstlers mit dem Landvolk plappern, hier handelte es sich um eine lebendige Verbindung. Da sie reiner als er war, konnte sie seine Litaneien anhören und besser noch seine Beichten.« (Richard Ellmann, *James Joyce*, Zürich o. D., Frankfurt, S. 167 bis 171).

Das Verhältnis gedieh auf alle Fälle rasch, wie es die erste zusammenhängende Reihe der Briefe vom Sommer 1904 belegt, bis zu jenem Punkt, wo Nora mit Zuversicht den viel versprechenden Schriftsteller in ein ihr gänzlich unbekanntes Europa begleitete. Am 8. Oktober bestiegen sie im North Wall von Dublin, von wo aus die meisten Iren nach Westen ausgewandert waren, das Schiff nach England und begaben sich auf den Weg über Paris nach Zürich. Ohne Mittel, nur mit der trügerischen Aussicht auf eine Anstellung in der Schweiz, aber mit viel Selbstvertrauen machte sich Joyce zu seiner unruhevollen jahrelangen Odyssee auf. Seine Penelope nahm er gleich mit auf den Weg. Sie blieb ihm auf allen Irrfahrten bei der Seite, auch ohne priesterliche oder amtliche Trauung – zu dieser Konzession war Joyce erst 1931 bereit.

In der häuslichen Wirklichkeit von Pola und Triest, wo sich die beiden niederließen und Joyce durch Sprachunterricht mühsam genug für ihren Unterhalt sorgte, unterscheidet sich ihr Zusammenleben kaum von einer gewöhnlichen, etwas eilig geschlossenen Ehe. Anpassungsschwierigkeiten und die Aufdringlichkeit materieller Nöte finden in den Briefen an Stanislaus von 1905 und 1906 immer wieder Ausdruck. Eine Notiz, die Joyce Nora in einem Café zugesteckt zu haben scheint, läßt auf Unstimmigkeiten schließen. In den (meist pekuniären) Lageberichten an Stanislaus sind Joyces Schwankungen festgehalten. Nora hat ihm aus ihrer Jugend erzählt:

»Noras Vater ist Bäcker. Sie sind sieben in der Familie. Papa hatte einen Laden, aber vertrank all die Brötchen und Brote wie ein rechter Mann. Die Familie der Mutter ist ›fein‹ und [...] schaltete sich ein. Papa wurde ausgestoßen. Onkel Michael sorgt für Mrs. und die Kinder, während Papa in einer abgelegenen Gegend von Connacht bäckt und trinkt. Onkel M. ist sehr reich. Papa wird von der Familie mit großer Verachtung behandelt. Nora sagt, ihre Mutter wollte mit ihm nicht ins Bett. Nora hat nicht zu Hause gelebt sondern bei ihrer Großmutter, die ihr etwas Geld hinterlassen hat.

Sie hat mir einiges aus ihrer Jugend erzählt und gibt zu, der edlen Kunst der Selbstbefriedigung gefrönt zu haben. Sie hat viele Liebesgeschichten erlebt, eine, als sie ziemlich jung war, mit einem Jungen, der starb. Sie mußte das Bett hüten bei der Nachricht von seinem Tod. Ihre Onkel sind ehrenwerte Männer, wie Du hören wirst. Als sie sechzehn war, fand ein Hilfsgeistlicher in Galway Gefallen an ihr: Tee im Pfarrhaus, Plauderstündchen, Vertraulichkeit. Er war ein netter junger Mann mit schwarzen, lockigen Haaren auf dem Kopf. Eines Abends bei Tee nahm er sie auf seinen Schoß und sagte, er hätte sie gern, sie wäre ein nettes kleines Mädchen. Dann faßte er sie unters Kleid, das ziemlich kurz war. Sie aber, so höre ich, rannte davon. Hinterher sagte er ihr, sie solle in der Beichte sagen, es sei ein Mann gewesen, nicht ein Priester, der ihr ›das‹ angetan. Nützliche Unterscheidung. Sie verkehrte mit Mulvey (er war Protestant) und ging mit ihm gelegentlich spazieren. Sagt, sie hätte ihn nicht geliebt und ging nur aus Zeitvertreib mit. Stieß zu Hause auf Widerstand, und das weckte ihren Trotz. Ihr Onkel kam ihr auf die Schliche. Jeden Abend war er vor ihr zu Hause. ›Na, mein Kind, warst wieder mit deinem Protestanten aus.‹ Verbot ihr, auszugehen. Sie ging. Als sie nach Hause kam, war Onkel schon da. Ihre Mutter wurde aus dem Zimmer geschickt (Papa war natürlich nicht da) und Onkel machte sich daran, sie mit einem dicken Spazierstock zu verdreschen. Sie stürzte fast ohnmächtig zu Boden und umklammerte seine Knie. Damals war sie neunzehn! Hübsche kleine Geschichte, was?« (3. Dezember 1904, *Briefe I*, S. 168–169)

Am 28. Dezember schreibt er: »Ich bin neuerdings sehr reizbar. Nora sagt, ich hätte das Gesicht eines Heiligen. Ich selbst finde, ich habe das Gesicht eines Wüstlings. Aber das bin ich nicht mehr – wenigstens glaube ich, es nicht mehr zu sein... Wir haben Streitereien gehabt – komische Affären. Nora sagt, das wären die Streitereien eines Liebespaars, und sagt, ich wäre sehr kindisch. Sie sagt, ich hätte einen wundervollen Charakter. Sie nennt mich den einfältigen Jim. Complimenti, Signor!«

Etwas später verteidigt er Nora gegen Vorwürfe, die letztlich wohl nicht von seinem Bruder allein erhoben worden waren: »Du bist hart mit Nora, weil sie einen unausgebildeten Verstand hat. Sie lernt augenblicklich Französisch – sehr langsam. Sie ist von Natur aus, wie ich es sehe, viel nobler als ich, auch ist ihre Liebe größer als meine zu ihr. Ich bewundere sie und ich liebe sie und ich vertraue ihr – ich kann nicht sagen, wie sehr. Ich vertraue ihr. Damit genug.«

Am eingehendsten schildert er die Lage am 12. Juli 1905, zwei Wochen vor der Geburt des Sohnes Giorgio: »Nora klagt fast nur.

Sie kann nur wenige von den wäßrigen italienischen Gerichten essen, und was sie auch ißt, sie bekommt davon Schmerzen in der Brust. Sie trinkt Bier, aber schon von der geringsten Kleinigkeit wird ihr übel... Ich fürchte, sie hat keine sehr robuste Konstitution. Ja, ihre Gesundheit läßt zu wünschen übrig. Aber darüber hinaus, fürchte ich, ist sie eine von den Pflanzen, die man nicht ohne Schaden verpflanzen kann. Sie weint ständig. Ich glaube nicht, daß sie mit ihrer Familie noch viel zu tun haben möchte, aber ich bin überzeugt (das sind ihre eigenen Worte), daß sie dieses Leben mit mir nicht mehr lange fortführen kann. Sie hat außer mir niemanden, mit dem sie reden kann, und das ist, lassen wir das heroische Moment dabei außer acht, nicht gut für eine Frau. Manchmal, wenn wir zusammen aus sind (mit dem anderen ›Englisch-Professor‹), redet sie den ganzen Abend kein Wort. Sie scheint mir in Gefahr, in Schwermut zu verfallen, was ihrer Gesundheit sicherlich sehr abträglich wäre. Ich weiß nicht, was für ein seltsam verdrossenes Geschöpf sie nach all ihren Tränen zur Welt bringen wird, und ich beginne mich sogar zu fragen, ob die Namen, die ich ausgesucht hatte (›George‹ und ›Lucy‹), überhaupt passen... Ich fragte sie heute, ob sie gern ein Kind für mich aufziehen würde, und sie sagte sehr überzeugend ja, aber in meiner augenblicklichen Situation möchte ich sie nicht gern mit einer Familie belasten. Sie kennt sich selbst in den alltäglichsten Dingen sehr wenig aus, und sie weint, weil sie das Zeug für das Kind nicht machen kann, obwohl Tante Josephine ihr die Muster geschickt hat und ich ihr den Stoff gekauft habe. Ich habe weder die Zeit noch die Geduld, darüber zu theoretisieren, was der Staat in solchen Fällen tun sollte...

...ehrlich gesagt sehe ich für sie keine Möglichkeit, glücklich zu sein, so lange sie dieses Leben hier fortführt. Du weißt natürlich, was für eine hohe Meinung ich von ihr habe, und Du weißt, wie gelassen sie unsere Freunde an dem Abend, als sie mit uns zum North Wall kam, Lügen strafte. Ich glaube, um ihre Gesundheit und ihr Glück wäre es viel besser bestellt, wenn sie ein Leben führte, das ihrem Wesen gemäßer wäre, und ich halte es nicht für angebracht, mich zu beklagen, wenn das verquere Phänomen ›Liebe‹ selbst in ein so egoistisch ausgerichtetes Leben wie meins Unruhe bringen sollte. Das Kind ist ein Teil des Problems, der dabei nicht vergessen werden darf. Du weißt, ich nehme an, daß Nora zu keiner der Verstellungen imstande ist, die heute als Moral gelten, und die Tatsache, daß sie hier unglücklich ist, erklärt sich daraus, daß sie wirklich sehr hilflos und unfähig ist, mit Schwierigkeiten irgendwelcher Art fertig zu werden... Ich habe mich ihr gewiß mehr als je irgendeinem anderen unterworfen, und ich glaube, ich hätte diesen Brief nie angefangen, wenn sie mich nicht dazu ermutigt hätte. Das Zusammenleben mit ihr hat bis jetzt bewirkt, daß meine angeborene Fröhlichkeit und Verantwortungslosigkeit zum großen Teil zerstört (oder besser abgeschwächt) wurden, aber ich glaube nicht, daß diese Wirkung unter anderen Umständen anhalten würde. Für eine Seite meiner Natur hat sie überhaupt kein Verständnis und wird es auch nie haben, und doch, einmal, als wir einen Abend grauenhafter Melancholie miteinander verbrachten, zitierte sie (allerdings falsch) eins meiner Gedichte, das anfängt: ›O, sweetheart, hear your lover's tale‹. Daraufhin hatte ich zum ersten Mal seit neun Monaten das Gefühl, daß ich ein wahrer Dichter sei. Manchmal ist sie sehr glücklich und fröhlich, und ich, der ich immer weniger romantisch werde, wünsche mir kein solches Ende für unser Liebesverhältnis wie jenes Bad im Serpentinen-Teich. Gleichzeitig möchte ich es, wenn irgend menschenmöglich, vermeiden, daß jenes scheußliche, von Tante Josephine ›gegenseitige Duldsamkeit‹ genannte Gespenst in unser Leben tritt. Wirklich, jetzt wo ich tief in diesem Brief hier stecke, fühle ich mich wieder voller Hoffnung, und mir scheint, wir könnten vielleicht, wenn wir auf unsere Eigenheiten gegenseitig Rücksicht nehmen, glücklich miteinander leben. Aber dieses absurde Leben augenblicklich kann für keinen von uns länger so weitergehen.«

Gegen Ende 1905 scheint ein Tiefpunkt erreicht. Seiner Tante Josephine in Dublin gesteht Joyce die Absicht, Nora zu verlassen. »Ich habe lange gezögert, Dir zu sagen, daß sich vermutlich in der augenblicklichen Beziehung zwischen Nora und mir etwas ändern wird. Ich sage es jetzt auch nur deswegen, weil ich mir überlegt habe, daß Du jemand bist, der das Thema wohl kaum mit anderen besprechen wird. Es ist möglich, daß ich selbst zum Teil schuld bin, wenn eine solche Veränderung, wie ich sie vorauszusehen glaube, stattfindet, aber sie wird kaum durch mein Verschulden allein stattfinden. Ich muß sagen, es ist für eine Frau schwer, mit jemandem wie mir fertigzuwerden, aber andererseits habe ich nicht die Absicht mich zu ändern. Nora scheint zwischen mir und den anderen Männern, die sie gekannt hat, keinen großen Unterschied zu machen, und ich glaube kaum, daß sie dazu ein Recht hat. Ich bin nicht gerade ein Haustier – schließlich bin ich, wie ich meine, Künstler – und manchmal, wenn ich an das freie und glückliche Leben denke, das zu führen ich alles Talent habe (oder hatte), gerate ich in Verzweiflung. Gleichzeitig beabsichtige ich nicht, mit den Scheußlichkeiten des durchschnittlichen Ehemannes zu rivalisieren, und darum werde ich warten, bis ich meinen Weg deutlicher vor mir sehe. Ich nehme an, Du schüttelst jetzt den Kopf ob meiner Kaltherzigkeit, welches wahrscheinlich nur das falsche Wort ist für einen bestimmten geistigen oder gefühlsmäßigen Scharfblick. Ich glaube kaum, daß die Tausende von Familien, die nur mühsam durch die Erinnerung abgestorbener Gefühle zusammengehalten werden, viel Recht haben, mich der Unmenschlichkeit zu zeihen. Um die Wahrheit zu sagen, ich bin es trotz meines auf der Hand liegenden Egoismus ein wenig leid, auf andere Leute Rücksicht zu nehmen.« (4. Dezember 1905)

Die beiden gingen jedenfalls nicht auseinander, und wenn fortan der Gedanke einer Trennung auftaucht, so geht er von Nora aus und Joyce gibt sich in der Rolle des Demütigen, der keine bessere Behandlung verdient. Diese und andere Rollen, wie die bereits vorgezeichneten des Wüstlings und des Heiligen (diese meist auf Nora projiziert), hat Joyce ausgiebig Gelegenheit durchzuspielen im Wiederausbruch der Leidenschaft, die seine Reise nach Dublin im Sommer 1909 mit sich brachte.

Dann aber klingt es ab, und abgesehen von dem einzigen Brief von 1922, der eine Krise und einen Rückfall andeutet, wirft das Verhältnis keine großen emotionellen Wellen mehr. In den nächsten Jahren ließ sich Joyce mindestens zweimal von Nora ablenken. Die schriftlichen Zeugnisse beider Episoden – die Vignetten des Heftes, das postum herausgegeben *Giacomo Joyce* genannt wurde, und die seltsamen Briefe an Martha Fleischmann in Zürich von 1918/19 – runden das Bild des ungelenken Liebhabers Joyce noch ab. Mit Nora aber blieb er zusammen.

In seiner Ästhetik, die immerhin Auffassungen aus einer von Joyces Phasen enthält, greift Stephen Dedalus einmal zu einer Formulierung, die vom zentralen Vorgang in der katholischen Messe bestimmt, aber auch von alchimistischen Vorstellungen mitgeprägt ist. Der Künstler, »ein Priester der ewigen Imagination«, wandelt »das tägliche Brot der Erfahrung in den strahlenden Leib des unvergänglichen Lebens«. Auf Umwandlung solcher Art (Joyce braucht den beinahe technischen Ausdruck »transmutieren«) läßt sich, wenn wir wollen, das Werk von *Dubliners* bis zu *Finnegans Wake* untersuchen, und dazu verleiten gerade alle erhaltenen Briefe ganz besonders. Der Nachweis von Wechselbeziehungen kommt natürlich nicht einem Verständnis des Werks gleich, und es besteht immer die Gefahr, in einen geschlossenen Kreislauf gegenseitiger Bespiegelung von Leben und Werk hineinzugeraten, der über das Wesentliche dieses Werks, das so ganz aufs Wort abstellt und auch ohne jeden biographischen Bezug erfaßt werden kann, nichts auszusagen vermag.

Sicher braucht Joyce das tägliche Brot der Erfahrung als Ausgangspunkt. Seine Erfahrung war, in der Hauptsache, das Dublin, in dem er aufwuchs, und seine Familie. Die Allgegenwart des Substrats Dublin hat Leser zum Dogma angeregt, daß man sich ohne Kenntnis der Urerfahrung des Dublin der Jahrhundertwende eigentlich nie ganz zurechtfinden wird. Die banale Alltäglichkeit des *Ulysses*, sofern sie *als* Alltag die Umsetzung überstand, gehört gerade in ihrer Einschließlichkeit zu den Vorstößen des Romans, die anfänglich befremdeten. Selbst im un(be)greiflichen Halbdunkel von *Finnegans Wake* bildet das Alltägliche noch einen, vielleicht den am schwersten zu erkennenden Bestandteil, und die privatesten Anspielungen entziehen sich uns fast ganz. Je mehr Rohstoff aus dem Alltag wir also beibringen können, desto eher, so ist zu hoffen, läßt sich vielleicht dem rätselhaften Vorgang auf die Spur kommen, der aus dem, was wir alle erleben, diesen gültigen strahlenden Leib schafft. Der Vorgang wird dadurch nicht erklärt, aber der Vergleich des Rohmaterials mit dem geistigen Produkt läßt vielleicht ein paar Schlüsse über die Destillation selbst zu. Möglicherweise ist es nicht zufällig, daß die allererste erzählende Prosa von Joyce, die 1904 entstandene Geschichte »Die Schwestern«, Begriffe aus der Destillation anführt, die dem Erzähler in Erinnerung geblieben sind: »In der ersten Zeit unserer Bekanntschaft war er noch ganz unterhaltsam gewesen, wenn er vom Entgeisten und Kühlen erzählte; aber ich war seiner und seiner endlosen Geschichten über die Brennerei bald überdrüssig geworden« (*Dubliner*, S. 7). Jede Art von Wandlung, bis hinauf zur Transsubstantiation, faszinierte Joyce, und die Frage, »wie macht er das?«, *wie* setzt der Künstler sein Material um, gehört zu den faszinierendsten und läßt uns immer wieder hoffnungsvoll in seine Werkstatt gucken.

Briefinhalte kommen dem täglichen Rohstoff ziemlich nahe. Joyces Briefe sind wenig ausgefeilt, aber dennoch sind sie bereits Destillat, schon umgesetzt und in eine Form gebracht. Joyce bedient sich durchaus der traditionellen Form des Briefs, in seiner Korrespondenz bleibt er herkömmlich, beinahe stereotyp, er beschäftigt sich mit Gewöhnlichem, nicht mit Weltanschaulichem. Nur einmal, am 29. August 1904, öffnet er sich Nora über seine Herkunft und seine Aspirationen. Die meisten Briefe drehen sich eben um dieses Brot der täglichen Erfahrung. Die an seinen Bruder gerichteten erwähnen oft den Mangel diese Brotes, ohne jede eucharistische Verklärung. Sie zeigen einen Haushalt auf, der so wenig aufgeräumt ist wie die Stimmungen seiner Bewohner und worin sich etwas von der Schlampigkeit findet, wie sie in Eccles Street Nr. 7 später geschildert wird.

Allmählich stellt sich bei Joyce neben das Bild vom täglichen Brot als Grundsubstanz ein weniger appetitliches vom täglichen Kot, das schon der Vollständigkeit wegen dazu gehört, einen Gegensatz abgibt und darüber hinaus als etwas gleichfalls Hervorgebrachtes in die Nähe des Schöpferischen rückt. Ein leicht exkrementaler Einschlag in *A Portrait of the Artist as a Young Man* trug zur Ablehnung durch Verleger und Drucker bei und verzögerte das Erscheinen. Im *Ulysses* haben die Ausscheidungsvorgänge des Körpers ihren Platz, Joyce zeigt auch die biologisch notwendige und für unser infantiles Seelenleben entscheidende Kehrseite. In *Finnegans Wake* nimmt diese Komponente eher noch zu, gleich am Anfang türmt sich als bedeutsame menschliche Errungenschaft »buildung supra buildung« (ein Haufen von Bauten, Bildung und Dünger); und die Epiphanie wird gelegentlich »culious«. Der widerwärtige Künstler-Scharlatan Shem bekleckst und beschreibt die Welt mit Tinte, die aus seinen Absonderungen hergestellt ist – das wird mit aller Deutlichkeit auf lateinisch und indirekt auf mancherlei Weise gesagt. Das klingt heute nicht mehr so ungewohnt oder unpraktiziert. Als Theorie (oder Analogie) für schöpferisches Tun tragen ungefähr das, nur mit ein wenig andern Worten, auch psychoanalytische Schulen vor (die in *Finnegans Wake* wiederum parodiert werden). Auch für die alchimistische Umwandlung des Unrats in Edleres oder Geistiges (Shem ist auch Alshemist) gibt es psychologische Erklärungen.

Nun lief schon die Auffassung von der Transmutation der Kunst nicht auf eine Verfeinerung in dem Sinn hinaus, daß alles als widerlich Empfundene im Bodensatz zurückbleibt und nur Schöngeistiges behutsam aufgefangen wird; diese Art der Läuterung wäre eine Verfälschung. Weggelassen wird, was nicht zu dem Durchscheinen beiträgt, das dem Geist zur kritischen Einsicht verhelfen kann, es geht nicht um Zensur oder Veredelung oder die Reinigung in der Kläranlage. Der Wassertropfen, den Joyce unters Mikroskop hält (um dieses Bild zu gebrauchen), soll alle biologischen und zivilisatorischen Ablagerungen aufweisen. Die rußige City wird zum Thema, mit Dreck und Kehricht und Gestank – und nicht einfach als etwas Häßliches und Abzulehnendes. Besungen wird längst nicht mehr der klare Bergbach, sondern die kleine, alte, schmutzige Anna Livia, die alles mitschwemmt, in deren »flüssernden Wassern«, deren »hinundherwissernden Wassern« auch unsere Abwässer mitplätschern, und jedes davon wüßte seine eigene Geschichte zu erzählen.

Auch in den Briefen wird allerlei Wäsche gewaschen, wird etwas von dem Kompost veranschaulicht, aus dem heraus die Kompositionen gedeihen konnten. Erst in den »verbotenen« Briefen und Stellen wird ganz deutlich, auf welcherart gedüngtem Boden etwa die »schöne wilde Heckenblume«, die Ende 1909 in drei Briefen angerufen wird und die Joyce auch wieder in den *Verbannten* zum momentanen Blühen bringt, ursprünglich gewachsen ist. In den publizierten Briefen bleiben noch mancherlei Spuren zurück, vom Hang zum Koprophilen hat sich nur gerade ein einziger brauner Fleck erhalten, der uns, zusammen mit einer Vorliebe für Noras Unterkleider, an die Anziehung erinnern mag, die Mollys besudelte Unterhosen auf Leopold Bloom ausüben.

Der Umstand, daß bei Joyce der Abfall nichts Abfälliges zu sein braucht, läßt sich auch ökonomisch auffassen: es gibt nichts, was sich nicht wieder verwenden ließe. Wenig Erlebtes muß ausreichen, um viel zu erschaffen, es wird bis zum äußersten ausgenützt, als könnte es sich Joyce gar nicht leisten, auf irgend etwas, was abfällt, zu verzichten. *Ulysses* besteht zu einem großen Teil aus täglichen Belanglosigkeiten, die sonst in der Kunst unter den Tisch gewischt worden sind. Joyce hebt sie alle auf und erhebt sie zur Bedeutung. Nicht umsonst heißt das Pferd, das im großen Rennen von Ascot als Außenseiter Sieger wird, »Throwaway« – dieses Detail hat sich Joyce aus dem wirklichen Alltag des 16. Juni 1904 aufbewahrt. Assoziativ verknüpft damit ist ein Handzettel (auch »throwaway«), der zerknüllt und weggeworfen wird, aber den Propheten Elias ankündigt und sein halluzinatorisches Erscheinen auch vorbereitet. Wirklich weggeworfen wird bei Joyce nichts, sein kleiner Kosmos beruht auf Sparsamkeit und Wiederverwendung. Leopold Bloom versteht sich ebenfalls darauf; dem Kapitel, das ihn einführt (und worin er sich über den Nutzen von Dünger Gedanken macht, den Abort aufsucht und dabei über literarische Produktion mit möglichem Gewinn nachsinnt), ist in der schematischen Struktur des Ganzen denn auch die »Ökonomie« als entsprechende »Kunst« zugeordnet. Sie ist ein Prinzip für den *Ulysses* und für das Werk überhaupt, am extremsten in *Finnegans Wake*, wo einem Minimum von Schriftzeichen ein Übermaß von Bedeutung aufgebürdet ist in der ökonomischsten Verdichtung, die wir kennen. In auffälligem Gegensatz zu seiner unbeherrschten Verschwendung von Geld geht Joyce mit dem, was ihm die Umwelt an Rohstoff für sein Werk bietet, mit peinlicher Sorgfalt um.

Das zeigt sich darin, daß Joyce in seinen Entwürfen nur wenig streicht, daß er immer davon hinzufügt, was er gewissenhaft gesammelt hat, daß er das, was er schon zugefügt hat, immer weiter ausspinnt. Bei ihm sprudelt es nicht einfach so von Einfällen, ihm geht, wie er einmal gestand, die Einbildungskraft ab. Seine Kunst ist weniger Schöpfung aus dem Nichts oder genialer Reichtum als Arrangement von Vorhandenem, Montage, oder die Abwandlung gegebener Paradigmen in allen denkbaren Spielarten. Für alles, was ihm die Umgebung zuspielt, schafft er das System von Rahmen, in die es paßt oder aus denen es fällt. Er schafft den Kontext und die Entsprechungen.

Wie ein geschickter Schneider findet er für jeden Stoff Verwendung. Er verläßt sich darauf, daß ihm die Umgebung das, wofür gerade Bedarf ist, schon liefern wird. Einzusetzen versteht er's bestimmt. Er sammelt Wörter (schon in *Stephen Hero* wundert sich der Held Stephen darüber, daß die Leute den Wert der Wörter, mit denen sie so leichtfertig umgehen, so ganz verkennen), auch die abgedroschensten, ja gerade sie, so gut wie die ausgefallensten, Zeitungsannoncen, Schlagzeilen, Liedertexte, und er findet noch Anregung in Adreßbüchern und Warenhauskatalogen. Alles kann ihm einmal zugute kommen. Im Vertrauen auf die Fähigkeit, alles für seine Zwecke zuzuschneiden, kann er sogar auf Bestellung arbeiten: Er bittet seine Gönnerin Harriet Weaver um das Maß und die Angaben, nach denen er ein Stück anfertigen will. Und er verwendet dann dieses bestellte Stück gleich als Auftakt zu *Finnegans Wake*, in den er die Fäden des Buches zusammenlaufen läßt.

Und so wird auch vor allem die eigene Erfahrung assimiliert, wobei das Selbsterlebte eben dadurch, daß es *ihm* zugestoßen ist, noch bedeutender wird. Irland ist deswegen wichtig, sagt Stephen Dedalus, weil es zu ihm gehört – nicht umgekehrt. Seine Stadt, seine Bekannten und seine Familie haben die Chance ritueller Erhöhung durch sein Wort.

Von seinen Mitmenschen mußten der Vater John Stanislaus Joyce und Nora Barnacle am meisten herhalten. Vom Vater stammten, wie Joyce nach dessen Tod gestand, Hunderte von Seiten und Dutzende von Charakteren, er diente als die männliche Grundsubstanz. Das Gegenstück dazu war Nora, wohl schon deswegen, weil Joyce nur wenigen Frauen näherkam und es ihm also an Anschauung fehlte. Seine weiteren Erfahrungen scheinen dürftig. »Tatsächlich weiß ich noch wenig von Frauen«, schreibt er im Juli 1905 an den Bruder. Von Nora konnte er lernen, und er hat den Lernprozeß bewußt ausgeweitet. Der Mann, der Molly Blooms Fleisch zum Wort werden ließ, scheint Nora ausgefragt, beobachtet, ja in Versuchssituationen gebracht zu haben, die sich nicht auf die Eigenartigkeit ihrer Galwayer Mundart beschränkten. Von anderen Zügen wäre er auch gegen seinen Willen nicht losgekommen, und dort machte er aus seiner Not eine Virtuosität.

Die literarische Ausbeute war jedenfalls groß. Sein Verhältnis zu

Nora spiegelt sich in den meisten Frauengestalten. Zur ersten größeren Entfaltung kommt sie in Gretta Conroy in den »Toten« (die Geschichte entstand 1906–07, also zweieinhalb Jahre vor dem Orgasmus der Eifersucht, die bei seinem Dubliner Besuch neu aufgebrochen war): wie Nora stammt Gretta aus Galway, sie hatte einen jugendlichen Liebhaber, der früh starb und eben als romantische Erinnerung jedem lebendigen Rivalen überlegen bleibt; ihre gelassene Selbstverständlichkeit hebt sich von der Unsicherheit ihres intellektuellen Mannes ab. Im Gegensatz dazu getraut sich Eveline in der gleichnamigen Geschichte den Schritt nicht zu tun, den Nora mutig gewagt hatte – sie bleibt im Hafen von North Wall verzagt und hilflos zurück. Den Mädchen und Frauen von *A Portrait of the Artist as a Young Man* – E. C., Emma, dem Mädchen am Strand, den Prostituierten, bis hin zur Madonna – begegnet Stephen in der ambivalenten Haltung, die Joyces Briefe an Nora von 1909 auszeichnet, mit derselben Polarität von Reinem und lustvoll Bestialischem. Am leichtesten zu erkennen scheint Nora in der Bertha (in den *Verbannten*), sie ist dem Mann, der sie nicht heiratete, gefolgt, sie wird Opfer und Werkzeug seiner Eifersucht und sie braucht Worte, die uns in den Briefen begegnen. In seinen Notizen zum Schauspiel verweist Joyce ausdrücklich auf Nora. Neben der bemerkenswertesten Inkarnation Noras in Molly Bloom tragen auch Milly, Martha Clifford, Gerty MacDowell, Mrs. Breen, Bella Cohen und andere im *Ulysses* Züge von ihr oder projiziert Joyce auf diese Gestalten etwas von seiner unmittelbaren Erfahrung mit Nora. Daß alle verzweigten weiblichen Linien wiederum bei *Finnegans Wake* in Anna Livia Plurabelle zusammenlaufen, braucht bei der Methode nicht zu verwundern. Auch an der Oberfläche von *Finnegans Wake* schimmert Nora Barnacles Name ein paarmal durch: Shem ist »barnacled up to the eyes« (FW 423), jemand anders ist nicht »half Norawain for nothing« (FW 452, mit einem Hinweis auf Ibsens Nora), und Äußerlichkeiten wie das rotbraune (»auburn«) Haar sind schon frühzeitig bemerkt worden.

Den privaten Wurzeln späterer literarischer Entfaltung nachzugehen ist aufschlußreich, etwa, wie Joyce das ungegliederte, ordnungs- und interpunktionslose Aneinanderreihen von Sätzen in Noras Briefen als etwas wesentlich Weibliches verstand und Molly

Blooms Monolog formal darauf beruhen ließ. Für die Bewertung dieses Monologs ist dies unerheblich. Joyces Fixierungen sind belanglos. Der strahlende Leib des Kunstwerks hängt nicht von der Beschaffenheit oder Herkunft des täglichen Brotes ab. Über detektivischen Spürsinn und positivistischen Eifer sagt im *Ulysses* denn auch George Russell (der auch wirkliche Gestalt im literarischen Leben von Dublin war, nicht nur Romanfigur):

> Aber dies Herumschnüffeln im Familienleben eines großen Mannes... Das interessiert doch bloß den Gemeindeschreiber. Ich finde, wir haben doch die Stücke. Ich finde, wenn wir die Poesie des *König Lear* lesen, was schert es uns, wie der Dichter lebte?... Herumspähen und Schnüffeln im Kulissenklatsch des Tages, wie der Dichter soff, wieviel Schulden er machte. (*Ulysses* S. 265–266)

Die Zurechtweisung gilt Stephen Dedalus, der scharfsinnig alle verfügbaren Fakten zu einer Shakespeare-Deutung zurechtbiegt, die das Werk des Dichters mit traumatischen Erlebnissen des Menschen verbindet. Zeugnisse von der Art, wie sie die Briefe von Joyce an Nora darstellen, würde also Stephen gerade als Beweismittel bevorzugen. Es ist nun möglich, Joyce demselben Vorgehen, das er im *Ulysses* (in welcher parodistischen Brechung auch immer) aufgegriffen hat, zu unterwerfen, und die Versuchung besteht, Joyce so zu sehen, wie Stephen Dedalus Shakespeare versteht, als »einen alten Hund, der eine alte Wunde leckt« und zu lecken nicht aufhört. Richard Ellmann, der Biograph, ist vor allem dem Thema der Eifersucht nachgegangen. In den »Toten« war es offenbar nur künstlerisch bewältigt worden. Nach den Zeugnissen von 1909 sehen wir eine kathartische Funktion in den *Verbannten*. Der Mißerfolg des Stücks ist oft aus der ungemütlichen Nähe zu den noch nicht so alten Wunden abgeleitet worden.

Im *Ulysses* kreisen Blooms Gedanken immer um Molly und ihre gegenwärtige Affäre. Ausmaß, Häufigkeit und Motivierung ihrer Untreue werden nie ganz deutlich. Bloom findet sich mit der nicht einmal immer bewußt erlebten Eifersucht ab und weidet sich beinahe daran – am Ende erreicht er einen Zustand prekären »Gleichmuts«, wie er Joyce während seines Verdachts seinerzeit versagt geblieben war. In *Finnegans Wake* besteht immer Rivalität zwischen den beiden Brüdern, die aber lange nicht nur sexuell ist; die Eifersucht des alternden Mannes aber geht meist unter in seiner allgemeinen Angst vor der heranwachsenden Jugend, die ihn bald absetzen wird. Leicht aufzulösen sind Verbindungen wie »eyeforsight«, wo die Leidenschaft in deutscher Sprachform, zusammen mit Augen und Sicht, aber auch Vorsicht, auftritt, oder »jealousjoys« (wo sogar der Name James Joyce noch leicht mitklingen könnte). In einer Aufzählung von Titeln für ein weibliches Manifest steht »See the First Book of Jealesis Pessim«: beinahe als eine Losung über dem Gesamtwerk und den Briefdokumenten. Vom ersten Buch an finden wir, passim, immer wieder diesen Grundzug, und wir können die Eifersucht verfolgen in ihrer Genese, wie sie auch wirksam ist, in anderer Form, im Ersten Buch, der *Genesis* – sie steht am Anfang. Daß aus einem zwanghaften Belecken alter Wunden die Komödien von *Ulysses* und *Finnegans Wake* entspringen konnten, gehört zu den Leistungen, denen psychologisch kaum beizukommen ist. Die Briefe an Nora zeigen die persönliche Verstrickung und damit mittelbar den Abstand zur Losgelöstheit des abgeschlossenen Werks.

In der Geschichte des Liebesbriefs verdient Joyce höchstens eine Fußnote. In dieser ihrer Art nach »kinetischen« Literatur erweist er sich als eigenartig unbeholfen, sentimental, er braucht Metaphern und Clichés, die er später mit sicherem Gefühl für den unechten Ton so gut zu parodieren wußte. Es ist etwas in den Briefen bloßgestellt, oder bloß gestellt, was unbehaglich macht. Joyce scheint an den Umgangswert und die Wirksamkeit einer Sprache zu glauben, von der er später (aber auch früher in den *Dubliners*) wußte, daß sie nur mit implizierten Anführungszeichen noch zu gebrauchen ist, und gerade in diesem Verstellen der Stimme, im Wechsel der Perspektive, im souveränen Spiel mit Stilen wurde er virtuos. Es ist denkbar, daß die Sentimentalitäten der Briefe einer Absicht entspringen, Nora, die durch ihre Lektüre vielleicht dafür geschult war, gerade durch diesen Tonfall anzusprechen; aber Joyce scheint kaum Herr seiner Stimmlage zu sein. Er greift zu Bildern und Vorstellungen, die im *Ulysses* in dem Kapitel wiederkehren werden, wo der Kitsch als entscheidendes Stilmittel eine Hauptarbeit an Charakterisierung leistet, dem »Nausikaa«-Kapitel. Das Bild von der »Reinheit des

Geistes« etwa, im Bezug auf Nora sicher im Augenblick ernst gemeint, erscheint wieder unter ähnlichen Attributen von Gerty Mac Dowell im genau richtigen ironischen Abstand.

Somit sind die Gemeinsamkeiten der Briefe mit dem Werk wohl weniger charakteristisch als die Verschiedenheiten und die Distanzierung, zu der Joyce fähig war. In den Spätwerken springt er scheinbar frei, mit künstlerischer Allmacht mit Emotionen um, denen er einst selbst ohnmächtig unterworfen war.

(1971)

»EIN WUNDER IN SANFTEN AUGEN«

Zum Tod von Lucia Joyce

Das Jubiläumsjahr mit seinen vielen Jahrhundertfeiern zum Geburtstag von James Joyce endet in Trauer. Am Sonntag, 12. Dezember 1982, nachmittags, ist in Northampton das zweite der beiden Kinder von Joyce gestorben – Lucia, sechs Jahre nach dem Tod ihres Bruders Giorgio (am 12. Juni 1976 in Konstanz); Giorgio liegt im Zürcher Friedhof Fluntern mit seinen Eltern begraben.

Lucia Anna Joyce kam am 26. Juli 1907 in Triest zur Welt, am Tag der heiligen Anna. Joyce gab ihr als ersten Namen den der Schutzheiligen der Augen – und das Licht ihres Namens war ihm ernst. Er blieb ihr liebevoll zugetan in schwierigsten Zeiten. Sie waren schon damals nicht leicht, als Joyce sich mit Sprachunterricht durchschlagen mußte und außer einem kleinen Gedichtband, *Chamber Music* (Mai 1907), mit seiner Schriftstellerei noch keinen Erfolg aufweisen konnte. Sein Erzählband *Dubliners* war wegen der Bedenken des englischen Verlegers noch jahrelang blockiert. Lucia wuchs in Triest auf, wo die Familie unter sich vor allem italienisch sprach, zog dann im Sommer 1915 wie alle andern nach Zürich; dort hatte sie an der Volksschule Deutsch zu lernen. Nach einem kurzen Aufenthalt wiederum in Triest 1919/20 kam mit Paris noch ein neuer Ort, mit einer neu zu erlernenden Sprache.

Ein frühes uns erhaltenes Zeugnis der Zuneigung ist ein Gedicht, das Joyce 1913 in Triest aufgeschrieben hat:

A Flower Given to My Daughter

Frail the white rose and frail are
Her hands that gave
Whose soul is sere and paler
Than time's wan wave.

Rosefrail and fair – yet frailest
A wonder wild
In gentle eyes thou veilest,
My blueveined child.

Eine Blume, meiner Tochter geschenkt

Zartweiß die Rose, und zart ist
Der Schenkerin Hand,
Einer Seele, die welk und blasser
Als der Zeiten Sand.

Rosenzart schön – doch zarter
Verschleierst du lind
Ein Wunder in sanften Augen,
Mein blauädrig Kind.

(Deutsch von Hans Wollschläger)

Es gibt im späteren Werk noch mehr, verstecktere Spuren, etwa Leopold Blooms zärtliche Gedanken an seine Tochter Milly im *Ulysses*. Als Joyce für seinen neuen Roman *Finnegans Wake* eine Illustration brauchte – und zwar wie von einem jungen Mädchen gezeichnet –, bat er seinen Zürcher Freund Hans Curiel, daß dessen Tochter ihm die Zeichnung herstelle – sie war im richtigen Alter und hieß ebenfalls Lucia.

Als sich in den bedrängten zwanziger Jahren die ersten Anzeichen einer mentalen Störung zeigten, wollte sie Joyce zunächst lange Zeit nicht wahrnehmen und dann vor allem medizinisch kurieren lassen. Bestimmt war seiner Tochter auch das unstete Leben mit vielen Orts- und Wohnungswechseln nicht gut bekommen, sowenig wie die für eine Familie bloß lästige Berühmtheit des Autors von *Ulysses* nach 1922. Lucia hatte künstlerische Begabung; sie lernte Zeichnen, Klavier und Gesang, doch vor allem den Tanz. 1926 trat sie in einem »Ballet faunesque« von Lois Hutton auf, dann in der Rolle einer der »vignes sauvages«. Sie tanzte auch in »Prêtresse primitive« und in »Le pont d'or«; bei einem internationalen Wettbewerb am Ball Bullier entging ihr der erste Preis nur knapp. In Erinnerung ist ihre Parodie auf Charlie Chaplin, den sie verehrte, mit bauschigen Hosen und Spazierstock. 1928 war unter den vielen Besuchern der Familie ein junger Ire, Samuel Beckett, der zu einem engen Vertrauten wurde. Es scheint, daß sich Lucia von ihm eine Zuneigung erhoffte, die er nicht aufbringen konnte, und daß beiden die Enttäuschung darüber schwer zu schaffen machte.

Als sich ihr Zustand in den dreißiger Jahren verschlimmerte, versuchte Joyce verschiedene Kuren, darunter auch im Sanatorium von Dr. Brunner in Küsnacht, wo sie von C. G. Jung kurze Zeit, doch ohne Erfolg, behandelt wurde: Sie hatte kein Zutrauen zu ihm. Um diese Zeit fielen Joyce die erstaunlichen hellseherischen Fähigkeiten seiner Tochter auf. Er hatte sie schon früher Teildrucke des im Entstehen begriffenen (aber noch nicht unter diesem Titel bekannten) *Finnegans Wake* illustrieren lassen: Sie malte für ihn farbige Initialen. Joyce ließ zu diesem Zweck eigens ein kostbares Buch herausgeben, das von Lucia zierlich illuminierte *Chaucer ABC*, heute eine gesuchte Rarität. Gegen Ende der ohnehin schon düsteren dreißiger Jahre wurde Lucia Joyce in Sanatorien unter ärztliche Aufsicht gebracht, zunächst einige Zeit in England, dann in Frankreich. Als der Zweite Weltkrieg ausbrach und Joyce seine Familie nach zähem Ringen mit den Einreisebehörden endlich in die Schweiz brachte, mußte er zu seiner großen Verzweiflung Lucia in Frankreich zurücklassen.

Nach dem Krieg kam sie in ein Heim in Northampton, wo sie ihren Vater um 41, ihre Mutter Nora Barnacle Joyce um 31 Jahre überlebte. Miss Jane Lidderdale, die Testamentvollstreckerin von Joyces langjähriger Gönnerin Harriet Shaw Weaver, hat sie die ganze Zeit betreut und zunehmend auch von neugierigen Joyce-Reisenden abschirmen müssen, die allzugern Aufschluß über ihren Vater, aber auch Intimeres, erfahren hätten. Wir wissen, daß sie in regelmäßigem Briefwechsel war, auch mit ihren Freunden in Zürich und mit Samuel Beckett, der sich ihrer mit seiner gewohnten zurückhaltenden Liebenswürdigkeit annahm.

Die ganze Zeit über hat Lucia Joyce auch an der wachsenden Wißbegierde von Gelehrten, Touristen und Liebhabern für das Werk ihres Vaters aus der Entfernung Anteil genommen. Als Beispiel nur ein Brief, mit dem sie auf die Einladung zum ersten (von bisher bereits acht) Internationalen James-Joyce-Symposium antwortete:

I am glad to hear of the first International James Joyce symposium and that it is being held in Dublin. I send my best wishes for the success, and to all those attending it.
Saluti cordiali and lots of love
14 June 1967 *Lucia Joyce*

Es ist eine leise Genugtuung, daß dieses erste Symposium, das in Zürich geplant worden ist, Lucia Joyce mit ihrem Bruder Giorgio, der in Dublin Ehrengast war und sie auf der Rückreise besuchte, zum erstenmal nach dem Krieg wieder zusammenbrachte.

Joyce hing an seiner Familie, an ihr und seinem Werk. Kaum etwas hat ihn in den letzten zwanzig Jahren mehr berührt als das Schicksal seiner Tochter. Nun leben, hundert Jahre und einige Monate nachdem er in Dublin zur Welt kam, seine Kinder, die beide *auch* Zürcher waren, nicht mehr. Sein Enkel, Stephen James Joyce, lebt in Paris und führt die Namen und die Familie, an denen Joyce so viel gelegen war, fort ins zweite Jahrhundert.

(1982)

So spricht jedes Ding auf seine Weise

Ulysses S. 171

UMGANG MIT ANFÄNGEN

Das Wunder des Wortes hat Joyce sein Leben lang in Bann gehalten, und die Freude an den Möglichkeiten der Sprache hat ihn nicht verlassen. Joyce ging, ohne sich durch Erfolg oder Mißerfolg oder literarische Moden beirren zu lassen, kühn, ja fast rücksichtslos einen einsamen Weg, der nur einer außergewöhnlichen – und im Grunde kaum faßbaren – sprachlichen Meisterschaft offenstehen konnte. Am Ende reichte selbst die englische Sprache, wohl eine der reichhaltigsten, nicht mehr aus, und als Joyce einmal gefragt wurde, ob denn diese Sprache Shakespeares nicht genügend Wörter für ihn hätte, gab er zur Antwort: »Doch schon, aber es sind nicht die richtigen.«

Die richtigen machte er dann selbst – »machen« im Sinne des *poietes*, des »Machers«, des Dichters, und Dichten unter anderem auch im Sinne des Verdichtens. »Only a fadograph of a yestern scene«, schreibt er und meint damit eine Photographie, die verblaßt »faded« ist und eine gestrige oder östliche Szene wiedergibt. In »fadograph« mögen das deutsche »fade« und das italienische »fado« (abgeschmackt) enthalten sein, und als akustische Entsprechung zum optischen Bild gesellt sich vielleicht das portugiesische »fado«, womit in der Folklore eine Straßenballade benannt wird, die ein Verbrechen besingt. Und auch dieser Ausdruck paßt, denn *Finnegans Wake*, dem das Beispiel entnommen ist, entlehnt den Titel ebenfalls einer Straßenballade, einer irischen natürlich, und der Held des Buches, der auch die verblichene Photographie ziert, wird in einer weiteren Ballade immer wieder zum Gegenstand des Spottes. Dies, und mehr, anzudeuten, schien für Joyce »fadograph« das richtige Wort.

So entstand zuletzt eine Sprache, die aus vielen Sprachen zusammengesetzt ist und sich zu stets neuen Bedeutungsausweitungen hergibt.

Hier etwa vereinigen sich Englisch, Französisch, Deutsch, Holländisch (Dutch) und erst noch Joyceisch zu der Frage: »Are we speachin d'anglas landadge or are you sprakin sea Djoytsch?« (wobei in »d'anglas« noch etwas Gälisch mit hineinspielt und der Satz natürlich noch einen Gegensatz »land – sea« in sich birgt. Das Besondere an diesem Djoytsch ist die Freude (»joy«), die es dem Leser bereitet, der die nötige Geduld und Anteilnahme aufbringt, um allmählich vom Sinn etwas zu enthüllen.

Bis zur Sinnzusammenballung und Bedeutungsverquickung von *Finnegans Wake* führt eine lange Entwicklung. Eine eifrige Joyce-Forschung, die sich dieser Entwicklung annimmt und dem Gesamtwerk einsichtig oder pedantisch zu Leibe rückt, findet immer mehr die Ansätze zu allen späteren Eigentümlichkeiten, und manchmal mehr als bloße Ansätze, in der frühesten veröffentlichten Prosa ausgebildet.

Im folgenden soll neben solchen Ansätzen vor allem ein Hauptmerkmal schon in den *Dubliners* herausgestellt werden – die verborgene *Verläßlichkeit* des Wortes.

Die Erzählung »The Boarding House«, die 1905, als Joyce 23jährig war, entstand, beginnt mit zwei einfachen Sätzen:

> Mrs. Mooney was a butcher's daughter. She was a woman who was quite able to keep things to herself: a determined woman.

Eine Reihe von klaren Aussagen; hier verwirren uns keine Spielereien mit der Sprache. In dieser Schilderung von Mrs. Mooney fällt ein besonderer Ton auf den letzten Teil: »a determined woman«. Sie ist in der Tat eine entschlossene Frau; sie dominiert das Geschehen mit starker Hand. Seit sie von ihrem Mann, einem Trinker, der einst mit dem Hackbeil auf sie losging, getrennt lebt, führt sie eine Familienpension. Durch geschickt gelenktes Ränkespiel bringt sie es fertig, einen der Pensionäre, Mr. Doran, in ein Verhältnis mit ihrer Tochter zu verstricken und das Opfer – oder die beiden Opfer – zur Heirat zu bewegen. Ihre Entschlossenheit ist zweifellos die bewegende Kraft. Das Wort »determined«, das diese Eigenschaft der aktiven Frau hervorhebt, ist eigentlich ein Partizip des Passivs. Mrs. Mooney bestimmt ja nicht nur das Geschehen um sie her, sie ist ihrerseits mitbestimmt durch ihre Umwelt und ihre eigene Vergangenheit. Auch sie ist ein Opfer einstiger und jetziger Umstände. Das liegt im Wort »determined« als sprachliche Möglichkeit, und die Erzählung bestätigt es. Eine Art von grimmigem Determinismus setzt sich über diese Geschichte hinaus bis in den *Ulysses* hinein fort, wo der fügsame Herr Doran als gänzlich verkommen auftritt. Joyce schrieb an seinen Verleger, man könnte ihn seiner *Dubliners* wegen als einen irischen Zola ansehen. »The Boarding House« kommt vielleicht Zola am nächsten, es waltet darin eine bedrückende Macht des Milieus. All dies ist angedeutet und vorweggenommen im doppelsinnigen und ironischen und treffend genauen einen Wort – »determined«.

Etwas später nennt Joyce Mrs. Mooney »a big imposing woman«, eine große, imponierende Frau. Das ist sie auch, und sogar mit dem weiteren Sinn, den »to impose« annehmen kann, dem des Betrügens. Tatsächlich paßt jede Bedeutung des Verbs, die das Wörterbuch uns gibt, auf diese Frau, die ihren Willen der Umwelt aufdrängt (to impose upon), die selbst ihre Tochter dazu einspannt, einen ahnungslosen Gast hereinzulegen.

Die erste Geschichte in der Sammlung *Dubliners*, »The Sisters«, wird von Armin Arnold (*James Joyce*, in der Reihe Köpfe des XX. Jahrhunderts, Berlin 1963) als »dilettantenhaft« bezeichnet. Die dilettantenhafte Skizze handelt vom Tod eines Priesters, gesehen – oder besser: erlebt und überdacht – durch einen noch jungen Knaben, der viele Zeit unter dem Einfluß des sonderbaren, gelähmten und enttäuschten Mannes zugebracht hat. Wir betrachten den einleitenden Abschnitt mit etwas von derselben Aufmerksamkeit, womit der Knabe das erhellte Fenstviereck »studiert«:

> There was no hope for him this time: it was the third stroke. Night after night I had passed the house (it was vacation time) and studied the lighted square of window: and night after night I had found it lighted in the same way, faintly and evenly. If he was dead, I thought, I would see the reflection of candles on the darkened blind for I knew that two candles must be set at the head of a corpse. He had often said to me: "I am not long for this world", and I had thought his words idle. Now I knew they were true. Every night as I gazed up at the window I said softly to myself the word *paralysis*. It had always sounded strangely in my ears, like the word *gno-*

> *mon* in the Euclid and the word *simony* in the Catechism. But now it sounded to me like the name of some maleficent and sinful being. It filled me with fear, and yet I longed to be nearer to it and to look upon its deadly work.

Die Sprache ist einfach und bedächtig; auffällig sind zunächst die hervorstechenden fremdartigen Wörter »*paralysis*«, »*gnomon*« und »*simony*«, die ja auch auf den Knaben ihre nachdrückliche Wirkung haben. Der alte Priester hat an Paralyse gelitten, und dem Knaben, ähnlich wie einst Stephen Dedalus im *Portrait*, läßt das Wort keine Ruhe. So läßt Joyce gleich zu Beginn seiner beiden ersten Prosawerke jemanden nachsinnen über das Geheimnis, das das Wort und sein Verhältnis zum Bezeichneten umgibt. Es ist kaum anzunehmen, daß der Schriftsteller mit den Wörtern weniger behutsam umgeht als die ersten Charaktere, die er vor uns hinstellt und die ihm auch sonst in manchen Einzelheiten gleichen.

Bei näherem Zusehen erweisen sich auch andere Wörter und Wendungen als gar nicht so einfach. »I am not long for this world« ist sicher nicht umgangssprachlich, sondern eindeutig biblischen Ursprungs. In den Evangelien betont Jesus wiederholt, daß er nicht von dieser Welt ist. Natürlich war der Priester, der sich in diese Welt auch nicht ganz richtig einfügt, mit Bibelzitaten bestens vertraut, und es ist nicht verwunderlich, daß er sie verwendete und sie so dem Knaben in der Erinnerung haften geblieben sind. Naturalistisch gesehen, ist dies glaubwürdig und läßt einiges vom Einfluß des alten Mannes durchschimmern.

Der alte Priester bezog also Worte von Christus auf sich selber. Auch dies hat seine Entsprechung – und hier lassen wir den Naturalismus bereits hinter uns –, ist doch jeder Priester ein Stellvertreter von Christus auf dieser Welt. Daß gerade unser Priester ein recht unfähiger und unvollkommener Stellvertreter ist, fügt sich zum Themenkreis der Paralyse.

Auch auf den Ausdruck »I had thought his words idle« würde der Knabe, dem die Erzählung in den Mund gelegt ist, von sich aus nicht kommen, zumal bei dem eigenartigen Gebrauch des Adjektivs »idle«, dessen Hauptbedeutungen hier »untätig« oder aber »leer« sein könnten. Die Wendung entstammt ebenfalls der Heiligen Schrift.

Im Matthäus-Evangelium sagt Christus: »But I say unto you, That every idle word that men shall speak, they shall give account thereof in the day of judgment. For by thy words thou shalt be justified...« (Mat. 12, 36–37). Wiederum ist hier, psychologisch einleuchtend, die Ausdrucksweise des Knaben gefärbt durch die des Priesters, der seinerseits natürlich durch seine Ausbildung und seinen Beruf mitgeprägt war. Gleichzeitig geht aus der Stelle eine Erkenntnis des Knaben auf den Leser über: daß Worte – und Wörter – leer, nichtig oder »unnütz« (so Luther) gebraucht werden oder aber wahr sein können: »Now I knew they were true.« Die auf Umwegen angedeutete Bibelstelle »Aus deinen Worten wirst du gerechtfertigt werden« (Mat. 12, 37, Luther) gilt – mit der Verschiebung des Religiösen auf das Künstlerische, die vor allem im *Porträt* entwickelt wird – ebenfalls für den Schriftsteller James Joyce.

Gegen das Ende der Erzählung taucht »idle« nochmals auf in der ungebräuchlichen Fügung »an idle chalice on his breast«. Hier bedeutet es »leer«; es liegt aber auch darin, daß von diesem Kelch des toten Priesters, der einst bei der Heiligen Messe den Kelch fallen gelassen hat und darob selbst aus der Fassung geraten ist, keine Wirkung ausgeht. Die Gegensätze »leer–voll« und »untätig–tätig« ziehen sich schon durch den ersten Abschnitt hindurch: »vacation«, »idle«, »filled me«, und dann »idle«, »work«.

Wie der Knabe gelernt hat, daß Wörter leer/untätig oder wahr sein können, wendet er sich nun dem fremdartigen Wort »paralysis« zu. Dabe i ist er vom Wort so gebannt, daß seine Logik durcheinandergerät und er das Wort damit verwechselt, wofür es steht. Der letzte Satz stimmt inhaltlich nicht: »It filled me with fear, and yet I longed to be nearer to it and to look upon its deadly work.« *It* bezieht sich auf das vorangehende »the word paralysis«; aber es ist doch gewiß nicht das Wort, sondern die Krankheit selbst, die das tödliche Werk vollbringt. Bei Joyce aber ist am Anfang das Wort.

Joyce war wohl der erste Schriftsteller, der die wesenhafte Unzulänglichkeit und Fehlerhaftigkeit – und damit Fehlbarkeit – alles Menschlichen besonders in der allerkleinsten Erscheinungsform immer wieder darstellte. In diesem frühesten Beispiel eines beabsichtigten Irrtums stellt er, ohne ihn zu beschreiben, den verwirrten Zustand des Erzählers unmittelbar vor uns hin. Dann aber verdichten und verfeinern sich die Beziehungen. Eben ging noch auf, daß Wörter untätig (dies ist ein ursprünglicher Sinn des griechischen *argos* im Matthäus-Text: *rhema argon*) sein können. Jetzt auf einmal verrichtet ein Wort – allerdings auf Grund einer Gedankenverwirrung – eine Arbeit, »its deadly work«, es ist also das genaue Gegenteil von untätig. Und es ist bezeichnend für Joyces Bewußtsein selbst der Herkunft seiner Wörter (wenn wir nicht schon von allem Anfang an den Zufall zu Hilfe rufen wollen, an den Joyce nicht glauben wollte), daß das griechische »argos« (aus *awergos) etymologisch genau der Verneinung des sprachverwandten englischen »work« (= griech. »ergon«, Werk) gleichkommt.

Wie viel man nun Joyces Etymologien zuzutrauen gewillt ist, auf jeden Fall macht er das Wort »paralysis«, zu einem recht aktiven, wenn auch destruktiven. Gleichsam als ob er uns bei der ersten Gelegenheit auf seine Wörter aufmerksam machen wollte, diese oft seltsamen und ungewohnten Wörter, von denen eine eigenartige Wirkung ausgeht. Auf diese Dynamik ist er immer wieder zurückgekommen, bald nannte er sie »words of power« (in Anlehnung an das ägyptische Totenbuch) oder »fermented words«, bald sprach er von »the word in pregross« (einer Umstülpung von »Work in Progress«, worin das franz. »gros« = schwanger, mitwirkt). Wie in Mythologie und Religion kommt auch die literarische Schöpfung durch wirksame Worte zustande.

Es wird nicht erstaunen, daß auch das gewichtige »It filled me with fear« der Bibel entnommen ist: »And they were all amazed, and they glorified God, and were filled with fear, saying, We have seen strange things to day« (Lukas 5, 26). Darin reiht sich »strange things« an die seltsamen Dinge, die auch der Knabe gewahr wird, dem ja auch das Wort »paralysis« »strangely« in den Ohren klingt. Die Ursache des Entsetzens, das die Umstehenden in der biblischen Geschichte ergreift, ist das Wunder, daß Jesus eben einen Gichtbrüchigen geheilt hat, und dieser heißt in der englischen Fassung »a man taken with palsy« (Lukas 5, 18). Nun ist aber »palsy« etymologisch einfach eine Verkürzung des griechischen *paralysis*, und die Vulgata etwa nennt den Mann *paralyticus*. Das Verständnis einer solchen Joyce-Stelle beruht nicht darauf, daß wir die Anspielung (hier auf die Bibel) erkennen; wenn wir sie aber erkennen und ihr nachgehen, führt uns Joyce wieder zum eigentlichen Thema zurück, der Paralyse. Hier findet sich ein literarisches Verfahren vorgezeichnet, daß Joyce später mit zunehmender Virtuosität handhabte. Die Anspielungen, die unaufdringlich da sind, verdichten das Netz fein gesponnener Beziehungen.

An diesem Punkte ließen sich einige dieser so gewonnenen Beziehungen etwa so umschreiben:

Der alte Priester, der versagte, vertritt in dieser Welt Jesus Christus. Christus ist das Wort, das im Anfang war und einmal zu Fleisch geworden ist. Er heilte Männer, die an Lähmungen litten, und erweckte Tote zu neuem Leben. In »The Sisters« haben wir am Anfang ein Wort, das Lähmung bedeutet, das Fleisch zerstört und tödlich wirkt. Die religiösen Gegebenheiten sind in ihr Gegenteil verkehrt worden. Im Mittelpunkt steht ein Tod, und vom Wort »paralysis« geht eine Faszination aus. Vor diesem Hintergrund läßt sich auch der einleitende Satz als eine Negierung auffassen: »There was no hope for him this time.« In der Genesis, auch einem Anfang, wird die Schöpfung eingeleitet durch ein mächtiges »and there was light«. Hier folgt auf ein »there was« die Verneinung »no hope«.

So finden wir in wenigen Zeilen recht viel von der Eigenart des späten Joyce vereint: eine Art inneren Monolog, eine konsequent durchgehaltene Perspektive, die katholisch-religiöse Begriffswelt, das Thema des Todes, das Hineinwirken der Vergangenheit in die Gegenwart, die Verwendung aller Bedeutungsschattierungen, die Anspielungen, die psychologische und symbolische Auswertung eines Irrtums – und eine gute Erzählung obendrein. Zum mindesten erweisen sich die Wörter, aus denen sich die dilettantenhafte Geschichte eines Dreiundzwanzigjährigen aufbaut, als ungewöhnlich ergiebig und verläßlich.

Die Welt, die Joyce mit Worten vor uns erstehen läßt, ist denkbar unvollkommen. Diese Unvollkommenheit erstreckt sich wiederum auf das Wort selbst. Eine der beiden ältlichen Schwestern in »The Sisters« kommt auf eine der modernen Erfindungen zu sprechen (Räder mit Luftreifen): »them with the rheumatic wheels«. »Pneumatic« ist für sie neu und unbekannt (Siehe S. 222).

Die Frauengestalten bei Joyce sind meistens etwas ungebildet, dafür auf ihre eigene Art beständig und ausdauernd; sie finden sich im

Leben unproblematischer zurecht als die recht anfälligen Helden. Und fast immer gibt Joyce den Frauen – in »The Sisters« so gut wie in den großen Monologen der Molly Bloom und der Anna Livia Plurabelle – das letzte Wort. Indem sie Leben hervorbringen und weitergeben, sorgen sie für den endlosen Kreislauf des Lebens. Anna Livia Plurabelle ist denn auch Anfang und Ende (das gleich zum neuen Anfang wird), sie ist Alpha (die Initialen ihres Namens, ALP, sind Alpha wie auch Coleridges heiliger Fluß Alph) und Omega (das ihr zugehörige große O bedeutet den Kreis, den runden Mond, lautlich kommt es dem französischen *eau* gleich, es ist weiterhin die Öffnung, der neues Leben entspringt). Vor allem aber ist dieser Kreislauf im fließenden Wasser gegeben, Anna Livia ist Dublins Fluß Anna Liffey, als junges Bächlein, als trüber Strom, als Meer, Wolke, Regen – und dann wieder der backfischhafte Bach: »Brook of Life, backfrish!« Von diesem Fließen steckt bereits etwas in »rheumatic«, dem das griechische »*rheo*«, ich fließe, zugrunde liegt.

Alle Auslegungen von Joyces Werken neigen dazu, weit zu gehen. Es fällt schwer, eine Stelle nicht mit andern zu verbinden und den Beziehungen, die sich überall auftun, nachzuspüren.

Das folgenschwere Mißgeschick des Priesters, der den Kelch fallen ließ, ist ein weiteres Beispiel einer Fehlleistung, die aus Freudscher Sicht heraus erklärt werden könnte; sie verdankt ihren Ursprung aber nicht den Theorien des Psychoanalytikers. In den ersten Jahren unseres Jahrhunderts ließ ein ehrgeiziger unbekannter Schriftsteller seine Charaktere aufschlußreiche Denk- und Sprechfehler begehen. Im Irland von 1904 (als die erste Fassung von »The Sisters« veröffentlicht wurde) schilderte Joyce mit feinstem Spürsinn die Pathologie des Dubliner Alltags.

Joyce, der seinem Leser sehr viel zumutete, machte es sich selber nicht leicht. Er mag eigenwillig umspringen mit der Sprache, aber Nachlässigkeit kennt er nicht. Er läßt die alte Frau, die vom verstorbenen Priester sagt: »He was too scrupulous always«, ein Wort gebrauchen, das er dann selbst seinem Verleger gegenüber (der allerdings den Mut zur Veröffentlichung der *Dubliners* doch nicht aufbrachte) auf seinen eigenen Stil anwandte – »a style of scrupulous meanness«. Darin liegt unter anderem ein Hinweis auf die peinliche Genauigkeit, mit der Joyce seine Prosa zusammenfügt: »scrupulous«. »Scrupulus« hieß im Lateinischen ein kleiner, spitzer Stein. Oft sind Joyces Romane mit Mosaiken verglichen worden. Auch das hinterste und geringste der aneinandergereihten Steinchen ist darin mit Bedacht ausgewählt, und die meisten von ihnen sind zugespitzt.

Mit den späteren Werken wurde das Mosaik immer komplexer. Joyce überarbeitete seine Texte noch sorgfältiger. Von seinem Leser verlangte er immer mehr, und es gibt keinen Leser, der sich nicht gelegentlich ärgern würde.

Die wohl prägnanteste Zusammenfassung all des Vorangehenden kam nicht von einem Gelehrten oder Literaturwissenschafter, sondern vom Schauspieler, dem in der Dramatisierung von *A Portrait* und *Stephen Hero* die über zwei Stunden dauernde Rolle des Stephen Dedalus zugefallen war. Ich vermutete, die Rolle wäre trotz ihrer Länge nicht schwer auswendig zu lernen gewesen. Das bestätigte er mit der Beobachtung:

»Every word is right.«

(1968)

DURCH EIN GLAS

Wenn's um die Literatur des 20. Jahrhunderts geht, dann führt kein Weg an Joyce vorbei – so jedenfalls möchte man denken. Nun in der Praxis – und das heißt hier Lesen – verhält es sich etwas anders, und dort führen in der Tat recht viele Wege an Joyce vorbei. Im besonderen wagt man sich nicht so richtig an die großen Rätsel, als die *Ulysses* und *Finnegans Wake* noch immer gelten, aus guten und nicht ganz so guten Gründen, und man braucht sich darüber nicht auch noch Vorwürfe zu machen. Aber wenn es uns dabei nicht ganz geheuer ist, wählen wir meist den bequemsten aller Vorbeiwege: über das, was andere Gescheites darüber zu berichten wissen, also sekundär, aus zweiter, dritter Hand. Auf solcherlei Ersatz sind wir übrigens, weil niemand alles Wichtige lesen könnte (selbst wenn wir wüßten, welche Bücher die wichtigen sind), immer wieder angewiesen, und es hätte wiederum wenig Sinn, sich darüber zu beklagen, daß man Joyce zu wenig liest. Schade ist's natürlich, aber kein Unglück. Es wäre überhaupt von Vorteil, wenn wir uns von der Last des Gelesenhabenmüssens freimachen könnten und in der Lektüre mehr eine großartige Gelegenheit sehen könnten, die Chance zu einem erlesenen Vergnügen. Joyce ist eine Zumutung, gewiß – und so muten wir es uns doch einfach zu (was mit Mut zu tun hat) und benutzen die Chance.

Wenn nun Joyce (welcher Name im folgenden für all die Erlebnisse steht, die uns sein Gesamtwerk ermöglicht, und nicht einfach für einen Schriftsteller, der von 1882 bis 1941 in Dublin, Triest, Zürich, Paris und anderswo gelebt hat) nicht in der Erfahrung aller Leser existiert, so ist er doch irgendwie osmotisch gegenwärtig, in all dem, was durch vielerlei Poren zu uns gedrungen ist. Schon einfach dadurch, daß jetzt in der Schriftstellerei vieles möglich, ja selbstverständlich geworden ist, was es vorher *so* nicht gab. Und wir beobachten von Tag zu Tag mehr, wie sich sogar die Verwendung des Worts auf dem Gebiet, das wir von der hohen Literatur am weitesten entfernt glauben könnten, in der Werbung, dem anzunähern sucht, was Joyces absonderlichen *Finnegans Wake* auszeichnet – der witzige Gebrauch von Mehrdeutigkeiten. Es ist wohl auch hier kein Zufall, daß Joyce seine lebendigste Gestalt, Leopold Bloom, in der Werbebranche angesiedelt hat. Schriftsteller wie Werbetexter verstehen sich aufs Manipulieren und auf Andeutungen und versuchen mehr auszusagen, als was buchstäblich dasteht. Im übrigen sind schon alle damals vorhandenen Medien im *Ulysses* von 1904 (Zeit der Handlung) zur Geltung gekommen: Bloom geht Anzeigen nach für eine Zeitung, seine Tochter erlernt die Photographie (und seine Frau singt ein wenig auf Konzerten); der andere Hauptcharakter, zur Zeit als Lehrer tätig, übt sich in Versen und Skizzen und Parodien. Es ist wiederum kein Wunder, daß ein Medienprophet wie Marshall McLuhan von Joyce viel lernen konnte.

Es gibt – um einer geläufigen Vorstellung entgegenzutreten – kaum ein *Muß* bei der Joyce-Lektüre. Man braucht also nicht Irland bereist zu haben, katholisch erzogen worden zu sein, die Odyssee, Thomas von Aquin, Vico oder aber Lacan zu kennen oder über zehn Fremdsprachen zu verfügen – das alles braucht es nicht. Aber nützlich kann es, wie alles, was wir an Wissen mitbringen, schon sein. Es wird die Lektüre auch immer verändern. Vielleicht ist die einzige Voraussetzung ein gewisses für uns nicht mehr leichtes Maß an Aufmerksamkeit. Und sie braucht Zeit. Denn das Lesen verlangsamt sich, wird bewußter, nicht einfach ein lineares Entlanggleiten. Man ist versucht, einzuhalten, zurückzublättern und bald vom geraden Weg abzugehen und sich seitwärts zu verirren. All dies steckt ja ein wenig im Wort *lesen* selbst (was mit einem Einsammeln zu tun hat wie das lateinische *legere* auch). Wir ertappen uns dabei, daß wir – oft langsam, oft verzögert – den Sinn zusammenstellen, *einen* Sinn von möglichen anderen, was selbstverständlich ein Gemeinplatz ist und auf selbst das simpelste Lesen zutrifft. Doch es ist eine Wirkung von Joyce, daß er uns auf das Selbstverständliche aufmerksam macht, auf das, was wir immer hätten wissen können, aber bisher kaum beachtet haben.

Es kann uns allen nur recht – und für die Buchhändler möglicherweise überlebenswichtig – werden, wenn wir wieder lesen lernen sollten. Dazu gibt uns Joyce eine Chance. Aber es erklärt seine »Bedeutung« so wenig wie alle anderen Versuche. Wir können ihn nicht ableiten von seinem Leben, einem nicht sonderlich ereignisreichen, von seinem Hintergrund, davon, daß er Ire war und Bestandteil einer Erneuerung und Selbstbesinnung der irischen Literatur, daß er aber diese Erneuerung von verklärter Vergangenheit in die nüchterne Gegenwart, und von der ländlichen Umgebung in die moderne Stadt, brachte. Er hatte Probleme mit seinen Eltern, seiner Psyche und seiner Sexualität, aber auch daraus entsteht noch kein *Ulysses*. Er hat viel gelesen, als er jung war, Flaubert, Kirchenväter, Aristoteles, Dante, d'Annunzio usw ..., und von alledem findet sich etwas im Werk, aber es determiniert es natürlich nicht. Nicht daß es an Bemühungen fehlen würde, Joyce zu ergründen. Allein im Jubeljahr 1982 erscheint alle paar Wochen eine neue Studie, oft allgemein, häufig auf einen Gesichtspunkt beschränkt, und so überheblich man sich gerne über die Bücherflut oder die Rührsamkeit von Gelehrten äußern mag, so dankbar darf man eben doch sein für all das, was jede Arbeit auf ihre Art zum Verständnis beiträgt oder zur Erhellung eines kleinen Gebiets. Denn mehr läßt sich ja kaum leisten. Es ist schon heute nicht mehr möglich, einen Überblick zu haben. Vielleicht läßt sich die Bedeutung am ehesten noch daran messen, zu wievielem Nachforschen uns Joyce anregen kann, ob es sich dabei um wissenschaftliche Untersuchungen handelt oder um private Ausflüge in irgend ein verlockendes Gebiet.

Man kommt Joyce als Ganzem nicht bei, nicht einmal nahe, und wer's versucht, wird dabei halt immer seine eigenen Prioritäten voranstellen – auch dies ist etwas, was uns Joyce in seinen Romanen zeigt: wir sehen die Welt anhand unserer eigenen Schablonen. Die *hier* verwendete Schablone hat etwas mit einer subjektiven Bewunderung für all das zu tun, wozu die Sprache fähig ist, was sie leistet und was sie verfälscht. Zum Glück nun eignet sich Joyce, der sich der Gesamtdarstellung so sehr entzieht, in mikrokosmischer Verbindlichkeit sehr gut zum Aufgreifen kleinster Details, fast wahllos herausgepickt, die dann durch weitverzweigte Stellvertretung etwas vom Ganzen mindestens ahnen lassen. Es scheint fast, als könnte man ein Element beliebig herauslösen und an ihm die Beschaffenheit des Werks allmählich abwickeln.

So bietet sich das Verfahren des repräsentativen Beispiels fast von selber an. Joyce macht es in diesem Fall sogar dem deutschsprachigen Leser leicht, indem er ihm *mit einem Beispiel* entgegenkommt, und zwar mit dieser Phrase selbst: »with some byspills« (FW 356.14). Nun ist natürlich schon eine Art von Bereitschaft nötig, um dies als Abart von – quasi englisch-deutsch – »mit einigen Beispielen« (oder aber vielleicht »*some* byspills« = »*zum* Beispiel«? der Text läßt solche Entscheidungen offen) überhaupt anzuerkennen: sicher ist, daß wir den Wortlaut umformen müssen, geringfügig hier und ohne großen geistigen Aufwand, doch dies kann anderswo recht anspruchsvoll werden. Der Text geht hier fremd, eben beinahe deutsch, und entzieht sich dafür dem Einheimischen. Doch auch der Englischsprechende ist nicht ganz verloren; nach einigem Suchen wurde er auf »*byspel*« stoßen, ein veraltetes Wort für »Gleichnis«, wie sie in der Bibel vorkommen. Die Vorstellung ist dieselbe wie im deutschen »Beispiel«, aus »*bispel*«, wie es einmal hieß: etwas nebenher *(bi/by)* Gesagtes oder Erzähltes *(»spel«)*. Genau das tun Gleichnisse oder Beispiele, und mit solchen Gleichsetzungen auf Nebengeleisen arbeitet *Finnegans Wake*. Das Spiel, das im deutschen Wort durch Volksetymologie – d.h. Mißverständnis – enthalten und von Joyce mitaufgeboten wird, ist für *Finnegans Wake* besonders kennzeichnend, ein Spiel mit Nebensinnen und Zufälligkeiten des Wortlauts. »with some byspills« lebt ja gerade davon, daß mit etwas gespielt wird, was buchstäblich nicht dasteht. Wer die Buchstaben nicht regelkonform hinkriegt, kann nicht »rechtschreiben«, auf englisch »to spell«. *Finnegans Wake* ist in der Tat eine Orgie seltsamer *spellings*, eine Folge von fruchtbaren Fehlleistungen, wie das exemplarische »byspills« selber, das keine Norm befriedigt, sondern so aussieht, als wäre hier etwas verschüttet worden *(»to spill«)*, aber das Ausgegossene, das Danebengegangene wird gleich in den semantischen Reigen einbezogen. Für viele ist ein solches Spiel mit Nebeneffekten faszinierend, eine Art Zauber der Sprache, ein »*spell*«. Zaubersprüche, *spells*, sind übrigens dem Ursprung verschiedener Literaturen recht nahe, so daß in dieser Beziehung Joyce lediglich auf einen Anfang zurückweist.

Ein einziges beispielhaftes Wort kann also einen Eindruck vermitteln vom typischen etymologischen Auskehren, von diesen deutenden Vorgängen, die nicht leicht einzudämmen oder zu regulieren sind, weil immer wieder etwas nebenher Gesagtes das Wechselspiel anders auffassen läßt. Ohne daß also hier über *den* Inhalt des Buches irgend etwas ausgesagt ist, zeigt sich schon etwas von seiner Dynamik. Was das Beispiel zeigt, ist die ungewöhnliche Dichte, eine außergewöhnliche Ökonomie der Mittel, und dann das ständige Umschalten, die verschiedenen Ansatzmöglichkeiten.

Vermutlich ist Joyce der ökonomischste aller Autoren, der mit am wenigsten Worten am meisten veranstalten konnte. Ein Wort, acht Buchstaben, »byspills« – und wir haben schon eine Auswahl von unzulänglichen Analogien zu dem, was *Finnegans Wake* tut oder – anders gedreht – wie wir den Text umzugestalten provoziert werden. Alles wird gleich mehrfach eingesetzt: Spiel, spell, spill – nichts scheint verschwendet. Das Wort selbst wird zu etwas wie einem biblischen Gleichnis, das ja auch nicht einfach auf eine einzige, richtige Auslegung eingeengt werden kann. Joyce war sparsam auch in dem Sinn, daß er das, was für ein Buch nicht zu verwenden war, sehr oft im nächsten untergebracht hat, und auch darin, daß er mit einer sehr begrenzten Welt auskam, der des ihm bekannten Dublin um die Jahrhundertwende. Diese provinziellen Gegebenheiten, immer wieder anders dargestellt, haben ausgereicht, auch etwas auszusagen über die Welt und ihre Bezüge, die wir aus unserer jeweiligen provinziellen Enge zu erkennen glauben.

Alles ist verwendbar, nichts wird weggeworfen; und so ist Joyce auch der erste ökologische Schriftsteller, ein Meister der Wiederverwendung. Joyce wußte von sich, daß ihm die freischaffende Phantasie abging, er konnte, so sagte er, weniger erfinden als finden. Aber er wußte, was er fand, optimal einzusetzen. *Ulysses* wäre unter diesem Gesichtspunkt eine Ausnutzung von dem, was Joyce und seinen Bekannten zugestoßen ist, von seinen seelischen Ängsten, den Einrichtungen der Stadt Dublin, seinen Zeitungen, seinem Adreßbuch, der *Odyssee*, dem *Hamlet*, vielen Kitschromanen oder Anzeigen: »Epps's Kakao« oder »Plumtree's Potted Meat«. Daß Joyce auch den Namen des Pferdes, das am 16. Juni den Gold Cup von Ascot gewann, einsetzte, war ein besonderer Glücksfall: es hieß *Throwaway* – also etwas wie Wegwurf, und ließ sich verbinden mit einem Flugblatt oder einer Zeitung, von der Bloom sagt, er wolle sie gleich wegwerfen. All dies ist verflochten zu einem Gewebe von Bezügen, das die Handlung mitbestimmen hilft, ganz so, als würde hier noch unterstrichen, daß in diesem Universum nichts endgültig weggeworfen werden kann. In der Tat hat Joyce auch das heute so modische Wort »recycling« vorweggenommen: »A human pest cycling (pist!) and recycling (past!)...« (FW 99.4) und, was wichtiger ist, Wiederverwendung des gleichen Materials zum Prinzip gemacht. Derselbe Kulturschutt wird immer neu aufbereitet, und es gibt andererseits auch keinen Abfall. Auch wenn, und dies wiederum in deutscher Form, einmal ein »abfalltree« (FW 88.2) auftaucht. Also doch Abfall, aber daraus wächst gleich ein Baum, sogar – und dies geschieht meist rückwirkend – ein Apfelbaum: »appletree«. Der erinnert natürlich an die Geschichte vom Urabfall unter dem Baum der Erkenntnis, gleichfalls, in der Ökonomie des *Wake*, an den Fall des Apfels, der Isaac Newton zur Einsicht in die Gesetze der Schwerkraft inspiriert haben soll – beides gewichtige Fälle. Adams Abfall machte die Energien notwendig, die zur Wiedergutmachung der ersten Sünde aufzuwenden waren – um Fall und Auferstehung, Aufstieg und Niedergang handelt es sich bei den sich wiederholenden Ereignissen, bei denen für jeden etwas abfällt.

Die Ökonomie findet statt durch Verdichtung, durch Anklänge oder Resonanzen – und durch Fehler. Jede fehlerhafte oder hybride Form, wie »abfalltree«, lädt ein zu Behebung des Schadens, und dies nach mehreren Richtungen: der Leser trägt Bedeutungen bei (also ergänzt z. B. »apple«), die buchstäblich nicht vorhanden sein müssen. Auch die Seele, so entdeckte Freud ein paar Jahre, bevor Joyce zu schreiben anfing, findet ähnliche Mittel zur Verdichtung oder Verdrängung: jede erklärende Auslegung einer Fehlleistung ist unvergleichlich länger als sie selber – und nie vollständig. Wer »byspills« schreibt, verfehlt gleichzeitig Beispiel, ein obsoletes Wort für Gleichnis, Spiel, »spell« (als Rede, Erzählung, Rechtschreibung oder Zauberbann) und das Mißgeschick »spill« und schafft erst noch einen Konflikt zwischen all diesen Bedeutungen, die sich nicht bloß ergänzen, sondern auch in Frage stellen. In der Sprache von *Finnegans Wake* sind Konflikt oder Zweifel oder Spannungen unmittelbar integriert. Lesen heißt hier die einzelnen Teile herausheben oder hören und miteinander in Beziehung bringen. Daß es dazu keine gültige Anleitung geben kann, erhöht für viele den Reiz; doch es wäre falsch, auch nicht auf die vielen Enttäuschungen aufmerksam zu machen, die sich dann ergeben, wenn der Text spröde bleibt und wir vergeblich nach sinnvollen Umrissen tasten. Doch kommt uns gerade das Spätwerk von Joyce auch außergewöhnlich entgegen, indem es etwa für uns ein paar deutsche Exempla bereithält, anhand deren sich noch viel mehr aufrollen ließe. Und *Finnegans Wake* erlaubt es ohne weiteres, wie hier geschehen, einen im Grunde billigen modischen Trick anzuwenden und das Buch unter dem Aufhänger »Ökologie« vorzustellen. Es hätte auch die Kernspaltung sein können, die in den zwanziger und dreißiger Jahren bereits im Gerede war. Wie die Atome, so ballen die Wörter riesige Energien, die sich freisetzen lassen: »the abnihilisation of the etym« hat Joyce vorausgesehen (FW 353.22), also »die Annihilisation des Atoms«, und wohl auch »durch das Atom«, wie sie heute droht. Die Fehlschreibung ergibt auch eine Gegenbewegung, eine Neuentstehung wie die Schöpfung, *ab nihilo*, aus dem Nichts; in der Sprache beruht sie auf dem »etym«, was *etymos* ist, also wahrhaft. Aus der einstigen, wahren, aber nicht mehr einzigen Bedeutung der Wörter, die uns die Etymologie mitteilt, entsteht ein Vielfaches an Sinn – eine Zerstörung wie ein neuer Aufbau der Sprache.

Alles bisher Gesagte ist dem abstrusen *Finnegans Wake* entnommen, dem Abschluß des Werks von 1939, und weit entfernt von den verhältnismäßig einfachen Kurzgeschichten der *Dubliners* oder dem durchaus zugänglichen *A Portrait of the Artist as a Young Man*. Doch schon dort gilt äußerste Knappheit. Die Geschichten haben etwas Skizzenhaftes, scheinen zuweilen nicht ganz ausgeführt. Gelegentlich bleibt gerade das Hauptereignis ausgespart. In der Erzählung »Die Pension« wird ein Gast von der berechnenden Wirtin in eine Falle gelockt und muß die Tochter heiraten: die Auseinandersetzung, die zu seinem Jawort führt, braucht gar nicht geschildert zu werden, wir haben die Mutter bereits beim Rekapitulieren all ihrer Trümpfe und das Opfer in seiner Ausweglosigkeit gesehen. Der Ausgang ist vorbestimmt. Oder aber wir erfahren gar nicht, was sich überhaupt zugetragen hat, oder nur in Verzerrungen, und bleiben auf Vermutungen angewiesen. Es gibt natürlich keinen Erzähler, der heute nicht auch so vorgehen könnte. Für die damalige Zeit aber war dies neu und befremdend.

Das bereits erwähnte *Portrait* hieß einmal, in der ersten Übersetzung von Georg Goyert (1926), *Jugendbildnis;* vierzig Jahre später schien es notwendig, den umständlichen Titel mit seiner Mischung von Statik und Bewegung möglichst genau nachzubilden, *Ein Porträt des Künstlers als junger Mann*: schon daraus zeigt sich ein neues Verständnis des Romans von der Entwicklung des Stephen Dedalus in einer Spanne von beinahe zwanzig Jahren. Es ist eine Folge von Momentaufnahmen, die oft Wendepunkte sind, mit vielen Rückblenden. Der Name Dedalus, zusammen mit einem vorangestellten Zitat aus Ovids *Metamorphosen*, verweisen auf eine andere Dimension: wir sind eingeladen, aber nie gezwungen, an den mythologischen Erfinder Daidalos zu denken, den Artifex (wie er im letzten Satz des Buchs angesprochen wird). Auch Stephen Dedalus will sich am Ende der Kunst zuwenden, und eine der Fragen, die sich aus den implizierten Vergleichen ergibt, ist, inwiefern der Held dem Autor und Artifex Joyce entspricht. Im kunstvollen Buch der Wandlungen ändert sich auch die Darstellung selbst und ist dem jeweiligen Entwicklungsstand des jungen Stephen angepaßt. Das verlangt wiederum vom Leser eine flexible Einstellung, ein Eingehen auf Verschiebungen, die nicht markiert sind. Am Anfang geht das noch leicht, *kinder*leicht:

> Once upon a time and a very good time it was there was a moocow coming down along the road and this moocow that was coming down along the road met a nicens little boy named baby tuckoo...
>
> Es war einmal vor langer Zeit und das war eine sehr gute Zeit da war eine Muhkuh die kam die Straße herunter gegangen und diese Muhkuh die da die Straße herunter gegangen kam die traf einen sönen tleinen Tnaben und der hieß Tuckuck-Baby... (in der Übertragung von Klaus Reichert)

So fangen Geschichten an, und dieser hier ist leicht zu folgen: Wiederholungen erleichtern das Verständnis ebensogut wie Anpassung an eine kindliche Sprache. Ein Wort wie »moocow/Muhkuh« zeigt dieses Bemühen recht deutlich: das Tier, das »muh« macht, heißt aus irgend einem Grund »Kuh«. Wie die Dinge heißen und was für Namen die Menschen haben (der erste Satz enthält auch schon

»named«) ist in einem Roman, dessen Held den ausgefallenen Namen Dedalus trägt, immer Anlaß zur Verwunderung. Das alles braucht man sich hier noch lange nicht zu überlegen, und die Erzählung scheint flott voranzugehen, bis wir zum ersten Ruck kommen, dem nächsten Absatz, und der geht so:

> His father told him that story: his father looked at him through a glass: he had a hairy face.
>
> Sein Vater erzählte ihm diese Geschichte: sein Vater sah ihn an durch ein Glas: er hatte Haare im Gesicht.

Die Perspektive ist anders, eine Einstellung ist zu korrigieren. Erst hier setzt die eigentliche Erzählung an, der Anfang war eine Geschichte innerhalb der Geschichte, erzählt von jemand, den wir jetzt erst sehen, aber dies alles bleibt unbezeichnet: Joyce verwendet nie Anführungszeichen, gibt wenig typographische Anleitung. Wir haben offenbar vorher mit den Ohren des Kindes gehört; wir sehen jetzt mit seinen Augen (daß das Kind ein Junge ist, merken wir nun aus dem Pronomen »his«). Solche Einstellungen sind noch nicht schwer, sie sind überdies – *jetzt* – technisches Gemeingut jedes Autors. Aber sie sind notwendig; man hätte auch – und vor Joyce wäre das üblich gewesen – gleich mit dem Vater anfangen können.

In den ersten paar Zeilen stellt Joyce schon einen Lernprozeß dar. Bald werden die Sätze etwas komplizierter: »His mother had a nicer smell than his father.« Da wird immerhin schon verglichen, eine der elementaren Leistungen des Denkens. Auch im Sprachunterricht käme die Steigerung (»nice – nicer«) erst, nachdem einfachere Verhältnisse eingeübt worden sind. Fast von selbst baut sich die erste Seite des *Portrait* so auf wie ein Sprachlehrbuch, mit immer längeren Wörtern, mit anspruchsvollerer Syntax. Wir haben das bereits erlebt: »His father told ...: his father looked ...« Das könnte noch eine Weile so weitergehen. Doch man braucht ein Wort nicht stets zu wiederholen, es gibt Verkürzungen, man sagt einfach »he«. (Der erste Absatz hatte noch kein Pronomen.) Auf diese Weise wird gelernt, und Joyce drückt dies unauffällig durch die Sprache aus. Ein »he« auf das vorangegangene »his father« zu beziehen, ist noch leicht zu bewältigen, doch wenn der Leser dann später im *Ulysses* in Mollys Schlußmonolog alle die »he« und »his« und »him« auseinanderhalten und dem richtigen Mann zuordnen will, kann er die Leistung und das Problem der Identifikation eher würdigen.

Joyce bewegt sich auf der ersten Seite rapid vom Einfachen, Konkreten (Straße, Muhkuh) zum Komplizierten. Am Ende der frühesten Kindheitserinnerungen steht ein so eigenartiger Begriff wie »Entschuldigung«, eine erlernbare Art von Abwehrtechnik, wodurch man durch bloße Worte Unheil abwenden kann. Im Original ist das Wort »*apologise*« noch viel undurchsichtiger und dadurch geheimnisvoller als unser »Entschuldigung« (wo man das Wegnehmen der Schuld noch erkennt): es ist eines der vielen Wörter, die einem empfindsamen Knaben in der Erinnerung bleiben und *als* Wort weiterwirken werden. Joyce lenkt also unsere Aufmerksamkeit auf die Sprache und nicht bloß auf das, worauf sie hinweist. In Wörter lassen sich umständliche Vorgänge verdichten, und das ist ein Grund, warum das *Portrait* wesentlich kürzer sein kann als andere bekannte Beispiele des sogenannten Bildungsromans, wie *Wilhelm Meister*, *Great Expectations*, *The Way of All Flesh*, *Der Zauberberg*, usw., ohne an Substanz zu verlieren. In der Präsentation zeigen sich Ähnlichkeiten auch mit der damals aufkommenden neuen Kunst der bewegten Bilder, des Films.

Man kann sich den schon zitierten Satz, »His father told him that story: his father looked at him through a glass: he had a hairy face«, als kinematographischen Ablauf vorstellen. Die Kamera wendet sich dem Erzähler zu, dem Vater, der sich möglicherweise zum Knaben hinbeugt, jetzt kommt auch sein Gesicht groß ins Bild, erst noch optisch vergrößert, »durch ein Glas«, und nun bemerken wir erst die Haare. Allerdings könnte uns das »glass« zunächst stutzig machen. Das könnte immerhin – in diesem Roman, in diesem Dublin, bei diesem Vater (wie wir noch erfahren werden) – ein Trinkglas sein. Diese mögliche Bedeutung werden wir zurückstellen zugunsten der erwähnten optischen: es handelt sich um ein Monokel; nur wäre ein so fremdes Wort dem kindlichen Verständnis noch nicht zuzumuten; oder, anders gesehen, was das Kind wahrnimmt, ist eben bloß ein Stück Glas von bestimmter Form. Wir haben jedenfalls ein realistisches Stück Wahrnehmung und auch der *Reihenfolge* der Wahrnehmung (was zum Beispiel bei der Übersetzung dazu führt, daß manchmal die originale Wortfolge auch gegen den Gebrauch des Deutschen beizubehalten ist).

Doch da ist noch etwas, eine kleine tangentielle Verstellung. In dem beschreibenden »through a glass« hätten frühere Leser einen Anklang an das vertraute *»through a glass, darkly«* gehört – »wie in einem Spiegel«. Vielleicht eine zufällige Störung? Schlagen wir einmal nach. Paulus sagt: »For now we see through a glass, darkly; but then face to face; now I know in part; but then shall I know even as also I am known.« (I Kor. 13, 12: »Wir sehen itzt durch einen Spiegel in einem dunkeln Wort, dann aber von Angesicht zu Angesicht...«) Auch hier kommen wir auf »face«: »face to face« sind wohl auch Erzähler und Zuhörer in unserer Geschichte. Und es geht um das Erkennen. Ja das perspektivische Prinzip, das im *Portrait* eingehalten ist, scheint geradezu vorformuliert: »now I know in part«: Stephens Wissen ist auf einen ganz kleinen Bereich eingeschränkt. Und wie um dies alles noch vollständiger zu verankern, drückt der vorhergehende biblische Vers genau das aus, was von den ersten Seiten des Romans an Thema und Darstellung ist: »Da ich ein Kind war, redete ich wie ein Kind, und war klug wie ein Kind, und hatte kindische Anschläge; da ich aber ein Mann ward, tat ich ab, was kindisch war.« Man könnte sich diese Paulusworte geradezu epigraphisch vor den Roman gesetzt vorstellen; aber dann wären sie zu gewichtig gewesen. Joyce verpackt dies alles in ein unscheinbares, alltägliches »through a glass«, so daß eine mögliche Unterströmung gar nicht bemerkt werden muß.

Und man *muß* sich der biblischen Nebenveranstaltung auch *nicht* zuwenden, sondern kann durchaus im Vordergrund bleiben. Einmal aufgedeckt, wird sie jedoch ergiebig als eines der zahlreichen *byspills* einer geeigneten Resonanz, die etwas von dem wiederholt und verändert, was auch vordergründig geschieht. Doch auch das herangezogene Pauluszitat wird verändert oder zweckentfremdet: wirksam wird nicht unbedingt eine christliche Pointe, sondern ein anschauliches Gleichnis vom allmählichen Erkennen. Es geht im *Portrait* um Erkenntnisse und um Wandlungen, und auch da trifft es sich wieder gut, daß Paulus eine bedeutsame Wandlung durchgemacht hat und später zu einem Verfasser von eindrücklichen Worten wurde. Die Entwicklung von Stephen Dedalus besteht aus vielen, nicht ganz so radikalen Wandlungen, darunter auch einer Hinwendung zum Christentum und dann wieder einer Abwendung, Saulus–Paulus ist gerade zum Inbegriff einer inneren Umwandlung geworden; hier gibt er ein winziges, indirektes Schlaglicht ab auf das Thema der Metamorphosen. Dies alles mag reichlich weit hergeholt erscheinen und ist es auch; aber weithergeholt ist auch der Name Dedalus, von Daidalos, und schließlich (wie fast alle Namen) Stephen, vom ersten christlichen Märtyrer, Stephanus, der gesteinigt wurde. Und nun schließt sich die Geschichte von Saulus/Paulus im Neuen Testament unmittelbar an die Hinrichtung des Stephanus an, ja geht gewissermaßen daraus hervor: »Sie stießen ihn zur Stadt hinaus und steinigten ihn. Und die Zeugen legten ab ihre Kleider zu den Füßen eines Jünglings, der hieß Saulus. Und steinigten Stephanus... Saulus aber hatte Wohlgefallen an seinem Tode.« (Apostelgesch. 7, 57–60). Solcherart sind die – möglichen – Zusammenhänge unterhalb der so glatten Oberfläche eines einfach daherkommenden Satzes.

Ob nun verknüpft oder nicht, zum mindesten gibt uns das Pauluszitat auch eine Beschreibung dessen, was vorgeht, wenn wir Joyce lesen – vor allem die späteren Werke, an die er damals bestimmt noch nicht gedacht hatte. Wir verstehen zuerst nur »stückweise« (oder »*in part*«, oder »*ex parte*«), dann immer mehr. Und das Wort, das Joyce nicht hinschreibt, nämlich »...*darkly*«, scheint dazu wie ein zufälliger Hinweis auf die Wirkung, die der *Ulysses* und dann erst recht *Finnegans Wake* auf die Leser gehabt haben: die lutherische Wendung »in einem dunkeln Wort« würde sich dazu fast so gut eignen wie die Fassung des griechischen Originals, »*en ainigmati*«, oder der Vulgata, »*in aenigmate*«. Als rätselhaft, enigmatisch, sind diese Bücher denn auch immer bezeichnet worden. Bei einer Begegnung mit einem Mitschüler wird auch unser Stephen bald nach Rätseln abgefragt, eines hat wiederum mit einem seltsamen Namen zu tun, der auch etwas anderes bedeuten kann. Rätsel kommen bei Joyce immer wieder vor, von kleinen Scherzen bis zum allumfassenden, nie gelösten ersten Welträtsel: »the first riddle of the universe... the first rattle of his juniverse... the farst wriggle from the ubivence... the first and last rittlerattle of the anniverse«, wie *Finnegans Wake* es umartikuliert.

Man kann das Rätselhafte bei Joyce leicht überbetonen, wie es hier geschehen ist, aber es zu verkennen wäre gleichermaßen falsch. Was wir anhand von potentiellen Anklängen einer kurzen Wendung gesehen haben, ist auch, wie Joyce die Zusammenfälle seiner Sprache nützt. Denn es ist schließlich nur im Englischen, daß ein und dasselbe Wort, *glass*, für das Material, für ein Einglas, ein Trinkgefäß und für einen Spiegel stehen kann. Übersetzungen müssen hier einengen: »attraverso un vetro«, »à travers un morceau de verre«, usw. Da wird kein Spiegel angedeutet (vergessen wir nicht, daß ein Spiegel, ein wirklicher, auch im allerersten Satz des *Ulysses* erwähnt wird). So wird sich die Optik in einer auch noch so gewissenhaften Übertragung immer verschieben müssen, aber auch dadurch, daß etwa die Bibelstelle in neueren sprachlichen Anpassungen (eine neuere englische Version hat »Now we see but a poor reflection«) auch anders wird und ein Echo von immer weniger Lesern überhaupt wahrgenommen wird. Was alles auch nur wieder besagt, daß sich auch ein Text in seiner Wirkung mit der Zeit verändert.

Natürlich läßt sich die vorangegangene beispielhafte Paulinische Arabeske immer noch abtun als Gespinst eines Lesers, beruhend auf einem zufälligen Zusammentreffen. Selbst das würde noch etwas von dem charakterisieren, was Joyce recht früh bemerkt hat: daß wir selbst bei einer so gewöhnlichen Wendung wie »through a glass«, ob wir wollen oder nicht, etwas wiederholen. Unser Sprechen und unser Schreiben sind alt, fast alles ist schon gesagt worden. Wir können gar nicht anders als zitieren. Dies kann, wie oft bei Joyce, mit voller semantischer Absicht geschehen; es kann zum bloßen Wiederholen von stereotypen Versatzstücken werden (auch das hat Joyce, in seinen Parodien, in seiner bewußten Aneinanderreihung von Klischees gezeigt) oder unvermeidbarer Zufall sein.

Alle Bücher von Joyce machen uns auch diesen Umstand bewußt: die vorhandenen Formeln, Gebärden, Ausdrucksweisen, die unser Denken und Verhalten mitbestimmen. Ohne es zu wollen, geht ein junger Stephen Dedalus in den Spuren von Stephanus, von Daidalos, von Saulus/Paulus, aber auch in den Spuren von Helden wie denen im *Grafen von Monte Cristo* oder von Lord Byron, oder Cardinal Newman und von all den andern, die in einer bestimmten Phase Leitbild werden können. Auf all das Vorfabrizierte im Leben und in der Sprache aufmerksam gemacht zu haben ist eine der Leistungen, die Joyce heute jeder abgucken kann, nur geschieht dies dann meist nicht ganz so dicht, in nicht so vielen Abwandlungen, und nicht ganz so komisch und so anregend.

(1982)

DYNAMICS OF CORRECTIVE UNREST

One of the effects Joyce's works can have on us is to make us see the obvious. Another is to create the impression that Joyce often *does* with words—not just *says*—what we may have always known, but which now we experience as acted out, as though the words were to perform what, normally, is merely being talked about. And it is upon this that the focus will be narrowed here, on a tradition which is essentially humanist, perhaps nothing more than a rehearsal of the old Socratic position of elementary ignorance. Joyce found new modes to express the trite insight that truth is elusive, that the best our minds can do is to grope for it and to improve on the groping.

To devise verbal equivalents for the mind's groping is one of Joyce's better-known achievements. He did not smooth over the fact that most of our thinking is hit or miss: and he reminds us that language, especially when it becomes public, inevitably tends to falsify the provisional nature of our perception and of our understanding. He perfected devices to counteract the pretense of certainty which is inherent in many of our statements. What will interest us here is the Joycean variation of the old theme that "*errare humanum est.*" That *errare* can be mental as well as physical, and that to err also means to wander, is an oddly fitting Odyssean touch which Joyce also exploits. And we may note here initially that the verb "err" ist also built right into the first word of *Finnegans Wake*, "riverrun," where indeed it belongs.

We err, we stray, we are mistaken, we see as through a glass, darkly, we are locked into our own little cognitive systems, we project ourselves into the realities we set out to understand. But we are also equipped with the faculty to adjust our views, to learn, to compare and even to improve. Such commonplaces now in Joyce are not just stated and described, but thematized and vividly integrated. To demonstrate this, mainly with a few inductive examples, will be the subject of my talk.

It is a characteristic of Joyce's representational prose that almost any passage would do to illustrate a principle, but there are some phrases which seem to serve the purpose exceptionally well. So let me turn to *Ulysses*, a novel—if novel it is—which acknowledges itself in an epic tradition which it changes at the same time, and a novel which early readers had admittedly great difficulties just coming to grips with. Some basic distinctions seemed impossible to arrive at. So the book appeared outrageous, iconoclastic, chaotic and formless. It was pronounced unreadable. Though we no longer support it, we can easily sympathize with this latter claim. In fact the notion of "reading" literature is no longer quite what it was before *Ulysses*; it has become a much more self-conscious skill. Liberties were being taken with language, and we can imagine without strain how an earlier reader, pre-modernist, perhaps an editor, or let's suppose an old-fashioned schoolmaster, might have reacted to some of the phrasings. My example is not a blatant flouting of conventions, but a low-key oddity which occurs at the beginning of the "Hades" chapter, when Leopold Bloom, as the last and least member of a small social group, enters the funeral carriage and sits down "in the vacant place." With perceptible nervousness he fiddles with the door of a less than perfect vehicle. The sentence that Joyce wrote originally is accurate and harmless: "He pulled the door to after him and slammed it twice till it shut tight." But then he changed just one word, replacing "twice" by an adjective that is there already; and now we are faced with something we might consider a trifle askew, something which a traditional stylist might well have considered objectionable, or sloppy: "He pulled the door to after him and slammed it tight till it shut tight" (U 88). The repetition causes some awkwardness—which we latterday readers can now of course interpret as a stylistic equivalent to the air of social constraint which is being indicated without any overt reference. The two "tight"s may actually make us aware of a silence which is both decorous, with the occasion, and uncomfortable, and we get a sense of the intrusion of an unwanted fourth member of the party. It is typical of Bloom that he fills the uneasy silence with some active bustle, here a struggle with a resistant door mechanism. Stylistic elegance would have refined a feeling of embarrassment out of existence. (See also "Homeric Afterwit", p. 172.)

It is the serial use of the same adjective, "tight," which is queer and slightly disconcerting. So we are called up to account for the irregularity. An element of time has become more noticeable. Once we have taken in the whole sentence, that first "he slammed it tight" turns out, by hindsight, to have meant its opposite, that is to say "not tight"; for a further effort was necessary. In the first attempt there was only an appearance of a tightly shut door, and only the second adjective denotes the improved result. So the identical word has two meanings, which we might call appearance and fact. The first one is a failed effort, the second one a success. Or we might reinterpret the whole sentence as one which contains some narrative shift, first a perspective close to Bloom's own impression, the second one more like an objective statement. My rather laborious endeavour to articulate something which we think we sense directly merely illustrates our habitual clumsiness in spelling out discursively what Joyce renders in brief phrases of irritating diversified appropriateness. That my descriptive phrases are in need of further qualification is part of what I am trying to convey.

If "diversified appropriateness" sounds like an exaggeration for the mere repetition of the same adjective, we may, for a test, observe what happens to Joyce's phrase when it has to be rendered into a different language. I invite the audience to speculate, for an inward moment, how that phrase—assuming that all the tensions I have drawn attention to are a vital part of the meaning—*could* be adequately turned into Spanish. The two existent translations I have consulted offer the following. One is by J. Salas Subirats:

> Tiró de la puerta detrás de él y la volvió a golpear fuerte hasta que se cerró bien. (121)

The other one, more recent, is by J. M. Valverde:

> Tiró de la portezuela tras de sí y dando con ella un portazo la cerró bien apretada (183)

As far as I can make out the repetition is not retained, nor does there seem to be the same stylistic discomfort.

What we do get, clearly, is a sense of someone who persists, who improves on an initial fumble. We geht a minor close-up of that

Odyssean perseverance which characterizes Bloom. It is a trait which Joyce singles out in his introduction of the new character Leopold Bloom in chapter four. This happens at a moment when the novel itself does something similar, when it changes its gears and settles for another approach to its material. After three highly idiosyncratic chapters, in tune with the mental processes of Stephen Dedalus, we now find the clock set back to the beginning, the locality changed and similar as well as different experiences treated in a different key, more down to earth, in a more ordinary way. And this is our first information about what Leopold Bloom, whose indirect thoughts open the new chapter, is actually doing:

> Kidneys were in his mind as he moved about the kitchen softly, righting her breakfast things on the humpy tray. (U 57)

We may well wonder what exactly Bloom's activity is which is tucked away into a mere subordinate clause. The verb Joyce uses, "to right," is not often used like this, non-metaphorically. Again, the broader range of this verb is appreciated much more in comparison with translated versions, and I think we notice a slight sense of dissatisfaction at a narrower semantic spectrum. There seems to be much more involuntary precision in the Spanish phrasings,

> ...disponiendo las cosas del desayuno de ella (Subirats, 87)

and

> ...preparándole a ella las cosas del desayuno... (Valverde, 139)

(and the same seems to be true in all the translations that I have been able to look at). We register the loss of some general notion of righting, of arranging some breakfast things in such a manner that it can be accepted as "right," as the text will soon indicate: "Another slice of bread and butter: three, four: right. She didn't like her plate full. Right." There is a goal-orientation in "righting," as the original has it, which appears to be absent from "disponiendo" or "preparándole." We will learn very soon in the chapter that "her," the person whose judgement seems to be decisive, will be Bloom's wife Molly, upstairs in her bed, and we will also learn, if we care to find out, that the required spatial disposition of cup and saucer and toast on the tray will not figure among her outspoken concerns. So perhaps Blooms' initial endeavour may be an entire waste. What we do appreciate is the endeavour, a typical one. From the very start, Bloom is moving about and righting. This is an eminently human activity, and a necessary one. We will find Leopold Bloom at it all the time. He may not be successful, but he keeps trying. Whether it is a matter of explaining a foreign word to his wife, or making a point in a barroom debate, or coaxing a new companion, or securing an advertisement, Bloom is not easily balked and will persevere, often with a change in tactics. He is resilient and ready to adapt his approach. He has all kinds of plans for civic improvements, an ambition which finds its grotesque apotheosis, as it well deserves, in the phantasmagoric surges of the "Circe" chapter. In all of this Bloom is also true to his role of Odysseus, that arch-righter who excels in adjustive skills, who is never at a loss, a man of many devices.

So the activity of "righting"—and I will insist that it is an act, a process—is inconspicuously heralded at the beginning of "Calypso," but it is not of course anything novel in the canon. It has always been an essential feature in the earliest *Dubliners* stories. It also found a strategic and grandiloquent expression in Joyce's famous letter to the publisher Grant Richards: that his intention was "...to write a chapter of the moral history..." of his country (5 May, 1906; *Letters* II, 134). Many of the stories concern themselves at least with the possibility of some amendment, often only with a futile attempt towards it. "Grace," for example, is about the "righting" of the ways of Thomas Kernan, victim of an accident due to alcoholic overindulgence. A rescue mission is being staged by solicitous friends who try to manoeuver him towards a better life. The conclusive sermon by a Jesuit priest drives home the point, in the terminology of men of business:

> —Well, I have looked into my accounts. I find this wrong and this wrong. But, with God's grace, I will rectify this and this. I will set right my accounts. (D 159)

It remains doubtful, and in fact improbable, whether Mr. Kernan will mend his ways and set right his accounts; and it is up to us as readers even to question whether the particular solution attempted would in fact be an improvement. The rectifying process includes the reading itself, and we are at least given some options to dissent from the views expressed within the story. So we might notice an implied contrast between a priest belabouring the need for setting right one's accounts and the satisfaction uttered by Martin Cunningham in the story that the order to which the same priest belongs, "the Jesuit Order was never once reformed" (D 150). Such cross-referential hints can help us re-form our opinions; they function as correctives against simplification.

"The Sisters," first story in the collection, sets a precedent, as it were, by negation. Something, clearly, has gone wrong in Father Flynn's life, and it remains intriguing that we never quite discover what exactly it was. It becomes our task to rearrange scraps of not very reliable information into some coherent account. There is little chance that we would ever agree on one particular, "right," interpretation—answers have so far been looked for in psychology, medicine, theology, and elsewhere. In "The Dead" we watch the main character, Gabriel Conroy, in repeated attempts to rectify one uneasy situation after another, until one which he never suspected throws him entirely off balance. At some stages he imagines he can improve on the situations by a change of his wording, or his tone, but the last disillusionment calls for a more profound readjustment. And again we, as readers, are correspondingly enabled to improve on our own previous assessment. On a second reading we can rearrange little incidents or trivial statements like "we're in for a night of it," or "Snow is general all over Ireland," in the light of contexts which we had not discovered before. Under our eyes the story changes in its implications and in its reach. The addition of "The Dead" to the whole collection also gives it a different dimension.

Since *A Portrait of the Artist as a Young Man* is about growing up, it entails a good deal of righting and survival adjustment. It may take the dominant form of learning, of absorbing knowledge at school or, by trial and error, of mastering various essential skills, or else of amending one's life according to Christian ideals, or again of groping one's way towards some chosen vocation. The *Portrait* is a novel of re-direction.

Much of its first chapter is devoted to distinguishing such basic notions as "right" and "wrong," which is at best a hazardous experience. That first chapter alone contains thirty instances of that tricky adjective, "right." Being asked whether he kisses his mother before going to bed, Stephen Dedalus answers "I do" and is instantly mocked. His emended reply, "I don't", provokes exactly the same unpleasant result and makes him wonder "What was the right answer to the question" and, secondly, "was it right to kiss his mother or wrong to kiss his mother?" (P 13). Of course the coupling of such fundamental questions with, of all things, kissing one's mother adds a host of psychological complexities, and even without those the notion of what is right proves extremely involved. The climactic Christmas dinner scene hinges largely also on the question of who is right, Parnell and his followers, or the priests who contributed to his downfall. Grownups, who ought to know, differ violently over the justice of spitting into a pious woman's eyes; the issue seems to be connected with one's affiliations or one's position, and, oddly enough, in some languages "right" can also denote one of two possible sides in space. In a third instance of the moral or judiciary sense of "right", Stephen—in consequence of someone's vague transgression which agitates the whole school—is wrongly punished by a cruel and undiscriminating teacher. But he musters courage and appeals to the highest authority of the institution, Father Conmee, who in fact promises to set matters right, and the chapter ends on a note of triumph (which will later be qualified). It is appropriate that the priest who will redress such wrongs carries the official title of "the Rector," and few of us probably notice that this word occurs very frequently within the first chapter, in fact no fewer than 38 times.

What is a fairly new feature of the novel is that its reader, *lector*, is enlisted to become also its interpretative *rector*, someone to sift and evaluate, and not just to accept, the views put forth in the book. We are given ample opportunity to assess situations critically and in the light of further development. The esthetic views propounded by Stephen Dedalus towards the end have been taken to be applicable to—or else in ironic contrast to—the novel within which they occur. This esthetic theory is in itself a rearrangement, and subjective improvement, of the views of Aristotle, Saint Thomas Aquinas, Lessing and others. It states that "Art... is the human disposition of sensible or intelligible matter for an esthetic end" as a basic premise (P 188). "Disposition" means a pleasing arrangement or order; in literature it also means the right words in the right order; and we suddenly find ourselves not very far from a kitchen in Eccles Street no. 7, where Leopold Bloom occupies himself with a judicious disposition of breakfast implements for a domestic end. In quintessential triviality Bloom is striving for an everyday correspondence to Stephen's former lofty, artistic aims.

And at this stage what may originally have sounded like a disturbing coincidence may appear to be not quite so accidental after all. When we only *hear* that initial Bloom sentence, "... he moved about the kitchen softly, *righting*..." we may momentarily be led astray, and we will have to reject the homonymous (graphic) "writing" in the light of syntactic guidance which will immediately follow. But writing, say using a pen, as it happens, is a matter of arranging, adjusting words and of getting them in a right order, and often a matter of careful revising. We know for a fact—and we can verify it by inspecting more than sixty bulky volumes of facsimiles of Joyce's revisions—that Joyce himself moved about a lot writing and rewriting, rectifying and adding according to principles which themselves were being adapted. Joyce also altered his groundplans, or his schemas. A glance at thousands of pages is live evidence of graphic writing coinciding with corrective righting. The novel *Ulysses* was moreover considered a contemporary adaptation of a Greek epic, a modern adjustment. And the Greek epic was thought to be, according to the thesis of a French scholar which Joyce found expedient, a Greek righting of Phoenician nautical know-how, a cultural transformation to which Joyce could then all the more readily add his own revisions.

Righting is offered here as a convenient, compact, synecdochal illustration of a process which characterizes *Ulysses*. Or, to be more exact, it conflates various closely interrelated processes that are difficult to keep apart. At least four different aspects need to be singled out:

1) A character trait of persons within the book, notably Leopold

Bloom, who is motivated by an urge to set matters right and equipped with a sober awareness that he himself may not be, but who is willing to re-think, re-phrase, re-attempt. His thinking is distinguished by alternatives and new starts. On women's menstruation, for example:

> Something in the air. That's the moon. But then why don't all women menstruate at the same time with same moon, I mean? Depends on the time they were born, I suppose. Or all start scratch and then get out of step. (U 365)

Bloom rarely deludes himself that he has reached a final solution. His sceptical "but then" and cautious "I suppose" remain typical and contribute to his being less than a resolute agent, or fierce avenger.

2) Righting suggests and echoes Joyce's own artistic procedures, a series of revisions, retouchings, improvements—a development also from the comparatively simple prose of *Dubliners* to the polyglot, heterographic complexity of *Finnegans Wake*. Quite parenthetically, "Joyce 'moved about... writing'" might be the shortest biographical condensation.

3) Righting also affects, or ought to affect, the reader/critic; and

4) The book itself tends towards ameliorative diversity. *Ulysses*, as an event in words, seems to try to right itself through more words, as though it wanted to undo the damage of all previous presentations. The novel begins by setting off the views and talents of a lively Buck Mulligan against those of a somewhat morose and distanced Stephen Dedalus; and each of the three opening chapters also intensifies the impact of private thought and subjective refraction. But then, in the second part, a new character takes over and the book takes on a new character too, with alternative ways of processing experience. And before we are quite used to the shift, the novel begins to move away more and more stridently from the early illusion of *reality* to a sense that literary realism, like all other devices, *is confected* as a conscious artifice. So the book increasingly, but fluctuatingly, reveals its existence as a literary artifact, and it sets out to change the modes of its own being. It tackles its tasks with highly different narrative programmes, some of which

are frankly conventional, others entirely new or extravagant. Since no single perspective is privileged, but all have their unique accomplishments as well as decided drawbacks, Joyce allows each of them to correct the others.

In this sense *Ulysses* is a series of radical rectifications, of alternative dispositions for varying esthetic ends. The change of techniques and styles, so often commented on, also has a remedial function. It is as though the novel itself develops a Bloomian type of consciousness of its own stratified inadequacies and counteracts or compensates whatever it is that is has been attempting so far.

In some instances a later passage literally corrects a preceding one. The last pages of the "Oxen of the Sun" chapter are a challenge to us. We habitually construe them as a jumble of verbiage which is spoken by the characters who are present. And we consider it part of our job to discern which of the speakers is saying which particular sentence in which role and with what kind of mannerisms. In the next chapter, "Circe," it is precisely this which the author has settled for us in neat typographical order: the speaker, whether an actual person or not, is capitalized; in a parenthesis, in what has all the appearance of a stage direction, gestures, costume and behavioristic information are set off in italics; and speech is clearly marked as such. From one point of view, this is a definite improvement by inversion; but we will soon discover that consistent application of this mode has its own shortcomings. And again it is up to the readers to correct a possible first impression that the divisions introduced are simply stage conventions, and as we go through a chapter which is characterized by external uniformity, we are tempted to apply categories which become more and more comprehensive and take us further away from personal, psychological, or even subconscious perspectives.

At this point already it has proved wholly impossible to keep apart the novel's corrective urges from the remedial burden thrown on the reader. The Joycean reader inevitably becomes a critic in the word's most original significance: one who sifts, discerns, judges, qualifies, makes distinctions. The difference is merely that Joyce lets us ignore less easily that we are required to do mental repair work. At one time we had to learn how to process the techniques labelled "stream of consciousness," which was often a matter of completing sentences that were psychological rather than grammatical. Such a learning or conditioning goes on with each new chapter. (It is revealing that Joyce sometimes lost a devoted reader and friend when he devised a new chapter of *Ulysses* for periodical publication.) In general we have succeeded least of all with "Oxen of the Sun," that progressive string of historical narrative stances, each one of which projects the semblance of some period point of view, though none of the periods evoked could possibly have conducted its storytelling in that specific way. One result is that possibilities which would otherwise not have been accessible at the end of the nineteenth century can now be tapped. At the same time we are forcibly provoked to intervene and to wonder what may actually take place, or what words are being spoken. At every turn we are faced with incongruities and anachronisms which work against passive complacency. Part of the irritation which this chapter causes may be due to our discomfort at the need to re-form, with little overt guidance, what is so obliquely presented, and to reform it beyond a simplistic translation into twentieth-century idiom of what is actually going on.

The novel's self-redressive instinct is astir throughout. What in the "Eumaeus" chapter has often been taken for inert clumsiness and mere stereotype can also be experienced as an acute awareness of the narrative's own failures, which then are continually being compensated by additions and qualifications. The result is not of course apt concision (since nothing uttered can be cancelled), but an additive concatenation of rephrasings, demurs, falterings, new starts or outright contradictions. In part this is also Bloom's fumbling alertness. The chapter is lengthened also because, on principle, no statement can ever become final, though attention may turn elsewhere. Take a short passage in which Bloom recounts his retort to the Citizen:

> So I, without deviating from plain facts in the least, told him his God, I mean Christ, was a jew too, and all his family, like me, though in reality I'm not. (U 563)

There is something self-contradictory in that sentence, for it contains precisely what Bloom says his retort did not, that is, deviations, and so does the whole chapter. Bloom throws in qualifications, either for the sake of clarity or else in healthy reaction against exaggerated claims. In his account "God" is instantly modified to "I mean Christ," and all kinds of trinitarian intricacies are conjured up at once. We also know that originally Bloom did not refer to Christ "and all his family" but "to his father" and then, in self-correction, to "his uncle" (U 340), so that we here observe Bloom at a retrospective improvement of his own former wording. But Bloom also realizes that his declared status as a Jew is not quite accurate by narrower definitions, and he adds a disclaimer, "though in reality I'm not." So his bias towards instant rectification is obvious, and it is all the more odd to see that this last phrase has in fact been taken as final evidence of Bloom's not being Jewish, as though such complex problems of racial or religious or cultural identity could be settled simply because every line of thought is dropped at one particular point. What the "Eumaeus" chapter does is infuse sceptical caution about what a phrase like "in reality" could ever achieve, or it makes us wonder which of the several realities suggested should deserve priority.

When Bloom, very soon afterwards, offers the platitude that "It is hard to lay down any hard and fast rules as to right and wrong but room for improvement all round there certainly is," he also hits on the chapter's tendency and one of the novel's intellectual misgivings. There is indeed "room for improvement all round."

"Eumaeus" also redresses the subjective restriction of the opening parts of the novel by making ample allowance for digressions and editorial comment. The same holds true for "Ithaca," whose format does not seem to preclude the insertion of any kind of heterogeneous matter—this in emphatic contrast to the entirely subjective last chapter. "Ithaca" presents itself as an opportune chance for apparently scientific verification, a penultimate righting in often quantifiable terms. Again it takes some discernment to uncover the chapter's factual reliability as partly spurious. The answers, it frequently turns out, simply generate more implied questions. The apparent terminal reassurance proves to become, in all probability, the most urgent appeal to the reader's corrective ingenuity. For one, the abstract, Latinate terminology entails the need for its translation into the kind of everyday, often emotional, language which is so carefully kept at a distance, as well as the need for human evaluation.

We may find an air of precision and neat differentiation:

> What proposal did Bloom, diambulist, father of Milly, somnambulist, make to Stephen, noctambulist? (U 615)

A minuscule system is set forth in which the three characters are categorized according to their walking habits, at a moment when none of them does any walking. The emphasis on ambulatory practices *may* (but this is already a possible, but not necessary deduction) be induced by a consideration that the invitation to spend the night in Bloom's house, if accepted, would relieve Stephen of the need for further nocturnal wandering. The neologism "diambulist," incidentally, being the first term in a triadic splurge, is an example of semantic rectification in delayed recognition: what on a sporadic guess might still be a common prefix (Latin *di-*) rights itself into an abbreviated form of Latin *dies*, day, in Saussurean opposition to "noctambulist." But it is the succeeding "noct" which explains a preceding cryptic "*di.*"

The threefold classification is prominent but, on closer inspection, somewhat deceptive. We may remember that Bloom has associated his daughter with sleepwalking (U 613). We have also witnessed Stephen Dedalus doing a fair amount of night-walking, and Bloom's Odyssean wanderings on the previous June day are a main subject of the book. The nomenclatural distribution works up to a point, without, however, achieving very much that we did not know already. In fact, the verbal overexpenditure alone is likely to incite us to investigate the conspicuous claims made by the labels. Most dictionaries would tell us that "noctambulist" is often used as a synonym for, and not a distinction from, "somnambulist," which observation merely proves that the apparent precision is less than perfect. Then we also know that Milly is not really a somnambulist; the term expresses more a fear which Bloom projects on his daughter than an actuality—this, at any rate, according to the evidence of an earlier passage (U 613). But above all we have little reason to assume that Stephen should be more of a nightwalker than Bloom; on the night in question, at any rate, they did their nightwalking together (and the previous chapter refers to both of them as "noctambules", U 542). Or should perhaps Stephen as a noctambulist remind us tangentially of his own words, spoken earlier, that the "corpse of John Shakespeare does not walk the night" (U 207), echoing of course the lines of the ghost in the play (*Hamlet* I, v, 10), which in turn have been echoed by Bloom during the day, a trifle inaccurately ("*Hamlet, I am thy father's spirit / Doomed for a certain time to walk the earth*", U 152)? If so, that emphatic "noctambulist" would give a paternal twist to filial Stephen. Or maybe, more simply, we are invited to note how Stephen, like the ghost of Hamlet *père*, will disappear into the night? In any case, the striking word leads less to a closure than to new interpretative assignments. Moreover, we have been specifically informed, a few pages earlier, of Bloom's "nocturnal perambulations in the past" (U 587). And the obvious fact that Bloom habitually walks by day is surely one of the habits least likely to mark him off from his fellow Dubliners or, for that matter, from Stephen.

Such probings are just meant to show that the first-glance impression of some scientific distinction among the terms which immediately stick out in one sentence does not hold up too well to scrutiny. What exactly it achieves is still a matter of interpretative amendment. How we will still arrive at some plausible realignment of walking practices is left to our own perspicacity, and does not automatically emerge from tags themselves in the manner that they seem to suggest. The point made here is simply that some mental arrangement is called for.

Ulysses is probably the first consistently autocorrective work of literature—and the intercorrections depend in part on the time of the reading. It is at some stage in our reading that we can put earlier pieces together and, for example, account for the strange behaviour of Bantam Lyons at Bloom's remark that he was going to throw away his newspaper. But the more we absorb the more sceptical we can also become about what, so far, we thought we knew for certain. It is a late development in Joyce criticism that we began to wonder about things which were taken for granted, like the actual military rank of Brian Tweedy, or about Bloom's request for breakfast the next morning. The novel contains much potentiality for new doubt. Above all the novel tends to undermine our premature confidence in all kinds of norms.

Finnegans Wake defies even more norms, makes it difficult for us to trust in any of them or any of the verbal appearances. It amplifies most Ulyssean features and is even more rigorously autocorrective. It too offers serial pluralities of tentative, concealed, often contradictory accounts, refusing even to distinguish among facts, fictions, rumours, myths, fears and the like, but it goes far beyond successive qualification. *Finnegans Wake* inclines towards instant repair, towards simultaneous retraction, as often as not within one word. Its compressed, fractured language can be seen, from the point of view stressed here, as an attempt to rectify the errors of assertive simplification at once, or to improve on one mistake by interlacing another. Alternative readings are not so much lined up in succession as integrated in the microstructure. The pretense of a simplistic truth is no longer upheld, but yields to a choice of rival improbabilities.

In such a perspective a name, or what poses as a name, as for instance "Moyhammlet" (FW 418.17), dissolves into an effort to articulate "Mohammed" with the simultaneous signal that Hamlet might be a more appropriate identity. Note that neither name is orthographically present. Perhaps all we can say is that, of all the nominal persons which the odd conglomerate of letters does *not* mean, Mohammed and Hamlet are the least incorrect guesses. They also hold each other in check. We might fasten on to the Irish word "*moy*"—which *is* physically present and means a plane (it also happens to be the name of a river)—and the common English word "hamlet"; they serve as an emendatory warning that the graphic shape may not after all, or not exclusively, refer to any human males, but to topography. What we do get are less individual or even geographic identities than a dynamic tension of specific crossinterrogations.

We are often faced with encapsuled opposites, as in

> ...scruting foreback into the fargoneahead (FW 426.22)

—where we seem to be looking "fore-back" in either direction and also find "head" contrasted to "back" in further spatial contrast. The phrase is also temporal: "fargoneahead" points to the future, what lies ahead, but "far gone" could be the past as well; and this meaning is reinforced by the German "Vergangenheit" as another corrective touch. We are unlikely to grasp the temporal dichotomy at one quick glance, but usually arrive at the redressive balance only in antithetical progression.

Or, to change the terminology (which is a device we might learn from Joyce's own procedures), reading *Finnegans Wake* in effect consists in our cooperative repair work. "Moyhammlet" we touch up to "Mohammed" in superior spelling. For better or worse, we handle a passage like

> Loab at cod then herrin (FW 587.2)

either with puzzlement or else as though it were, on the one hand, a faulty rendering of a German hymn, the exact wording of which it is then up to us to restore, in this case "*Lobet Gott, den Herrn*" (Praise God, the Lord). But we may also treat it as a failure to articulate something about "loaves and fishes," and once this becomes our semantic aim, we take the liberty of improving "Loab" to *loaf* (with perhaps some philological help from the German cognate "*Laib*") and we supply a "g" to "herrin" to have another fish alongside of "cod." Fish, of course, also links back to God by way of a historical acronym ("ICHTHYS"), which can be taken to be circuitous confirmation or else a trinitarian confusion. At some stage we may also notice that a male divine lord is being played off—potentially—against a female German "*Herrin*," lady or mistress. And we can amend the whole phrase, as I have done, to an instituted praise or an irreverent codding. The fact that everyone in the audience would probably find some other reading at hand only adds to the point that I am belabouring.

In practice the readers of the *Wake* slip into the roles of pedantic schoolmasters who emend the text's deficiencies of the most self-righting verbal artifact in existence. We mentally put things right, but of course no longer towards one correct solution. We are correctors, whether we dig up hidden allusions, or set up word lists, or simply paraphrase. In *Finnegans Wake* the distinction between graphic writing and corrective righting has become futile, and the general homonymous sweep includes without strain the meanings of "rite" (as in "ritual") as well as "wright" (as in "playwright"), a cognate of "work" or "en-ergy." Examples proliferate: "self-righting the balance," "the rite words by the rote order," "righting his name," "the wright side," "you could wright any pippap passage." (FW 167.33, 422.34, 597.11, 301.7), etc. In such a way *Finnegans Wake* can also suggest, coincidentally, what the author has been doing to it, and what we in our despair are trying when we are wrighting its texture, or when we grope along its mysteries in orthographic correction or in ritual cooperation.

Finnegans Wake thrives on a principle of instant verification or, as we might term it with equal inaccuracy, of instant falsification. We have only to ask ourselves what a "wrong" interpretation of any *Wake* passage could mean and how one would go about demonstrating it, to realize some basic difference from other works of literature. Even acknowledging that not all our remedial associations are equally pertinent, or helpful, or valuable, we would be hard put to define "right" or "wrong" interpretations. It is one of the didactic effects that Joyce's last work modifies our notions as to what interpretation might be, and turns our attention towards the idea of a continuous adjustive endeavour which involves us, as it did Bloom in his kitchen, in a good deal of alert moving about. What we cannot afford at all is static inflexibility.

So that early close-up of Bloom's trite and not signally successful activity helps us to focus on—and find provisional terms for—a restless Joycean strain which works against premature interpretation. It is all the more surprising then that we still watch Joyce scholars strive for correct terminal solutions or ultimate formulas.

"Righting" or "The Dynamics of Corrective Unrest" is not meant to be such a formula, but merely a convenient angle of observation. It indicates not an aim, but multiple intercorrective acts, or Work perpetually in Progress.

(1982)

VARIANTS OF DISLOCUTION

As the historians we can't help being we feel inclined to treat every work of art, no matter how unique it may strike us at first, also as something derived, something we can trace to sources or place within a common tradition of ideas, attitudes, perceptions, techniques and—in literature—a rhetorical arsenal. Historical inquiries are necessary and generally feasible, justified by ample results. But we are still left with the complementary task to focus on what appears new and different as well, to determine what it might be that looks, or vaguely feels, distinct, not yet experienced before. With this polarity in view, a one-sided attempt shall be made to observe—and provisionally name— one of the features which seem to set *Ulysses* apart from whatever happened before the shock of its advent. All of such features are, of course, at least prefigured in Joyce's earlier works in perceptible graduations, and they will be magnified once more in *Finnegans Wake*.

A prime characteristic of *Ulysses* is its lofty reluctance to conform, its resistance to any of our categories, to any kind of methodization. It still eludes us. It is true that if you look at some of the assurance with which statements about *Ulysses* are being put forth, you are likely to doubt the elusiveness claimed here, but the certainties academically proclaimed tend to be mainly in the trustful eyes of the beholders: one of the things *Ulysses* could teach us is just *how* naive eyes trained in tradition can be. Actually we don't even understand *Ulysses* sufficiently, on the most elementary of all possible levels, certainly not as well as some reference works blandly assert. We find ourselves faced by more questions than we thought might be there. The common professional way to deal with *Ulysses* is to bypass it with some glib generalisations, or theories never quite put to the test. Take almost any of the dissertations emerging today in the German writing areas to discover, for example, that most of the quotations they contain will not be from *Ulysses*, but repeat something already in print in respectful regressive reiteration (it is hoped that this statement of a truism can still surprise us). We can always have recourse to established pretense mechanisms.

Ulysses is tricky to grasp because of its volatility. Such an attestation has to be substantiated as it seems to run counter to a first, lasting impression, that of reliable, expansive solidity, the book's foundation in the bricks, the stone and steel of a very real, well-documented city. This city takes shape by nominal delineation, though mainly in the casual way in which an actual inhabitant might notice and recall familiar urban views. But it also arises out of our trust that somewhere outside there was a city to match the written word, and what is left of the city today still remains open to our verification. Or we have such substitutes as a Topographical Guide, maps, old photographs or that stately source book, *Thom's Official Directory of Dublin*, to fall back on. In some essential manner *Ulysses* is a fictional rearrangement of such extralingual data. But it is against some assured metropolitan firmness of that kind that the book's metamorphotic fictions are played off. At some stage the illusion of specific reality will be recognized as perhaps the most cunning artifice among many. Ultimately there may be nothing but verbal imagination. In the end, as there was in the beginning, there may be nothing but the word—Joyce has a way of belabouring this point. The suggestion is here made very strongly that this *verbum in principio* is indeed a dynamic *verb*, rather than some material or abstract *noun*. It may in fact be precisely the nominalizing tendency of our conceptualizing that gets in the way of our dealing with processes, processes which could be most appropriately served by verbs that can express voices, moods, tenses, and engage in multiple conjugations.

Again, appearances may contradict this, notably in that long, informative, stationary chapter which we have agreed to call "Ithaca". It presents itself as an almost purely nominal conglomerate, in which finite verbs perform mainly menial tasks. But to read this chapter in practice amounts to releasing the verbs and the actions which have been frozen, true occidental style, into fossils of abstraction. We translate what is on the page by the sort of mental alteration which is the subject of this talk: we unbind the emotions which the text is at such pains to put at a safe, dispassionate distance.

We might also examine the novel's opening sentence, an arrangement of qualities and objects:

> Stately, plump Buck Mulligan came from the stairhead, bearing a bowl of lather on which a mirror and a razor lay crossed. (U 9)

First two adjectives, joined into unusual companionship to herald a name, then a close-up view of some concrete items of shaving gear—a predominantly nominal splurge. We can easily lose sight of the verbs: the main one, "came", is an unmemorable syntactical necessity; the subordinate one, "bearing", stylishly singles out a solemn gesture which we are likely to miss on a first reading; the final "lay crossed" seems to express more a fixed geometrical shape than the act which brought it about.

The first beat is "Stately"; that's how we set off, with a steadfast, stable quality. The implicit motionless "standing" is doubled by an equally passive terminal "lay". The odd counterpart to "Stately", "plump", suggest more inert corporality.

It is interesting to compare all this to the way the book is closed, and instructive to realize, right away, that a final equivalent has to be severed arbitrarily and artificially from what is basically ongoing syntactical motion, almost like the surgical vivisection of a live organism.

> ... and first I put my arms around him yes and drew him down to me so he could feel my breasts all perfume yes and his heart was going like mad and yes I said yes I will Yes. (U 704)

We might bring out the difference by remarking that the book's opening could be painted, staged or filmed, but that the ending essentially could not. The end accentuates drawing and feeling and excitement: it culminates in a mercurial will. Joyce singled out a moment in the past which affected the future and which the present of Bloomsday and Bloomsnight has qualified and yet somehow confirmed: such relations can mainly be brought out by verbs. What nouns still occur in that farewell burst are bodily organs which are validated entirely by their live functions, "arms...

breasts... heart", or else "perfume", which, in so far as it relates to matter, refers to it at its most volatile, and in so far as it doesn't, expresses a sensation or else an act of olfactory seduction.

From *things* to *processes*—that indeed is a direction of *Ulysses*. It is, parenthetically, typical that a juxtaposition of the book's first and last statements may in fact reveal something about it. But a further point is that even the apparent nominal stability of the opening was somehow specious.

That third word of the book, "Buck", already hovers momentarily between the term for an animal and an 18th century label for a kind of dandy; and both meanings somehow inherent in the nickname, and probably rejected, will manifest themselves in the next pages. The shaving bowl will instantly be misused as though it were a ritual chalice in another elevation which would have to be celebrated elsewhere—in a holy edifice by an ordained priest. The mirror will soon do its proper duty as an optical tool for reflection and redirection of our perspective; it will also introduce one of the book's most startling new techniques. If all of this sounds like the belaboured enunciation of general truisms, it is meant to be, for Joyce's artifices make us notice, as though for the first time, what should be trivially obvious.

In its rendering of what is also daily routine, *Ulysses* takes us very far afield, first to a highly specific, dated, Dublin, but geographically beyond it to Gibraltar, Paris, Hungary, but also into an Irish past, to semitic roots of our culture, to a mythological Hellenic age, to a few centuries of patristic quibbling as well as through a skimpy tour of most occidental literature—to name just a few of the better known landmarks. What sets *Ulysses* off from other novels that of course have done the same, is that many shifts occur without express narrative warning. Conventional guidance for erratic displacements and abrupt jolts is lacking. At times the novel seems to proceed psychologically, associatively; then again it seems to adopt external points of views, even historical ones or some that are highly hypothetical. It may choose to imitate a newspaper in its typographical shape, or go through the motions and trappings of a play. At turns it behaves as though it could be orchestrated like music. In one weird penultimate stretch it dessicates itself into the precise mannerisms of objective questions and answers, unless we reinterpret it all as a grotesque attempt to mimic the Church's catechetic habit of parcelling out dogmatic truths.

Ulysses is an unruly book in its design, its surface, its architectures, its details and its interweavings, quite apart from the constant allurement away from the tangible referents to the words themselves—signifiers, if you want—and their capricious linguistic discharges. Symptoms are numerous and, partly, well-known. In order therefore to indicate, provisionally, and help to observe some of the energetic, restive and defiant animus of *Ulysses* in all its diversified manifestations, a term is suggested here which should be reasonably precise, so as to retain some denotative edge, and yet implicatively loose enough to accommodate multifarious features. "Dislocution" has the advantage of not being predefined. It resembles a spatial metaphor for all manner of metamorphoses, switches, transfers, displacements, but also acknowledges the overall significance of speech and writing, and insinuates that the use of language can be less than orthodox. The prefix should alert us to a persistent principle of *Ulysses*, which is evinced in a certain waywardness, in deviations, heretical turns, but also in the multiple errors and miscommunications. In a merely negative meaning, the term might even serve the editors of the critical text as a convenient blanket for all subgroups of transmission errors in the book's chancy progress from one stage to the next, due to understandable clerical inadvertance.

Some methodical typology of Dislocution would be a natural next step, but even if it were feasible, the gains of systematic neatness would not make up for the intrinsic falsification. For dislocutions are not so much isolable qualities as they are entangled processes that defy administrative classification. Even so, the following representative samples will vaguely hint at some elementary differentiation.

At one extreme of the scale, on the surface level, there are obvious instances of transformations in space, as in Bloom's experience of "... the alterations effected in the disposition of the articles of furniture", when he reenters his drawing room. A sofa has been "translocated", a table been "placed" opposite the door, a sideboard "moved from its position" (U 626). This experience is concrete and, as we know, painful; the redisposition of furniture suggests an actual domestic change. But it is analogous to various rearrangements within the whole book. The "Wandering Rocks" chapter could be cited as a further example: it disrupts the pretense of linear chronology by offering a collocation of disparate scenes, but it also tries to dovetail the heterotopical actions by fragments of dislocated narrative. In its transversal interlockings the chapter has left the tracks of the previous nine, which, for all their diversity, were still basically sequential. The "Cyclops" chapter too has unmistakable displacements, interpolated passages which, in tone, style, attitude, angle of vision, contrast markedly with the personal narration that they discontinue. It is in fact the conspicuous dislocutions which set off the later chapters from those of the first half (which are *relatively* uniform): they are experienced as jarring deviations from what looked like reliable narrative practices.

The most startling dislocutory performance for first readers is the medley of phrases which opens the so-called "Sirens" chapter. These phrases, hardly understood on their own in any conventional sense, turn out to be a prospective arrangement of fragments from the pages to follow, both a thematic preparation *for* and a variation *of* the composition which they precede. This unique overture frankly displays itself as a verbal artefact of juxtapositions; coincidentally it also exaggerates the fact that the whole of *Ulysses* is a redisposition of its material, a matter of internal transferences, of kaleidoscopic diversion. *Ulysses* reshuffles its elements, with a difference.

Stephen Dedalus, for example, in his Shakespearean argument, makes a point about Helen of Troy and Penelope of Ithaka:

> —Antisthenes, pupil of Gorgias,... took the palm of beauty from Kyrios Menelaus' brooddam, Argive Helen, the wooden mare of Troy in whom a score of heroes slept, and handed it to poor Penelope. (U 201)

This is simply the adaptation of some classical learning that Stephen picked up a few hours earlier when he himself, with his bitterness, was compared to that Cynic philosopher. This version was shorter:

> Antisthenes, a disciple of Gorgias... He wrote a book in which he took away the palm of beauty from Argive Helen and handed it to poor Penelope. (U 149)

Stephen has varied a few terms and added embroideries of his own. In a doubling of tropes, Helen has become, first, "Kyrios Menelaus' brooddam", then "the wooden mare of Troy in whom a score of heroes slept". A transformation into animal imagery becomes noticeable. It seems to be Stephen's own misogynist streak that turns the most beautiful of all women into a "brooddam". Surely her breeding proclivities were the least emphasised by the ancients or, for that matter, the painters. And it looks like an affront to equate her with the "wooden mare of Troy", even though we know that she, in her vanity, once nearly frustrated the Greeks' stratagem to capture the city (Od. 4: 266–89). The horse becomes a mare in Stephen's imagination only, and the reader knows that here some recollection of history "as a nightmare" may have interfered—though that was a different kind of "mare", of course, but already one thought capable of giving him "a back kick" (U 40). We may also have an echo of "Madeline the mare" from an untraced song (U 43). "Mare" has become one of those many words which in the course of the book have acquired a semantic karma. If printed on paper, the word looks like a Latin term for the sea; if sounded, it comes close to a French word for the sea derived from it, or else to the word for mother. We know that in Stephen's mind "sea" and "mother" have been painfully brought together in the intense brooding of that same morning. In this context it might even be fitting that a "wooden mare" was a term for a military instrument of torture; somehow, by causing a war with untold casualties, Helen of Troy did indeed become cause for punishment and pain. If, incidentally, we were to isolate from the phrase under inspection just three words and merely say them aloud, "mare of Troy" might misleadingly suggest some ancient municipal ruler, a town "mayor". Of such philological unruliness the context takes instant care (though not always), but the point here is simply that a sentence which modifies its source is full of potential turbulences.

Chances are that most readers will hardly devote much attention to "Kyrios Menelaus' brooddam", but this incongruous apposition is in itself a minor node of dislocutions. "Kyrios Menelaus", an anachronistic hybrid, joins a Latinized Homeric name to a proper Greek honorific which is not to be found in Homer, but entirely depends on later Christian usage. The early Christians needed a term for what in Hebrew was 'Jehovah', and *kyrios* was substituted in the Septuagint as the beginning of a venerable career. *Ulysses* highlights it, for Stephen's phrase also echoes the words of the same person who introduced Antisthenes, professor MacHugh, who held forth in the newspaper office on these very appellations and compared Latin *Dominus* with English *Lord*, and both—to their disfavour—with

> —The Greek! *Kyrios!* Shining word! The vowels the Semite and the Saxon know not. *Kyrie!*... I ought to profess Greek, the language of the mind. *Kyrie eleison!* (U 134–35)

This polyglot collation entails four cultures: each one is refracted in *Ulysses* and in turn set off against local Irish observances. They all throw some oblique light on Stephen's quotation. Since professorial authority insists on the unmatched quality of Greek vowels, which neither a Hebrew nor an English tongue can manage, we may be entitled to wonder just how Stephen Dedalus, in his condensed recall, actually pronounces the shining word—"kyrios, kurios, kirios?". With his characteristic disregard for the range of his audience (his listeners after all were not present at the discussion in the newspaper office), he might well say something to be fleetingly misunderstood as "curious"; curiosity could reasonably be attributed to a husband in the situation of Menelaus (in *Finnegans Wake* such a phonetic sweep would be a routine shift and in fact *is* instanced at least once: "our hagious curious encestor" FW 95.34). As the whole discourse in question is devoted to a speculative view of Shakespeare, it is curious to find that Shakespeare, in the one play which links him with the *Odyssey*, *Troilus and Cressida*, uses the address "Lord Menelaus" (V.i.74), which here Stephen appears to have rendered into some Greek contamination. While on the subject of Shakespeare, whose vocabulary suffuses the whole chapter, we might also mention, for what it is worth, that in *The Tempest* (which Stephen also works into his theory) Caliban calls his mother "my dam" and has the word followed by "brood" a few lines later (III.ii. 101–5), so that Stephen might well have fused these two nouns into his one composite. It so happens that "dam" derives from Latin *domina*, so that even within a brief cluster, the etymological divarications of one word across linguistic borders span the whole scale from divine to human to animal usage. It is of course the oddity of "brooddam" or the imcompatibility of "Kyrios" with "Menelaus" which invites conjecturing of the kind given here. We might imagine a translator of Homer—and they are usually hard pressed about the original appellatives—to try out a form like "Lord Menelaus", as Shakespeare did for other reasons. As against this elevated usage, the word *kyrios* in modern Greek has socially descended and become a most ordinary term for Mister, such as Mr. Bloom, who in fact in the modern Greek translation is treated in general exactly as King Menelaus is specifically rendered in this passage, by *Kyrios*. Not that we need, naturally, such a circuitous bypass by means of a later translation to bring together a mythological hero with an unfaithful wife and Mr. Leopold Bloom, cuckolded husband of Molly. Again we might be struck by some pertinent similarities in this ironic conjunction, or even more by the blatant disparities: while Helen was abducted by her lover and a gigantic and heroic war had to be waged in order to remedy the damage, the household of the Blooms is characterized by passivity and connivance.

So, to sum up what must appear like an excessive glossing of a few almost mechanical dislocutions, what inevitably emerges is a multiple amalgamation of personal memories, psychological pressures and variegated cultural sources. The shifts involved—but never quite spelled out—range from an Old Testament Jehovah to the present, from high to low, and in order to follow up all ramifications one would have to unravel the whole novel.

In its particles and as a whole, *Ulysses* makes us aware of cultural changes and erratic expansions, of how, for example, Christianity was grafted on to an earlier religion with attendant modifications, so that the Latin quotation from the beginning of the Mass also evokes—but lifts out of its primary context—an ancient psalm in

Hebrew. A reverend term like "Messiah" was transplanted and deflected into what in Greek is 'Christos'; both words occur in *Ulysses*, and both roles are among those which we are meant to try out on Leopold Bloom. Bloom, obligingly, is of Jewish descent, a baptized protestant, and a converted Roman Catholic, and yet skeptically aloof from those and all other institutionalized forms of religion. A peripheral tangle like "Kyrios Menelaus" among other things also points back to Jewish and Greek roots. It is no wonder that Joyce found the theories of a French scholar serviceable for his purposes: Victor Bérard had reread Homer's *Odyssey* as a Hellenic adaptation of the nautical empirical know-how of the Phoenicians: the *Odyssey*, in this view, is an idiosyncratic assimilation of former sailing reports. It was only in keeping then to metamorphose the epic once more, into a parochial Irish version with further radical departures: this only reflects the arbitrary course of what we call civilisation. History, Irish history in particular, is a chequered stratification of successive invasions, a city like Dublin consists of superimpositions and changes of names, literature resembles a palimpsest. Our understanding of *Ulysses* as a contrived and doctored offshoot of the *Odyssey* has unfortunately been dominated too long by the deceptive term "Homeric *parallels*"—deceptive because parallelism is only one among many possible relations—, which tended to occlude the evident fact that Joyce's Homeric dislocutions were often oblique, or reversed, or diversified, not in a tidy attributive order, but in a criss-cross of mutually disruptive patterns.

Perhaps the chaotic, associative orders within our own psyches are somehow analogous. The so-called stream of consciousness is also a dislocutionary sequence. There is always some latent continuity, but tracks are switched all the time. From any one point reached, all possible directions are open. The resulting imprevidibility becomes also a characteristic of the text. On the first page, the vivid depiction of Buck Mulligan's antics comes to a halt in a frozen moment of his "... white teeth ... with gold points", and we are suddenly confronted with an unanticipated, foreign, one-word sentence: "Chrysostomos." The narrative has snapped into a different world, ancient Greek, conjuring up a Homeric type of compound. We can account for this metastatic shift somehow, recalling oratorical saints or classical authors, eponymous customs or proverbial golden silence which here paradoxically heralds a new rhetorical device. What we cannot overlook is that *some* accounting, *some* mental redirection, is called for.

Eccentric items like "Chrysostomos" can be labelled quotations or allusions. Those abound in *Ulysses*, all the way from conspicuously paraded, often italicized, famous words to fading and tricky echoes. All of the numerous quotations function as—in fact almost literally *are*—dislocutions, especially when the original wording is modified. A quip at Stephen Dedalus as "the loveliest mummer of them all" (U 11) transports the present day situation into a stylized scene in Roman history and so incites us to detect similarities between Brutus, an ancient tyrannicide and suicide, and Stephen Dedalus—it may be that both are acting inflexibly on principles too rigid, and at too high a cost? We are also prompted to register differences. Whatever the possible relations between noble Brutus and jejune Stephen are, the incident from a critical point in history has been refracted by the attitudes as well as the artistic strategies of an Elizabethan playwright, who condensed it into memorable lines aimed at dramatic effect, and which lines have now been twisted and adapted again by a witty young Irishman to taunt—or woo—a cautious friend. At least three periods and three places have been conflated. Within the quotation "loveliest mummer" has displaced "noblest Roman" and caused further unrest. In the narrow sense of Catholic, Stephen is of course no longer a Roman. In Shakespeare's play, all Romans were "mummers", that is actors. And in *Ulysses* it happens to be the liveliest actor of them all, Buck Mulligan, who has warped the words into a shape which tilts at Stephen's roles and poses. Oddly enough, a mummer used to be an actor in a dumbshow, one who "mummed", was "mum", silent, so that we might wonder if maybe Stephen's former development from a believer in Roman faith into his well-proclaimed programme of "silence, exile and cunning" is somehow touched upon remotely. As a matter of fact, Stephen Dedalus *is* gloomily silent at this particular instant, and his verbal reserve contrasts with Mulligan's eloquent histrionics. That mummery also suggests disguises and masks fits well into the book's initial display of character transformations, which prepares for all the multiple roles to come. And, in yet another twist, it is intriguing to find that Shakespeare used "mummers" just once, but applied to another Brutus, in another play, *Coriolanus* ("... you make faces like mummers...", II. 1. 75), as though to add more unsettling texturings to those already intimated. Of course none of the interlacings that have been instanced here as a possibility is as vital as the wry agitation which a literary echo has imparted to the context, and which can be energized further if brought in line with a later variation of the same matrix, "the bravest cattle breeder of them all" (U 397).

To depart from the phrasing of a quotation may be due—on the realistic level—to defective memory or inner compulsions, but is is usually the author's jujitsu strategy to exploit original semantic energy for deflected intrinsic ends. From a normative point of view, such deviations are mistakes. *Ulysses* is full of errors and faults, lapses, slips, misprints, false analogies. They may arise from preconceptions, as when a racing fanatic bends a casual, impatient remark—that the intruder may keep the newspaper which Bloom was "going to throw away"—into tip on the outcome of an impending horse race. This race, the Gold Cup at Epsom on June, 16, 1904, was actually won by the outsider Throwaway, and the consequent rumour of Bloom as a fortunate but stingy gambler seriously disturbs the course of his afternoon. Rumours and conjectures help to shape, in particular, the third part of *Ulysses*, the "Nostos", so that a distrust for any kind of verbal report is likely to result. Bloom's humanitarian concern for Stephen translates the mumbled name of a Celtic minor god, Fergus (from a poem by Yeats), into a putative lady friend, Miss Ferguson, of the pointedly celibate companion (U 532). A misunderstanding thus perverts what for Stephen Dedalus is an expression of Love's Bitter Mystery into some mysterious, gratifying, but nonexistent love affair. There is a strong suggestion that history itself consists of chance memories, misrepresentations and accidentally fixated legends.

Ulysses contains many minuscule linguistic displacements, not in themselves perhaps significant. Bloom remembers his own name somehow transposed into the Irish countryside, the name of a mountain: "Mine. Slieve Bloom". This is pure chance, Slieve

(Gaelic for "mountain") Bloom is based on a local word "bladhma" (flame) or "bladh" (flower). On the next page Bloom reads a Zionist advertisement with the name of a real English philanthropist, Moses Montefiore, and it so happens that "Montefiore" dislocutes "Slieve Bloom"[1]: Leopold Bloom, an Irish hill, an Italian name are all interconnected in a wholly unobtrusive way (U 60, 61). One could conceivably single out chronological disruptions; at their narrowest, they simply revive more obsolete meanings of words. The "crazy glasses" of a carriage window (U 87) do not of course indicate some mental oddity but hark back to a dormant meaning of "cracked" or "broken". A passage in "Ithaca" formally attests that Bloom was "... baptised ... three times", first by a protestant priest soon after his birth, the last time when he joined, for matrimonial reasons, the Catholic Church; the odd, anomalous baptism was conducted, we read, "... by James O'Connor, Philip Gilligan and James Fitzpatrick, together, under a pump in the village of Swords" (U 610). It may be that three class-mates played a trick on him and called the submersion, perhaps in a burst of antisemitism, his baptism; but the ascription is made possible by a regression to a pre-Christian meaning of the Greek verb *baptizo* in the secular sense of "to dip, immerse". The "Ithaca" chapter's priorities impassively ignore jocular or historical uses of language.

Such temporal shifts can condition a whole passage or, with excessive consistency, whole sections. The notorious "Oxen of the Sun" chapter artificially recaptures historical opportunities that have been superseded by contemporary literary customs. The episode pretends to disguise itself into successive past modes of perception, description, with the vocabularies and styles of certain periods of English literature. But is also frankly flaunts the whole sequence as a masquerade and dispels any long-range illusions by incongruities and anachronistic checks. In the following chapter, "Circe", the process is reversed, and everything takes place in one protracted present. Stagy changes of costumes and roles occupy the foreground. In this treatment the entire contents of the book are dispersed and re-located in associative and extrapsychic configurations without any regard to those probabilities which still dominated the earlier chapters.

The characteristic of *Ulysses* which in recent times has received most scholarly attention is being renamed here the dislocution of the various chapters—that each one reprocesses its ingredients according to different and, on occasion, highly deviant preferences. In their entirety, these serial approaches, or perspectives, also become an assorted endeavour to comprehend all possible modes of being. Which is not to say that we can ever pinpoint, to any satisfactory degree, the exact programming of each individual chapter. Of particular interest is the Library episode. In the presentation here it has rather one-sidedly been seen as an incidental attempt to recycle words from Shakespeare's works into unfamiliar new patterns. One of its main interests is that it focuses on the interpretation of an artist's work and life, and by implication draws the novel's author into its meshes as well as all of us as interpretors.

The cases in point, meant to be instructive, that have been adduced so far were also misleading in their emphasis on what may be understood merely as the propensities of a stubbornly dislocutory text. What has been neglected—or, more precisely, taken for granted—is our own vital co-operation. In the last two decades or so we have discovered ourselves, with pride and embarrassment, as active participants in a complex process; and it is again provocations like *Ulysses* that have enabled us to recognize such a platitude. It is of course the reader who—potentially—executes all the mental shifts. *Ulysses* intrigues us to dislocute according to our temperaments and our schooling, and Joyce gives us exceptionally wide scope, though never total free-associative license. We need no telling that the results are sometimes laboriously ludicrous—that is a programmatic hazard. In our interpretative distensions we have been anticipated by the text itself.

The reader of *Ulysses* may be reluctant, refuse to play the game, and soon drop out. Or else the reader tends to be amazingly sportive and willing to fall into line. Take the thematic tinge which Joyce has given to each individual chapter, it may be figurative windiness, food imagery, connotations of death, or skeletal objectivity. But it is also we who, while we habitually take little notice of everyday adjectives like "flat" or "sharp", allow them—either because of schematic compliance or some textual contagion—to set free their musical potential while they occur within the "Sirens" chapter. We do this by selective collusion. Joyce seems to enlist us to list "bar" as a secondary musical reference in "Sirens", whereas in "Cyclops" we may readily recall some elongated object for potential aggression. Such docile lectoral assistance may at least alert us to the mental involvement which Joyce has made hard to overlook.

Certainly no longer in *Finnegans Wake* where all previous dynamisms have been escalated, and which demands even more active participation. It takes only a superficial glance to realize that *Finnegans Wake* is dislocutory thoughout in all possible senses. In fact our prime task has been to restore the language to those forms that we guess to be approximated, to alter the actual text in such a way that semantic spectres become more clearly visible, or voices audible.

The term aired here in some of its possible applications is not a precise definition. In its most frivolously comprehensive sense it might even take within its sweep everything that ever makes us respond, spontaneously, with laughter. It was Emil Staiger who, in this very building, often used an ingenious metaphorical rule of thumb: "Komisch ist, was aus dem Rahmen fällt."[2] Some such abrupt dislocation, through language, from whatever framework our habitual, unarticulated expectations seem to depend on is also implied.

If anything, "Dislocution" is an expediently blurred trope, a catalystic visual aid for us to discern a trifle more readily the variants of that protean energy which, while no single one of its symptoms may be entirely new, in its pluralistic, mercurial impact does set *Ulysses* off from all of its many predecessors and from still most of the works that followed in its wake.

(1982)

wenn ich ihn fragen täte würde er sagen
es kommt aus dem Griechischen

Ulysses S.951

THE CHALLENGE: "IGNOTAS ANIMUM"

It is strange that a quaint device which Joyce used once, and only once—the selection of an epigraph—should have gone unnoticed all this time. The following remarks propose that "*Et ignotas animum dimittit in artes*," coming right before *A Portrait* itself, is of import and worthy to be subjected to some minute epigraphic hieroglyphing.

The motto, to be sure, has been glossed—but not noticed. What commentators generally offer is the summary metamorphosis into myth and hasty symbolism, for which, naturally, there is excellent reason. But glossing over is not reading, the reading of a phrase in such a privileged pre-position, a phrase which itself exemplifies the auspicious hazards and retrospective comforts of the act of reading.

Joyce sets out in a foreign language. But he does not stipulate that his audience know Latin. He was aware, no doubt, that, as conditions change, even fewer readers would benefit from a classical education. The first platitudinous observation is, tritely, that the opening already divides the readers into two broad groups: at the one end of the spectrum the (rare) erudite scholar who immediately recognizes the quotation and puts it into its proper context, at the other extreme the reader for whom it is a complete blank. Most of us will figure somewhere halfway, able, at least, to spell out some message by holding on to the familiar roots. In any case, we are Janus-faced with a common enough situation: according to our background, the line changes its meaning, and rather radically, from zero to a rich bundle of associations. This is *part of* the meaning of the sentence. Imagine, in a similar instance, the opening scene of *Ulysses*, how it would appear to a Dubliner of 1900, or even a reluctant accomplice like Oliver Gogarty himself—and how essentially different it must strike a non-Irish student of the seventies.

Commentaries are designed to provide welcome remedies. They tend to dispel ignorance with concise strokes, and with the attendant danger of wholesale skipping. To approach Joyce we may all need notes, at some stage. Notes (by the way, the exact opposite of "*ignotas*") unfortunately have to parcel out instant information which, when in print, can be taken for relevant truth. By their nature, notes are goal- and object-oriented, not towards the inquisitive endeavor (it's their aim to short-cut this). In our comprehensive wisdom we may underrate the motive force of ignorance (of the Socratic kind). If Odysseus had set out from Troy with a copy of *The Mediterranean on Five Drachmas a Day* he would have saved himself enormous trouble, but the *Odyssey* would have become a much more tedious epic or, more likely, none at all.[1] Commentators also like to think that a final, clinching gloss supersedes all the previous trials and errors when the best glosses, actually, can hardly be anything else.

In our case the best-intended notes go straight to the story of Daedalus and dismiss the words themselves in some synoptic translation. Quantitatively, the epigraph has been translated, many times over,[2] but the inherent quest is hardly translatable: any rendering into one of our modern European languages necessarily interferes with the word order, and this happens to a sentence introducing a novel which embodies the problematic triumphs of order. Translations stress the result and neglect the process; they make choices for us and prevent us from doing just this (e.g., what is "*artes*"?). Reading (Lat. *legere*, to gather, choose) has to do with selection.[3]

Notice how "*Et ignotas animum dimittit in artes*" does not name or state any subject. Glosses rectify this quickly by presenting the Greek inventor and treating us to highlights of his career. This is the way in which we have to transform much of what Joyce wrote down, we supply the implicit background. If we do it here, the cue is taken not from the words quoted but from the subsequent reference line which Joyce also offers, but afterwards ("Ovid, *Metamorphoses*, VIII, 188"). All that the predicate itself, without the appended bibliography, reveals is that the plot is about some one person, in the singular. Looking for antecedents, we might pick the most likely two that are present in the volume: a) the artist mentioned in the title (especially because of the approximate tautology), b) the artist-author whose name has also preceded. It is no secret that these two readings do in fact apply. The point here is merely that the search for identity, so prevalent in the happy Joycean hunt-inggrounds, has set in already as a grammatical fact and is by no means over. For another possible candidate (adding up, with the ref-ferential Daedalus, to a startling grand total of four) might also be the only other person inevitably present at this juncture, the reader, who is indeed caught up in doing just what the sentence proclaims. The same application is useful for another intriguing first exposure, the name and title "Ulysses."[4]

The sentence will now be examined in slow motion.

It gets underway in a typically modernist fashion: "*Et*..." This indicates continuity, that something has gone before, it presupposes a context yet to be discovered. The Daedalus story would tell us that it is a tight spot for the hero. The reader, who does not yet know this, is in a corresponding predicament.

And the first content word reinforces this: "*ignotas,*" our prime impression of the world, something unknown. And even more puz-zling, we don't know *what* is unknown. The most expert Latin speaker would have to wait for direction: the adjective will come to be attached to something feminine, plural, and accusative, and so it has to be suspended in the mind. In the beginning there is igno-rance, which may give way to knowledge (i-*gno*-tus is cognate with "know", "recognize", "cunning", "gnosis", "gnomon", etc.[5]).

No clarification comes with the next item: "*animum*" could mean a number of things (orginally related to "breath," it was a meta-phor for the spiritual faculties, mind, but also soul, memory, char-acter, courage, pride, will, desire, etc.). Grammatically it is another, but unrelated, accusative. If, for some reason, the poet were to interrupt his declamation at this point, the audience would be at a total loss. No syntactical pattern is emerging. Imagine in how many combinations the first three words could conceivably be developed. The constellation, *ignotas animum*, pre-presents the quintessential frustration of the Joycean reader. Our speculative and emotional faculties ("*animus*") are confronted with something un-known and as yet wholly uncoordinated, with the implied hope that the near future may, somehow, sort things out.

The verb, when it comes at last, promises orientation: "*dimittit*" can be construed with the preceding noun (though, according to the practices of Latin poets, one would do well not to stake all one's money on it, for there's no telling what's yet to follow): *dimittere animum* yields a metaphor: to send forth, to send out the questioning mind on a mission, to dispatch it—in different directions, all over the place *(di-)*: for the goal has not been localized as yet.[6] The 19th century concern with the historical growth of language has sharpened the view for the original images contained in composite verbs. It is here that translations will easily simplify the process by anticipating the perfective attainment at the cost of the inchoative groping. Interestingly enough Ovid uses a similar image in an almost parallel phrase for a near parallel situation; Narcissus, when stupefied by the ubiquitous voice of the nymph Echo, glances around in all directions: *atque aciem partes dimittit in omnes.*[7] The Daedalus phrase sounds like an echo of this earlier one, the repetitive technique itself reminds us of *A Portrait.*

The procedure of *dimittere* entails a high percentage of abortive rummaging and false starts; the novel will be full of it. In fact the perfective fallacy may have led to so much discussion as to whether Stephen Dedalus ever deserves our official certificate as an acknowledged artist. Joyce's characters do a lot of tentative conjecturing. To let the inquisitive mind roam around has become the desperate and often random human strategy which has gone by many names at disjointed times: speculation, stream-of-consciousness, the Joyce industry, are just some of them.

It is typical that in translations of "*dimittit*" different spatial metaphors are offered that generally tend to narrow the direction towards more predetermination. Renderings like "bent his wits to...", "set his mind to work upon...", "apply to...", "devote to..." (see note 2), suggest that the whereabouts of the goal are already known. In this they uncomfortably resemble many reductive interpretations characterized by unDaedalian singlemindedness.

The little function word "*in*" adds nothing but the all-important direction (if it had come right at the beginning it would have facilitated our syntactical navigation a lot). But it is not until "*in artes*" that the mind can be arrested and the disposition of the now intelligible matter be perceived—from behind. "*Ignotas*" finds its retarded anchorage, the pieces fit together, the arrangement becomes clear. This is not a surprise for the circumspect interpreter of classical texts. The nature of Latin poetry makes it possible for a sentence to perform, verbally, what it says, the meaning comes about by just the mental search and postponed rearrangement which is also its theme. This is the kind of sentence—call it, say, expressive form—that Joyce liked to make up. In words not his own, but by his own judicious selection, he has warned his readers, given them a trial run. For only with the last element do the parts become adjusted and do we recognize that the sentence is that which it is. "Its soul, its whatness, leaps to us from the vestment of its appearance. The soul ["*animus*" also means soul] of the commonest object, the structure of which is so adjusted, seems to us radiant."[8]

The structure which Joyce pilfered telescopes quest and achievement as well as a whole cultural and technological aftermath. Especially if *artes* is rightfully associated with invention, civilization and the Artist in his Joycean exfoliations. Translations focus on that, they can hardly avoid rendering *artes* as "arts,"[9] thereby limiting themselves to the successful terminal stage. *Ars*, more modestly, had originally to do with fitting things together, it came to mean skill, dexterity, craft, cunning, craftsmanship, strategy, ways and means, even deceit, handicraft, science and—finally—Art. Indo-european etymologists traced it to a root "ar-", to fit, to join.

What Daedalus excelled in was all of this. He fitted things together, stones for a labyrinth, feathers for wings. Writers join words—some, like Ovid or Joyce, in exile with elaborate cunning. The readers, in their turn, try to fit the pieces together in their own agile minds.

Clearly the art of fitting disparate words together, by unhurried storage and retrospective arrangement, must have declined since Augustan times when the offspring languages began to dispense with their flexible endings and sentences had to comply to narrower syntactical rules. So, for all his extravagant modernity, Joyce also turned back to reinstitute an ancient technique to spell out meanings by sending the mind forward and backward. Ovid (who might have been surprised) has been enlisted to predict arts of joining that even Joyce, when he composed *A Portrait*, did not yet know. The quotation encapsules dynamic principles that were present only *in potentia*, and it exacts skills that we are still learning. It sets out with our common starting point, ignorance, and it suggests how, for lack of any better method, we might cope with it. The emphasis is not so much on the achievement, *artes* (allowing it here to mean the accomplished arts), for that remains doubtful always, but on the process. The prerequisites are not so much erudition, though that helps quite a bit, but curiosity and versatility. Homer called that quality, early in the game, "*polytropos*."[10] Unprecedented demands are made on the reader's agility. The one thing the reader must not be is the exact opposite of *ars*: inert (Skeat: "dull, inactive... L. *inert*, stem of *iners*, unskillful, inactive.—L. *in*-, not; and *ars*, art, skill..."). We may choose to call the eventual joining symbolism, but it might be instructive to realize that this is an act rather than a thing (it is unfortunate that "symbol" should ever become immobilized in a noun and, in numerous studies, treated as something solid and clumsy)—the activity is "*sym-ballein*," a throwing together of separate pieces.

The dyschronicity of the Latin sentence has a Joycean ring too. It seems to bring together two distinct phases as one—the initial prolonged endeavor, and the final destination: these are super-imposed or, perhaps better, "entwined" (as FW has it at 259.7). Or, to rephrase it, the word "*ignotas*," when mentally transferred to the end, will come to stand for "*notas*" then (for the *artes* have now been discovered). Metamorphoses of time are built into the sentence. Or—once more—the Ovidian micro-model illustrates the complementary facets of written language: a temporal dimension on one's first experiencing it (literally, Lat. *ex*, and **periri*, to go through) in a process; and then, once recognized as a whole, a spatial perspective, a structure whose properties can be studied. Remember our first perplexed struggle through *Ulysses* as against the later tranquil contemplation of its symmetries and structural devices or one of its schemas.

The events related conjure up a crucial moment in the past when the mind is projecting into the future, a favorite moment, too, of Joyce, who closes *Ulysses* with a memory of a past (or even two) when Molly envisages and plans the near future (volitional and otherwise): "I will." The first page of *FW* reiterates a period in the past when imminent events have not yet happened again: "... pass-encore... not yet..."

An extrinsic but fitting anachronism is that when Joyce copied the epigraph the unknown art (when limited to the technology of flight) had become sensationally achieved and familiar.

As predicted in its motto, *A Portrait* will evoke the gropings of a developing mind at crucial stages, often in almost paraphrases of the original pattern: "... his mind had been pursuing its intangible phantoms...; his mind wound itself in and out of the curious questions...; his mind had struggled to find...; his mind, ... wearied of its search, ... turned... to". Very early a defective joining is arrived at which is as yet unknown: "O, *the geen wothe botheth*" (P 7).[11] A considerably more mature mind is later watched casting around for rhymes and words and images for the intricately fitted villanelle. "His mind was waking slowly to a tremulous morning knowledge" (P 196) is yet another variation on the thematic enactment of the epigraph.

Exploration into obscure areas is not always successful. In the beginning Stephen does a lot of wondering about things not known, called "strange" or "queer." "Suck was a queer word" (P 11), and investigation leads, somewhat aimlessly, to a lavatory in the Wicklow hotel. "Tower of Ivory," as cryptic as anything could be, can somehow be related to Eileen's white and cold hands. "By thinking of things you could understand them" (P 40). About the transgression of the older students one can only speculate. In the course of Joyce's development there will be more and more conjecture and less readymade certainty.

At Stephen's climactic awareness of the portent of his own name, classical echoes conveniently cluster. The artist, in his new-found vocation, proceeds at once to transform the first real being available, the girl in the water, into a literary composition and even into the kind of event that is dealt with in the *Metamorphoses*: "... one whom magic had changed into the likeness of a strange and beautiful seabird" (P 155).

It all began, really, long before *A Portrait*. In "The Sisters," a story full of guesses and empty of certainties (and with a delayed identity), the boy puzzled his "head to extract meaning from... unfinished sentences" (D 8). The first words spoken aloud in the whole opus, "—No, I wouldn't say he was exactly..." (D 7) seem to have a prophetic ring, too. As Joyce went along, he had to devise new tools to simulate the processes. A chapter in *Ulysses* like "Proteus" seems devoted to that. "Eumaeus" draws out another indefatigable struggle, for example: "... in a quandary as he couldn't tell exactly what construction to put on belongs to" (U 566; note how this might describe someone grappling with a Latin text). Whether informed or not, Leopold Bloom is forever curious and wants to find out. With dimittent zeal he persists. The unknown may be something forgotten ("Black conducts, reflects [refracts, is it?], the heat"—U 59), or something never quite grasped: "Parallax. I never exactly understood... Par it's Greek: parallel, parallax" (U 153). Parallax, come to think of it, is an instance of sending the observant mind in two, or more, different positions and having it compare notes.

Ignorance and knowledge, error and truth, jumble incongruously in "Ithaca." It is fitting that Bloom should proceed "energetically from the unknown to the known through the incertitude of the void" (U 618). The shuttling to and fro between these two poles is meditated in different places; "there being no known method from the known to the unknown" is part of Bloom's "logical conclusion, having weighed the matter and allowing for possible error" (U 622).

The artefact of *Ulysses* is made up of parts fitted together, sometimes, as in "Wandering Rocks", conspicuously so. There was good reason why, as the first of all modern works of literature, *Ulysses* should have been dismantled and alphabetically re-arranged for handy reference, in Hanley's *Word Index*. The index helps us when we do not, as ideally we should, recall dispersed phrases from memory. But even an ideal memory does not always see us through. It takes patience as well. Out of Bantam Lyon's unintelligible "I'll risk it" at the end of "Lotus Eaters" (U 87), even the most perspicacious reader can make no sense, and fairly little out of "Potato I have" (U 59). Such items, like "*ignotas,*" have to be kept in mind till further orders. That one central symbolic connection (by "throwing together") should be built around variations of "throw away," reveals something about the method of com-position: nothing should ever be wasted in Joyce's ecological universe. A late paragraph in "Ithaca" recalls and assembles the various scattered elements in an exemplary nucleus of "previous intimations" and delayed "coincidences." That Bloom and the reader had been tantalized by "the language of prediction" (U 596) we learn as an *after*thought.

The best correspondence to dangling "*ignotas*" are the fragments in the overture of "Sirens," which demonstrates the artefactuality of composition. "Full tup. Full throb" (U 255) has to be suspended until a cluster of motifs on page 273 suggests a context.

The hierarchitexture of *Finnegans Wake* celescalates the *artes* even further. A pragmatic list of clues to characterize it—inadequately—could be gleaned from Skeat's entry of the Indogermanic root:

> *AR*, to fit. Skt. *ar-as*, spoke of a wheel; Gk. *har-menos*, fitted, *ar-thron*, joint; ar-*mos*, joint, shoulder; L. *ar-mus*, *ar-tus*, a limb; *ar-ma*, arms, *ar-s* art; Goth. *ar-ms*, an arm. Ex. *harmony*; *arms*, *art*, *article*; *arm* (I).[12]

A detailed application of the above terminology would be tedious, but it would highlight some of the tectonic aspects of the *Wake* and hint at its "arthroposophia" (FW 394.19). In its frequent moments of partial self-revelation FW confesses itself as "doublejoynted... injoynted and unlatched... hubuljoynted" (FW 27.2, 244.29, 310.31, etc.). It is "the book of Doublends Jined" (FW 20.15). It is made up of "parts unknown" (FW 380.23). Its ends are riveted by the *article* "the," its ultimate joint. It articulates contradictions.

And it insults its readers with the obscure, the unfamiliar, reveals their ignorance and inertia, provokes them into the most desparate clutching at tenuous solutions; "the endknown" (FW 91.28), *inter alia*, exemplifies and names the process leading to eventual recognition. The reader has to resort to an unknown degree of artful and animated dimitting—all over the library shelves and into recondite areas, a hitherandthithering bustle that affords considerable amusement to innocent bystanders. The more *ignotum* a piece looks, the more hit or miss the procedure is likely to become. Daedalus too, one presumes in self-defense, must have tried out a few preposterous ideas before he could take off.

Perplexity is integrated into the *Wake*, the tentative interpretations of cryptic documents one of its themes. Shem's riddle triggers off a series of farflung guesses and one delayed correct, but not very helpful, solution. Much of chapter 5 consists of scientific investigation. The list of the names of ALP's mamafesta opens with the invocation of (also) HCE as Roman Emperor Augustus (or Greek Sebastos) "The Augusta Augustissimost for Old Seabeastius' Salvation" (FW 104.6). This is what the *Metamorphoses* culminate in, the glorification of Augustus along with Jupiter, who share heaven and earth between them. Having ended his poem with "*Pater est et rector uterque*" (both appellations fit HCE as well, see "rector" at FW 126.10), Ovid then goes on to praise the emperor even more in his *Invocatio*.

Ovid's epigraphic shorthand formula for the mystery novel (body in the library—detective applying his wits—extensive investigation—tidy revelatory realignment of parts) or scientific procedure (problem—hypothesis and experimentation—theory) is borne out elaborately in Joyce's three prose works which followed, but, paradoxically, it is also invalidated by the lack of ultimate resolution. New *ignotas* are planted all along the way to instigate new searches.

Mysteries not revealing themselves before the end belong to the oldest tricks of literature. In FW the mystification is immanent in the microstructure. Understanding trails behind. Recognition comes to pass (D.V.) in the course of time, not on the spot. This commonplace affects the minutiae. "riverrun", at our first go-off, is disquieting but becomes a bit less so once we have negotiated the first sentence, and it gains momentum when we reach the final "a long the"—and somewhere along the journey we can also pick up overtones like "reverend." The process is what the word says, and does, a running. Which is what rivers do, or time does.

FW, as Latin and Greek could, postpones clarification. Different from classical usage, the *Wake* "sintalks" generally adheres to the familiar patterns. Sentences reveal their drift, on the whole, right away, but their lexicologistics often depend on hindsight re-semantification. The seasoned reader may instantly apprehend the two components of "The playgue..." (FW 378.20). But when we stumble into "The finnecies of poetry...", we may well have to grope around for "Finn?," "fin?", "fancies", "phantasies" (American pronunciation)?, or "finesses?"... etc. The continuation of the phrase "... wed music" (FW 377.16) can *then* suggest meanings like "fiancee" or "fiançailles." In this case there was also prospective conditioning. Signals like "hornemoonium" and "Mumblesome Wadding Murch" prepare the way. But, again, "Mumblesome" is retransformed into the composer's name not before the following two words have been adjusted.

No one, on first looking into "how the bouckaleens shout their roscan generally" (FW 42.11), can recognize the shape that this dominant motif will later take, just as it is wholly impossible to identify a still totally unknown HCE from the initial vestment "Howth Castle and Environs" (and a newcomer who is told that this "is" H.C. Earwicker has a right to be outraged). Later, perhaps, the elements may fuse in the mind of the reader, the pieces can be re-membered, re-assembled, and re-ordered. It is towards the end that "we have fused now orther" (FW 593.10).

No metamorphosis can occur in "raising hell" before we have reached some point of "... while the sin was shining" (FW 385.10), when, miraculously, hell can turn into hay.[13] Notice how "comming nown from the asphalt" seems to acquire even more redundant solidity when the phrase moves on to "... to the concrete" (FW 481.12), but that the sequence also allows the first part to click into its opposite and to give the whole sentence also a figurative and a grammatical twist. Hesitant disclosure becomes a literal pass-time of the *Wake*.

Publius Ovidius Naso, a virtuoso of form, did not, for all we know, intend to compile reading exercises for verbal labyrinths two millenia away. Nor did Joyce, when he found a concise prologue, early along an unknown way, devise a freshman course in preparation of the vextremities of *Finnegans Wake*. The quote nevertheless is graven in the language of prediction. It so happens that Joyce reactivated some of the cognitive techniques (from *techne*, roughly the same as *ars*: skill, cunning, craftsmanship, resourcefulness, and ART) that were required to combine sense out of the apparently random disposition of Latin or Greek words. And he brought reading back to what it once may have meant according to the terms that served to denote it. *Read* meant discern or advise and is cognate with "riddle." German *lesen* and Latin *legere* denote a selective process. The Greek verb *anagignoskein*, seems to evoke the chancy miracle most vividly, suggesting movement: *ana* (up, forward or even backward, again), and cognition: "gi-*gno*," which brings us back to "i-*gno*-tas," etc.; the ending marks it as an inchoative activity.[14]

In his *Epilogus* Ovid celebrates reading in a less epistemological way. Proud of the *opus* just completed, he aspires to immortality: "*nomenque erit indelebile nostrum*"—his name will be indestructible. Stephen's vision—"He would create proudly... as the great artificer whose name he bore, a living thing... imperishable" (P 170.3) may owe something to this line, and the line may tinge Shem's malodorous ink (FW 185.25). The immortality will come about, Ovid continues,—"if ever the predictions of poets have any truth"—by "the mouths of the people reading him":

Ore legar populi...
... vivam
(... "then will I live")

A Berkleyan equation *legi* = *esse* might have appealed to Joyce too. That to be read is the only way to remain alive is certainly true, whatever else is not, of *Finnegans Wake* and all the written arts.

(1978)

PARATEKTONIK
ODER
NICHTS GEGEN HOMER

Ulysses als eine Neufassung der Odyssee – der älteste aller Hüte! Viele wollen's schon gar nicht mehr hören, das zu oft Wiederholte. Joyce hat seine Freunde damit bearbeitet, Stuart Gilbert hat alles (alles? so scheint es) in einem frühen Buch zum öffentlichen Kulturgut ausgebreitet, das keiner, der sich über Joyce ausläßt (etwa im Jubeljahr 1982), ausläßt. Und in gesunder Reaktion gegen Einseitigkeit wurden von Anfang an auch Zweifel laut, ob die Entsprechungen für den Leser so viel hergeben wie für den Verfasser, der halt ein Gerüst brauchte, um sich festzuhalten, eine Stütze, die dem Leser nun möglicherweise in den Weg kommt. Man sollte denn auch wesentlich darauf bestehen, daß keiner den homerischen Unterbau wahrnehmen *muß*. Er ist für den Leser eine fakultative (nämlich auch von seiner Fähigkeit abhängige) Erweiterung. Überhaupt ist der *Ulysses* eine Einladung zu mancherlei fakultativer Erweiterung, deren jede einzelne gelegentlich wieder allzu reduktiv aufgetischt wird. Man soll sich also von den Interpreten nicht irre machen lassen und sich nicht schon bei der ersten Lektüre von Geistern stören lassen, die bestenfalls irritieren.

Aber dann geschieht möglicherweise doch etwas, wenn uns allmählich aufgeht, daß der stellvertretende Alltag von Leopold Bloom zu allem noch die Umgestaltung eines alten Epos sein kann. Mit einemmal sind wir zu Vergleichen herausgefordert. Alles wird (potentiell) anders, wird zu einem veränderten Anderen. Die Odyssee ist *ein* solches anderes, und zwar das wohl am aufwendigsten umgesetzte. Die banale Einsicht, daß alles etwas anderes sein kann als sein Anschein, paßt wiederum auch *zur* Odyssee und zu Odysseus, dem Umsichtigen, der in seiner allerersten Aussage gerade dies kundgibt. Da kommt nach sieben tränenreichen Jahren auf der Insel Ogygia die Göttin Kalypso zu ihm und verheißt plötzlich die langersehnte Heimkehr. Er sollte sich freuen; stattdessen fängt er skeptisch an:

»*Allo ti...*« (Od. 5:173),

nämlich: »Anderes... denkst du dir, o Göttin, dabei als meine Entsendung« (denn wie könnte ich mit einem mickrigen Floß über das Meer kommen, das selbst schnelle Schiffe nicht überqueren?). Und wie nebenbei zeigt sich auch hier so früh schon, daß alle, fast alle, Übersetzungen es nicht fertigbringen, das Adjektiv (selbst wenn sie es so auffaßten wie hier) zum Signal an den betonten Anfang zu rücken. Denn im ersten Wort hat Odysseus auch sich dargestellt. Er weiß, daß man anders reden als denken kann; er tut es selber oft, und auch deshalb versteht er zu überleben, weil er sich immer *anders*, nämlich der Lage entsprechend, verhalten kann. Schon in der Ilias hatte der geradlinige Achilles dem Odysseus vorgeworfen, daß er »... das eine verbirgt im Sinn und anderes [*állo*] ausspricht« (Il. 9:313). Leopold Bloom kommt in Schwierigkeiten – oder aber vermeidet sie –, weil er anders handelt und redet als seine konformeren Mitbürger.

Selbst wenn Joyce das homerische Zeichen *Allo* nie wörtlich erfaßt haben sollte, so ist sein Epos doch von Andersartigkeit durchwirkt. Im *Ulysses* sagt die Sprache anderes aus als nur Offensichtliches, der *Ulysses* ist ein Buch, das sich immer anders gibt, ein alternatives, noch heute. So ist es auch etwa eine Aktualisierung des Dubliner Adressbuchs; eine biographische Verarbeitung; ein Stück Zeitgeschichte und ein Stück Zeitung (Bloom arbeitet für eine); oder eine neue andersartige Zusammenordnung von Worten, Phrasen oder Topoi aller Literatur; dann wieder eine musikalische Orchestrierung, usw. Wem dies zu geschwollen klingt, der hält sich besser an eine frühe deutsche Bezeichnung vom »Riesenscherzbuch Ulysses«.

Das alles, *mutatis mutandis* (sehen wir vom »Riesenscherzbuch« vorerst einmal ab), gilt wohl auch für die Odyssee – vielleicht eine dichterische Gestaltung historischer Vorgänge, eine Sammlung von Liedern, Heldenballaden oder Volksmärchen, ein Lehr- und Verhaltensbuch später, möglicherweise die Hellenisierung mediterraner Schiffstagebücher... Jeder Homerforscher wird hier einiges zum Verständnis herantragen können. Die Odyssee hat sicher etwas Früheres, Bestehendes, umgeformt. Diesen Prozeß führt Joyce fort und zeigt zugleich, daß es ein Prozeß ist, nicht ein starres Schema.

Und so geschah es dann, daß beim Namen *Ulysses* wie von selbst auch der Schatten Odyssee auftauchte, denn so hat es Joyce manipuliert; und wie immer wird das, was zu stur, zu automatisch, zu schematisch angewandt wird, auch zur Verfälschung. Die Simplifikation ist dadurch noch verschlimmert worden, daß sich früh ein störender Begriff eingeschmuggelt hat. Das verhängnisvolle Wort heißt »homerische *Parallelen*«, und irreführend ist es nicht bloß durch die täuschende geometrische Vorstellung, sondern vor allem deshalb, weil so viel augenscheinlich Paralleles auf der Hand liegt: Leopold Bloom = Odysseus, Molly Bloom = Penelope, Friedhof = Hades, Kirke = Hure(n), usw. Das läßt sich so schön zu einer netten, dozierbaren Aufstellung herrichten. Nur hätte man gleich sehen können, daß es sogar bei den Paradebeispielen ganz so parallel auch nie zugeht. Molly Bloom mit ihrem Freier unterscheidet sich von Homers Penelope, der treuen; dann gibt es auch andere Figuren, die sich in die Rolle des Odysseus teilen: etwa der wendige Buck Mulligan, sogar der schmarotzende Lenehan. Oder aber Bloom verhält sich mitunter geradezu unodysseeisch. Die Sirenen werden, über zwei konkrete verführerische Bardamen hinaus, zur Verlockung durch Musik schlechthin, zu *jeder* Verführung.

Am wenigsten in ein (im übrigen recht nützliches) Schema passen die wohl dynamischsten Analogien, wo homerische Prinzipien, Antriebe, Gesinnungen, Anliegen dispersiv, d.h. auf alle möglichen Arten, umgesetzt sind, mit größter, eben *nicht* parallelgeschalteter, Freiheit. Proteus ist ein sich wandelnder Meergott, aber im Proteus-Kapitel wird Wandlung an sich abgewandelt. Odysseus ist bei Homer, schon im Auftakt, »*polytropos*«, viel umhergekommen, viel gewandert, vielgewandt, ein Mann vieler Wendungen, verschlagen; und all dies verkleinert sich im Gegenwartsmaßstab auf Leopold Bloom, doch überträgt es sich auch auf andere Figuren, auch auf das Buch selber, das sich in stilistischer Vielseitigkeit stets anders wendet (es gibt Kritiker, die sich noch immer darüber beklagen); oder es bildet sich aus in der Sprache, der wendigsten – und damit zuweilen anspruchsvollen – überhaupt, die dann aber wieder auch gesehen werden kann als eine Ansammlung vieler *Tropen*, Redewendungen, rhetorischen Figuren.

Ein Teil der Abneigung gegen die Abstützung des *Ulysses* durch Homer richtet sich im Grunde gegen die allzu monotrope Einengung auf parallele Charaktere oder Situationen. Eine solche enge Sicht führt dazu, daß ein Kapitel wie das drittletzte (genannt »Eumäus«), nach der Auffassung eines Fachmanns, »... die Parallelen zur Odyssee praktisch aufgibt«. Gesagt wird dies in einem gründlichen, ausführlichen und oberflächlichen Aufsatz zum Kapitel von John Henry Raleigh[1], der sich in diesem Punkt sehr stark auf eine willkommene Transkription Joycescher Notizen beruft, herausgegeben von Philipp F. Herring, *Joyce's 'Ulysses' Notesheets in the British Museum*[2]. In seiner Einleitung, bezeichnenderweise betitelt »Eumaeus and the Homeric Parallels in the Notesheets«, stellt Herring fest, daß »... die Identitäten der Wanderer irgendwie ineinander überfließen...«, und bringt diese Einbuße mit der Ermüdung des Autors in einen Zusammenhang.[3] In der Tat sind denn auch die figürlichen Parallelen im Kapitel nicht überwältigend. Odysseus geht zur Hütte des Sauhirten Eumaios, erfindet dort eine Herkunft und gibt sich seinem Sohn zu erkennen (Od. Buch 13–15). Bei Joyce gehen Bloom und Stephen Dedalus gleich zusammen in eine nächtliche Kutscherkneipe; und erkannt wird eigentlich betont wenig. Ja es stellt sich im Gegenteil heraus, daß Stephen und Bloom durch kaum eine geistige Verwandtschaft verbunden sind (auch das, gewiß, ist wieder zu qualifizieren, wie alles). Und wer all die nächtlichen Gestalten sind, erfährt man so genau gar nie. Wenn irgend etwas, ist die Lage verkehrt: Bloom, als Odysseus, bleibt bei der Wahrheit – einer, der Reaktion nach zu urteilen, recht langweiligen Wahrheit, während ein hergelaufener Seemann, eben von einer Reise zurück, zweifelhafte Abenteuer erzählt (unter anderem war er, sagt er, in Odessa, was natürlich nichts mit Odysseus zu tun hat, aber ebenso natürlich volksetymologisch und legendär schon damit zusammengebracht worden ist; doch aufs Wort, die Lautähnlichkeit, darf man nicht abstellen). Bei Homer sind Lügen erkennbar, bei Joyce nicht mehr: hier ist fast alles Gerücht, Gerede, Vermutung, auch Wichtigtuerei. Ein solches Gerücht will es, daß der Wirt der Kneipe, mit Spitznamen Skin-the-Goat, einst berüchtigter Komplize in einem über zwanzig Jahre zurückliegenden politischen Mord war, aber ob er's wirklich war, weiß kein Mensch: Wirklichkeit an sich ist problematisch geworden. Den Namen und die Figur hat Joyce übrigens nicht erfunden. »Skin-the-Goat« wurde tatsächlich so genannt und war stadtbekannt. Seltsam fügt es sich da ins Gewebe, daß Odysseus von Eumaios in seine Hütte und auf ein... »*dérma... aigós*« gebeten wurde (Od. 14:50), auf englisch »the skin of a goat«. Eine putzige kleine Vignette, aber nicht ein hermeneutischer Angelpunkt.

Es ist also ein Seemann, genannt Murphy (unter seinen Beweisstücken ist eine Postkarte, allerdings an einen Señor A. Boudin[4] gerichtet), der Abenteuer erzählt, während sich Bloom darauf verlegt, sie auf ihre Unstimmigkeiten hin zu überprüfen. Sein Mißtrauen ähnelt dem des Eumaios; also auch hier verläuft eine personale Identifikation wieder quer. Die eigentliche Analogie wäre eben das Nichttrauenkönnen. Wenn somit im bereits erwähnten Buch Phillip Herring fast vorwurfsvoll Identitäten auflistet, die danebengehen, so verstellt ihm der parallel ausgerichtete Blick die Einsicht, daß es gerade um die wesentliche Nichtidentifizierbarkeit von Personen, aber auch Wörtern, geht. Worauf können wir uns verlassen? Odysseus verstellt sich, um herauszufinden, wem er trauen kann; Eumaios ist seinen Darstellungen gegenüber zu Recht argwöhnisch. Bei Joyce dann manifestiert sich das Mißtrauen polytrop. Da wimmelt es von zweifelhaften mündlichen Berichten und Erinnerungen, manches wird zweimal erzählt, aber anders. Die Zeitung bringt einen an sich unverdächtigen Bericht über die Beerdigung, an der Bloom und seine Leser teilgenommen haben (auch diese letzte Aussage verdeckt eine Identitäts- und Wirklichkeitsverschleierung), und die Einzelheiten stimmen nicht (wir wissen sogar, wie ein paar Entstellungen zustande gekommen sind). Das Kapitel von Erdichtungen und Unverläßlichkeiten sagt aus, daß die Erinnerungen, Reportagen, Fälschungen, Ungenauigkeiten und Mißverständnisse von heute die geschichtlichen Fakten von übermorgen sein können. So etwa wurde aus historischen Heimkehrergeschichten oder nautischen Anweisungen oder Volkssagen ein Epos wie die Odyssee, aus der dann wieder Geschichte abgeleitet wird. Im *Ulysses* wird von solchen Unsicherheiten nun auch noch die Sprache infiziert, die Tatsachen vorgibt, aber sie auch beim besten Willen in risikobefrachtete Worte formen muß, und da kann viel danebengeraten. Die Sprache von Eumäus kommt eigentümlich gestelzt daher, mit vielen Bildern ausgeschmückt, die nie ganz recht passen wollen. Die Sprache ist blumig, nämlich von Blooms Ehrgeiz beseelt, so zu sprechen, wie er es von seinem begabten Gefährten, Stephen Dedalus, erwartet, den er beeindrucken will. Das ist mehr komisch als verläßlich, die Metaphern deuten in eine andere als die beabsichtigte Richtung; Mitteilung verstrickt sich in einem Gestrüpp von Redefiguren und Umschreibungen. In alledem erkennen wir aber doch die wache, wenn auch immer verspätete Einsicht, daß die Wahrheit der Sprache entgleitet. Die vielen ungeschickt koordinierten Versatzstücke (Redensarten, Clichés, Zitate) drücken eben auch das Bemühen aus, durch editorische Nachsätze den bereits artikulierten Schaden wiedergutzumachen. Die Anstrengung ist odysseisch, nicht das Ergebnis. In diesem womöglich ergötzlichsten aller Joyceschen Stile entsteht nicht Klarheit, sondern neue Verwirrung durch neue Störelemente. Wie sich Bloom umständlich, mit wendiger rhetorischer Ungelenkigkeit, aber selbstkritisch, zurechtlegt, was es mit all den Seemannsgeschichten wohl auf sich haben mag, kann etwa so daherkommen:

> Our mutual friend's stories are like himself. Do you think they are genuine? He could spin those yarns for hours on end all night long and lie like old boots...
>
> Yet still... life was full of a host of things and coincidences of a terrible nature and it was quite within the bounds of possibility that it was not an entire fabrication though at first blush there was not much inherent probability in all the spoof he got off his chest being strictly accurate gospel. (U 556)

Das ist nicht die geistreiche Beredsamkeit des Odysseus, eben gerade nicht, aber doch eine entsprechend mißtrauische Einstellung, auch der eigenen, eben gedachten, Meinung gegenüber. Diese Haltung zeigt sich bei Eumaios (später bei Penelope ebenfalls: sie erweist sich dadurch als ihrem Mann ebenbürtig). Die Berichte hergelaufener (in diesem Fall gestrandeter) Vagabunden sind mit Vorsicht aufzunehmen. Etwa in einer ähnlich typischen Stelle, wo sich der Bettler (Odysseus) nach dem Herrn erkundigt, der seit zwanzig Jahren verschollen ist. Vielleicht hat er ihn auf seinen Fahrten einmal gesehen, so daß er »... etwas melden könnte; bin ich doch weit umhergekommen!« (Od. 14:120)[5]. Eumaios aber weiß, warum gerade solchen Berichten am allerwenigsten zu trauen ist, und entgegnet skeptisch (wie sein Meister):

> Alter! kein Mann, der da umherstreicht und kommt und will von ihm Meldung bringen, würde die Frau und den Sohn bereden können! Doch weil sie der Pflege bedürftig sind, die fahrenden Männer, so lügen sie daher und wollen nicht wahre Dinge reden. Und wer da auch durch die Lande streichend zum Gau von Ithaka gelangt, der geht zu meiner Herrin und schwatzt betrügliche Dinge, und sie nimmt ihn auf und bewirtet ihn und erkundigt sich nach all und jedem, und schluchzt... Da würdest, Alter, wohl auch du dir schnell eine Geschichte zurechtzimmern, wenn einer dir Mantel und Leibrock zur Bekleidung gäbe!
>
> (Od. 14: 121–32)

Nicht in Einzelheiten, aber in einer Grundhaltung entsprechen sich die beiden nicht entsprechenden Reden, und eine ähnlich kritische Haltung wird im Grund auch dem Leser abverlangt, der auf den beabsichtigten, manifesten Sinn allein nicht abstellen darf. Und dabei wird er doch wieder auch Einzelheiten aufgreifen, etwa ein Wort wie »gospel«, aus einem älteren »god-spell«, die gute Kunde, das mit »Evangelium« rückgekoppelt werden kann, der frohen Botschaft der Christen. Wenn die Wahrheit, die Odysseus bald durch Fälschung konfektionieren wird, zutrifft, dann ist seine Botschaft gut. Das zugehörige Verb *angéllein* kommt denn auch im Versprechen, allenfalls etwas zu melden *(»angeîlaimi«)*, wie auch in der Entgegnung des Eumaios wörtlich vor (*»angéliōn«*; Od. 14:120, 123). Kurz darauf nennt Odysseus ausdrücklich sein *»euangélion«*, 14:152), meint aber damit etwas vom Neuen Testament ganz Verschiedenes, nämlich die Belohnung für den Verkünder guter Nachrichten (die er, um glaubwürdig zu bleiben, von der zukünftigen Bestätigung der Wahrheit abhängig machen will). Blooms »being strictly accurate gospel« schielt also ein wenig zum homerischen Wortschatz hin und läßt unpassend die christliche Heilsbotschaft anklingen (an die Bloom zumal, wie er verlauten läßt, nicht so recht glaubt) – »gospel« ist also ein nicht eben zuverlässiger Bedeutungsträger. So beschaffen ist die Sprache; die des Eumäus-Kapitels noch viel deutlicher, wo Clichés mehr verwischen als erhellen, Vergleiche ihr eigenes Hinken zur Schau stellen, Zitate entstellt und Mißverständnisse geläufig sind. »Sounds are impostures«, sagte Stephen Dedalus (U 543) und bezieht sich dabei auch auf Fremdsprachen und Namen; »Klänge sind reiner Betrug«, sagt Hans Wollschläger in der Übersetzung (774) und warnt damit den deutschen Leser gleichermaßen davor, sich der Täuschung durch Gehörtes oder Gesehenes gutgläubig hinzugeben. Was Odysseus dem Happyendgeschichten gegenüber mißtrauischen Eumaios vorzuwerfen vorgibt, *»thymòs dé toi aièn àpistos«* (»immer ist dein Gemüt ungläubig«, Od. 14:150), ist gleichzeitig Thema und teilt sich dem redlich bemühten Leser mit, dem die Rolle der Wahrheitsfindung zufällt.

Dann aber gibt die so trügerische Sprache immer wieder, wie unbeabsichtigt, verwendbare Nebenbedeutungen ab. »Gospel« selbst (wie gezeigt zu werden versuchte) bringt so etwas in Bewegung; im engeren Kontext ist es ein übertriebener rhetorischer Aufwand, geht am herkömmlichen christlichen Sinn vorbei und erinnert gleichwohl auf Umwegen an ein homerisches, anderes *euangélion*, dessen Lehnübersetzung es ja ist. Ähnliches spielt sich am Kapitelanfang ab mit seiner eigenartigen Umständlichkeit:

> Preparatory to anything else Mr Bloom brushed off the greater bulk of the shavings and handed Stephen the hat and ashplant and bucked him up generally in orthodox Samaritan fashion... (U 533)

»the greater bulk«? Das amtlich pompöse »Preparatory« paßt weder zum matten »anything else« noch zu den umgangssprachlichen Wendungen. Oder gar »in orthodox Samaritan fashion«, als ob das Gleichnis vom guten Samariter seine Spitze nicht gerade gegen die Selbstgefälligkeit der Orthodoxen gehabt hätte. All dies ist offenkundig und komisch, aber weniger auffällig bleibt, daß sich in der Konfiguration »... *brush*(ed)... *shavings*... *buck*(ed)...« auch spezifische Elemente des Romansanfangs zusammenfinden, wo ein prominenter *Buck* Mulligan sein Rasierzeug *(shaving)* bereithielt (»Preparatory«?), darunter eine Bürste, *brush.* »Sounds«, haben wir gelesen, sind »impostures«, betrügerisch, aber hier sind sie auch etwas, was mitunter zutreffend »hineingelegt« oder »aufgesetzt« worden ist: lateinisch »*im-positum*«. Die Impositionen mögen täuschend sein oder aber unvermutete Wahrheiten. So ist parasemantisch eine Ähnlichkeit untermalt, die auch anderswie zutage tritt: hier wie dort bemüht sich jemand um Stephen Dedalus, nur daß es Bloom mit viel weniger schauspielerischem Geschick, sondern aus echter Besorgnis tut. So enthüllt die Sprache, der so eindeutig nicht zu trauen ist, paradoxerweise brauchbare Vertraulichkeiten, auf die zu achten sich lohnen könnte.

Das Kapitel bietet uns beides an, Irreführung und zufällige Hinweise, wenn wir nur wüßten wie und wo (und eben diese Arbeit nimmt uns kein Autor ab und kein Kommentar). Daß Worten nicht zu trauen ist, das bezeugt am besten der Kyklop Polyphem, der am eigenen Leib erfahren hat, wie trügerisch ein angeblicher Name sein kann; aber mit »*Outis*«, Niemand, rettete Odysseus sein Leben. Gleichwohl ist auch dieser Name durchaus angemessen, denn wer wie Odysseus in einer Höhle gefangen und roher Gewalt ausgesetzt ist, ist in der Tat ein Niemand, der darf auf die Frage »Wer (griech. *tis?*) bist du?«, getreu »*Outis*« antworten, »nicht jemand«, ein Schutzloser. Odysseus weiß aus dieser sprachlichen Übereinstimmung strategischen Nutzen zu ziehen. Homer und Joyce verfahren gleichermaßen, und Homer noch viel mehr, als wir es geahnt haben mögen. Zum Beispiel in der kurzen Mahnung des Eumaios, die schon zitiert worden ist: Wie alle umherstreifenden Leute, sagt er zum umherstreifenden Bettler, Zwecklügen erfinden, so könntest auch du »... dir schnell eine Geschichte zurechtzimmern«. Das könnten wir uns genauer anschauen, wenn wir etwa den vielen Übersetzungen, die sich hier mit Wendungen wie »Geschichten/Märchen erfinden/ersinnen/erdichten...«[6] zufriedengeben, nicht trauen. Homer sagt: »... *épos paratektḗnaio*« (Od. 14: 131) und braucht ein in der Odyssee einmaliges Verb, *paratektaínein*, falsch zimmern, aber eigentlich »daneben«-bauen, -zimmern, -schmieden. Das handwerkliche Bild ist noch leicht durchschaubar.

Ein derart gezimmertes Nebengebäude ist eine Fälschung, eine ablenkende Wortkonstruktion. Und eben dies tut Odysseus in der Folge ein paarmal, er verfertigt parallele Lebensläufe, die sein Hiersein wie auch eine Begegnung mit Odysseus plausibel machen, die nicht zutreffen, aber seinen wirklichen Erlebnissen immerhin ähnlich sind – alternative Abenteuer. Das ist überhaupt, was er am besten kann, das zusammenfügen, fabrizieren (*faber*[7] ist eine lateinische Entsprechung zum griech. *tekton*), was ihm weiterhelfen könnte.

In einem ursprünglichen, nicht abschätzigen Sinn ist die ganze Odyssee ein paratektonisches Meisterwerk, ein Gebäudekomplex; der *Ulysses* eine veränderte Architektonik. Gerade das Eumäus-Kapitel besteht aus danebengezimmerten Wahrheiten. Ein Matrose erzählt das, was gut ankommt, Bloom stellt sich dar als Mann von Geschäftssinn, der seinem neuen Bekannten Möglichkeiten einer Gesangskarriere vorschlagen kann. Der Bericht von der Bestattung Patrick Dignams erwähnt Anwesende auf dem Friedhof, die nicht dort waren, und es geschieht zum Teil aus Gefälligkeit. Durch eine Verkettung von Mißverständnissen werden auch Pseudoidentitäten konstruiert. Zudem ist das Ganze eine Nachbildung, somit eine Fälschung, der homerischen Erzählung, eine eigentliche Parodyssee von Joyce. Dem originalen Odysseus stellt er schon im Titel die hybride, lateinische Form »Ulysses« gegenüber, eine kulturelle Verformung. Der moderne Roman, wenn überhaupt Roman, ist dem alten Gedicht dreist nachgebildet – und entstellt, ganz so als hätte Joyce Homers *»épos paraktḗnaio«* beim anders verstandenen Wort genommen und genau das inszeniert, was Eumaios den Hergelaufenen zumutet – ein zweckmäßiges Wortgebilde, etwas zugleich Ähnliches und krude Verfälschtes. Joyce hat ja auch seine eigene biographische Entwicklung gleichermaßen zum Roman *Portrait* umgezimmert und seinem abgeänderten Alter Ego erst noch den Namen des Erz-*tektons* Daidalos beigegeben, Stephen Dedalus, der am Ende (und wiederum im *Ulysses*, S. 210) mit dem weiteren Synonym »artificer« apostrophiert wird. Jedes *Ulysses*-Kapitel behandelt seinen Stoff nach einem abweichenden paratektonischen Programm, in den bekannten »technics«, wie Joyce sie bezeichnete. »Technik« geht auf *téchnē* zurück, handwerkliche Geschicklichkeit), das mit *tektōn/tektaínein* verwandt ist, und beides wiederum mit lat. *texere*, weben, und somit mit Textur und Text. Der Text des *Ulysses* ist ein Gewebe, ähnlich und ungleich dem, das Penelope täglich wirkt und nächtlich auflöst, um es anderntags neu zu weben. Ebendies geschieht in der abwechselnden Textur des Werks, das auch ein altes Epos täuschend neu verwebt und verstrickt.

Aber halten wir mal die Luft an! Das mag ja hübsch zusammengeschustert sein, dennoch bleibt alles zweifelhaft, wenn Joyce den griechischen Wortlaut nicht gekannt hat. Griechisch hat er nicht gelernt, nur etwas Neugriechisch in Zürich, ein Wort konnte er schon nachschlagen. Aber hat er »*épos paratektḗnaio*« zur Kenntnis genommen? Nicht unbedingt, nicht einmal wahrscheinlich, gleichwohl nicht ganz ausgeschlossen. In seiner Bibliothek hatte er, wie Richard Ellmann nachweist, den Text des Buchs, Omero, *Il libro XIV dell'Odissea*[8]; das Original lag also vor, ohne Übersetzung, mit italienischen Fußnoten, denen er hätte entnehmen können, daß das Verb »trasformo, cambio« heißt. Die Grundbedeutung hätte er bei seinem etymologischen Spürsinn sicher herausbekommen, wenn er das Kompositum je zu Gesicht gehabt hätte. Das aber wird hier gar nicht unterstellt. Es geht nicht, längst nicht mehr, um einen konkreten »Einfluß«, um die Umformung einer bestimmten Wendung, sondern darum, daß sich Homer und Joyce einer ähnlichen *téchnē* bedienen, daß sie Worte zur Geltung kommen lassen. Joyce mag durchaus auch über Nacherzählungen (wie *Lamb's Adventures of Ulysses*) oder mangelhafte Übersetzungen und Kommentare manches mitbekommen haben. Vielleicht sprach er auf gerade das an, was er selber mit Worten im Sinne hatte (bei Freud mag es ihm ähnlich ergangen sein). Es ist sicher unbefriedigend, vage auf eine innere Affinität hinzudeuten, aber einiges gemeinsam hatten sie schon, der (oder die) unbekannte(n) Homer(e) des Altertums und der irische Prosaschreiber. Oder aber es handelt sich um eine Projektion: ein an Joyce geschulter Leser – durch Joyce deformiert, bitte – biegt sich einfach den alten Homer in sein Literaturbild, zimmert ihn sich nach Gutdünken zurecht. Bestimmt geschieht auch dies, und zwar in jedem Fall. Damit würde sich letztlich bloß eine weitere, vielleicht verschrobene, eben Joycesche Lesetechnik zu den herkömmlichen reihen, die den Text mißdeuten. Wie die

Odyssee an sich beschaffen ist, wie sie sich für die Zeitgenossen anhörte, ist uns ohnehin entrückt, wir sind auf mehr oder weniger fundierte Spekulationen angewiesen. Alle späteren, d.h. auch schon alle klassisch-griechischen, Interpretationen sind zeitbedingt, nacheingenommen. Eine zusätzlich von Joyce-Lektüre induzierte Auffassung hebt einfach noch Gesichtspunkte hervor, die so legitim und unberechtigt sind wie jeder sonstige Ansatz. In der Odyssee bespiegeln wir auch immer uns selber. Für den heutigen *Leser* ist ein Einfluß von Joyce auf Homer denkbar, oder zum mindesten die Frage, wie die bisherige Odyssee aussähe, wäre sie von Joyce verfaßt.

Eigentlich hätte dies alles – ohne jegliche Berufung auf Joyce, den es gar nicht brauchen sollte – die Altphilologie schon längst entdecken und ausweisen können, und möglicherweise hat sie es bereits getan. Ihre ureigene Pflicht wäre es gewesen. Hier soll nur dargetan werden, daß das Wortspiel – fälschlicherweise so genannt – bei Homer häufiger ist und wesentlicher, als zum mindesten unsere Übersetzerweisheit sich bisher träumen ließ. Das Wortspiel verdient deshalb seinen Namen nicht, weil es erstens dazu verleiten könnte, ob des Spielerischen den impliziten Ernst zu übersehen, und dann auch, weil es den Umgang mit Mehrdeutigkeit als Ausnahme an den Rand drängen scheint, wo es doch – bei Joyce sicher, bei Homer vielleicht weniger, aber halt doch – viel mehr Natur der Sprache ist. Eine ältere Philologie wollte semantische Freisetzungen eine Zeitlang kaum wahrhaben: Homer war zu erhaben edel, das »Wortspiel« zu gemein (und heute noch rümpfen viele Kritiker, wenn sie »Kalauer« schreiben, weithin sichtbar die gebildete Nase), als daß die beiden leicht vereinbar gewesen wären, mit der wohlbekannten Ausnahme der List mit dem Namen *Outis*, die aber, mit wenigen verstreuten zugehörigen Fällen, wie ein verlegener erratischer Block die flache Landschaft zu stören schien. Weitere Sensibilisierung, eben durch modernistische Schriftsteller wie Joyce, oder nicht ganz so moderne wie Shakespeare, könnten aber dazu führen, daß die Phrase vom homerischen Gelächter auch auf die Zuhörer/Leser übertragen würde. Die alten Ionier haben – so wird hier vermutet – gelächelt oder laut gelacht, als sie sich ihre Sänger anhörten.

Ein leicht herauslösbares Beispiel ist die Begegnung mit Nausikaa, der schiffbrüchige König mit der unbekannten Prinzessin, wohl eine uralte Geschichte. Die Begegnung ist edel, würdig, verhalten, zärtlich – aber nicht nur. Odysseus schläft ermattet am Strand und wacht auf vom Gekreisch der ballspielenden Mädchen. Er erhebt sich aus dem Gebüsch, nackt, und bedeckt sogleich seine Scham mit einem herabgerissenen Zweig (»the first gentleman of Europe« nannte ihn Joyce). Wie ein Gebirgslöwe, sagt Homer, geht er auf die Prinzessin zu – die Gefährtinnen sind vor Angst davongerannt –, aber wie ein Löwe, der sich überlegt, wie er vorgehen soll. Welche Rolle schickt sich am besten – soll er, wie es der Brauch verlangt, der Jungfrau Knie umfassen *(»goúnōn labṓn«)* oder lieber aus anständigem Abstand sanfte Worte an sie richten? Wir können ihm eine gewisse Verlegenheit beinahe nachfühlen, wie er sich bedächtig nähert und zum Entschluß kommt, eine Anrede aus höflicher Entfernung wäre doch ratsamer als die Berührung der Knie (und Homer wiederholt selbst das Wort: *»goũna«*); das könnte leicht mißverstanden werden. Ein so praktischer Mann wie Odysseus vergißt dabei wohl auch nicht zu bedenken, was bei solcher Umfassung mit dem Zweig geschehen sollte, den er noch in Händen hat. Nach ein paar Versen eines zeitlupenartigen inneren Bedenkens hebt er an zu einem Wort, das, wie Homer angibt, diesmal nicht das übliche geflügelte ist, sondern ein »schlaues« oder »gewinnendes«, und was er als erstes sagt, ist *»Goun–…«*

Und da könnten wir uns einen Augenblick lang ausmalen, wie etwa ein schlauer Barde bei dieser Anfangssilbe verweilen und die Zuhörer hinhalten könnte: Was macht der mit diesem Knie nun doch…? Denn »Knie« ist, was ertönt, eben das, womit er doch nichts zu schaffen haben wollte; aber natürlich wird hier nicht der Körperteil aufgerufen, das vollständige Wort steht für eine Tätigkeit: *»Gounoũmaí se…«*, sagt er oder »Ich flehe dich an«. In der Metapher steckt noch ein ursprüngliches Berühren, ist aber erstarrt zum bloßen Bild für eine inständige Bitte. Odysseus tut mit Worten, was den Händen verwehrt ist. Der Anstand ist gewahrt, die Handlung züchtig und unmißverständlich, doch ein vielleicht momentaner semantischer Störeffekt gibt einen anderen Blick frei. Begreiflicherweise sind die Übersetzer überfordert, und die Begrüßung wird zur steifen Formel vereinfacht. »Hohe, dir fleh ich«, (Od. 6:149) von Johann Heinrich Voss, bewegt sich ganz in feierlichen Sphären und deutet an, daß Voss – und viele nach ihm – bestimmt nicht gelächelt hat.

Joyce aber hat derlei Vermenschlichungen, zumal komische, ausgestaltet und das erhaben Heroische zurückgestuft. Seine Nausikaa-Episode ist modernisiert, vergewöhnlicht und – was bei Homer nur leise angetönt bleibt – erotisiert; doch auch das ritualisierte Anflehen ist als Hintergrundmusik erhalten in der Litanei der Heiligen Jungfrau in der naheliegenden Kirche. Aber das Knie selber, das wirkliche, nicht-metaphorische, faßt Joyce mindestens ins Auge, ein graziöses Knie, das Gerty MacDowell kokett zur Schau stellt. »She caught her knee in her hands« (U 363) könnte durchaus – muß aber nicht – eine Verschiebung des klassischen »*goũna lábein*« darstellen; doch auch in der Kirche wird ein Knie bewegt, gebeugt, vor dem Altar: »kneeling before the feet of the immaculate« (U 352) scheint unter anderem wieder eine andere Sicht der homerischen Szene paratektonisch zu überziehen. Daß Joyce mit solchen Effekten umgeht, wußten wir bereits. Zu lernen ist höchstens noch, daß Homer es ihm bereits vorgemacht hatte.

Einmal hellhörig gestimmt, können wir nochmals, aber genauer auf die Stelle achten, die vorhin in textnaher Übersetzung zitiert worden ist. Da ist also ein schäbiger alter Mann an Land gegangen, bewirtet worden und erkundigt sich nun nach dem verschollenen Herrn des Eumaios. Wer weiß, sagt er, vielleicht habe ich ihn auf meinen Reisen irgendwo gesehen und kann von ihm berichten, »... bin ich doch weit umhergekommen«. Dieses Weitherumgekommensein heißt: »... *pollà d'alḗthēn*«; das Verb (mit Stamm *ala/alē*) steht für herumirren, schweifen, wandern, auch vertrieben sein. Ableitungen davon können Flüchtling, Bettler, Landstreicher, usw. bedeuten. Und alle diese Bedeutungen wandelt Eumaios in seiner Entgegnung jetzt ab, fast als wolle er das Adverb *pollá* (eigentlich: viel) wörtlich nehmen. Die Echowörter werden hier in Originaltranskription hervorgehoben:

> Alter! kein Mann, der da umherstreicht [*alalḗmenos*, eine reduplizierte Form] und will von ihm Meldung bringen,

würde die Frau und den Sohn bereden können! Doch weil sie der Pflege bedürftig sind, die fahrenden Männer *[ándres alḗtai]*, so lügen sie daher... Und wer auch durch die Lande streichend *[alēteúōn]* zum Gau von Ithaka kommt, der geht zu meiner Herrin und schwatzt betrügliche Dinge... (Od. 14:122-27)

In sieben Versen hallen also drei Varianten des letzten von Odysseus gesprochenen Worts nach: zweifellos hat es Eumaios aufgenommen und läßt es, immer anders gedreht, zurückschallen. Und inmitten dieses Ornaments von *ala/alē*-Formen fällt die Pointe. Die Bettler, die auf Obdach aus sind, lügen. Eumaios sagt es gleich dreimal, zuerst direkt *(pseúdont')*, dann negativ (»sie wollen nicht wahre Dinge reden«), und erst noch in der Umschreibung »betrügliche Dinge schwatzen«. Dieses »wahre Dinge« aber in der rhetorischen Variation heißt im Original »*alēthéa*«, ist der Form, aber nicht der Herkunft nach dem ursprünglichen »*alḗthēn*« am ähnlichsten. Wer umherstreicht, *alḗthēn*, hat allen Grund, spottet er, nicht *alēthéa* zu reden. Und er schmückt alles mit einem etymologischen Feuerwerk aus. Damit aber verändert die Passage ihren Ton, eine »ich hab dich durchschaut«-Stimme voll Warnung, Spott, aber auch Verständnis und Witz. Eumaios sondert nicht nur Lebensweisheit ab, sondern kommentiert ein Stichwort, ein Motiv. Er reflektiert über Eigentümlichkeiten der Sprache selbst, ein Verfahren, das bei späteren Schriftstellern, vor allem etwa Shakespeare, erst recht ausgebildet worden ist. Zum mindesten ist der Dialog dramatisch geworden, die Sprechstimme wäre entsprechend zu verstellen. In der Übersetzung könnte dies wohl selbst dann nicht durchschlagen, wenn die Wortspielerei, die so offenkundig ist, bemerkt worden wäre.[9] In den beiden ähnlich klingenden Bedeutungsfeldern ist Odysseus selbst umschrieben: viel herumgetrieben und viel gewandert, wurde er berühmt für seinen pragmatischen Umgang mit der Wahrheit.

(Ganz nebenbei noch: Gerade im Eumäus-Kapitel verwendet auch Joyce gern synonymische Modifikationen in Reihe: »lügen... wollen nicht die Wahrheit reden... schwatzt betrügliche Dinge« ist stilistisch vergleichbar mit Blooms »spin those yarns... lie like old boots... not an entire fabrication... not being strictly accurate gospel«, ohne daß hier selbstverständlich die zitierte Odyssee-Stelle als Vorbild hingestellt werden soll.)

Wenn wir Homer geschickte Mehrdeutigkeiten zubilligen, läßt sich nun auch eine kaum betonte pronominale Wendung anders einordnen. »Kein Mann, der da umherstreicht, ... würde die Frau und den Sohn bereden können«, hat Eumaios gewarnt und dabei gesagt: »nicht *(oú)* irgendein *(tis)* Mann *(anér)*, und die im Griechischen so häufige Konstellation *oú tis* (keiner, niemand) erinnert wie beiläufig an den rettenden Namen bei den Zyklopen. Ohne es zu wollen, hat Eumaios seinen Herrn beim Pseudonym genannt und gleichzeitig seine Theorie bestätigt: denn auch damals war es für Odysseus von Vorteil zu lügen. Den Namen *Outis* hat jeder griechische Zuhörer der Odyssee nach dem Kyklopenabenteuer im Ohr und *könnte* somit den ganzen Satz paratektonisch sinnvoll umgestalten, zu einem prophetischen: In der Tat wird Outis/Odysseus (ein Niemand ist er ja im Augenblick auch) die Frau Penelope und den Sohn Telmachos noch überreden können – gerade das ist ein Teil der folgenden Handlung. Die falsche Lesart des Satzes stimmt, ausgerechnet in einem Kontext von lauter Lügen. Daß Odysseus alles nur über den Umweg erdichteter Geschichten zustande bringt, deren versteckte Wahrheit er selber *ist* – nicht *spricht*, gehört zu den listigen Ironien, die, wie hier zu zeigen war, oft auch verbal inszeniert sind, als Möglichkeiten sprachlichen Mißverhaltens.

Natürlich gerät man dabei in die Gefahr, die bei *Finnegans Wake* zum Berufsrisiko geworden ist, daß allzu wild drauflos kombiniert wird. Daß man etwa im vorliegenden Fall versucht wäre, noch ein drittes *ala*-Wort heranzuziehen, das Adjektiv *alaós*, blind. Aha! könnte man denken, genau das trifft doch auf den Kyklopen zu, der ja bei der ganzen Lügerei des Outis sein einziges Auge verlor! Und dabei geht man möglicherweise zu weit, macht dann einfach jemand wie Joyce zum ghostwriter der Odyssee und gerät auf Abwege, streicht irr in der Gegend umher. Gleichwohl scheint es seltsam, daß in der dritten Variante, die Eumaios für »Lügen« aufgeboten hat, »*apatēlia*« reden, ein Begriff für Betrug auftaucht (*apátē* als Substantiv, *apatáein* als Verb), der in der Odyssee nicht allzu häufig ist, aber gerade dort von Odysseus verwendet worden ist, wo er über seine List mit dem Namen triumphiert. Er lachte, erzählt er, daß »sie (die Kyklopen) mein Name getäuscht hatte und der listige Einfall« (Original: »*hōs ónom' exapátēsen emòn kaì mētis amýmōn*« (Od. 9: 414)[10] Die Situationen gleichen sich wie auch der Umstand, daß gleiche, nie ganz gleiche Wörter eingesetzt werden, die um das Thema *apátē* und *alēthéa* kreisen, Täuschung und Wahrheit. Trügerischerweise verbergen die so täuschenden Worte und Namen, die zum Teil geradezu auf Übertölpelung angelegt sind, hintenherum wie zufällig innere Wahrheiten. Denn auch im Gespräch des Eumaios mit Odysseus geht es darum, daß nach dem Namen gefragt wird, den Eumaios erst nach Verzögerung preisgibt, aber gleich mit dem Hinweis, daß er ihn nur »mit Scheu« (Od. 14:145) ausspricht. Scheu vor tückischen Namen und Nomina und Wörtern überhaupt wird immer neu vorexerziert, bei Joyce ist linguistische Hinterhältigkeit gerade im Eumäus-Kapitel zu einem Hauptanliegen geworden. Daß die griechische Metapher für Wahrheit, *alētheia*, das notiert, was nicht *(a-)* verborgen *(-lathein)* werden kann, drückt aus, wie die Weisheit der Sprache eine Erkenntnis vorweggenommen hat, die von Dichtern wie Homer oder Joyce nur noch sinnvoll einzusetzen blieb. Aber wir könnten auch Freud dazuzählen, der Verborgenes aufdeckte, auch im Wort (übrigens gehört auch »*latent*« zur Verwandtschaft von *alētheia*). Bei allen werden ganz einfach sprachliche Latenzen aufgedeckt. Ganz einfach? Die menschliche Seele wie auch die Literatur ist fähig zu einer Art Etym-Geisterbeschwörung.

Daß sich Altmeister Homer darin schon versucht hat, ist vielleicht noch nicht bekannt genug. Wenn er es nicht getan haben sollte, so würden subjektive Projektionen wie die vorgeführten immerhin den Text zusätzlich beleben und damit wohl auf das herauslaufen, was an Odysseus oft mit »*kérdos*«[11] bezeichnet wird, Nutzen, Vorteil. Schlauheit, Umsicht ist geboten. Der Mahnung des Eumaios eingedenk, dürfen sich Homerforscher auch nicht durch einen von Joyce daherstreifenden Flüchtling trügerische Wahrheiten unterjubeln lassen.

(1983)

HOMERIC AFTERWIT

In the discussion of Bloom's corrective urge, much has been made of a minor bustle, Bloom "sat down", slamming the door somewhat awkwardly at the beginning of the "Hades" chapter (see page 109). Odysseus and his crew set off in a similar manner and in reversed construction. "And we set in order all the gear throughout the ship and sat us down" (Od. 11 : 9–10) is what Joyce would have read in the standard Butcher and Lang translation. The correspondence is hardly exciting, a difference is also notable: Joyce is specific, Homer very general, mentioning "*hopla*", gear, ship's tackle. The crew, as always, has to get the ship ready, not an action that would justify much epic attention. At other times, in more leisurely descriptions, Homer can be much more technical (in book 2 specific words like "fastening" can be used, Od. 2: 290, 423, 430), but now everything is pure routine, as some translations bring out quite well ("All we had to do was..." [E.V.Rieu]; "We made all shipshape aboard..." [W.H.D.Rouse], etc.). It is all the more odd to find Homer use a verb "*ponēsámenoi*", as though this were some burdensome work, toil, labour *(ponos)*. The point is that there was no toil, for Circe had kindly enlisted a favourable wind. So the word would seem inappropriate (of course it may have become a stereotype), but it is possible that "*ponéomai*" does mean not so much "to labour at", but "to busy oneself" (a trifle unnecessarily). It seems to be used in this sense when the Cyclops Polyphemos somewhat enervatingly attends to his household duties in front of the apprehensive and captive Greeks before he gives them his malevolent attention (Od. 9: 250, 310, 343). Odysseus and his companions are now facing the most dreadful ordeal and are frightened and downcast, so it might well be that they would find momentary distraction in habitual tasks (which we all do in a similar state of mind). To have something to do with one's hands may allay fear, or else cover a feeling of embarrassment in a funeral carriage. Psychologising the text in this way at least recovers—or perhaps invents—emotional tensions in a passage that would otherwise be passed over quickly. Whether the semantification laboured at here amounts to a correction of a Homeric phrase or its falsification has to be left to the experts.

(1983)

lovesoftfun at Finnegan's Wake

FW 607.16

FINNEGAN NECKT

Joyce verwendete über einen Drittel seiner produktiven Jahre auf sein letztes Buch, das zunächst in Fortsetzungen unter dem Namen »Work in Progress« unregelmäßig herauskam und erst kurz vor der Veröffentlichung (1939) seinen Titel erhielt, *Finnegans Wake*. Vermutlich wird es einmal als das von allen wichtigste gelten, als der Punkt möglicherweise, wo sich alle Linien schneiden, als ein exzentrischer, aber bleibender Ausdruck des Zeitalters. Man sieht schon daran, daß jüngere Literaturtheorien oder semiotische Ansätze *Finnegans Wake*, ob nun gelesen oder nicht, einbeziehen müssen und dadurch zu zusätzlichen Anstrengungen veranlaßt werden, wie sehr das bloße *So*sein von *Finnegans Wake* Unruhe schafft.

All dies hat man schon irgendwie gehört; und vielleicht möchte man alles doch einmal auch genauer wissen. Was also ist *Finnegans Wake*? Nun, ein Roman, zunächst – aber das hilft überhaupt nicht, weil seine Nonkonformität dem Genre gegenüber weitaus mehr über das Werk aussagt als seine Zugehörigkeit. Ein Traum, hat Joyce gesagt und uns damit eine brauchbare Analogie gegeben, vor allem auch, weil niemand genau sagen kann, was ein Traum eigentlich ist, sondern allenfalls nur, zu welchen eigenen Zwecken wir ihn mißbrauchen wollen. Das Modell sagt etwas aus vom unfaßbaren Wesen des Buchs: ein TRAUM VON JUNG UND ALP, gewiß. Doch bestehen Träume ja nicht aus zu Papier gebrachten Buchstaben und Wörtern. Wir haben noch weitere Formeln bei der Hand: Mikrokosmos, Jedermannsschauspiel mit universalen Rollen, Rätsel, ein buchstäbliches *perpetuum mobile*, usw. All dies ist recht und gut und trifft doch wieder nicht. In dieser unserer kategorialen Verlegenheit hilft ein Wechsel der Ausdrucksweise vielleicht wenigstens ein Stücklein weiter. *Finnegans Wake* »ist« überhaupt nicht: *Finnegans Wake* »tut«: wirkt – bewegt, schafft, verändert. Ist kein Traum, sondern – allenfalls – träumt. *Finnegans Wake* webt, textet. Er verlockt, verdutzt, ärgert, trotzt, was leicht nachvollziehbar ist. Derart verbales Tasten geht natürlich ebenfalls daneben, vermeidet aber immerhin die Gefahr, als Definition mißverstanden zu werden. Ein sprachliches Gebilde, dessen Titel »*fin*« (oder »*finis*«) mit »*negans*« verbindet, ist durch Substantive nicht zu begrenzen. Zu zeigen ist hier einfach der empirische Vorteil einer Abkehr von unserer nominalen Klassifizierungssucht. Es geht im Grund um Vorgänge, und die sind viel schwieriger in den Griff zu bekommen als Dinge oder Eigenschaften. *Finnegan* wacht oder weckt (auch das steckt im Titel). Aber das genügt nicht. Das Verb muß uns, den Leser, einschließen: *Finnegans Wake* macht uns wach, weckt uns, provoziert, verstrickt oder impliziert den Leser. Joyce macht uns das größtmögliche aller Komplimente: ohne uns geht überhaupt nichts, denn wir müssen den Text erst erwecken. Die Vorgänge – »Work in Progress« – kommen durch unsere erlesene Beachtung zustande.

Auch solche Selbstverständlichkeiten bleiben noch im Allgemeinen verhaftet und sind, wie alle Vereinfachungen, auch kläglich unzureichend. Auch aus diesem circulus vitiosus (schon im ersten Satz des Buches stoßen wir auf »vicus of recirculation«) kommen wir nicht heraus. Zum Glück wird nun allerdings die Unfaßbarkeit des Ganzen einigermaßen wettgemacht durch die entgegenkommende Behendigkeit, mit der selbst kleinste Partikeln von *Finnegans Wake* uns in Auseinanderfaltungen verwickeln, die viel von der Dynamik und wenigstens etwas von den Inhalten offenbaren. Eine einzige aber wohl repräsentative Exemplifizierung wird somit auch hier als Ersatz für mögliche theoretische Abhandlungen angeboten.

Natürlich würde eine Darstellung der denkbaren Kontexte auch wiederum ins Uferlose führen. So kann hier nur angegeben werden, daß ein langes Kapitel vielfältigen Gebrauch macht von einer Anekdote aus dem Krimkrieg, die der Biograph Richard Ellmann folgendermaßen wiedergibt:

> Buckley... sei jener irische Soldat gewesen, der auf einen russischen General gezielt habe und durch den Anblick von dessen leuchtenden Epauletten und Dekorationen so geblendet worden sei, daß er es nicht über sich gebracht habe, abzudrücken. Einen Augenblick später hob er, eingedenk seiner Pflicht, nochmals die Flinte hoch, aber in diesem Moment ließ der General die Hosen herunter, um den Darm zu

entleeren. Der Anblick des Feindes in einer so hilflosen und menschlichen Lage war für Buckley zuviel, er ließ sein Gewehr erneut sinken...

Der Krimkrieg, Crimean War, steht natürlich für alle Kriege und, dank dem einsichtigen Namen, auch für alle gleichwertigen Verbrechen und gewaltsamen Auseinandersetzungen, alle Gegenüberstellungen.

Unser beiläufiges Spiel mit semantischen Möglichkeiten besteht aus ganzen 6 (von insgesamt etwa 218000) Wörtern, einem Nebensatz entnommen, der sich herauslösen läßt:

> ...Jambuwel's defecalties is Terry Shimmyrag's uppertur-nity (FW 366.20)

Das erscheint englisch, obgleich sich nur ein einziges Wort, das unbetonte »is«, wie ein anständiges englisches Wort verhält, und das erst noch ungrammatikalisch, weil es nicht zur offensichtlichen Mehrzahl (»-ties«) seines Subjektes paßt. Es stimmt also einiges nicht, und solche Unstimmigkeiten, etwa in der »rechten« Schreibung, verleiten uns zur Behebung des Schadens. Wir stellen das wieder her, was sprachlich gar nicht vorkommt. *Finnegans Wake* flickt, macht uns zu schulmeisterlichen Mitflickern, die hier ohne weiteres herauslesen, was der Text offenbar nicht stammeln konnte. Wenn wir die seltsamen Namen einmal beiseitelassen, ergibt sich: »J.'s difficulty is T.S.'s opportunity.« Zugleich ist eine veranschaulichende Volksetymologie am Werk. Ein undurchsichtiges »opportunity« (was heißt das eigentlich?) erscheint (»turns up«) als ein Nachoben-Kehren, als Aufschwung oder Umsturz (»upturn«): jemand kommt auch einmal an die Reihe, und zwar oben – man kann es auf verschiedene Arten drehen (»turn«). Ermöglicht wird dieser Aufstieg durch eine entsprechende Schwierigkeit auf der anderen Seite. In »defecalties« steckt ein »defect«; und das auffällige Schemen »defecate« gibt gleich eine bildliche Illustration. Der Akt von »Defecation« bringt immer eine Behinderung mit sich und versetzt uns in eine taktisch prekäre, meist geduckte Lage. Wenn wir wollen, können wir die statische Gebundenheit (vgl. auch »-ties«) von »defecalties« dem Sinn von *opportunus* entgegenhalten: günstig oder bequem hat es, wer – je nach Etymologie – auf einen Hafen *(portus)* zusteuert oder mit einer Tür *(porta)* zurechtkommt. Im Wortstamm ist noch ein altes »per«, das auch mit unserem »fahren« zu tun hat (so ungefähr »zur Fahrt bequem«) und jedenfalls irgendeine Bewegung ausdrückt, die in der Wendigkeit von »turn« erst noch dupliziert wird.

Von »defecation« aus sieht nun auch der kryptische Name schon etwas anders aus, so als bestünde er aus etwas Eßbarem, »jam«, und Eingeweide: »bowels« – das fügt sich gut in die Situation. Möglicherweise ordnen wir das ganze zu »jammed bowels« um. Von daher zeichnet sich auch ein sozialer Gegensatz ab: Reich gegen Arm. Es sieht ganz so aus, als hätte ein Wohlgenährter Mühe mit der Verdauung. Auf der andern Seite steht »rag«, was auf Wertloses hinweist, Lappen oder Lumpen oder wer sie trägt (»shimmy« kann auch Hemd bedeuten): ein »rag« ist ein Lump. Wer mit einem »shammy-rag« umgeht (einem Lappen, ursprünglich aus Gemsleder, »shammy« von »chamois«), gehört nicht den oberen Schichten an, sondern dient ihnen. Ein »Terry« übrigens (von »territorial«) wäre ein gemeiner Soldat. Die Verstopfung der Gesättigten, heißt es denn wohl auch, gibt den Besitzlosen vielleicht den Weg nach oben frei.

Der Satz läßt sich auch ganz anders angehen, von wo aus immer etwas erkannt wird. Etwa punktuell, wenn jemand in »Jambu« einen suahelischen Gruß entdeckt. Das führt nicht unbedingt weiter. Der Satz als ganzes könnte aber auch als Abart einer Parole aufgefaßt werden, was meist aha-artig vor sich geht: »England's difficulty is Ireland's opportunity«; das glaubten die irischen Aufständischen. Sobald, so Joyces Version, das reiche fette England die Hosen drunten hat, können die geknechteten Iren hochkommen, was sie ja in der Tat auch immer dann versuchten, wenn England in einen Krieg verstrickt war, mit Napoleon oder aber mit Deutschland. Der Osteraufstand von 1916 war eine solche, verfehlte Upperturnity. Wo nun die Protagonisten mehr oder weniger festgestellt sind, können wir leichter auf die Namen schließen. England wird oft personifiziert als John Bull, was hier zu »Jambuwel« verfremdet erscheint (vielleicht kolonial, z. T. auf Suaheli?). Daß sich John Bull die irischen Provinzen überhaupt aneignen konnte, geht auf eine päpstliche Bulle (engl. »bull«) Hadrians IV. zurück. Diese Bulle war schon im

Ulysses zu einem homonymen Stier verwandelt worden, der sich auf den grünen Weiden Irlands vollfrißt (und dort heißt es, wie in teilweiser inhaltlicher Vorwegnahme unseres Satzes: »...a portlier bull never shat on shamrock«).

Vielleicht sollten wir uns gerade hier einmal vorstellen, wie ungläubig wir reagiert hätten, wenn man uns *sofort* die Gleichung »Jambuwel heißt John Bull« zugemutet hätte. Die Unähnlichkeit der beiden Formen scheint denkbare Entsprechungen zu übertreffen; ein gesundes Empfinden sträubt sich gegen eine unvermittelte Gleichsetzung. Diese findet – allenfalls – verzögert statt. Es braucht einige Umwege, und damit Zeit, bis die politisch-nationale Bedeutung freigesetzt werden kann. In einem wesentlichen, viel zu wenig beachteten Sinn »*ist*« Jambuwel eben nicht John Bull, sondern wandelt sich möglicherweise dazu durch eine Reihe textlich angeregter Assoziationen und kontextueller Absicherungen. Es ist der inhärente Nachteil gewisser nützlicher Hilfsmittel, wie etwa der *Annotations to Finnegans Wake* von Roland McHugh, daß sie durch Nebeneinanderstellen von Text und Glosse eine Gleichzeitigkeit vortäuschen, die dem vorantastenden Leseverständnis nicht entspricht. Vorwegnehmende Glossen können den deutenden Ablauf geradezu verhindern. Letztlich besteht die Bedeutung von *Finnegans Wake* im umsichtigen Ausprobieren von Möglichkeiten und nicht in den zufälligen, statischen Ergebnissen wie, wer weiß?, »John Bull«.

Bei der zaghaften Entwirrung hat sich bereits eine Art Wechselspiel enthüllt: jedem Element auf der einen Seite scheint eins auf der andern zu entsprechen. Man könnte geradezu erwarten, daß in »Terry Shimmyrag« ein Gegenstück zu John Bull enthalten sein muß. Das ist es auch: die des Gälischen Kundigen entziffern darin leicht »tir (na) simearoig«, das »Land des Shamrocks«. Der Shamrock ist emblematisch geworden für Irland; anhand des dreiblättrigen Kleeblatts hat der Heilige Patrick der Legende nach den heidnischen Iren das Geheimnis der Dreifaltigkeit nahegebracht. Drei- (und natürlich Mehr-)faltigkeit gehört wesentlich zu *Finnegans Wake*. So taucht nun auch noch ein religiöser Gegensatz auf – auf der einen Seite die Kirche als Institution und Autorität, mit dem Papst als politischem Opportunisten, der Kuhhändel betreibt; auf der andern Seite ein einfacher, inspirierter Missionar, der sich in Gefahren begibt. Der Papst, wohlgemerkt, sitzt oder thront (wenigstens war dies früher so, als Joyce noch an *Finnegans Wake* schrieb), während sich Missionare rühren und auf Reisen gehen. Selbst der politische Slogan von Irlands Chance in Englands Beschwerden geht auf einen älteren Leitspruch zurück: »Man's extremity is God's opportunity.« Wo die Notdurft am größten... Ganz nebenbei bemerken wir, daß zusätzlich eine vertikale Hierarchie zum Vorschein kommt: Gott – Papst – Reicher – John Bull – Aufständischer – Soldat – Lump – bis hin zum vielleicht implizierten Tier (»bull«).

An irgend einer Stelle muß ein wenig weiter ausgeholt und auf die in *Finnegans Wake* vorherrschende Polarität verwiesen werden, die in vielen Formen auftritt, als Kain und Abel, Napoleon und Wellington, Burrus und Caseus, Haensli und Koebi, Mick und Nick, usw. Am meisten nennt sie Joyce (annähernd) Shaun und Shem. Shaun (von John) ist der Konforme, Etablierte, Mächtige; Shem (von Jim oder James) ist *auch* Joyce selber, aber immer der Abartige, Verbannte, Unbequeme, Aufsässige, Verrufene. Einen bekannten Reigen führen die beiden auf als Fabelwesen: der Ondt (die fleißige Ameise, »ant«; zugleich die Quintessenz von Law and Order: ein durcheinandergerührtes »Don't«) gegen den frohfiedelnden, tanzenden, taugenichtsigen »Gracehoper« (den auf Gnade zählenden Grashüpfer). In unserem Fall erkennen wir auch wiederum einen Shaun »Jam« (= John) gegenüber einem Shem »Shimmy«. Als Joyce *Finnegans Wake* schrieb, war der »Shimmy« noch ein verpönter Tanz der nicht Anerkannten; der »rag« entstammt gleichwohl der Negermusik. In »shem« oder »sham(rock)« wirkt auch »sham«, Täuschung, Schein, Schwindel, ein Vorwurf, der den Shems immer gemacht wird (nach 1922 galt Joyce bei vielen als Bolschewik und als Scharlatan): bei Aufständischen weiß man nie.

Hier kann nur berichtet werden, daß jedes der angetippten Themen auch anderswo im Werk wieder anders auftritt. Wir sind unterdessen fast wie von selbst dazu gekommen, die Wörter und Silben – ja selbst Wörter, die nur approximativ oder assoziativ überhaupt eingespannt worden sind – aus ihrem primären Zusammenhang zu lösen und ihnen außersyntaktische Affären zuzugestehen. Man möchte wie der Zauberlehrling irgendwo Einhalt gebieten und halt rufen, doch die Geister des Textes sträuben sich und dichten munter weiter. Fast jedes Element gibt sich als neuer Ansatz her. Etwa »shammy« (aus »Shimmyrag«), abgeleitet von »chamois«: die Gemse ist ein höchst bewegliches Tier, das sich elegant nach oben turnt. »Rag« kann auch Fahne heißen, wie sie in Politik und Revolutionen eine Rolle spielen. Oder aber »Zeitung«, die gleichfalls im Dienst der Obrigkeit oder der Untergebenen stehen kann (ganz nebenbei: es ist doppelt ärgerlich, wenn man mit »defecalties« festsitzt und in seiner Notdurft die einzige Zeitung auf dem Territorium des Gegners weiß). Das Wort »rag« ist auch ein Studentenulk, der wiederum zu den Streichen von Shem, Gracehoper oder Joyce paßt.

Natürlich wird kein Anspruch erhoben, daß dies alles nun in der *Finnegans-Wake-Stelle* vorhanden ›ist‹. Joyce hat lediglich zum Gedankenspiel angeregt, der Text textet unsere Assoziationen mit hinein. Andere Leser werden das Gewebe anders auftrennen und neu zusammensetzen. Der Leser wird und soll manches von dem hier Vorgelegten bezweifeln und wird sicher einiges entdecken, was hier nicht einmal gemerkt worden ist. Was auf dem Papier steht, ist defekt und stimmt nicht und verleitet uns gerade deshalb zu immer anderen – geschickten, pedantischen, forcierten – Zurechtbiegungen. Wir flicken und reparieren nach unserem eigenen Bild, und doch werden sich einige Lesarten wenigstens zum Teil decken. *Finnegans Wake* ist nicht ein Rorschachtest, wo alles möglich und jedes gleichbedeutend ist. Im vorliegenden Fall werden die meisten Leser auf der einen Seite Unbeweglichkeit und Schwierigkeit finden, auf der anderen Wendigkeit. Unsere Chance ist es gerade, sich zu rühren und das heraufzukehren, was potentiell erscheint (»turn up«). Die Reihenfolge des scheinbar Erkannten ist nicht vorgegeben, sondern wird meist opportunistisch verlaufen. Niemand kann auch verordnen, wie weit man gehen darf.

Der Name Terry etwa kommt von Terence, und einer seiner bedeutendsten Träger war der Komödiendichter Terenz, Terentius. Er war Sklave, wurde aber emanzipiert und kam zu hohem Ansehen. Für seine Werke verwendete er griechische Vorlagen. Das würde sich opportun einfügen. Joyce, ein Dichter des Komischen, benützte die Odyssee für den *Ulysses*, eine zeitgemäße Umsetzung. Charakterisierungen von den Dramen des Terenz, wie daß er Personen und Situationen verdoppelte und Vorspiegelungen oder Vertauschungen verwendete, würden ohne weiteres zu *Finnegans Wake* passen. Die Art, wie Terenz mit seinen Vorlagen umging, nannte man *contaminatio* – Vermischung seiner Quellen. Wie die hier zerzauste Stelle zeigt, tut dies Joyce noch viel rücksichtsloser, legt Entlehntes übereinander und kontaminiert, wie wir sehen, die Wörter selbst. Es war Terenz, der bemerkte, daß nichts Gesagtes nicht schon früher einmal gesagt worden ist: gerade darauf beruht *Finnegans Wake*. Wo wir etwas erkennen, sind es meist *prius dicta*, oft schadhaft und manchmal überlagert. Sie sind oft so bekannt, daß deren bloßes Antippen genügt. Im *Ulysses* nennt sich Stephen Dedalus insgeheim »*Autontimerumenos*« (Selbstquäler) in unvollkommener Anlehnung an die Komödie *Heautontimorumenos*. Eben aus diesem Stück stammt das wohl bekannteste aller Terenzzitate, das eines der bündigsten Epigraphen abgäbe für den Humanisten Joyce: »*Homo sum, humani nil a me alienum puto.*«

* * *

Um aber unsere Stelle deutend zu erfahren, brauchen wir die Arabeske um den Dichter Terenz überhaupt nicht; sie ist allenfalls attraktive Zugabe oder eine zweckdienliche Erfindung gemäß den Wakeschen Spielregeln. Im Grunde ist gar keine der vorgeschlagenen Bedeutungen an sich notwendig, sie alle sind bestenfalls momentane, dürftig artikulierte Erkenntnisphasen. Es geht – soviel schlägt durch – um Menschliches, allzu Menschliches, die Gunst und Ungunst einer Situation; sie kann je nachdem auch gesellschaftlich, politisch, geschichtlich, religiös, mythisch, literarisch... ausgelegt werden. Es handelt sich wiederum nicht um starre Sachen, sondern um Umsetzungen. Kein Leser sieht alles, und jeder alles wiederum anders zu anderer Zeit. Eine *Wake*-Stelle verändert sich in der Zeit, die das Lesen selber beansprucht. Den kurzen Satz wird jeder Leser anders fassen und assimilieren: *Quot homines, tot sententiae* (auch das stammt von Terenz), zu deutsch: jeder meint einen anderen Satz.

Die Extremität des Textes ist unsere neckische Gelegenheit.

(1982)

WORTGESCHÜTTEL

Da so viele von uns das gängige Cliché, daß »jedes Wort in *Finnegans Wake* viele Bedeutungen hat«, zu gedankenlos immer wieder abspulen, tut es wohl, wenn einer einmal nicht vor Ehrfurcht erstarrt und des Kaisers neue Kleider wirklich beschreibt. Ein derart Unabhängiger war Arno Schmidt, der das Werk des Vorgängers keck ins Visier und kein Blatt vor den Mund nahm. Da gibt es einiges zu bewundern im »Alterswerk« *Finnegans Wake* – Nichts gegen Alterswerke –, aber »...andererseits ist auch abscheulich plattes Dada die Menge darin« (*Die Zeit*, 2. Dez. 1960).

Üblicherweise bedienen sich wohlgesinnte Joyce-Deuter sorgsam ausgewählter Stellen, um den Nachweis literarischer Meisterschaft zu belegen. Um so aufschlußreicher mag es sein, einmal ein Beispiel zu untersuchen, das von einem kritischen Kollegen herausgegriffen worden ist. Arno Schmidt findet Joyce zuweilen abstrus: »Als primitivster Gag werden ›Schüttelworte‹ verwendet: aus *nice little* wird *lice nittle*... hier hat Joyce viel Albernes verzapft.« Sollte uns Joyce wirklich mit albernen Spielereien hinhalten, dann mag sich der Leser ruhig etwas Gehaltvollerem zuwenden. Es lohnt sich immerhin, das angeprangerte Schüttelwort in seinem Zusammenhang vorzunehmen; es findet sich gegen Ende des ersten Kapitels:

> ...he's such a grandfallar, with a pocked wife in pickle that's a flyfire and three lice nittle clinkers, two twilling bugs and one midgit pucelle.

Hier springt in die Augen, daß »lice nittle« (FW 29) in den Zusammenhang paßt. Die Stelle enthält lauter Insektennamen: »firefly«, »lice«, »bugs«, »midge«, »pucelle«; in »nittle« steckt »nit« (Nisse, Lausei). Daß Joyce gleich eine ganze Schar Insekten in dem Satz herumkrabbeln läßt, muß nicht primitiver Gag sein, sondern könnte den Grund darin haben, daß der Schenkenwirt H. C. Earwicker, die Hauptgestalt im Buch, auch eine insektische Entsprechung hat: Earwicker ist auch »earwig«, der Ohrwurm, und somit gehört auch seine Familie dieser Tierart an. Die Wandlungen vom Ei zur Raupe, zur Larve und zum geflügelten Wesen eignen sich zur Versinnbildlichung des Wandelns und des Ineinanderfließens aller Personen, Ereignisse und Zeiten, die in *Finnegans Wake* dargestellt sind. Die insektischen Bezüge sind also nicht überflüssiges Beiwerk, sondern wesentlich, funktionell. Sie verbinden diese Stelle mit einer der bekanntesten Episoden im ganzen Buch, der La Fontaine entlehnten Fabel von »the Ondt and the Gracehoper« (*ant*, Ameise, dazu das dänische *ondt*, böse, und ein Anagramm aus »Don't« das moralisch-religiöse »Du darfst nicht«; der künstlerisch veranlagte Grashüpfer hofft auf die Gnade, *grace*). Diese ergötzliche Fabel ist ebenfalls mit Insektenausdrücken aus vielen Sprachen durchsetzt. Da uns Joyce darin mit »his good smetterling of entymology« deutlich macht, daß die Etymologie der Wörter, verbunden mit der Entomologie zu einer Erkenntnis der Wesensart (*entity*) der Dinge verhelfen kann, mag es angebracht sein, die ursprünglich angeführte Stelle noch genauer zu besehen.

Earwicker-earwig ist ein großartiger Kerl (»a grand fellow«), nicht nur Vater, sondern auch Großvater (»grandfather«) und Urvater. Von patriarchalischer Größe, aber doch wiederum fehlbar, wie es durch die in »grandfallar« enthaltenen Wörter *Fall*, lat. *fallere*, ital. *falla*, *fallo* usw. angedeutet wird. Earwicker, wie Adam oder irgendein Staatsmann aus der jüngsten Geschichte, hat einmal einen Fall getan. Etwas Trügerisches haftet ihm an, auch ihn nennt Joyce mit diesem schillernden Wort, das wir aus »The Boarding House« kennen, »an imposing everybody«. Eine Folge seines Sündenfalls – als sexuelle Verfehlung gesehen – ist dann wohl, daß sein kleines Weibchen pockennarbig und syphiliskrank erscheint (»pock«, »in pickle«, Slang für syphilitisch); »in pickle« bedeutet weiterhin allgemein »in mißlicher Lage«.

Die drei Kinderchen nun, die »three lice nittle clinkers«, sind solche Prachtskerle (»clinkers«): zwei willige Zwillinge und ein winziges (»midget«) Mädchen. Doch offenbart sich in »clinkers«, daß der Vater seinen Nachkommen nicht nur mit Stolz, sondern auch mit etwelchem Mißtrauen gegenübertritt: ein »clinker« kann eine durchtriebene, verschlagene Person sein, das Wort bedeutet auch Lüge und (im Boxsport) einen wohlgezielten Schlag: den Kampf der Generationen werden durch List oder Gewalt immer die Jungen für sich entscheiden. Das Verb »to clink« drückt ein Geklirr oder Getöse aus. In *Finnegans Wake* verbirgt sich hinter allen Geräuschen, dem Donner, dem Kriegslärm, dem Glockenklang, dem Hundegebell, eine Bedrohung. In »clink« erklingt der Zusammenprall der Weltanschauungen, das Klimpern des Geldes, das Gläseranstoßen der kommenden Generation (Earwicker ist Wirt); es ist auch ein Slangwort für Gefängnis und erinnert damit an Schuld und Sühne; »clinkers« sind auch Fesseln.

Wir finden dieselbe Ambivalenz in »lice« und »nittle«. Ein französisches »lice« bedeutet Kampfbahn, Turnierplatz, Rennbahn: Ort der Auseinandersetzung und zugleich, durch die kreisrunde, endlose Rennbahn, des sich im Kreise Bewegenden, sich ständig Wiederholenden. Ein weiteres Wort »lice« bezeichnet den Schaft der Weberei und weist in dieselbe Richtung wie engl. »knittle« (lautlich identisch mit »nittle«), das Schnur, Schiffsleine und ähnliches heißt und mit »to knit« (stricken) und dem deutschen Knoten verwandt ist: Die Verwicklungen und Verknotungen der Familiensituation zeigen sich hier als ein dichtes Gewebe, als ein im Wesentlichen gleichbleibendes Muster (vergleiche »twill«, Köper, Gewebe, in »twilling«).

Jeder hier angedeute Sinn ließe sich in der gleichen Art weiterspinnen, so etwa die literarischen Beziehungen in »pickle« und »clinkers«: Humphrey Clinker und Peregrine Pickles sind Helden pikaresker Romane von Tobias Smollett. Am Ende wäre es notwendig, das ganze Buch aufzurollen zur Auslegung und Bestätigung einer einzigen Stelle.

Arno Schmidts Bild vom Schüttelwort trifft die Sache: das Wort gerät in Bewegung. Wie das zu bewerten ist, kann dem Leser überlassen werden. Das Schütteln des Worts könnte immerhin etwas hergeben. Gemäß einer Überlieferung war das Wort (Logos, Verbum) am Anfang. Diese Überlieferung nimmt Joyce auf, bald im Ton der Vulgata-Bibel: »*Verb umprincipiant*...«, dann auch wieder freier: »*In the becoming was the weared*«. Einmal hört sich »word« an, als würde es von jemand in Brooklyn, New York, ausgesprochen:

In the buginning is the woid (FW 378)

In dieser Lautform verbindet es sich mit Leere (the void) – die Welt wurde aus dem Nichts geschaffen (»The earth... was void«, Genesis 1:2). Das alles mag auch mit Sinngebung zu tun haben, denn wir als Leser füllen die Leere mit Bedeutung an, meist in unserem Ebenbild. In der vorliegenden Version ist am Anfang auch ein Insenkt, *bug* (Wanze, auch allgemein Käfer), das an *earwig*/Earwicker erinnert, der als Wirt wiederum eine Kneipe *(inn)* führt. Im Norwegischen wäre *bug* ein Bauch (im Leib der Maria wurde der Logos zu Fleisch). Bei »inning« aber würden Engländer an Cricket denken: jetzt wären die Bugs dran und könnten auf dem Feld ihre Punkte sammeln (durch »Cricket« wird gleich noch die Grille evoziert).

> *In the buginning is the woid, in the muddle is the sounddance and thereinofter you're in the unbewised again...* (FW 378)

Es geht weiter: in der Mitte (middle) des Wirrwarrs (muddle) ist ein Tanz von Klängen (sound-dance). Darin karikiert sich das Buch selber: es ist eine wirblige Choreographie von Wörtern, Lauten und Rhythmen, und es beginnt in der Tat inmitten eines Satzes (»in the middle of the sentence«). Auch eine linguistisch-grammatikalische Lesart bietet sich an. Wir kommen vom Wort zum Satz. Danach allerdings sind wir in dem »*unbewised*«, dem Unbewußten, das wir nicht wissen, wir sind vielleicht so weise wie zuvor, und es ist, wie *Finnegans Wake*, alles nicht zu beweisen, es läßt sich nur ausprobieren.

Abscheulich plattes Dada? Möglicherweise. Hat Joyce viel Albernes verzapft? Könnte sein. Vielleicht aber wollte Arno Schmidt bloß zitieren und uns folgende Stellen in Erinnerung bringen:

> *You're too dada for me to dance* (FW 65)
> *Worry you sighin foh, Albern, O Anser?* (FW 202)

(1968)

A READING EXERCISE IN "FINNEGANS WAKE"

Whatever innovations James Joyce has brought to literature, to remain there, to be assimilated by writers, to be studied by the critics, there is also something eminently novel, or so it seems, in the relation that his words have to ourselves as readers. Something happens to our reading habit; it will never be quite the same again, and the transformation may alert us to some reactions that are probably inherent in that mysterious way of communication, the written letters. The following remarks are an attempt to generalize from what is essentially a personal but continuous reading experience.

The first effect to notice is a slowing down of the process. *Ulysses* cannot be rushed through. A leisurely, ambling pace is much more to the purpose, we do well to pull up from time to time for pauses that are, in both senses of the term, recreative, and we are compelled to treat ourselves to a privilege that was forbidden to Lot's wife—to satisfy our curiosity by turning back. One of the recurrent phrases in the book, about a "retrospective arrangement", seems to hint at this demand. Events and relations arrange themselves for us if we look, or turn, back, and this holds good in a much more retrospectacular way than it does in any traditional novel.

But it is *Finnegans Wake*, really, that makes us aware just how inadequate normal consecutive reading can become, starting at the top of a page and going from left to right (or, in a different culture, starting at some other end, which comes to the same thing), unreeling a linear semantic thread. This we still do with *Finnegans Wake*; a book is not to be read—literally—backwards. But the rewards of that kind of serial advancement are limited. The restrictions can be counteracted, up to a point, by reiteration, by a theoretically interminable circular progress. Joyce's conspicuous device is to make the end fold back into the beginning and to have the reader recursing, if his patience lasts, eternally along a Viconian spiral. This still amounts to travelling along one road which happens to form a closed circuit.

From the very start the discerning reader of *Finnegans Wake* is aware that he finds himself travelling on two or more roads at the same time, roads that may or may not appear to be interrelated, but somehow always manage to coalesce verbally in the one typographical line, for there cannot be anything except a singletrack string of letters. There is, for a first example, a recognizable syntactical movement from beginning to end of:

> Now eats the vintner over these contents... (FW 318.20)

The sense may be a trifle odd, but not really baffling. If we are familiar with the opening line of Shakespeare's *Richard III*, however, we can *hear* an entirely different semantic development: "Now is the winter of our discontent..." We may not see the thematic connection of the two lines (the context would have to provide that). What matters here is that both of them can be followed independently, both are (syntactically, semantically) self-contained. We can learn to take them both in our (one) stride.

Similarly, "Bacchulus shakes a rousing guttural" (365) does not in itself confuse us. A clumsy phonetic effort seems to be going on ("Bacchus", a contraction, may hint at the cause for the uncouthness of the speech). A reader who has worked his laborious way as far as page 365 of the book will have little trouble to catch one more echo of what is perhaps the most frequent phrase to come across, a reference to an episode in the Crimean War (Joyce's version): "Buckley shot the Russian General". This reader will probably also see how the manifest meaning somehow tallies with the latent one; the surface version is, perhaps, an illustration that suits the context. Another variation, for instance, spreads an air of philosophical calm about it: "Berkeley showed the reason genrously" (423). A first-comer opening the book at random on this page would not suspect a war incident here. This is not so different from what happens to the reader of any novel. If I know the whole series of events leading up to any given episode it will mean more to me than to the casual onlooker. In *Finnegans Wake*, however, the words themselves have acquired a new, often *entirely* new, meaning to the initiated.

The most attentive of first readers could not possibly discover the same hidden drift when he comes upon the earliest occurrence of the phrase: "the bouckaleens shout their roscan generally" (42). Here the motif is sounded vaguely, but not at all clarified, for the first time in the book. When the traveller returns to this same passage on his second lap, he will have learned about the Crimean war and the Irish soldier aiming a gun at a Russian general, he will have become conditioned to be on the lookout for a name or noun with a consonant structure like "B-k-l" followed by a verb beginning with "sh-"; his ear will be attuned to the particular rhythm of the phrase. At one's first exposure to the sentence, there is just a noise that some persons make, a noise that may be felt to be obscure or to have an Irish ring about it. If we knew Gaelic, we might have noticed that the theme of war or strife is potentially present already: "roscan" is an inflammatory speech, a rallying song or a battle hymn. But even so, the full meaning would have escaped us. Again, the experience is roughly similar to our perusing the opening scene of a detective novel again, with the revelations of the last chapter fresh in our minds—there too we would discover little traces that might have aroused our suspicion for the first time, but somehow didn't, but in any case the whole and ghastly significance could not possibly be appreciated without the knowledge that only the whole book can provide. Some of the insights can only be arrived at by hindsight. In *Finnegans Wake*, hindsight, rather "culious an epiphany" (508), affects the linguistic structure, phonetically as well as semantically. The words themselves have changed their character.

It is this sort of experience that has given rise to our talk about the various "levels" of the book, a handy and useful comparison. But like a corresponding one, that of a musical score, or musical performance—many voices and several instruments in parallel melodic development—it cannot be kept up consistently, since in practice we shall hardly be able to follow the various levels right to the end, or to listen to the voices consecutively, as in a musical performance we could, even allowing for intervals. All analogies in *Finnegans Wake* seem useful at times, and all break down sooner or later.

It is certain that *Finnegans Wake* is to be absorbed slowly and, like any other medicinal poison, preferably in small doses, and in tranquillity. Pauses are necessary, to ruminate and to sort out the various itineraries that have been traversed, to glance around, backwards and sideways. The reader of *Finnegans Wake* often feels himself in a world full of tricky *déjà vus*, of elusive voices uttering vaguely familiar sounds that get more familiar, if not always more clear, with each successive tour, guided or unguided, through the maze. As usual, Joyce, who has a way of indicating not only what happens in the book but also what happens to his reader, hints at this in his opening chords. "Sir Tristram", we learn, "...had passencore rearrived from North Armorica" (3). Like Tristram, the reader is a passenger who has not yet *(pas encore)* arrived on the strange shore, or else who, in his passage, or his steps *(pas)*, has re-arrived once more *(encore)*. This we know well enough by now. This is the path that goes round and round, circular but still linear. Yet there appears to be a different direction as well, not from front to back, but in reverse order, backwards, arriving at the "rear" end. There is probably a physiological side to this, but, more prominently, a geographical one. We notice that the hero coming to Ireland is arriving both from North America in the West and, like Tristram, from North Armorica, Brittany, France, in the East. We too, the opening ambiguity implies, can travel in either direction.

This is all very well in geography and tourism, but we cannot, in actual fact, read a book backwards, from right to left. Well, sometimes we can a bit. "Cloudia Aiduolcis" (568) can be tackled from whichever end we prefer. There are also characters like "natsirt" (he is the Tristram, now Tristan, of the first page, whose travelling habits seem to have affected his name), or "Kram" (388), or we may find ourselves in "Nilbud" (24). Occasionally, *Finnegans Wake* is palindramatic or anagrammatical, and inversion abounds.

Even so, the general drift must be forward. But the text sometimes tempts us to go back, to retrace our steps, before we can advance again, and this literally, verbally. Some such movement backwards and forwards is alluded to in the first chapter: "furrowards, bagawards, like yoxen at the turnpaht" (18). This is the movement of the plough; it is also, in the history of writing and the alphabet which is being described at the same time, a feature of early inscriptions which has been called *boustrophedon*, which Joyce obligingly translates for us, a turning of the oxen. It is also, I feel, the situation of the reader who, in ploughing through the pages sometimes reverses his direction and at times bovinely wonders which path to take. In his characteristic way, Joyce goes beyond naming, to presenting the thing referred to. The next sentences read:

> Here say figurines billycoose arming and mounting.
> Mounting and arming bellicose figurines see here.

The path actually does turn back on itself, and we review the same sequence in exactly inverse order. What is interesting, from the point of view of communication, is that some changes have intervened in the meantime. The word "billycoose" (which admits of several readings, among them a menacing highwayman's club, *billy* and some amatory billing and cooing), while continuing to mean, probably, beautiful things in Italian *(belle cose)*, has been turned into something patently warlike. Which is, of course, as we know, also the way of the world. And there appears a difference between what we "say" first and what we "see" later: hearsay gives way to closer inspection, as good a clue as any as to what we are to encounter in, and do about, *Finnegans Wake*.

The point elaborated here is that we sometimes really travel the opposite way, that, without turning back, we inevitably miss a previous meaning. In its full linguistic impact this is fairly unique. The mind is stimulated by an uncustomary kind of impulse.

Assuming that in *Finnegans Wake* several meanings are often just "there" simultaneously, and even granting their occasional transparency, we, the readers, will hardly experience the two or more meanings at the same time, right from the start. At one particular moment (or never) the mind is startled and begins to apprehend luminously that more is at stake than at first met the eye. Take a few more simple phrases: "...raising hell while the sin was shining" (385.10). I submit that before we come, at the earliest, to "sin", the secondary latent meaning has no chance to resound at all: "sin" may startle us, especially if followed by "shining". Sins do not normally shine, but suns do, and the emerging sun points its rays back to the preceding words, allowing the proverbial expression "to make hay while the sun shines" to penetrate our consciousness. Only when we have come to the end of the sentence can "hell" become "hay" in a semantic ignition delay. Semantic potential is released retroactively.

What is the meaning of "So all rogues"? Not, really, anything beyond what these words denote in any dictionary (a reader, in fact, is unlikely, at this point, to trouble about overtones). If we go on, "all rogues lean", we may or may not get on to the scent. The finishing words enable the click to occur: "...to rhyme" (96.3) evokes "All roads lead to Rome". Towards, or after, the end of the movement a jolt of recognition metamorphoses the rogues. The jolt of recognition may never come, as when we do not know the proverb or if we fail to respond. A large part of the irritation about *Finnegans Wake* is the certainty that we shall always remain deaf and blind to a great many potentialities of the text.

Among other things, it is this (retarded) transmutation of words that justifies a reference to Shem the writer as an alchemist—"the first till last alshemist" (185). Change, transsubstantiation, the metamorphoses of gods, men, animals (especially insects), protean transformation affect the words as well as the reader, the contents of whose mind are also subject to change.

The neat examples quoted above are atypical exceptions, selected for their relative lucidity; the glosses are didactical simplifications. What we are generally faced with is not such a system of tidily separable semantic curves, but rather a confusing crisscross, an apparently unpatterned welter of verbal matter, sometimes primeval, seemingly unarticulated, with a strong suspicion of a random assortment of rubbish. Some lines *can* usually be discerned, but statements about our perceptions, those systematic relations the rational mind is not satisfied without, stand in need of almost immediate qualification. The interpretative progress is not usually linear but consists of a haphazard zigzag and transverse leaps, the wind of inspiration blowing where, and if, it listeth. The movement, a succession of associative impulses, resembles the hop, step and jump rather than a journey along a twisted road.

A more optical analogy would be that insights gained at one place help to illuminate some other part. By a jostle of ideas, like sparks setting off a series of mutual reflection, of interradiation, the darkness will gradually disperse.

I select two sentences from a passage of medium to light opacity to give a practical demonstration. The words are taken from Jaun's

Sermon. One of the two rival brothers, Shaun, here transformed into Juanesque Jaun, delivers an edifying sermon to a circle of admiring girls. Before launching out he is at pains to find his bearings in the prescribed liturgical calendar:

> I've a hopesome's choice if I chouse of all the sinkts in the colander. From the common for ignitious Purpalume to the proper of Francisco Ultramare, last of scorchers, third of snows, in terrorgammons howdydos. (432–433)

Every reader will recognize a few features and, starting from what he thinks he knows, choose his own path. Let us start somewhere. Obviously, there is an ecclesiastical flavour about the whole passage. Even the layman is likely to understand "the sinkts in the colander" as the saints in the calendar that the Church has assigned for each day of the year. But why "sinkts"? The consonant structure comes close to the original Latin "*sanctus*", but the English verb evoked suggests a downward movement. One component part seems to be "sin". Saints contrast with sinners, and some saints were sinners first, and all of them (and priests too) concern themselves with sin. Perhaps—and here the guessing begins—we should hear and see "cinct" (girded) as well. Priests, among others, are girded.

How would we test the validity of the meanings saint/sin/cinct? There is no approved way. The priestly girdle, we might venture, is the symbol for continence and chastity (we can look this up). Priests have been voluble on this particular subject, unchastity is a favourite sin. There is a traditional relation between chastity and being cinct, wearing a belt (it dates from a time when priests had much to say and when saints were still at large). Chastity, thus implied, will also be an attractive topic in Jaun's sermon to come. Readings of this digressive kind will appeal to some readers and not to others. They are offered here—and might be kept in mind—as possibilities. William York Tindall, an American commentator, has wittily combined "colander" and "saint", by grace of extraneous punning, remarking that a "colander is, of course, as holy as a saint". He arrives at a contrast that is not so very much different from that of saintliness and sinful unchastity.

A colander, as it is, belongs to the kitchen, and this may serve as a pointer to suggest the "sink" that occupies the busy housewife. The connection between "kitchen" and "Church" is not an isolated occurrence in Joyce's works. Readers will have various examples in mind, from Mrs Kernan in "Grace", whose "faith was bounded by her kitchen", to "the church which was the scullerymaid of christendom" in *A Portrait of the Artist as a Young Man*. And on to the last page of *Finnegans Wake*, where the kitchen sink doubles with a gesture of humble worship: "I sink I'd die down... only to washup" (628). The female of the species has for a long time been relegated to kitchen and church, and these afforded predetermined careers for many Irish girls of the kind that Jaun is addressing.

There is also an odd scintillating character about the "choice" which is so tautologically expressed. It is hopeful and double, and yet—through the proverbial "Hobson's choice", originating from a real person who used to impress *his* own choice on his customers, whatever *they* wanted—it implies that there is no choice at all. So things are not what they appear to be. And of course "chouse" is not quite the same thing as (though on a first reading we may easily miss it) "chose" or "choose". Its meaning is to cheat, to trick, to dupe—not a saintly occupation.

Since we are now prepared for saints, though perhaps a trifle distrustful, we shall see one or two of them in the second sentence. Saint Francis (Francisco) leaps to the eyes. Many places were named after him, not only San Francisco in California; one of them, in Mexico, is even called S. Francisco de la Mar. It (and most of them) is beyond the sea, *ultra mare*.

In the radiating atmosphere of *Finnegans Wake*, saintliness can blaze from other words than capitalized proper names, and so it is easy to make out another saint, a prominent one, in "ignitious": S. Ignatius Loyola, the founder of the Society of Jesus. He has become assimilated to the Latin word for fire, and ignition is implied as well; and the same element seems to have infused itself into "Purpalume", which might remind us of French "*allumer*" or else Spanish "*alum*brare". These languages could have some relevance, for Loyola, of Spanish origin, was wounded when the French were attacking the Spanish city of Pamplona, in French "Pampelune"—another rough approximation of "Purpalume". So the light spreading from the name (by Joyce's change, not etymology) may serve to illuminate the surroundings further. The analogy may be apt since spreading the light is also a saintly function and one of the aims of the Jesuit order. Moreover the place where, according to the biographies, S. Ignatius begun to see the light, was the Pamplona already mentioned.

"Purpalume" contains also "purple", a colour rich in significance, also within the Church, and this may alert us to another colour—"ultramarine", through "Ultramare". The emblematic and symbolic significance of colours offers itself here as a tempting but tricky subject; here it is enough to note that the two holy men of whom a glimpse has been caught so far, with respective colours, purple and ultramarine blue, seem to be part of a spectrum, a variant perhaps of the rainbow which is so ubiquitous in the book. The circle of colours might then constitute an optical parallel (light being refracted into some of its parts) corresponding to the temporal cycle of the church year, which allots a day for each saint and is made up, as Jaun indicates himself, of the "*Common* of Saints" and the "*Proper* of the Saints".

If one saint is a Jesuit of common fame it is only proper for his partner to belong to the same order. There is in fact a Jesuit saint of nearly equal brilliance, one of the first to join the new order, and one greatly adored in Ireland: S. Francis Xavier (Francisco de Yasu y Xavier), the Apostle of the Indies. He was a great missionary, baptizing a great number of souls in India and Japan, dying before achieving his great aim of carrying the torch to China. His travels well warrant the epithet "Ultramare". Like Ignatius, his temperament was fiery, both of them were canonized in the same year, 1622. And—just to show what use Joyce can make of hagiological coincidence—Francis Xavier was born in Pamplona.

So a jesuitical pair emerges, one of the many variations of a pair of complementary and often contrasting characters that we always connect with Shem and Shaun. Actually, S. Ignatius and S. Francis Xavier have been paired before, in *A Portrait* (which is coloured by Joyce's own Jesuit education). In the first chapter, their two portraits are described hanging in the same long narrow corridor of Clongowes Wood College. But their joint saintly presence is invoked later, in the third chapter, before Father Arnall, also a Jesuit, launches into his sermon on the torments of hell, a regular feature during the annual retreat. So, we may gather, does Jaun, the speaker, who is delivering his exhortations also in a service belonging to a similar retreat.

If we remember the hell sermon in *A Portrait*, we have some idea as to why one of the saints should be called "last of scorchers". It may refer to his temperament, but it calls to mind the evocation of hell with the meticulous description of each single torment: the fire of hell is one of the more memorable traits. (The torment of fire, in the sermon, incidentally, is second only to hell's "awful stench", and this might, by the sort of hindsight illumination mentioned a while ago, re-introduce the meaning of "stinks" into the already overglossed "sinkts"—a gratuitous addition, to take or to leave. The same applies to a possible echo from the *Portrait*: "That has the true scholastic *stink*".) The hell fire sermon in *A Portrait* is closely modelled on a standard treatise on hell, written by a Jesuit father who in turn grounds his somewhat medieval vision firmly on S. Ignatius's teachings. In the *Spiritual Excercises of St. Ignatius* we are invited "to see with the eyes of the imagination those great fires, and the souls as it were in bodies of fire". And a few lines later we are referred to the smell (First Week, The Fifth Exercise). A scorcher indeed.

A biblical innuendo may be relevant: The fourth angel in "Revelations" "poured out his vial upon the sun; and power was given unto him to scorch men with fire. And men were scorched with great heat..." (Rev. 16: 8–9).

Seen in this particular light, the passage about "terrorgammons howdydos" may be understood, at least as far as terror is concerned. Perhaps "howdydos" corresponds to the casual greeting with which the preacher in *A Portrait* started off his sermon, in marked contrast. Just such a contrast is set up by the opposition of fire and snow. Christ's coming, again in "Revelations", happens to unite the same two elements: "His head and his hair were... as white as snow; and his eyes were as a flame of fire" (Rev. 1: 14). But fire and snow are common enough in legend, literature and elsewhere to render this specific reference dispensable. It is mentioned here as a by-product of that combinative urge which readers find hard to resist, and also as an example of the groping that is part and parcel of the whole process.

The relation between S. Ignatius and hell fire, by means of an earlier book of Joyce, may appear far-fetched, and as an attempt to explain "last of scorchers" it falls short of its aim. But we are, after all, still dealing with the saints as they are listed in the calendar. S. Ignatius Loyola is commemorated on the day of his death, July 31st. It is the last day of a hot month, the last of scorchers. A "scorcher", the slang dictionary tells us, is a very hot day. It is also a "severe person" (Loyola was that, no doubt), as well as "a scathing vigorous attack": this too would fit the context, and it is also what the girl audience is going to get from Jaun, who will give them hell in his own sweet way.

That we are really given a date in the calendar is confirmed by the entry on S. Francis Xavier in any Missal: his death and feast day is December 3rd, a wintry month: "third of snows".

The presence of the two jesuits is established several times over. They are invoked by name and they are fixated by their co-ordinates in space and time: the place of birth and of a decisive event and a terrestrial destination are named, and they are given their proper place in the calendar. Or, to put it another way, the pair of them plays at universality, comprising the temporal cycle of the church year (at nearly opposite poles), and spanning the earth from Spain (their origin) to the far seas in the east and the west. Since the birthplace of one and the death dates of both are implied, the circle of human life and death is added to the picture. And, as we have seen, they also embody the spectrum of colours. On a different scale, of temperature, they range from the coldness of snow to scorching heat. Temperamental opposites are indicated too, as well as moral ones: what is common (in the sense of vulgar) is set off against what is proper (implied also in "pur" of the first place name and the traditional image of snow)—perhaps even the scorching blast of communism against traditional propriety and property. This is an aspect of the customary opposition between the two rival brothers, which again finds its equivalent in a man like Ignatius, a writer turning inwards and mapping out processes of the human soul with great care, writing influential, even incendiary (ignitious) books; and the other one, Francis Xavier, a man of action and conspicuous achievements, making converts by the tens of thousands.

The two saints, in short, go a long way.

The lustre of their presence sheds light on a wider context too. A few lines later we come across "farrier's siesta in china dominos": *farrear* and *siesta* are Spanish words, the first meaning to celebrate a feast; and Francis Xavier wanted to bring the Lord (dominus) to China. Another meaning is "*in coena Domini*" from the feast of Maundy Thursday, another prominent day in the church calendar. And the same sentence goes on to accommodate the militant organizer of the Jesuit order and sovereign author: "...from the sufferant pen of our jocosus inkerman militant". Inkerman was a battle fought by temporal powers (where the Russian general keeps being shot). The jocosus wielder of pen and ink, however, may well be Joyce himself. In *Ulysses*, Buck Mulligan says of Stephen Dedalus, as no doubt was also said of James Joyce: "...you have the cursed jesuit strain in you, only it's injected the wrong way". Here it is injected the wrong way. We know that Joyce learned a great deal from his Jesuit educators and confessed himself grateful to them for teaching him "how to gather, how to order and how to present a given material".

We have begun to see some of the order and the presentation of the material.

But, for all the order that can be imposed on the passage, enough muddle remains to give room for supplementary interpretations. The correspondence, for example, between Joyce himself, or his fictional projections, and Saint Ignatius does not work out too neatly—they could also be viewed as being in opposition. Jaun isn't perhaps quite on the side of Francis Xavier either. So the commentator's show of rigid order needs the qualification of other observers, which is another way of saying that interpretation is not likely to stop at any given point. And there is always the possibility of error (as the jesuit saints would be the first to agree). Some parts, moreover, have not yielded to analysis.

"Purpalume", to give an instance, has not yet been satisfactorily accounted for. It is probably Pampelune, essential station in both saintly careers, it contains "purple" as well as "pur". In the absence of the precise, clinching gloss (which may yet come to light), a bit of fumbling in reference works is usually resorted to. "Purpalume" resembles a cluster of Greek words, composites of *pyr* (fire, usually transliterated as *pur* in English), and *palame* (palm of the hand). A verb *purpalamao* means to handle fire, a related adjective is once used to describe a flash of lightning. A saint handling fire or manipulating a celestial flash might be appropriate. A development of the same verb and an adjective *purpalames*, for a crafty, cunning person or someone given to pranks, may remind us of the charges often made against the Jesuits, or the pejorative sense that the name of the order has acquired, or else of the cunning prankish writer Joyce. Actually the verb just cited is furthermore defined to mean "cheat" by means of sly and cunning ways. This would take up the meaning of "chouse" that we encountered before and would be in tune with the whole passage. To be in tune does not, however, prove that these meanings are actually present. Could we accept these Greek lexicographical finds as relevant when we know that Joyce was no Greek scholar? (He could fumble with a dictionary, though, just as we can.) I offer all these possibilities here with a large question mark. The question is a rather fundamental one in the discussion of the exegetical methods and the limits of interpretation. More attention might be devoted perhaps to the fact that Joyce's words do have the effect of urging us on a quest for meaning, they urge us to make up analogies ourselves, by a process of inventive extrapolation.

For the question is: Do *I* make this all up? And of course I do, at least in part. Some of the foregoing exfoliation is one particular reader's imaginative weaving of the textual threads, a development of what I think is there on the page. So while, on the one hand, Joyce himself is obviously involved as author, I, as the reader, on the other side of the fictional work, find myself very much entangled as well. To the writer, the poet, the maker, the reader is joined as a maker-up. And our making things up seems to be part (to retain an analogy made up from the words of our jocosus inkerman) of our mission. *Finnegans Wake* seems to send us abroad into far away fields (linguistic, historical, here hagiographical) beyond the seas, to engage us in our own spiritual exercises.

Games are a combination of orderly rules, skill, and a touch of chance. An aleatory element may not always appeal to our reason, but it would be difficult to exclude it from the unruly jostle of verbal particles in the book. There is a game in our passage too. Gammon (also called backgammon) in "terrorgammons" is a game in which the throwing of dice determines the moves. It helps to know that the activity "to gammon" also denotes humbug, deceit and feigning. In "terror" and "gammons" we may have the playful and the serious side of our mundane existence, another implied contrast.

The game of *Finnegans Wake*, at any rate, is an ignitious one, and once we become ignitiated there is no simple way to stop the process. Joyce's words activate us. The criterion in such exegetical sports then might well be whether there is a reasonable and meaningful relation between our secondary elaboration and the original creation.

It is the intriguing half-light of the book that tempts speculation and elaboration. And even a passage as thoroughly subjected to scrutiny as the quoted one still contains rather dark patches. Ignorance is part of the game too, and it is because of ignorance that I did not have much to say on the last part of the second sentence: the basic meaning of "in terrorgammons howdydos" still escapes me. I suspect some liturgical echo.*

And this interrogative word is a suitable one to bring this inconclusive exercise to a close. Its exemplary aim was to display, by prolonged trial and instructive error (error/gammons perhaps), a reader's position in a fairly new kind of experience, and to show, by practical demonstration, that we, as readers, are induced to depart from ordinary, linear progression in favour of what is a series of (hopesomely) illuminated leaps.

* *Recognition Delay*

When I wrote the essay (in 1970) I was trying to turn my inability to discern more than something like "*interrogamus*" in the obvious Latin part of "in terrorgammons" into a hint that we can always expect more questions than answers. This still holds, but when the essay was already set up in type, James Atherton—one of the best readers of the *Wake* ever—, in response to a last minute interrogation, wrote me that "in terrorgammons howdydos" is—of course!—an echo from the Litany of the Saints, a supplication often sounded in Church:

te rogamus, audi nos.

The word preceding fits perfectly: "*Peccatores*...". "We sinners, beseech Thee, hear us!" It is what priests and missionaries would have intoned many times. The Litany is a supplication in order to be delivered from specifically named terrors.

Ironically, it was precisely the appeal to the ear, "*audi nos*", that I had not been able to hear.

(1970/1983)

Translout that gaswind into turfish

FW 281 F2*

**Traduire ce chafouin en turc*

FW traduit par
Philippe Lavergne, p.307

»ULYSSES« IN DER ÜBERSETZUNG

Von James Joyces *Ulysses* bestehen bis heute etwa ein Dutzend Übersetzungen, und mindestens sechs weitere werden zur Zeit vorbereitet. Daß es diese Übersetzungen gibt, ist nicht so selbstverständlich. Die unbefangene Zuversicht mancher Leser, daß uns grundsätzlich alle Literatur von Bedeutung in unserer eigenen Sprache zugänglich ist, rechtfertigt sich auch im allergünstigsten Fall nur zum Teil. Je anspruchsvoller aber eine Dichtung ist, desto schwerer wiegen die Zweifel an der Leistungsfähigkeit einer Übersetzung, ja schon an ihrer bloßen Möglichkeit. Mit *Ulysses* ist sicher ein Grenzfall der Übersetzbarkeit erreicht.

Die ersten Übersetzungen wurden denn auch als Pionierleistungen bestaunt. Die französische Übersetzung, die Auguste Morel in Zusammenarbeit mit Stuart Gilbert, Valery Larbaud und James Joyce besorgte[1], erschien 1929. Die deutsche Übersetzung von Georg Goyert, die 1927 als Privatdruck herauskam und 1930 gründlich revidiert wurde, ist ebenfalls »vom Verfasser geprüft«[2]. Sie war in den letzten Jahren einer zunehmenden Kritik ausgesetzt, aber es besteht kein Zweifel, daß ein Großteil der zeitgenössischen Kritiker sie für eine bewundernswürdige, oft geniale, Tat hielt. Man mag an der Berufenheit dieser Kritiker heute einiges aussetzen, die historische Tat bleibt dennoch unbestritten. Von ihr sind nachhaltige Impulse ausgegangen, wie die französische Übersetzung vermochte sie vom Roman einiges zu erschließen. – Die andern, späteren Übersetzungen entstanden alle ohne Mithilfe des Autors (die im übrigen weder in der deutschen noch in der französischen Übersetzung überbewertet werden darf); anderseits konnten sie sich auf die Ergebnisse einer recht eifrigen Forschung stützen, selbst wenn diese Forschung alles andere als einheitliche Auffassungen vom Wesen und der Bedeutung des Romans vorlegte. Gerade der Umfang der Sekundärliteratur und ihre Widersprüchlichkeit tun dar, wie mannigfaltig die Gesichtspunkte sind, unter denen man der Eigenart des *Ulysses* beizukommen versucht hat. Die Aufgabe der Übersetzer wird dadurch nicht erleichtert, daß einige der Auslegungen recht wirr, und manchmal sogar esoterisch sind.

In seiner anregenden Vielfalt eignet sich der *Ulysses* vorzüglich dazu, Schwierigkeiten und Probleme und vor allem die Grenzen der literarischen Übersetzung aufzuzeigen. Im folgenden werden einige *Ulysses*-Übersetzungen mit dem Original und untereinander verglichen, nicht um Mängel hervorzuheben, sondern um darzustellen, worin die notwendigen Beschränkungen liegen. Dabei soll wenn immer möglich auch etwas von der Eigenart des Buchs sichtbar werden.

Eine – und für den Übersetzer wesentliche – Eigenart ist ganz einfach die, daß Joyces Sprache mehr leistet, als wir es sonst, selbst für die Dichtung, gewöhnt sind. Daß die Sprache etwas leistet, daß sie wirkt und erzeugt, etwas Tätiges ist und alles andere als ein starres System und eine begrenzte Zahl von Wörtern mit fixierter Bedeutung, ist ein Grundmerkmal und wohl eines der eindrücklichsten Erlebnisse des Lesers, der selbst zum Mit-Wirkenden am Text geworden ist. Joyce verlangt vom Leser nicht unbedingt viel Wissen (so nützlich das ist), aber Beweglichkeit und aktive Teilnahme. Der träge, nur passive Leser findet den *Ulysses* langweilig. Dem Übersetzer fällt es zu, auch den Leser der Übersetzung zur mitgestaltenden Teilnahme anzuregen.

Es ist weiter gar nicht verwunderlich, wenn sich Übertragungen derselben Stelle ganz auffällig voneinander unterscheiden. Vergleichen wir zum Beispiel die folgenden vier Versuche, einem Stück des Originaltextes beizukommen:

> Tiens! Tiens! Coup de bélier. (F 250)
> Auf ihr liegen. Wildes Klopfen. (D 288)
> Tuppete pieno. Palpito pieno. (I 345)[3]
> Ovanpå. Ovanpuls. (SW 264)[4]

Man würde hier kaum auf einen gemeinsamen Ursprung der vier Übersetzungen schließen können: »Full tup. Full throb.« (U 255)[5]. Den vier einfachen Wörtern kommen mehr Funktionen zu, als sich in irgend einer Übersetzung wieder vereinigen lassen. Jede der Übersetzungen ist vertretbar, keine vollständig. So kann es ohne weiteres geschehen, daß »tup« im Französischen als Tier (*bélier*, Widder) aufgefaßt wird, von dem in den andern Übersetzungen keine Spur erscheint, die ihrerseits das Wort als Verb wiedergeben. Im Italienischen wiegt der rein lautliche Gehalt von »Tup« vor: »Tuppete«. Ohne genaue Kenntnis des Zusammenhangs läßt sich die Stelle weder verstehen noch übersetzen, und in diesem Fall schließt der Zusammenhang die Themen und den Aufbau eines ganzen Kapitels ein. Schon daraus ergibt sich ein Reichtum an Bedeutung und Bezügen, der den ganz verschiedenen Sinn der Übersetzungen begreiflich erscheinen läßt. Die Übersetzungen unterscheiden sich aber auch formal, in der Wiedergabe oder Nichtwiedergabe der Symmetrie und Parallelität von »Full tup. Full throb« oder der Vokalharmonie, Eigenarten, die dem schwedischen und dem italienischen Übersetzer wesentlicher vorkommen mußten als den beiden andern. Die Einheit des Originaltextes zerfällt in der Übersetzung in ein Spektrum von Teilbedeutungen und Teillautungen, deren Summe dem Original nicht vollständig entspricht.

So kommt auch eine Betrachtung einzelner Stellen nicht aus ohne die etwas künstliche Zerlegung in einzelne Elemente, wie Laut, Rhythmus, Wortbedeutung, Anspielung, usw., die sich natürlich in Wirklichkeit gar nie auseinanderhalten lassen, ja deren innige, selbstverständliche Verbindung geradezu kennzeichnend ist.

Laut und Rhythmus

So ist es eine grobe Vereinfachung, alle klanglichen Merkmale der Sprache von der Bedeutung abzutrennen, die sich aber aus praktischen Gründen aufdrängt. Und auch deswegen, weil Joyce Klang und Rhythmus der Sprache so virtuos zur Geltung bringt, daß sich die Auffassung halten kann, *Ulysses* sei hauptsächlich für das Ohr geschrieben.

Wo eine lautmalerische Wirkung als wesentlich erkannt wird, versuchen ihr auch alle Übersetzer mit den Mitteln ihrer Sprache gerecht zu werden. So etwa, wenn Joyce Geräusch und Bewegung des Meereswassers am felsigen Strand hörbar macht: »In cups of rocks it slops: flop, slop, slap: bounded in barrels« (U 55). Auch ohne die Einsilbigkeit des Englischen glücken ein paar eindrückliche Nachahmungen: »Platscht in Felsbecken: platsch, plutsch, platsch: in Fässer gezwängt« (D 59); »Plasker i klippebægre: plask, klask, plask; fanget i fade« (DN 54)[6]; »Klatschar i klippblockskoppar: klatsch, klitsch, slatsch: instängt i tunnor« (SW 56); »Dans les tasses de rochers le flot flaque: flic, flac, floc: bruit de barils« (F 52); »In coppe di roccia sguazza: plop, blop, blap: imbrigliata in barili« (I 72). Die spanische Übersetzung nimmt gleich zwei Ansätze, um das Geräusch zu charakterisieren, zuerst durch drei möglichst bedeutungsenge Verben, die aber offenbar lautlich nicht als ausdrucksvoll genug empfunden wurden, so daß ihnen als eine Art onomatopoetische Notenschrift eine fast genaue Wiedergabe der Originallaute beigefügt ist: »En tazas de roca se derrama: *aletea, vierte, golpetea*: *clop, slop, slap*, embalado en barriles« (SP 82)[7].

Jede der Übersetzungen greift zu Wörtern, die *nur* lautmalerische Funktion haben. Bei Joyce hat jedes zudem seine bestimmte und passende lexikalische Bedeutung; eines davon, »bounded«, verbindet erst noch die Bedeutung des Eingeschlossenseins mit der der Bewegung des eingeschlossenen Wassers, eine Sinnverdichtung, deren Übertragung nirgendwo zustande kommt.

Im Sirenen-Kapitel, das besonders auf musikalische Wirkung angelegt ist, findet sich ein kurzer Abschnitt, dessen Tonstruktur schwerer nachzubilden ist als der Inhalt. Der Flirtversuch eines Gastes wird von der Bardame abgewiesen:

> Miss Douce turned to her tea aside.
> He sighed, aside:
> – Ah me! Oh my! (U 261)

Die französische Fassung legt offensichtlichen Wert auf den Reim des Originals, geht sogar darüber hinaus, indem die erste Zeile schon einen Reim erhält. In der zweiten wird eine zusätzliche Wortgruppe des Gleichklangs wegen eingeschoben, und die Parallelstruktur der dritten Zeile wird nachgeahmt.

> Miss Douce, elle, se tourne vers son *thé, en aparté.*
> *En aparté*, il *soupire, triste sire*:
> – Ah mon vieux! Mon pauvre vieux! (F 256)

Im Gegensatz dazu wird in der deutschen Übersetzung gar nicht erst versucht, auf das Lautgebilde einzugehen:

Miss Douce wandte sich wieder ihrem Tee zu.
Er seufzte:
»Ach! Du lieber Gott!« (D 295)

Was dieser Fassung an Klang abgeht, wird jedoch nicht durch Genauigkeit wettgemacht. Das bei Joyce zweimal vorkommende »aside« (das gerade die Abweisung, das Beiseitelassen, unterstreicht) ist ganz unterschlagen, dafür wird ohne zwingenden Grund der liebe Gott in die Übersetzung eingespannt.

Reim oder Lautmalerei sind bei Joyce nicht Selbstzweck und lassen sich schon deshalb nicht eigentlich isoliert betrachten, sondern Mittel wie jedes andere, um die Sprache recht innig mit dem Vorgang verschmelzen zu lassen, um das Wesen der Dinge (er nennt es gelegentlich scholastisch »quidditas« oder »whatness«) unmittelbar vor uns hinzustellen. So wird eine Rakete am Nachthimmel nicht eigentlich beschrieben, sondern in ihrem akustischen und optischen Verlauf beinahe nachgebildet:

> A monkey puzzle rocket burst, spluttering in darting crackles (U 370)

Der Satz, die Sprache selbst, hebt sich vom Boden, steigt auf in einem atemlosen ersten Teil, erreicht den Gipfel im Knall des kurzen »burst« und senkt sich wieder mit dem unruhigen Geräusch des knatternden Feuerwerks. Über die sinnfällige Wirkung hinaus gibt die spannungsgeladene Kurve auch den emotionalen Ablauf des ganzen Kapitels (Nausikaa) wieder, das zu einem orgiastischen Höhepunkt anschwillt und dann abklingt.

Die italienische Übersetzung trifft den aufsteigenden Satzton und das Geknatter recht gut: »Un razzo a girandola scoppiò in aria, sputacchiando i suoi petardi dardeggianti« (I 520). Es fehlt ihr aber der Höhepunkt von »burst« – »in aria« ist matt und neutral. »Une chenille à détonation éclata, crachant ses pétards-éclairs« (F 365) gipfelt in einem eindrücklichen, wenn auch etwas längeren »éclata«, doch wird der Knall durch das frühe »détonation« schon vorweggenommen, wodurch der Satz auch an Spannung einbüßt. Der deutschen Übersetzung geht durch die vorzeitige Silbe »Sprüh-« dem folgenden »sprühte« jegliche Überraschung ab: »Eine Sprührakete ging los, sprühte, knatterte« (D 419). Der Satz ist ein blasser Bericht, er enthält weder Auf- noch Abstieg. Die Rakete verpufft in einem matten »ging los«.

Wo Joyce mit einer Reihe kurzer i-Laute das Klimpern von Geldstücken wiedergibt, »They lay, were read quickly and quickly slid, disc by disc, into the till« (U 62), versucht allein die französische Übersetzung eine entsprechende Wirkung: »Un instant là, vérifiés vite et vite glissés pièce à pièce dans le tiroir-caisse« (F 59). Das Deutsche ist unanschaulicher und klingt nicht: »Sie lagen da, wurden schnell nachgezählt und glitten dann eins nach dem andern in die Ladenkasse« (D 70–71). Seinerzeit hat Arno Schmidt in der Frankfurter Allgemeinen[8] das ausdruckslose »eins nach dem andern« beanstandet und dafür »Scheibchen nach Scheibchen« vorgeschlagen. Das ist zweifellos anschaulicher, sucht aber dem lautlichen Charakter des Originals ebenfalls nicht gerecht zu werden.

Ein Übersetzer wird sich oft fragen, wie weit er die fürs Ohr bestimmten Eigenheiten der Sprache nachahmen soll, wenn es, wie oft unvermeidbar, auf Kosten der Sinnzusammenhänge zu geschehen hat. Als ausführliches Beispiel diene eine kurze Stelle aus dem Kapitel, wo Stephen Dedalus seine Shakespeare-Theorie vorträgt (Skylla und Charybdis). Das Wort »cuckold« (Hahnrei) im vorangehenden Dialog wird für Buck Mulligan, den witzigen Spötter, Anlaß zu einem Zwischenruf. Ihm folgt der Widerhall des Rufs im Raum, wie er in den Gedanken von Stephen Dedalus erscheint:

> – Cuckoo! Cuckoo! Cuck Mulligan clucked lewdly. O word of fear!
> Dark dome received, reverbed. (U 212)

Auffällig sind auch hier zunächst wieder die Assonanzen und Alliterationen, munter und spielerisch in der ersten Zeile, dumpf und gewichtig im Echo der zweiten. Schon ein Blick auf die Übersetzungen zeigt, daß es nicht jedem Übersetzer gleichermaßen auf die Wiedergabe dieser äußerlichen Merkmale ankam:

> – Coucou! Coucou! clossa Cucu Mulligan lubrique. O fascheux cri!
> Le cintre obscur reçut et renvoya. (F 208)

– Cornú! Curnú! – cloqueó lascivamente Buck Mulligan –. Oh, palabra de temor!
La oscura bóveda recibió, refractó. (SP 248)

– Cucú! Cucú! il cuculo Mulligan chiocciò lubricamente. Paurosa voce!
Una scura cupola accolse, riecheggiò. (I 288)

– Kucku! Kucku! kluckade Kuck Mulligan liderligt. O fruktansvärda ord!
Dunkel välvning mottog, återgav. (SW 221)

– Kukkuk! Kukkuk! klukkede Buck Mulligan liderligt. Oh angstens ord!
Dunkel hvælving modtog, gav tilbage. (DN 219–220)

»Hahnrei! Hahnrei!« Auf dem Belferstuhl gluckste Mulligan roh. »Oh Wort der Angst!«
Dunkle Wölbung nahm auf, warf zurück. (D 242)

Die meisten Übersetzer bringen etwas vom Eindruck des Originals zustande, wenn auch nicht die knappe, dumpfe Schwere des letzten Satzes. Die deutsche Übersetzung allein vernachlässigt – zweifellos mit Absicht – den Klang zugunsten des Sinns fast vollständig, obgleich gerade sie auch von einer Bedeutung absieht, die in den meisten andern beibehalten ist. Ihr fehlen (wie der spanischen) der Ruf und das Wort für Kuckuck (»cuckoo«). Im Englischen sind »cuckoo« und »cuckold« durch Laut, Etymologie und literarische Tradition eng verbunden, und dasselbe gilt für das Französische, wo sich »cocu« leicht an »coucou« anschließt. Für alle andern Sprachen besteht eine ernste Schwierigkeit. In der dänischen, schwedischen und der italienischen Übersetzung wurde der Kuckucksruf vorgezogen und die Anknüpfung an das vorangehende Wort für Hahnrei (»hanrej«, »becco«) preisgegeben – ein empfindlicher Verlust, weil dadurch der Zwischenruf seine Pointe verliert. Der deutsche Übersetzer entschied sich für den Zusammenhang mit dem vorangehenden »Hahnrei«, welches Wort wörtlich aufgegriffen wird. Durch die bloße Wiederholung ist jedoch Buck Mulligans Bemerkung in keiner Weise mehr witzig. Gleichzeitig ist dem Satz die Möglichkeit der lautlichen Angleichung an den Kuckucksruf genommen, die im

Englischen überdeutlich und in den meisten Übersetzungen spürbar ist.

Im Italienischen wird Buck Mulligan geradezu *zum* Kuckuck – »il cuculo Mulligan«. Das ist eine konsequente und berechtigte Weiterführung einer Eigenheit von Stephen (dessen Gedanken wir vor uns haben), die Namen seiner Gesprächspartner spielerisch dem Inhalt oder der Form von etwas Vorangehendem zu assimilieren. So ist durch »cuckoo« aus Buck Cuck Mulligan geworden (an anderer Stelle wird daraus Puck Mulligan oder Monk Mulligan). Diese Besonderheit wird auch im Französischen und im Schwedischen gewahrt. (Die dänische und die spanische Version »Buck« beruht höchstwahrscheinlich nicht auf einer andern Gewichtsverteilung, sondern auf einem Druckfehler in einer amerikanischen Ausgabe – auch dies natürlich eine potentielle Quelle von Irrtümern in der Übersetzung. Gerade im Falle eines so tückischen Textes wie *Ulysses* ist der Übersetzer auf eine zuverlässige Ausgabe angewiesen – und diese zuverlässige Originalausgabe fehlt leider noch immer.)

Die deutsche Übersetzung gibt »Cuck« überhaupt nicht lautlich wieder, noch durch eine Angleichung, sondern durch das recht seltsame »auf dem Belferstuhl« – sicher keine mutwillige, nachlässige Abweichung. Der Übersetzer hat hier offenbar auf eine bestimmte Bedeutung abgestellt und »cuck« als Rückbildung aus einem Wort »cucking-stool« aufgefaßt, was sich tatsächlich durch »Belferstuhl« ausdrücken ließe. Die Bedeutung ist nicht unmöglich, sie erscheint allerdings als nicht zwingend. Es wäre aber denkbar, daß sich Georg Goyert hier von Joyce selbst beraten ließ. Ganz sicher nimmt hier eine bestimmte Be-Deutung überhand und erhält zugunsten anderer Möglichkeiten zuviel Gewicht. Eine Gefahr, die natürlich immer dort besteht, wo sich der Übersetzer in die Rolle des Interpreten gedrängt sieht.

Denn was heißt »Cuck« *eigentlich*? Das Wörterbuch könnte hier helfen, kann aber nie entscheiden. »Cuck« macht vor allem gewisse Assoziationen und Erinnerungen des Lesers frei und schafft Verbindungen. Das scheint auch Goyert vorzuschweben; doch da schon eine Auslegung notwendig wird, hätte sich eine näherliegende eher angeboten. Das ungewöhnliche Wort »cuck« tritt tatsächlich noch ein paarmal im *Ulysses* auf. Einmal in der Zusammensetzung

»cuckquean«, einer weiblichen Entsprechung zu »cuckold«. Dann aber braucht Joyce auch das Wort »cuckstool« (U 70), aber nicht in einer Bedeutung »Belferstuhl«, die Goyert maßgeblich schien, sondern in einer viel ursprünglicheren, die Goyert unverblümt, aber sachlich richtig mit »Kackstuhl« wiedergegeben hatte (D 80). Es ist möglich, daß sich im französischen »Cucu Mulligan« auch ein Bezug auf diesen Aspekt verbirgt. Weiterhin kommt »Cuck« in Verbindung mit einem Namen vor, »Cuck Cohen«, der von allen Übersetzern auch in dieser Form übernommen wird. Der Übersetzer, der also auf die Zusammenhänge von »Cuck« Rücksicht nimmt, sieht sich einer Fülle von Möglichkeiten gegenüber. Somit wird die Frage, ob dem Laut der Sinn vorzuziehen sei, noch dadurch erschwert, welcher Sinn von vielen möglichen vorherrschen soll. Diese Auseinandersetzung über ein einziges Wort möge auch eine Ahnung davon vermitteln, welchen geistigen und zeitlichen Aufwand man dem idealen Übersetzer zumuten müßte.

Der Ruf »Cuckoo!« Cuckoo! erscheint ebenfalls noch an zwei weiteren Stellen im Buch, und zwar als Ruf einer Kuckucksuhr. Der motivische Zusammenhang all dieser Stellen bereitet natürlich den Übersetzern keine Mühe, die von Anfang an den Kuckuck eingeführt haben, wohl aber den andern. Im Spanischen sagt die Uhr einmal »Cucú! Cucú!« (SP 421–422), dann wieder »Cornú! Cornú! (SP 507) – nur den zweiten Ruf wird der Leser mit unserer Textstelle verbinden. Im Deutschen hören wir beidemale »Kockuck, Kockuck« (D 431, 515), wohl mit einem beabsichtigten Anklang an »cocu«. Es braucht aber einen unverhältnismäßig hellhörigen Leser, der den Bezug mit dem ursprünglichen »Hahnrei« herzustellen vermöchte.

Nun wird aber die Aufgabe der Übersetzer nochmals kompliziert durch den Umstand, daß Mulligans Worte ein bekanntes Zitat sind, es entstammt dem Lied am Ende von *Love's Labour's Lost*. Shakespearestellen sind in einem Gespräch, das sich um Shakespeare dreht, besonders angebracht und funktionell. Wie weit hier die verschiedenen Übersetzungen auf ein geflügeltes Wort von Shakespeare zu verweisen verstehen, kann ich nicht feststellen. Die deutsche Fassung beruht sicher nicht auf der Übertragung des Grafen von Baudissin (die man wohl zu verwenden hätte, weniger ihrer Verdienste als der Tatsache wegen, daß sie die geläufigste ist) – sie würde sich auch nicht sonderlich eignen:

> Kuku, kuku – der Mann ergrimmt,
> Wie er das böse Wort vernimmt.

So wird einem Übersetzer kaum etwas anderes übrig bleiben als eine Andeutung darauf, *daß* überhaupt zitiert wird, was sich durch Rhythmus, poetische Form und ähnliche Mittel bewerkstelligen läßt. Es fragt sich dann, was der Verlust eines *bestimmten* Zitats ausmacht. Joyce unterlegt durch die Zitate seinem eigenen Text auch gleich den ganzen Zusammenhang dessen, was angeführt ist. Damit wird das Netz von Beziehungen noch einmal verdichtet. So sind es zum Beispiel eben diese Shakespeare-Zeilen, die eine Verbindung schaffen zwischen dem Hahnrei und dem Kuckuck:

> The cuckoo then, on every tree,
> Mocks married men; for thus singes he, Cuckoo,
> Cuckoo, cuckoo; O word of fear,
> Unpleasing to a married ear!
> *Love's Labour's Lost* (V, 2, 906–910)

Für den Leser des *Ulysses* haben die (von ihm zu ergänzenden) Worte »Unpleasing to a married ear« eine bestimmte Resonanz: Leopold Bloom ist ein »married man«, er ist auch »cuckold«, in seinen Ohren müßte das Wort unangenehm und furchterregend klingen – und das tut es auch, an anderer Stelle. Der von Joyce nicht erwähnte, aber induzierte Teil der Anführung ergibt einen wichtigen Zusammenhang, der der Übersetzung abgeht. Passend ist auch überhaupt der Shakespearesche Hinweis auf das Ohr: der Effekt von Joyces Worten auf das Ohr, Gleichklang, Assimilation und Alliteration, ist ja der Ausgangspunkt dieser Betrachtung. Die Übersetzung hat gleichfalls nicht die Möglichkeit, den Leser sanft daran zu erinnern, daß Buck Mulligan wie Shakespeares Kuckuck (»...*mocks* married men«) ein Spötter ist. In den früheren Kapiteln wird Mulligan oft als Spötter (»mocker«) bezeichnet, er verspottet auch etwa bald darauf den verheirateten Bloom wirklich – ein weiterer Grund, warum Joyce in der vorliegenden Stelle Buck Mulligan durch »Cuck« und »clucked« dem Vogel gleichsetzt.

Vom einmal erkannten Shakespeareschen Hintergrund aus läßt sich auch das ungewohnte Wort »reverbed« beleuchten. Es ist eine Verkürzung aus »reverberate(d)«, die in ebendieser Form auch bei *King Lear* vorkommt. Nun wäre es sicher abwegig, von einer Übersetzung auch noch einen möglichen Bezug auf *King Lear* zu erwarten, der durch ein einziges, aber markantes Wort im Original hergestellt wird, obwohl natürlich auch dem King-Lear-Motiv wiederum eine Bedeutung im Kapitel zukommt.

Andererseits könnte man eine Forderung verstehen, daß im vorliegenden Kapitel zunächst immer von Shakespeareschen Wörtern ausgegangen werden müßte, in diesem Fall also von den in den Dramen belegbaren »cluck'd« und »lewdly«. Anhand derartiger hypothetischer Ansprüche läßt sich leicht ausmalen, welch ein Aufwand vom Übersetzer verlangt würde. Nur die paar hier angedeuteten Bezüge oder möglichen Quellen zu *finden*, würde Stunden und Tage dauern, sie noch bei Schlegel und Tieck auf ihre Verwendbarkeit nachzuschlagen kostete noch mehr Zeit, und alles müßte schließlich in das bereits bestehende Motivgeflecht eingepaßt werden. Kein Übersetzer könnte sich diesen idealen (in der Praxis dann aber meist vergeblichen) Aufwand überhaupt je leisten.

Unmittelbar wichtiger als die literarische Laufbahn von »reverbed« ist der Zufall, daß sich darin »word« als ein fremdsprachiges Echo wiederholt, als wäre es abgeleitet von »verb«, »verbum«. So aufgefaßt, entspräche das Gefüge etwa unserem »ant-wort-en«. In der Joyceschen Methode ist daran nicht außergewöhnlich, daß sich im Ausdruck, der das Echo eines Worts wiedergibt, ein anderes Wort für »Wort« auch buchstäblich findet. Gerade die ungewohnte Form von »reverbed« läßt uns aufhorchen. Was aber dem Original derart an Bedeutung zu-fällt, übersteigt wiederum im allgemeinen die Möglichkeiten der Übersetzung.

Das »*word* of fear« und sein Widerhall »*reverbed*« im Zusammenhang mit »received« (empfangen) erinnern nun aber den Leser von *Ulysses* an *das* Wort, das empfangen wurde und das zu Fleisch geworden ist. Diese Anknüpfung kommt dem mit Joyce nicht vertrauten Leser fremd vor, der die vielen Anklänge an das Motiv nicht kennt und der nicht weiß, wie sehr bei Joyce selbst im Anfang das Wort steht, das Wort des Schöpfers, das er immer wieder mit dem

Wort des dichterischen Schaffens vergleicht. Nur ein paar Zeilen nach »reverbed« wird denn auch die Schöpfung Gottes mit der Shakespeares zusammengebracht: »After God Shakespeare has created most.«

Stephen Dedalus, dessen Shakespeare-Theorie wir anhören und dessen Gedanken wir vor uns haben, ist derselbe Mann, der in *A Portrait of the Artist as a Young Man* das literarische Schaffen in die Begriffe des Johannes-Evangeliums faßte: »In the virgin womb of the imagination the word was made flesh.« Das Thema geht durch alle Werke und ließe sich auch durch Dutzende von Stellen aus *Finnegans Wake* belegen. In diesem Lichte besehen, würde das dunkle Gewölbe (»dark dome«) dem Mutterleib (»womb«) entsprechen, der das schöpferische Wort empfängt.

Man braucht zu dieser Auslegung nicht Freud für den Hausgebrauch zuzuschneiden, sondern findet die notwendige Verbindung zwischen »dark«, »darkness«, »dome« und »womb« in den frühen Kapiteln des *Ulysses* bereits in Stephens gewundenen Gedankengängen: »in the darkness of the dome« (U 50), »Womb of sin. Wombed in sin darkness I was too, made not begotten« (U 43), usw.

Derartige, immer weiter um sich greifende Deutungsversuche erscheinen gesucht und sind notwendigerweise schwerfällig; es ist aber ein Merkmal der Joyceschen Prosa, daß sie zum deutenden Vortasten fortwährend anregt. Das Wort wirkt. Nicht alle Bezüge sind gleich wichtig, aber in ihrer Gesamtheit verflechten sie sich zu einem dichten Gewebe, das es beinahe verunmöglicht, eine Stelle aus ihrem Zusammenhang herauszulösen – oder ohne ihren Zusammenhang zu übersetzen. Die Verästelungen aber, einmal erkannt, erschweren die Übersetzung ungeheuer. Jede Auslegung – zunächst im elementaren Sinne des Auseinanderlegens in erfaßbare Bestandteile – führt weiter, als es die Übersetzung auch im günstigsten Glücksfall zu tun vermöchte. Es ist kein Versagen des Übersetzers, wenn sein Wort weniger Re-verb-erationen zuläßt als das Original, das zugleich dichterischer und dichter bleibt als alle Versuche, es zu übertragen.

Ungewöhnliche Wörter wie »Cuck«, »reverbed« können den Leser aus seiner Behaglichkeit aufschrecken und dem Übersetzer ein Fingerzeig sein, daß besondere Aufmerksamkeit geboten ist. Doch auch das scheinbar einfache Wort hat seine Schwingungen. So sind, vom Vokabular her gesehen, wenige Sätze unverfänglicher als eine der ersten Fragen, die Molly Bloom stellt (im vierten Kapitel):

> Who's he when he's at home? (U 66)

Bezeichnenderweise fragt Molly nach der Bedeutung eines Wortes, das sie nicht versteht, und verwendet dafür eine echte Dubliner Redensart. Die Übersetzer greifen gleichfalls zur Umgangssprache mit durchweg einfachen Wörtern: »Was ist das für'n Kerl?« (D 75), »Come la chiamano in famiglia?« (I 90), »D'où sort-il, celui-là« (F 63), usw. Jede dieser Formulierungen ist, naturalistisch gesehen, angemessen und alle treffen auch einen wichtigen Zug, die Vermenschlichung des Worts, denn in Mollys (= Maria) Frage wird wiederum ein Wort zu Fleisch, und zwar zum Fleisch eines Mannes: »Who's *he*...« Das entspricht sowohl ihrem Charakter, ihrer Hinneigung zum Männlichen, wie ihrer symbolischen Rolle als Jungfrau Maria. Durch die unbestimmte zweimalige Verwendung des Pronomens »he« ist auch schon eine Eigenart ihres großen Schlußmonologs angedeutet – ein Merkmal, das in den Übersetzungen nicht so zur Geltung kommt. Im Original ist die Frage auch viel direkter, geht unmittelbarer auf etwas los, was geradezu als Grundthema aufgefaßt werden kann: Wer ist er? Wer ist der Mensch? Wer ist Bloom?

Die italienische Übersetzung hat den Nachteil, daß das weibliche Pronomen »la« Mollys Tendenz etwas verfälscht, anderseits wird durch »in famiglia« das wichtige »...when he's *at home*« einigermaßen in die Übersetzung hinübergerettet, das in den andern Übertragungen verlorengegangen ist. In Mollys Mund bekommt »at home« einen besonderen Klang. Im Verlauf des Tags von *Ulysses* sind zwei Männer bei ihr zuhause, Bloom und Blazes Boylan, »cuckold« und Liebhaber. Das Heim ist für Joyce überhaupt Modell für Welt und Gesellschaft. Blooms Gedanken kreisen immer wieder um sein Heim, er nennt sich Henry (= Heinrich = Herrscher im Heim), er beschäftigt sich mit Home Rule, was gleichfalls ein ironisches Licht auf seine Verhältnisse wirft, oder er erhält einen Brief: »Are you not happy in your home?« So enthält ein unschuldig klingender Satz *in nuce* eine Anzahl von Elementen, die alle anderswo stärker in den Vordergrund treten. Die Übersetzungen sind daneben verhältnismäßig unergiebig.

Selbst Buchstaben können Kopfzerbrechen verursachen. Dabei geht es nicht so sehr um die Frage, ob Abkürzungen wie »F.R.C.S.I.« (U 343) in ihrer für Fremdsprachige gewiß unverständlichen Form einfach zu übernehmen sind. So wird es in den germanischen Sprachen gehandhabt, während in der französischen Übersetzung das Buchstabengebilde ausgeschrieben und übertragen wird: »Membre du Collège Royal de Chirurgie d'Irlande« (F 338). Die Stelle wird dadurch verdeutlicht, anderseits verliert sich ein Teil der komischen Wirkung, die eben durch die Häufung von Buchstabengruppen hervorgebracht wird, wie sie selbst dem englischen Leser noch lange nicht alle geläufig sind.

In der bereits erwähnten Shakespeare-Diskussion schlägt sich einer von Stephens Gedanken in verblüffend einfacher Form nieder:

A.E.I.O.U. (U 190)

Angesichts der vielen anderen literarischen Anspielungen im selben Kapitel wird man an die Buchstabenalchimie oder die Bedeutung von Vokalreihen in der Mystik und der okkulten Literatur erinnert. So begnügen sich einige Übersetzungen (deutsch, dänisch, italienisch) mit der bloßen Wiedergabe derselben Buchstabenreihe. Nun hat aber die Zeile noch einen konkreten Sinn. Stephen, ein bewährter Borger, erinnert sich, daß er einem der Gesprächspartner, dem Dichter und Mystiker (auch darum die mystische Reihe) George Russell, noch Geld schuldet. Nun war Russell immer unter seinem Pseudonym A.E. bekannt, und englisch heißt ein Schuldschein »I.O.U.« (= I Owe You). Mit der Buchstabenmagie verbindet sich also ein durchaus materialistischer Gedanke, wie wenn Joyce andeuten wollte, daß seine Gestalten bei allen geistigen Höhenflügen sehr fühlbar auf dem Boden einer materiellen Wirklichkeit stehen. Diesen Zusammenhang stellt die französische Übersetzung durch einen Einschub her: »A.E. Je vous Dois. I.O.U.« (F 186). Der Leser erhält damit den Sinn, dafür entgeht ihm die lautere Prägnanz der Reihe. Die schwedische Übersetzung verzichtet überhaupt auf die Buchstabenleiter (und damit auf die Parodie der Sprachmagie): »Jag, du, han, hon, det, vi, ni, de« (SW 198). Keine Übersetzung bringt alle Bedeutungen unter Dach. Gerade dadurch geht ein versteckter Hinweis darauf verloren, daß hier Stephen Dedalus (und vielleicht James Joyce) eben auch eine literarische Schuld an George Russell als Vertreter der irischen Renaissance unbewußt eingesteht.

Es ist durchaus nicht immer leicht auszumachen, welche Bedeutung eines Worts nun die eigentliche oder auch nur die wichtigste ist, wie die Beispiele »tup« oder »Cuck« gezeigt haben. Die bekanntesten Wörter können problematisch werden. Der Austritt von Blooms Wohnung in den Garten wird in alttestamentarische Form gekleidet: »...the exodus from the house of bondage to the wilderness of inhabitation« (U 680). Jedes Wörterbuch gibt darüber Aufschluß, daß »inhabitation« mit dem Bewohnen zu tun hat. Doch ließe sich vom Lateinischen her auch die entgegengesetzte Bedeutung vermuten, wie etwa in »*in*habitabilis«, unbewohnbar. Es gab diese Bedeutung auch in englischen Wörtern, sie sind aber nicht mehr gebräuchlich. Heißt nun »inhabitation« das Bewohntsein oder das Nichtbewohntsein? Der Kontext sollte zur Klärung beitragen – eine Deutung ließe sich aber (fast zu leicht) auf *jeder* Lesung aufbauen.

Zum Glück gibt es zwei Übersetzungen, die das Plazet des Autors erhalten haben und die in solchen Zweifelsfällen Auskunft geben könnten. Die französische Übersetzung (entièrement revue... par l'auteur«) läßt die Wüste unbewohnt: »...la solitude sans maison« (F 622). Die deutsche, »vom Verfasser autorisierte« Übersetzung ist gegenteiliger Ansicht: »...in die Wildnis der Wohnung« (D 710). Damit bleibt nicht nur die Frage nach der Bedeutung von »inhabitation« offen, sondern erst noch die nach der Bedeutung von »entièrement revue« und »vom Verfasser autorisiert«. Auch bei den späteren Übersetzungen findet sich, fast zu gleichen Teilen, sowohl der negative wie der positive Sinn.

Es ist nicht ausgeschlossen, daß Joyce hier absichtlich zweideutig ist. Im Deutschen hätte man diese Zweideutigkeit durch das Fremdwort »Inhabitation« beibehalten können und hätte damit erst noch dem abstrakten Stil des ganzen Kapitels entsprochen. Dafür wäre ihm wiederum jegliche biblische Färbung abgegangen, denn Joyces »wilderness of inhabitation« verdreht obendrein noch geschickt »the habitations of the wilderness« von Jeremiah 9, 10 – eine weitere Verfeinerung, die wohl außerhalb der Reichweite des Übersetzers bleiben muß.

Auch entgegengesetzte Wendungen lassen nicht einfach auf Unwissen oder Nachlässigkeit der Übersetzer schließen. So gehen die Übersetzungen des Worts »breeze« in einem Abschnitt auseinander, wo Bloom über die Vergänglichkeit irdischer Bauwerke nachdenkt: »Rest rubble, sprawling surburbs, jerrybuilt, Kerwan's mushroom houses, built of breeze« (U 164). Mit Ausnahme des italienischen Übersetzers sehen alle in »breeze« einen Wind: »bâties de vent«, »aus Luft gebaut«, »bygget av luften«, usw. Nur »fatte di sabbia« (I 223) deutet auf ein anderes Wort »breeze«, das Koksstaub bezeichnet, ein billiges Baumaterial. Der Sinn ist damit sachlich richtig getroffen. Die andern Fassungen werden dadurch nicht notwendigerweise falsch. Das eher fachsprachliche »breeze« ist lange nicht allen Englischsprechenden bekannt, und wir wissen nicht, ob nicht auch Bloom die Wendung »built of breeze« für eine übertreibende Metapher hielte, die die Armseligkeit der Bauwerke erst recht hervorhebt. Psychologisch oder symbolisch könnte »Wind« dem Sinn näherkommen. Joyce trifft natürlich beide Fliegen mit einem Schlagwort, dem geplagten Übersetzer bedeutet die Entscheidung gleichzeitig einen Verzicht.

»Rheumatische Räder«

Nicht alle Übersetzer waren sich von Anfang an der Sorgfalt bewußt, die Joyce auf seine Sprache verwendet. Schon in der ersten Erzählung von *Dubliners*, »The Sisters«, die 1904–1905 entstanden ist, legt Joyce einer älteren, ungebildeten Frau eine seltsame Wendung in den Mund: »If we could only get one of them newfangled carriages that makes no noise that Father O'Rourke told him about – them with the rheumatic wheels...« Rheumatische Räder gibt es natürlich nicht, und es ist aufschlußreich zu sehen, wie verschiedene

Übersetzer den vermeintlichen Fehler gutzumachen versuchen. Joyce geht es bei diesem absichtlichen Fehler zunächst um die Charakterisierung der Person, deren Grammatik schon auf einen bestimmten gesellschaftlichen Hintergrund schließen läßt. Das verhältnismäßig neue Wort »pneumatic« für eine neue Erfindung ist ihr unbekannt, sie verwechselt es mit dem ihr sehr wohl vertrauten »rheumatic« (in der englischen Aussprache unterscheiden sich die Wörter ja nur durch einen Laut, da das p- nicht ausgesprochen wird). Schon als Realist wußte Joyce, was er tat.

Die Übersetzer sind da nicht so sicher, und so verbessern einige die Stelle, indem sie technisch richtige Gummiräder einsetzen: »con le ruote gommate«, »con ruedas neumaticas«, usw. Andere aber halten sich an die Krankheit und behelfen sich mit einer Umschreibung: »neumodische Wagen, von denen Pater O'Rourke ihm erzählt hatte, die so leise und leicht fahren, *daß der Rheumatismuskranke nichts davon merkt* (*Dublin*, Rhein-Verlag, Zürich S. 16); »une de ces voitures à *roues pour rhumatisants*« (*Gens de Dublin*, Edition Plon, S. 51). Diese verbesserten Lesarten verkennen nicht nur die psychologischen Gegebenheiten, sondern auch den symbolischen Überbau der Erzählung, die vom seelischen und körperlichen Zerfall eines Priesters, von Krankheit, Paralysis und Simonie handelt. So ist es nicht Zufall, daß bei der religiösen Thematik ausgerechnet ein Wort, dem *pneuma* zugrundeliegt – unter anderem die neutestamentalische Bezeichnung für den Geist, auch den heiligen – durch eines ersetzt wird, das eine Krankheit bedeutet. Darin spiegelt sich geradezu das Hauptthema wider.

So wird entgegen einer oft gehörten Regel mitunter die wörtliche Übersetzung die beste, die den psychologischen und (in diesem Fall) den theologischen Subtilitäten am nächsten kommt: »con le ruote reumatiche«, »med de reumatiske hjul«, »die mit den rheumatischen Rädern« (*Dublin*, Rhein-Verlag, Zürich, Ausgabe von 1966, S. 17).

Daß die Thematik die Wortwahl beeinflußt, ist später zu einem Merkmal des *Ulysses* geworden. Jedes Kapitel hat sein bestimmtes Thema, das ihm seine eigene Färbung verleiht. So finden sich im Kapitel, das der Literatur gewidmet ist, besonders viel literarische Anspielungen. Das »Sirenen«-Kapitel ist der Musik zugeordnet;

darum wird nicht nur die Sprache musikalisch, sondern auch Redewendungen entstammen mit Vorliebe dem Bereich der Musik. Es heißt etwa »failed to the *tune* of ten thousand pounds« (U 282). Hier wäre im Deutschen eine Wendung wie etwa »flöten gehn« angebracht (Goyert hat »Macht Pleite mit zehntausend Pfund«, D 318), doch es kommt hier nicht darauf an, daß diese Technik jeweils in der Übersetzung auf die gleiche Stelle angewandt wird wie im Original. Manchmal gelingt es allerdings, so wenn Goyert »Tenors get women by the *score*« (274/353) getreu nachbilden kann: »Tenöre kriegen die Weiber *partien*weise« (D 308), wo sich das Französische mit einem blasseren »à la douzaine« begnügt (F 268). Die italienische Übersetzung bleibt gleichfalls im Bild: »I tenori hanno donne *in tutti registri*« (I 370), ebenso das dänische »efter *noder*« (nach Noten, DN 281).

Im »Zyklopen«-Kapitel geht es unter anderem um Einäugigkeit und Blindheit, und so sagt jemand »The courthouse is a *blind*« (U 333). Die Übersetzungen geben sich mit allgemeineren Ausdrücken zufrieden: »...nur ein Vorwand«, »...est une craque«. In der Entbindungsanstalt (»Oxen of the Sun«) prägen Geburt und Fruchtbarkeit den Ausdruck, etwa wenn von »a pregnant word« (U 387) die Rede ist. Die Übersetzung »ein treffendes Wort« (D 440) trifft zwar die Prägnanz, nicht aber die mitschwingende Nebenbedeutung. Gerade »pregnant word« ist eine der Stellen, die über sich hinausweisen und ein Prinzip des *Ulysses* berühren – die Bedeutungsträchtigkeit des Worts, seine Fruchtbarkeit.

Es ist Georg Goyert einmal angekreidet worden, daß er »vent« mit »Windschlitz« übersetzte: »parting the vent of his jacket« (U 131) – »trennte den Windschlitz« (D 150). Arno Schmidt verlangte dafür »Jackettflügel«[9], was sachlich richtig ist, aber daran vorbeisieht, daß Goyert den thematischen Bezug des »Aeolus«-Kapitels herstellen wollte und dabei auf eine ungewöhnliche, aber den Wind beibehaltende Formulierung verfiel. Das Vorgehen bleibt nicht ohne seine Gefahren.

Thematische Hinweise können sich im alltäglichsten Ausdruck verbergen. Einer aus Mollys Kapitel im Schlußmonolog, »I knew I could always get round him« (U 703), heißt französisch »et je savais que je pourrais toujours en faire ce que je voudrais« (F 709) und auf deutsch »ich fühlte daß ich ihn immer um den Finger wickeln könnte« (D 810). Die französische Wendung ist zu allgemein, die deutsche macht Molly gegenüber Bloom zu aktiv. »To get round him« gibt den Sachverhalt im Bloomschen Haushalt genauer wieder, in der Bewegung »um ihn herum« spiegelt sich aber auch etwas von der Drehung der Erde um die Sonne. Joyce wollte Molly in diesem Kapitel als Erde verstanden wissen, die sich um die Sonne (Bloom) dreht. Ihre Gedanken drehen sich tatsächlich um ihn. Sie wird auch einmal »Gea-Tellus« – Erde – genannt. Die italienische Übersetzung kehrt diesen Zusammenhang hervor und benutzt ein Verb, das eine Drehbewegung festhält: »e io sapevo che me lo sarei *rigirato* come volevo« (I 1024).

Es ist bemerkenswert, daß die französische Übersetzung Bloom, der eigentlich ins Zentrum rücken soll, ganz aus dem Spiel läßt. Denn in dem »round him« zeichnet sich noch etwas von der Absicht ab, in Bloom einen runden, von allen Seiten gesehenen Menschen darzustellen – »a complete all-round character«, wie Joyce zu Frank Budgen sagte[10]. »He's a cultured allroundman« sagt auch jemand im *Ulysses* von ihm (U 234). Dasselbe sagt unwissentlich auch Molly, nur mit ein wenig andern Worten.

Ihre erdverbundene Art äußert sich in ihrer Neugier. Eine Frau, die ihren Ehemann vergiftet hat, beschäftigt sie einen Augenblick: »...white Arsenic she put in his tea off flypaper wasnt it I wonder why they call it that if I asked him hed say its from the Greek leave us as wise as we were before...« (U 665). Die Übersetzung von »Arsenic« in die anderen Sprachen ergibt sich von selbst, aber leider muß auch die untadeligste Übersetzung den eigentlichen Sinn von Mollys Neugier verfälschen. Einzig in den skandinavischen Sprachen läßt sich der erste Teil des Worts abtrennen und ergibt, wie im Englischen, einen anatomischen Sinn. Die andern Übersetzungen müssen den Anschein erwecken, Mollys Interesse am Wort sei rein philologisch. Nichts liegt ihr ferner, was ihr auffällt ist derber und menschlicher – »arse« (und allenfalls noch eine Slangbedeutung von »nick«). Dieser Körperteil ist, nach Joyces Äußerung, einer der vier kardinalen Punkte von Mollys Monolog: »Its four cardinal points are the female breasts, arse, womb and sex« (Frank Budgen, »Joyce and the Making of *Ulysses*«, S. 263). Daß hier eine thematische Übereinstimmung in den meisten Sprachen verloren geht, läßt sich noch eher verschmerzen als der untergründige Humor oder – wieder einmal – die psychologische Richtigkeit. Anders ausgedrückt, wenn Molly in einer anderen Sprache lebte und dächte, so würde sie sich bei einem Wort wie Arsenik gar nicht aufhalten, ja es wäre viel weniger wahrscheinlich, daß es ihr überhaupt in den Sinn käme.

Ein Übersetzer, der es mit dem Namen eines anderen Giftes versuchen wollte, das vielleicht ähnliche psychologische Aufschlüsse erlauben würde, müßte auch diesen Glücksfall mit einer Einbuße bezahlen. Wie Molly ahnt, kommt das Wort aus dem Griechischen (sie denkt an Blooms Versuch, ihr »metempsychosis« zu erklären). Tatsächlich ist Arsenik über das Griechische in die neueren Sprachen gedrungen; im Griechischen wurde es durch volkstümliche Etymologie *arsenikon* genannt, »männlich«, seiner potenten Wirkung wegen. (Homer kennzeichnet mit »arsēn« männliche Tiere.) Und darin drückt sich die Neigung Mollys aus, die schon bei »Who's he when he's at home« gestreift wurde. Somit sind sowohl der sprachgeschichtliche Hintergrund des Worts wie seine zufälligen Lautassoziationen fruchtbar. Die etymologische Potenz erhält sich auch in der Übersetzung – wirksam wird sie erst dann, wenn der Leser dem übersetzten Text diese Tiefe tatsächlich zutraut, was er jedoch, wie wir gesehen haben, durchaus nicht immer kann.

Im »Lästrygonen«-Kapitel sind Blooms Gedanken durch den Hunger mitbestimmt, was sich z.B. im schon zitierten »mushroom houses« (U 164) darstellt. Wie Bloom auf der Straße John Howard Parnell, den Bruders de verstorbenen Nationalhelden, erblickt, verdichten sich verschiedenste Vorstellungen zu einem komplexen »Poached eyes on ghost« (U 164). Darin verquicken sich ein flüchtiger Gedanke an den Geist des toten Bruders (eine mögliche Wiederauferstehung Parnells geisterte um die Jahrhundertwende noch in manchen irischen Köpfen herum), die Vorstellung, John H. Parnells Augen blickten auf den Geist seines Bruders, und die Ähnlichkeit des Auges mit einem pochierten Ei. Denn hinter der ganzen Wendung versteckt sich geisterhaft die kulinarische (Wunsch-)Vorstellung: »poached eggs on toast«. Die Verbindung von etwas Eßbarem mit einem Toten fügt sich wie selbstverständlich in die kannibalistische oder eucharistische Thematik des Kapitels.

Auch wenn wir von andern möglichen Bedeutungen von »poached« absehen, stellt sich dem Übersetzer eine gewaltige Aufgabe. Die französische Lösung »Yeux pochés à la blême« (F 161) ist erstaunlich gut geglückt, enthält sie doch neben »yeux« lautlich auch »œufs«, und in »blême« neben »crême« noch etwas von der Blässe eines Geistes. Im Deutschen findet sich die summarische Zusammenfassung »Geisteraugen« (D 188) ohne ein kulinarisches Echo. Das Italienische stellt den Bezug auf das Eßbare her: »Occhi al burro con contorno di spettri« (I 223), aber nicht mit der Knappheit des Originals. Der spanische Übersetzer setzt Augen und Eier nebeneinander: »Los ojos huevos escalfados descoloridos« (SP 199).

Eine grundsätzlich andere Möglichkeit besteht darin, daß der unübersetzbare Wortlaut ganz einfach übernommen wird, wie es gelegentlich die dänische Übersetzung tut: »Poched [sic] eyes on ghost« (DN 171). Auch beim witzigen und kaum wiederzugebenden »the unfair sex« (U 158) behilft sich der dänische Übersetzer auf die gleiche Weise. Dieses Verfahren hat den unbestreitbaren Vorteil, daß – theoretisch – vom Sinn gar nichts geopfert zu werden braucht. Nur wird dieser Sinn vermutlich unerkannt bleiben, da ja der Leser, der auf eine Übersetzung angewiesen ist, kaum in der Lage sein wird, ausgerechnet die komplexesten Tiefsinnigkeiten der Fremdsprache zu würdigen. Zudem wirken die eingeschobenen Teile in dem ursprünglichen Englischen gerade durch ihre Andersartigkeit befremdend wie erratische Blöcke – eine Wirkung, die sie im Originaltext gerade nicht haben.

Das Spiel mit Worten

Nach den vielfältigen Funktionen, die Wörtern und Gruppen wie »breeze«, »Cuck«, »rheumatic«, »poached eyes on ghost«, »Arsenic« und vielen anderen zukommen, fällt es nicht leicht, die Wortspiele als besondere Kategorie säuberlich abzugrenzen. In einem Kraftfeld, wo sich fast alle sprachlichen Elemente beeinflussen und wechselseitig mitbestimmen, nehmen eigentlich alle Wörter am literarischen Spiel teil. Dennoch gibt es natürlich Wortspiele im engeren Sinn. Einige davon werden ohne weiteres erkannt. Eine bissige Anspielung auf das britische Weltreich wird zitiert: »Overseas or halfseasover empire« (U 74), »halfseasover« deutet auf Trunkenheit und Zerfall. Die Übersetzer rücken dem Wortspiel tapfer zu Leibe: »Großes Überseereich, aber nicht mehr zu übersehen« (D 85) – hier liegt *ein* Wortspiel vor, aber von der Schärfe des Angriffs bleibt nichts übrig. Das französische »Il règne sur les mers ce peuple de soulos« (F 71) ist hämisch genug, scheint aber kein Wortspiel zu enthalten. Die italienische Wiedergabe, »impero britannico o impero briaconico« (I 101) spielt geschickt auf die Trunkenheit an, verzichtet aber auf die Hervorhebung der britischen Seemacht, die thematisch auch wiederum bedeutsam ist.

Wo es also nicht allein darum geht, irgend ein Wortspiel einzuflechten, damit eben eines dasteht, sondern auch die einzelnen Komponenten in sinnvolle Beziehung zu bringen, ist der Übersetzer eindeutig und zugestandenermaßen überfordert. Und vor allem dann, wenn Wortspiele etwa mit Zitaten verbunden sind. »... wielding the sledded poleaxe« (U 187), sagt Stephen von Shakespeare und spielt damit geschickt auf den toten König Hamlet an, von dem es heißt: »he smote the sledded Polacks on the ice (*Hamlet* I, 1, 63) – »aufs Eis warf die beschlitteten Polacken«, wie bei Schlegel-Tieck steht. In einzelnen Shakespeare-Texten findet sich für »Polacks« die Lesart »Pole-axe«, die mit dem Wort für Schlachtbeil zusammenfällt. Stephen verwendet es zu einem passenden Hinweis auf Shakespeare als Sohn eines Metzgers. Durch die witzige Bemerkung will Stephen unter anderem seine Belesenheit hervorkehren. Derart gewundene Gänge des dädalischen Labyrinths kann der Übersetzer nicht nachkonstruieren, und die meisten beschränken sich auf das Schlachtbeil und lassen die Polacken schlitteln. Eine Ausnahme macht die dänische Übersetzung, wo das Zitat englisch in Kursivbuchstaben übernommen wird. Dem Leser wird dadurch zum mindesten auffallen, daß etwas Besonderes vorliegt.

Einzelne Übersetzer greifen gelegentlich zu Fußnoten. »Ham and his descendants mustered and bred there« (U 171) spielt mit dem Gleichklang von Wörtern und ergibt zwei Bedeutungen nebeneinander. »Schinken und alles was damit zusammenhängt in Reih und Glied« (D 195) ist viel weniger pointiert. Im Französischen wird etwas Ähnliches versucht: »Toute la famille Cochon emmourtadée chez Madame Tartine« (F 168). Die Assoziationen von »famille

Cochon« sind natürlich ganz andere als die des biblischen »Ham«. Im Italienischen fügt sich zu der unvollständigen Nachbildung eine erklärende Fußnote: »Gioco di parole. Prosciutto = *Ham* (Cam, figlio di Noè); panati e senapati = *mustered and bred*, dove *mustered* = ›radunati‹, ma anche *mustard* = ›senape‹, e *bred* = allevati, ma anche *bread* = pane« (I 232). Die Übersetzer bedienen sich aber der Fußnote nur mit großer Zurückhaltung. Ihre konsequente Anwendung würde die Buchseite wie eine kritische Textausgabe erscheinen lassen.

»Jeden Tag im Jahr Zitate« (D 315)

Wo, wie so oft, Zitate im Spiel oder im Wortspiel sind, ist ihre Bewältigung dort möglich, wo die Quellen auch in der anderen Sprache bekannt sind. Also etwa bei Anführungen aus der Heiligen Schrift. Es kann aber immer wieder vorkommen, daß der Übersetzer sie gar nicht bemerkt. Auf der Redaktion eines Dubliner Blattes sagt jemand »Sufficient for the day is the newspaper thereof« (U 140), und darf dabei annehmen, daß die Anspielung auf die Bibelstelle gewürdigt wird: Sufficient unto the day is the evil thereof« (Matthäus 6, 34). Durch die Gleichsetzung von »evil« mit »newspaper« wird den Zeitungsleuten eines ausgewischt. Das geschieht auch im Italienischen: »Basta a ciascun giorno il suo giornale« (I 190), nicht aber im Deutschen: »Jeder Tag hat seine Zeitung« (D 159).

Wenig beneidenswert wird die Lage des Übersetzers dort, wo die eigene Sprache gar keine Entsprechungen zum ursprünglichen Zitat aufweist, vor allem etwa bei den vielen Liedern, deren Verse Joyce seinen Worten so oft unterlegt, oder bei den Kinderreimen, an denen die englische Sprache besonders reich ist. Ein Leser der Stelle

> Er ging durch die Hintertür in den Garten: blieb stehen, lauschte hinüber nach dem Nachbargarten. Kein Laut. Hängt vielleicht Wäsche auf zum Trocknen. Das Mädchen war im Garten. Herrlicher Morgen. (D 79)

wird leicht vermuten, daß Bloom im Garten ein Mädchen sieht, zum mindesten wird er sich wundern, was es mit dem Mädchen für eine Bewandtnis hat. Das Original läßt hier gar keinen Zweifel übrig, daß es sich nicht um einen Vorgang handelt, sondern um einen der bekanntesten aller Kinderreime:

> The maid was in the garden,
> Hanging out the clothes.

»*The maid was in the garden*« is also lediglich eine (zitierende) Assoziation zum Gedanken »Perhaps hanging out clothes to dry« (U 70). Der Übersetzer hat die Gegenwart einer solchen Assoziation anzudeuten, um den Leser nicht auf die falsche Fährte zu bringen. Das ließe sich durch auffällig poetische oder archaisierende Ausdrucksweise oder durch Rhythmus vielleicht bewerkstelligen. Im dänischen »Og pigen stod i haven« (DN 27) glaubt man zu spüren, daß keine realistische Schilderung vorliegt. Das Französische behilft sich mit einem kehrreimartigen Zusatz: »La servante était au jardin, et rin et rin« (F 67), der dann später, wenn andere Verse desselben Kinderreims aufklingen, entsprechend variiert wird. Die Sinnpotenz des Zitats wird dadurch nicht erschlossen, aber eine weitere Dimension ist zum mindesten angedeutet.

Zitate sind meist so innig mit dem Kontext verstrickt, daß sie sich davon abgelöst gar nicht eigentlich betrachten lassen. So sei noch eine Stelle ausführlich vorgenommen – eine Folge von Blooms Gedanken im Ormond Hotel. Aus dem Nebenraum klingt Gesang mit Klavierbegleitung. Zum Vergleich dienen drei Übersetzungen.

> What do they think when they hear music? Way to catch rattlesnakes. Night Michael Gunn gave us the box. Tuning up. Shah of Persia liked that best. Remind him of home sweet home. Wiped his nose in curtain too. Custom his country perhaps. That's music too. Not as bad as it sounds. Tootling. Brasses braying asses through uptrunks. Doublebasses, helpless, gashes in their sides. Woodwinds mooing cows. Semigrand open crocodile music hath jaws. Woodwind like Goodwin's name. (U 283)

> A quoi pensent-elles quand elles écoutent de la musique? Moyen d'attraper les serpents à sonnettes. Le soir où Michael Gunn nous a donné la loge. A l'orchestre ils accordaient leurs

instruments. C'est ça que le Shah de Perse aimait le mieux. Ça lui rappelait les douceurs du pays natal, *home sweet home*. Et avec ça il se mouchait dans les tentures. Coutume de son pays peut-être. C'est de la musique aussi. Pas si mauvaise que ça en a l'air. Tuuui. Les cuivres, des ânes avec un braire de trompe en l'air. Contrebasses désarmés, des plaies au flanc. Les bois, des vaches qui meuglent. Piano à queue bâillant crocodile la musique a des charmâchoires. Les bois comme Dubois. (F 278)

A cosa pensano quando sentono musica? Sistema per prendere i serpenti a sonagli. Quella sera che Michael Gunn ci offrí il palco. Accordavano gli strumenti. È quello che piaceva di piú allo scià di Persia. Gli ricorda la casa dolce casa. E poi si soffiò il naso in una tenda. Forse si usa al sua paese. È musica anche quella. Non cosí cattiva come sembra. Strombettamento. Ottoni asini raglianti con proboscidi erette. Contrabassi, impotenti, ferite aperte nei fianchi. I legni mucche muggenti. Pianoforte a mezzacoda aperto coccodrillo la musica ha mascelle. I legni, woodwinds, ricordano il nome di Goodwin. (I 384)

Was denken sie, wenn sie Musik hören? So fängt man Klapperschlangen. Abend, als Michael Gunn uns die Loge gab. Stimmen. Schah von Persien gefiel das am besten. Erinnert ihn an *home sweet home*. Schneuzte sich in den Vorhang. Vielleicht so Sitte in seiner Heimat. Das ist auch Musik. Nicht so schlecht wie sie klingt. Trompeten ompeten brüllen durch Hochrüssel. Kontrabässe, hilflos klaffende Wunden in den Seiten. Wuwinde muhende Kühe. Offener Stutzflügel Krokodil Musik hat Kiefer. Wuwind klingt wie Goodwin. (D 319–320)

Aus praktischen Gründen können nur ein paar der Probleme berührt werden. Da im »Sirenen«-Kapitel die Musik zum Gegenstand und zum Stilmittel wird, ist das Hörbare an der Sprache noch wichtiger als anderswo. So sind Blooms Vergleiche von Musikinstrumenten mit Tieren vom Laut her angeregt: »Brasses braying asses...

Doublebasses... Woodwinds mooing... Woodwind like Goodwin's name.« Die Instrumente haben ihre festen Bezeichnungen, und so bleibt den Übersetzern nicht viel Spielraum. Das Deutsche ist dabei beweglicher, und Goyert verfährt frei mit »Trompeten ompeten« für »brasses braying asses«, läßt aber vom Esel nichts mehr übrig. Er sagt auch kühn »Wuwinde«, um an »muhende« und dann an »Goodwin« anzuklingen. Im Französischen werden die Vergleiche überhaupt nicht durch Lautentsprechungen gestützt. Dadurch werden Blooms Assoziationen viel mehr gedanklich, nicht vom Gehör her bezogen. Auch im Italienischen wird etwas nur ausgesagt, was im Original hörbar geworden ist: »Ottoni asini raglianti... I legni mucche muggenti.«

Wie sehr der Laut Funktion wird, zeigt sich im letzten Satz, wo das wiederholte »woodwind« an den Namen Goodwin erinnert (Goodwin ist ein Bekannter der Blooms, ein Pianist, es besteht also noch eine Gedankenverbindung mit »semigrand«). Die italienische Übersetzung schiebt eine linguistische Glosse als Bindeglied ein: »I legni, *woodwinds*, ricordano il nome di Goodwin«, was dem Gedanken allerdings die naive Frische nimmt. Wie schon gesagt, behilft sich der deutsche Übersetzer mit dem künstlichen Wort »Wuwinde«, was tatsächlich wie Goodwin klingt, andererseits dem Ganzen einen etwas kindlichen Anstrich gibt. Der französische Übersetzer erlaubt sich weder Freiheiten mit »woodwinds« noch einen pedantischen Zusatz, sondern ändert den Namen: »Les bois comme Dubois.« Die Lautfunktion erschien dem Übersetzer also wichtiger als die Person. Der französische Name paßt schlecht in die Dubliner Umgebung hinein, zudem ist Dubois irgendwer, während Goodwin eine bestimmte Rolle im *Ulysses* innehat (auch in der französischen Übersetzung). Er fällt sogar psychologisch ins Gewicht, weil Bloom in ihm einmal einen Nebenbuhler vermutet (U 652). Durch »Dubois« wird der Gedankengang belanglos und verharmlost, zudem wird die Übersetzung einer Gedankenbrücke zum nächstfolgenden Abschnitt beraubt: die Erinnerung an den Konzertpianisten Goodwin hilft dazu, einen Konzertabend in Erinnerung zu rufen. Jeder der Übersetzungsversuche leistet also etwas, muß aber auch empfindliche Einbußen in Kauf nehmen.

Auch bei der Anspielung auf *home sweet home* gehen die Übersetzer verschiedene Wege. Im Deutschen wird der Titel übernommen – »Erinnert ihn an *home sweet home*«, im Vertrauen darauf, daß der Leser sowohl das Wort »home« wie das Lied kennt. Auch in der französischen Wiedergabe findet sich das ursprüngliche Englisch, dem aber ein glossierender Zusatz vorangeht: »Ça lui rappelait les douceurs du pays natal, *home sweet home*.« Nun trifft aber die Umschreibung »les douceurs du pays natal« nur einen Teil von »home« – die Heimat, nicht aber das Heim. Der Schah wird sicher an seine Heimat erinnert, in Blooms Vorstellungen aber ist wie immer das Heim tonangebend. Zu eben dieser Zeit ist sein Rivale unterwegs in sein Haus und setzt sich dort der süßen Verlockung von Molly aus (der vorgegebene Zweck des Besuchs ist die Probe eines anderen Liedes, »Love's Old *Sweet* Song«). Bloom will gerade *nicht* an Zuhause erinnert werden, sein Aufenthalt im Ormond Hotel ist eine Flucht, weil er nicht gerne mit der Wirklichkeit in seinem Heim konfrontiert wird. Die Musik dient ihm zur Ablenkung, einen Augenblick aber – wie wir sehen – umsonst. »Reminds him of home sweet home« ist einer dieser Gedanken, die sich – halb bewußt – gegen seinen Willen stets wieder vordrängen. Die unterschwellige Dramatik wird durch »pays natal« weniger spürbar als durch »home«.

Die italienische Wendung »la casa dolce casa«, die nicht unbedingt an ein Lied erinnert, trifft die psychologische Situation. Je deutlicher der Leser den verborgenen Stachel des Einfalls spürt, desto empfindlicher ist er für die unbewußt mitschwingende Bedeutung des nächsten Satzes: »Wipes his nose in curtain too.« Wer die Situation in Blooms Heim gegenwärtig hat, wird hellhörig für den Umstand, daß ein Fremder im Heim (nicht nur im Land) etwas begeht, was der Sitte widerspricht und eine physiologische Spur hinterläßt – *genau* das ereignet sich bei Molly und Blazes Boylan. Man braucht hier weder das Schneuzen noch die Nase grob symbolisch auszulegen. Daß aber dieser komplexe und nur zum Teil bewußte Gedankengang durch einen Liedtitel evoziert wurde, gibt ihm noch eine ironische Wendung, da das sentimentale Lied gerade die Trautheit und Geborgenheit von Heimat und Heim preist.

Im Hinblick auf diese verborgene Strömung wird auch der Ton der Klage, das Motiv der Verwundung, in den animalisierten Instrumenten erst eigentlich verständlich: »... helpless, gashes in their sides...« Zumindest in seinem Stolz ist auch Bloom verwundet. Die Bitterkeit klingt besonders in der Assoziationsreihe vom offenen Konzertflügel zum Krokodilsrachen an:

> Semigrand open crocodile music hath jaws.

Diese Stelle wird wörtlich übersetzt, nur das französische »...la musique a des charmâchoires« weist auf eine Bedeutungsverdichtung. Tatsächlich wandelt hier Bloom einen früheren Gedanken ab:

> Music did that. Music hath charms Shakespeare said. Quotations every day in the year. To be or not to be. Wisdom while you wait. (U 279)

Bloom zitiert also ein bekanntes geflügeltes Wort, das er irrtümlicherweise Shakespeare zuschreibt. Er zitiert damit auch sich selbst, geht spielerisch (wenn auch mit ernstem Hintergrund) mit einem früheren Gedanken um. In den Übersetzungen wird der Zusammenhang nicht oder fast nicht herausgearbeitet. Die entsprechenden Fassungen sind zum Vergleich untereinandergestellt:

> Il y a une magie dans la musique. (F 274)
> la musique a des charmâchoires
>
> C'è una malía nella musica (I 378)
> la musica ha mascelle
>
> Musik hat Zauber in sich (D 315)
> Musik hat Kiefer.

Die italienische Übersetzung stellt gar keine Verbindung her, auch die französische nicht, da sie eigenartigerweise im ersten Satz nicht »charme« verwendet, das zu »charmâchoires« passen würde. Ein leichter und vielleicht gewollter Anklang findet sich im Deutschen, er wäre aber besser vernehmbar, wenn »in sich« entweder in der ersten Zeile weggelassen oder dann in der zweiten wiederholt würde.

Macht nun der Verlust des Zusammenhangs überhaupt etwas aus? Ein Unterschied besteht zunächst darin, ob ein neuer Gedanke auftritt oder ein früherer nachklingt. Dann hat »music hath jaws«

eine ganz andere Ausstrahlung, wenn eine bekannte Stelle aus der Dichtung durchschimmert. Daß Zitate ins Gewicht fallen, geht schon aus »Quotations every day in the year« hervor. Einem Leser der Übersetzung könnte natürlich der Sinn der Anführung ohnehin nicht aufgehen, da es sie in seiner Sprache nicht gibt. Der Leser des Originals wird Congreves Wort aber gegenwärtig haben: »Music hath charms to soothe a savage breast.« Durch den nicht angeführten Teil wird die lindernde Wirkung der Musik angetönt – und um die Linderung der wildbewegten Brust Blooms geht es ja. Die Variante »music hath jaws« jedoch widerlegt gerade diesen Gemeinplatz; Musik kann, wie schon *home sweet home* zeigte, auch das Gegenteil bewirken.

Eigenartigerweise gilt die Congreve-Stelle als die am meisten falsch zitierte, weil volkstümlich statt »savage breast« oft »savage *beast*« gelesen wird. Bloom, dem schon der Verfasser nicht geläufig ist, geht auch mit Dichterstellen nicht sonderlich genau um. Selbst in seiner unrichtigen Lesart trägt das Zitat noch etwas bei: im Krokodilsrachen von »open crocodile music hath jaws« wird die Musik selber zu einem wilden Tier (savage beast). So weit braucht man die Fäden nicht zu spinnen, aber unbestreitbar ergänzen und vervielfachen sich die Bezüge, wenn beide Stellen miteinander in Verbindung gebracht werden. Aus ihrer Verbindung entsteht weiterhin ein dominierendes Motiv des Kapitels, das ja nach den homerischen Sirenen benannt ist – die Musik verführt, sie verzaubert, sie ist aber auch ein drohender Rachen, eine Gefährdung. Das Sirenen-Motiv wird somit unmittelbar wirksam, aus den Gegebenheiten heraus, und ist nicht einfach eine künstlich aufgepfropfte Parallele.

In der Übersetzung ist der Verlust von Grundströmungen und Obertönen unvermeidbar. Scheinbare Nebenbedeutungen können sich in der Übersetzung nicht halten, im Original verflechten sie sich so dicht, daß sie in ihrer Gesamtheit nicht mehr als nebensächlich abgetan werden können. Gerade die Durchsichtigkeit oder Unbeholfenheit mancher übersetzerischer Kunstgriffe zeugen vom Bemühen, möglichst viele Beziehungen zu retten. Daß der Übersetzer selber viele der Verbindungen gar nicht erkennt, braucht nicht zu verwundern. Die späteren Übersetzer haben ein viel größeres Wissen als die früheren, aber auch die beunruhigende Gewißheit, daß mit der zunehmenden Erschließung des Buches die Schwierigkeiten ebenfalls sprunghaft ansteigen. Der Übersetzer weiß fast immer zu wenig – oder zu viel.

»*Sie machen ja allerhand mit dem Namen*« (D 239)

»You make good use of the name« (U 210), wird Stephen Dedalus zugestanden, und dasselbe gilt von James Joyce. Am Beispiel Goodwin hat sich gezeigt, daß selbst die Form des Namens eine wesentliche Funktion haben kann. Zur vollen Entfaltung kommt das Spiel mit den Namen erst in *Finnegans Wake*, dort finden wir uns in einer »funnaminal world« (244) – eine Welt der Phänomene, wo mit Namen Spaß getrieben wird. In *Ulysses* ist diese Entwicklung schon vorgezeichnet. Für den Übersetzer beginnen die Schwierigkeiten dort, wo ein Name symbolisch oder assoziativ verflochten wird.

Bei der Beerdigung eines Bekannten macht sich Bloom Gedanken über den amtierenden Priester: »Father Coffey. I knew his name was like a coffin« (U 105). In keiner andern Sprache ist Coffey einem Wort für Sarg (coffin) gleich. Coffey ist, nebenbei gesagt, der wirkliche Name des Priesters im Friedhof Glasnevin von 1904 – Joyce ist naturalistisch genau. Der Übersetzer, der die Assoziation glaubhaft machen will, ist auf einen Behelf angewiesen. Zum Beispiel eine Erklärung in einer Klammer: »Pater Coffey. Wußte doch, daß sein Name an coffin (Sarg) erinnert« (D 120). Die französische und die spanische Übersetzung entscheiden sich in derartigen Fällen meist für einen anderen Namen. Das Wort für Sarg (cercueil, ataúd) wird Grundlage für »Le Père Serqueux« (F 102) und »El padre Esaúd« (SP 138). Einen Mittelweg scheint die serbo-kroatische Übersetzung eingeschlagen zu haben, wo der Name »Otac Covey« noch immer einen irischen Einschlag aufweist (im Gegensatz zu Serqueux oder Esaud) und dennoch einem Wort »kovceg« ähnlich sieht.

Mit Namen, die auch im Original offensichtlich ihrer unmittelbaren Wirkung wegen gebildet wurden, springen auch die Übersetzer im allgemeinen frei um. »Toby Tostoff« (U 217) wird zu Toby Abgänger, Tobie Sastiklemanchoff, Pompeo Pippione, Toby Spilaff, Toby Torvinzki, Toby Spottski, usw. Aber selbst eindeutig nur scheinbare Namen werden gelegentlich unverändert übernommen. »None of your spoilt beauties, Flora MacFlimsy sort« (U 344) ist deutsch wiedergegeben mit »Schönheiten wie Flora MacFlimsy eine war« (D 390), was den Verdacht aufkommen läßt, es handle sich um eine wirkliche Person. In den Namen in der französischen und der spanischen Übersetzung wird deutlich, daß Flora MacFlimsy lediglich eine Verschnörkelung von »flimsy« ist: »Flora MacFrivole«, »Flora MacFrivola«. Die schwedische Übersetzung kommt denn auch ganz ohne einen Namen aus: »ingen nippertippa« (SW 353).

In der französischen Übersetzung werden Namen weitaus am meisten verändert und dem jeweiligen Kontext angepaßt. Aus dem Rev. Hugh C. Love wird Le Révérend Hugues C. Amour, aus Hornblower wird Cocorne, aus Plumtree Prunier, usw. Sogar die Tageszeitung *Freeman's Journal* verwandelt sich in *L'Homme libre.* auf diese Weise ist die französische Übersetzung die einzige, die einen Scherz nachbildet, der auf der potentiellen Bedeutung eines Namens beruht. Eine Aufzählung typisch englischer Namen enthält »Cockburn«, was einen Zuhörer zu der Bemerkung »I know that fellow from bitter experience« verleitet (U 296). Im französischen »Chaudelance« (F 292) bleibt die sexuelle Anspielung erhalten, in allen anderen Übersetzungen bekommt die Zwischenbemerkung einen anderen Sinn, weil der Leser glauben muß, hier werde eine bestimmte Person erwähnt, von der dann im weiteren nichts mehr gehört wird. Die französische Ersetzung rettet den nicht sonderlich tiefsinnigen Spaß, verliert dabei aber den englischen Charakter des Namens – denn der Zweck der ganzen Aufzählung ist eben, daß sie den chauvinistischen Unmut über die englische Überfremdung Irlands ausdrückt.

Der französische Übersetzer hat auch keine Bedenken, die Namen wirklicher (nicht nur fiktiver) Personen anzutasten, wie etwa den eines bekannten Bibliothekars, Mr. Best, den die Übersetzung zu Monsieur Bon macht, damit sie nachher einem Wortspiel beikommt. »Mr Secondbest Best« (U 204) wird dann zu »M. Moinsbon Bon« (F 200). Diese Freiheiten erstrecken sich selbstverständlich nicht auf ganz bekannte Namen wie Oscar Wilde, auch wenn dabei ein Wortspiel geopfert werden muß. »Tame essence of Wilde« (U 199) bleibt auch im Französischen »Essence lénifiée de Wilde«

(F 195). In der deutschen Übersetzung wird die Gelegenheit verpaßt, den Gegensatz zwischen »wild« und »zahm« (tame) anzudeuten – »verwässerter echter Wilde« (D 226).

»Das einzige, wofür ich mich interessiere, ist der Stil«[11]

Ulysses ist, unter anderem, eine *exercice de style*. Der Alltag wird von immer anderer Perspektive aus und mit immer wieder anderen Stilmitteln vor uns hingestellt. Jedes Kapitel hat seine eigene Thematik und seinen ausgeprägten Stil. Besonders auffällig und oft schon typographisch ganz unverkennbar werden die Stileigenheiten vom 11. Kapitel an.

Manchen Kritikern geht die fast rücksichtslose Konsequenz, mit der Joyce seine Stilarten einsetzt, zu weit, der Übersetzer aber hat darauf einzugehen. Nicht alle dieser Stilarten sind gleichermaßen nachbildbar. Im 14. Kapitel etwa (»Oxen of the Sun«) wird die Entwicklung des Embryos am Wachstum der englischen Literatursprache dargestellt, eine Verbindung, die wiederum auch ausdrückt, daß Joyce die Sprache als lebendig und entwicklungsfähig ansah. So ist das Kapitel eine Folge von Stilproben (und auch Stilparodien), von den Stabreimen des Angelsächsischen bis zum letzten transatlantischen Slang. Der Übersetzer steht vor unüberwindbaren Schwierigkeiten, schon rein deshalb, weil ihm alle diese Sprachstufen und Stile in seiner Sprache nicht zu Gebote stehen. Bei aller Parallelität der europäischen Literaturen gibt es für so eigenwillige und entscheidende Schriftsteller wie Bunyan, Swift, Sterne oder Dickens keine Entsprechungen. Der gewissenhafte Übersetzer müßte sich wohl zunächst in die zeitgenössischen Übersetzungen aller der von Joyce parodierten Autoren einarbeiten, um wenigstens die zeitliche Atmosphäre aufzuspüren. Selbst dann wären für die Leser die Nachbildungen individueller Autoren nicht erkennbar.

Die Übersetzungen des Kapitels zeigen, daß auf die zeitliche Charakterisierung des Stils nicht gleicherweise Wert gelegt wurde. Etwa die deutsche Übersetzung:

> Aber ungeachtet seiner Worte wurde Herr Leopold ernst, denn noch immer klang ihm der schreckliche, schrille Schrei

der gebärenden Frauen in den Ohren, und tiefes Mitleid erfüllte seine Seele; auch dachte er an seine gute Dame Marion, die ihm ein einziges männliches Kind geboren hatte, das am elften Tage seines Lebens starb, und keines Menschen Kunst hatte es retten können, so dunkel ist das Schicksal. (D 440)

Der Stil ist wenig charakterisiert und wäre nicht leicht irgendwo unterzubringen, sicher deutet nichts darauf hin, daß ihm eine Stelle im Stil des 16. Jahrhunderts zugrundeliegt. Im Englischen machen altertümliche Wörter, Wendungen und die Syntax es unmißverständlich, daß die Sprache zeitlich weit zurückversetzt ist.

But sir Leopold was passing grave maugre his word by cause he still had pity of the terrorcausing shrieking of shrill women in their labour and as he was minded of his good lady Marion that had borne him an only manchild which on his eleventh day on live had died and no man of art could save so dark is destiny. (U 388)

Hier wird auch etwas fühlbar von Joyces Freude an der Sprache, seinem Gefallen an Wörtern und Ausdrucksmitteln, die sich nicht erhalten haben. Kaum ein Satzteil des Textes ließe sich im heutigen Englisch noch sagen, während die deutsche Übersetzung durchaus den Eindruck hinterlassen kann, als versuche sich jemand in unserer Zeit an einem »gehobenen Stil« ohne den dazu notwendigen sicheren Geschmack. Vielleicht ist es die Verkennung des Historischen, die Goyert zum nicht richtigen »wurde... ernst« (statt »war«) verleitet hat, als hätte er »was passing grave« als den Ausdruck des Werdens aufgefaßt, während hier »passing« ein altertümliches Adverb ist (etwa »über die Maßen«). In der französischen Übersetzung ist die Archaisierung bewußt und offenkundig beibehalten:

Mais sire Léopold était moult grave maugré ses paroles pource qu'il était pitieux des hauts cris très épouvantables des femmes qui braient en leur labeur et si se ramentait sa bonne dame Marion qui lui avait porté un seul enfant mâle lequel avait expiré en le onzième jour de sa vie et nul homme de l'art qui le pût sauver, tant sévère est loi de nature. (F 384)

Ein späterer Abschnitt ist im Stil Defoes, also des frühen 18. Jahrhunderts, verfaßt:

> To tell the truth he was mean in fortunes and for the most part hankered about the coffeehouses and low taverns with crimps, ostlers, bookies, Paul's men, runners, flatcaps, waistcoateers, ladies of the bagnio and other rogues of the game or with a chanceable catchpole or tipstaff often at nights till broad day of whom he picked up between his sackpossets much loose gossip. (U 395)

Auch hier scheint die deutsche Übersetzung es nicht darauf abgesehen zu haben, den Ton der Zeit zu treffen:

> Um die Wahrheit zu sagen, er war nur wenig begütert, und meist lungerte er in Cafés und gemeinen Kneipen herum mit Matrosenmaklern, Stallburschen, Buchmachern, Kommissionären, Laufburschen, Spießern, Freudenmädchen, Damen aus Bordellen und anderem Gesindel dieser Art, oder saß bis zum hellen Morgen auch wohl mit einem Gerichtsdiener oder Polizisten zusammen, aus denen er zwischen den Schoppen manch saftige Geschichte rausholte. (D 449)

Wendungen wie »lungerte... herum«, »manch saftige Geschichte rausholte«, Ausdrücke wie »Café« usw., sind ganz einfach zu modern und passen in keinem Fall zum Anfang des 18. Jahrhunderts. Es kommt dabei weniger darauf an, ob etwa »Kommissionär« »Paul's men« sachlich richtig wiedergibt, als darauf, daß dem Wort jegliche historische oder lokale Färbung abgeht. Vor dem 19. Jahrhundert gab es weder das Wort »Polizist« noch die damit bezeichnete Segnung.

Der Leser der Übersetzung, der somit das zwanzigste Jahrhundert kaum je verläßt, ahnt nichts vom geschichtlichen Kolorit und der ständig wechselnden Atmosphäre. Schwerwiegender ist der Verlust des Eindrucks eines ständigen Wandels, einer drängenden fortlaufenden Entwicklung, einer stetigen perspektivischen Verschiebung. Der Stil, der das thematische Wachstum nicht ausdrückt, bleibt unfruchtbar.

Im allgemeinen verfahren die Übersetzer bei der Nachgestaltung stilistischer Merkmale etwas zaghaft. Im drittletzten Kapitel (»Eumäus«) ist die Sprache gewollt gewunden, umständlich, voll von abgedroschenen Redewendungen und erblaßten Metaphern, die nicht zueinander passen. Zum Teil soll damit die Stimmung in den späten Stunden nach Mitternacht eingefangen sein, zu einer Zeit, da der Geist nach vorübergehender Müdigkeit auf einmal wieder angeregt ist, ohne aber noch über die Frische des Tagesbewußtseins zu verfügen. In der Weitschweifigkeit und den Wiederholungen äußert sich Blooms eifriges, doch schwerfälliges Bemühen, dem nicht sonderlich gesprächigen Stephen menschlich näherzukommen, die unbeholfenen sprachlichen Ansätze sind Ausdruck seiner tappenden Gutmütigkeit. Die verbrauchten Wendungen mit der Häufung von Clichés tun überdies dar, wie schwer Kommunikation herzustellen ist durch eine Sprache, deren Ursprünglichkeit längst in leeren Formeln erstarrt ist.

So findet einer von Blooms Gedanken den reichlich umständlichen Ausdruck:

> Also, without being actually positive, it struck him a great field was to be opened up in the line of opening up new routes to keep pace with the times *apropos* of the Fishguard-Rosslare route which, it was mooted, was once more on the *tapis* in the circumlocution departments with the usual quantity of red tape and dillydallying of effete fogeydom and dunderheads generally. (U 547–548)

Pleonastische Fügungen und ungeschickte Wiederholungen (opened up... opening up... routes... route... *tapis*... tape) ergeben einen eigenartigen Reiz. Eine Ironie liegt darin, daß sich in einer Sprache, worin ein übertragenes »opened up« hart an ein eher buchstäblich zu nehmendes »opening up« anstößt, sich eben gerade nichts auftut. Der Stil enthält auffällig gerade die Eigenschaften, die Bloom am Bürokratentum aussetzt – Umständlichkeit und Trödelei. In einer Übersetzung, die sich an den Satzbau hält, wird einiges von diesen Merkmalen bewahrt:

> Wenn er auch augenblicklich noch zu keinem festen Ergebnis kam, so dachte er doch, daß in der Erschließung neuer Wege noch allerlei zu tun sei, wollte man mit der Zeit

> gleichen Schritt halten, so wäre die Straße Fishguard–Rosslare, über die schon so viel geredet wurde, wieder einmal bei den Umstandsbehörden auf dem *tapis*, mit der gewöhnlichen Dosis von Formalitäten und diktatorischen Maßnahmen von seiten schlapper Philister und der Dummköpfe im allgemeinen. (D 629)

> De même, sans pouvoir être absolument affirmatif, il avait l'impression qu'un grand champ d'activité pouvait s'ouvrir avec la création de nouvelles routes correspondant aux besoins de l'époque, à propos de la route Fishguard–Rosslare qui, déjà si discutée, revenait une fois de plus sur le tapis dans les services de la circonscription avec la dose habituelle de formalités et de mesures dilatoires de la part d'une bureaucratie émasculée et de l'imbécillité générale. (F 552)

> Orbene, senza averne l'assoluta certezza, fu colpito dal fatto che un vasto campo si apriva quanto ad apertura di nuove strade per tenere il passo coi tempi, *à propos* della strada Fishguard–Rosslare, la quale, si buccinava, tornava sul *tapis* nei dipartimenti della circonlocuzione con la dosa consueta di pratiche e temporeggiamenti da parte di burocrati evirati e dell'imperante balordaggine. (I 809–810)

Das Italienische bemüht sich am deutlichsten um die Wiederholungen (»si apriva … ad apertura«) und bildet auch »dipartimenti della circonlocuzione« getreulich nach. Das ist im Deutschen nicht so einfach – »Umstandsbehörden« erfaßt einen Teil des von Dickens geschaffenen Ausdrucks, aber nur einen Teil. Das Darumherumreden – circumlocution – ist charakteristisch für das ganze Kapitel. Joyce gibt hier einen seiner kennzeichnenden Hinweise auf die Eigenart des Buchs selbst. Alle Übersetzungen »verbessern« den Stil und verflachen ihn dadurch.

Der Mißgriff »diktatorische Maßnahmen« für »dillydallying« ist wohl nicht dem Übersetzer zur Last zu legen. Die erste Fassung des deutschen *Ulysses* von 1927 enthielt eine eindeutig falsche Übersetzung: »…dabei würde natürlich viel gesoffen« (*Ulysses*, Privatdruck, Rhein-Verlag, Basel, 1927, Band III, Seite 304), die in der Revision für die zweite Auflage nicht übersehen wurde. Unterdessen war 1929 die französische Fassung herausgekommen und wurde allem Anschein nach für manche Schwierigkeit zu Rate gezogen. Es ist zu vermuten, daß dabei das französische »mesures dilatoires« zum Vorbild wurde für »dilatorische Maßnahmen«, daß daraus aber durch das Versehen eines Setzers »*diktatorische* Maßnahmen« entstand (das Fremdwort »dilatorisch« ist verhältnismäßig wenig gebräuchlich). Daß eine kombinierte Fehlleistung von Setzer, Korrektor, Verlag und Übersetzer einer Behörde um 1930 herum diktatorische Gelüste zuschrieb, ist ein Versehen, dem man eine zeitgenössische Bedeutung kaum absprechen kann.

»Keine üble Übertragung«

Die vorangehenden, oft umständlichen Untersuchungen belegen im Grunde nichts weiter als die nicht überaus neue Erkenntnis, daß jede Übersetzung hinter dem Original zurückbleibt. Bei *Ulysses* ist der Abstand noch größer, als wir ihn sonst schon in Kauf zu nehmen haben, das Abbild im Verhältnis noch blasser und wesentlich flacher. Die volle Orchestrierung des *Ulysses* wiederzugeben übersteigt die Möglichkeiten auch des fähigsten Übersetzers.

Niemand wußte das besser als Joyce selber. Überliefert sind seine Bemerkungen zu einem polnischen Schriftsteller in den dreißiger Jahren: »›Sie sagten, daß Sie den *Ulysses* in französischer Sprache lasen. Es ist keine üble Übertragung, ich selber überwachte sie, aber nur das englische Original ist authentisch.‹ – ›Wie immer.‹ – ›Aber noch mehr in diesem Fall.‹«[12]

Darin liegt sicher keine Mißachtung der – immer unterschätzten – Übersetzertätigkeit. Daß Joyce dennoch an gewisse Möglichkeiten der Übersetzung glaubte, zeigt sich schon am Beistand, den er späteren Übersetzern für Teile des anerkanntermaßen nicht mehr übersetzbaren *Finnegans Wake* zukommen ließ. Bei aller Einsicht in die Grenzen der Übersetzung, die kaum jemand weiter hinter sich zurückließ als er, faszinierte ihn wohl die schöpferische Potenz der Sprache – jeder Sprache. Und nicht zuletzt das Problem der menschlichen Verständigung.

(1968)

Schwierigkeiten nehmen dort zu, wo nicht nur Bedeutungen vermittelt werden. Vom Gefühl, daß noch etwas weiteres mitschwingt, daß immer mehr im Spiel ist, sollte in der Übersetzung ideal etwas erhalten bleiben. Es gibt dabei kein Rezept für das Wie – wir können dem Übersetzer nur Glück und Inspiration wünschen. Wenn sich zum Beispiel Bloom an eine Frau erinnert, der eine schwere Geburt bevorsteht, fällt ihm ein denkbar einfaches »Life with hard labour« ein (U 161). Vier Wörter, keines schwierig für sich allein. Goyert schreibt, nicht unrichtig: »Leben mit Zuchthausarbeit«. Das Leben armer irischer Frauen, von stets neuem Kindersegen bedroht, gleicht einer lebenslänglichen Gefängnisstrafe. Das Original sagt aber auch aus, daß der Eintritt ins Leben durch Geburtsbeschwerden, eben »labour« zustandekommt. Der Gedanke ist gerade deswegen ins Bewußtsein gekommen, weil der Doppelsinn möglich ist, den das assoziative Denken pointiert. In eine andere Sprache versetzt wird derselbe Gedanke leicht ein anderer, belangloserer, der *so* eigentlich dann gar nicht auftauchen würde. Weil »travail« im Französischen auch die Wehen bezeichnen kann, gelingt der französischen Übersetzung ein Doppelsinn: »La vie par les travaux forcés«, und niemand wird einwenden, daß die Wendung an sich nicht als richterliches Urteil aufzufassen ist wie »Life (kurz für »life sentence«) with hard labour«. Bei Joyce hat sich Blooms augenblickliche fatalistische Lebensanschauung in vier Wörter verdichtet, die auch sein Herkommen widerspiegeln könnten. Im Alten Testament lesen wir: »Rahel had hard labour«; doch dasselbe Wort ist auch häufig beim Prediger Salomo. Luthers Bibel sagt in einem Fall »da ihr aber die Geburt so schwer ward« (1 Moses 35, 16), in den andern meist »Mühe« (Prediger 1: 3, 8, usw.). Von einer Übertragung können wir die unauffällige Verbindung von Mühe, schwerer Geburt und Lebenslänglich nicht verlangen.

Der Kritiker einer Übersetzung kann dann meist überheblich feststellen, daß irgend etwas nicht geleistet ist, denn einer Stelle läßt sich gewöhnlich nicht anmerken, wieviele denkbare Lösungen allenfalls bedacht und wieder verworfen worden sind, wenn dann schließlich doch auf eine reduzierende Vereinfachung zurückgegriffen werden muß. In der neuen *Ulysses*-Fassung von Hans Wollschläger mußte von der Prägnanz auch etwas geopfert werden, da die doppelte Bedeutung nur durch Auseinanderfalten des Sinns ins Leben zu setzen war: »Diese ewigen Wehen: Lebenslänglich mit Zwangsarbeit« (225).

Zwangsarbeit mit viel Mühe und schwere Geburten – damit ist auch über das Leben von Übersetzern einiges ausgesagt.

(1970)

DIE FRUCHTBARE ILLUSION DER ÜBERSETZBARKEIT

Wer sich dem Übersetzer eines ambitiösen Werks als Berater, als »Sachverständiger« (einer mit verminderter Unwissenheit) zur Seite gestellt sieht, übernimmt erwartungsgemäß die Rolle des law-and-order-Philologen, eben dessen, der für Richtigkeit und Übereinstimmung zu sorgen hat. Eine solche philologische Komponente bei der *Ulysses*-Übertragung ist denn auch in den meisten Besprechungen erwähnt worden, meist im gebührend herablassenden Ton und in Einsicht dessen, daß Expertenfleiß noch lange keine geniale Neufassung gewährleistet, ja daß deren Schwung dadurch geradezu eingedämmt werden kann. Und alle Beteiligten wissen auch nur zu genau, wie so mancher großartig beschwingte Einfall den Determinierungszwängen zum Opfer fallen mußte.

Aber bleiben wir noch etwas bei der Philologie. Joyce ist ein Philologe. Einer, der sich in manchen Sprachen, und auch in *der Sprache*, auskannte, ja der vorzüglich das tat, was sonst Philologen beschreiben: die Sprache veränderte. Sie (nicht nur das Englische) ist jetzt anders als vorher. Aber darüberhinaus, im allerursprünglichsten Sinn, war Joyce einer, der das Wort, den Logos, liebte, und es wäre nicht die schlechteste aller unzulänglichen Charakterisierungen des *Ulysses*, von einem Liebesverhältnis zur Sprache zu reden. Einem Verhältnis, das alles enthält – Faszination, Werbung, Abweisung, Eroberung, Neckerei, Lust, Sprödigkeit, orgasmische Höhepunkte, Ernüchterung, Betrug, Treue, Enttäuschung –, was von einer Liebschaft nur erwartet werden kann. Und eben dieses Liebesverhältnis selbst, unter anderem, gilt es zu übersetzen.

All das macht nun allerdings die pedantische, wenn uninspirierte, Philologie nicht unbedingt erträglicher, vor allem wenn sie sich – wie das in diesem Vortrag geschieht – schwerfällig und (wenn's gelänge!) präzis über das ausdrückt, was die übrigen ja auch spüren und gelegentlich mit anderweitigen metaphorischen Mitteln kundgeben. Hier nun geht es darum, mit ein paar – halt eben philologisch konkreten – Werkstatteinblicken Platitüden zum Thema Übersetzung zu illustrieren.

Nehmen wir einmal an, es gäbe eine saubere Arbeitseinteilung und der Übersetzer bittet den Fachidiomatiker um Aufbereitung der vorhandenen Einsichten und in vielen einzelnen Fällen auch um die Programmierung, also etwa um Auskunft darüber, wie das zu übersetzende Gebilde eigentlich beschaffen ist (eine Frage mit zwei Unbekannten). Es geht, wenn einmal ein gewisser Verständnisgrad erreicht ist, um die Prioritäten. Was die Arbeit am *Ulysses* frustrierend erschwerte, war unser Widerwille gegen das Trägheitsmoment der Gewohnheit – die Betonung der Wirklichkeitsschilderung, die »sachliche Richtigkeit«, die bei Joyce paradoxerweise ungleich wichtiger wird als sonstwo, aber gleichzeitig immer mehr in Frage gestellt wird und letztlich zu nur einer unter vielen Möglichkeiten schrumpft. In der Praxis herrscht zudem das Gesetz der Priorität des zufällig Erkannten, das wir nur zu gerne mit dem Wesentlichen verwechseln.

Im folgenden lege ich einige typische Prioritätenkonflikte konkret dar, wobei allerdings die Auswahl der Beispiele bereits einer Verfälschung gleichkommt, da Überschau- und Isolierbarkeit der Textstellen die Verzahnung aller Determinanten oft unrepräsentativ vereinfachen.

Wohl niemand besser als ein Übersetzer weiß, wieviele Begriffe, ja ganze Wortfelder in der eigenen Sprache einfach nicht vorhanden sind: uns fehlten etwa besonders empfindlich die historisch-juristischen oder die heraldischen Termini des Englischen. Noch öfter aber bleibt die Konnotation eines Worts arg unergiebig, oder stört gar. Wir wissen etwa recht genau, was »dulcimer« bedeutet (U 59): die Wörterbücher sagen einmütig »Hackbrett«. Da »dulcimer« in einem Geflecht klischeehafter Assoziationen zum Orient, in einem von Leopold Blooms Tagträumen, auftritt, paßt natürlich das fremdartig romantische Wort ungleich viel besser als ein »Hackbrett«, das eher zu deutlich ist und prosaisch vergröbert. Erst recht ist ein Bezug auf die mutmaßliche Quelle – »a damsel with a dulcimer« (in dem bekannten Schulgedicht *Kubla Khan* von Coleridge) – nicht nachvollziehbar.[1]

Den Hauch des fremdartig Romantischen hat Hackbrett nicht,

auch nicht das für den Laien Unbestimmte – wer weiß eigentlich, was ein »dulcimer« ist? Und so ein Laie ist eben Bloom, dem das Wort denn auch – als ein durchaus nicht alltägliches – erst nach einer Gedächtnisanstrengung einfällt: »A girl playing one of these instruments what do you call them: dulcimers« (U 59). Dieses betonte Nachdenkenmüssen ist aus sprachlichen Gegebenheiten im Original viel plausibler als im Deutschen, wo die Assoziation weniger sprachlich orientiert erscheinen muß. Das ist oft Glückssache: im Französischen heißt Hackbrett entgegenkommenderweise *tympanon* mit einer passenden Aura des Nichtalltäglichen. Der Kontext verlangt nach einem unvertrauten, fremdartigen, etwas preziös klingenden Ausdruck, den das Deutsche versagt. Bezeichnenderweise setzte Georg Goyert in der ersten Fassung das unrichtige, aber gefühlsmäßig günstigere »Cembalo«.[2]

Immerhin, auch wenn Joyce nun »what do you call them: dulcimers« später wiederholt (U 272), wäre der Verlust an Übersetzungssubstanz vielleicht nicht so erheblich. Tückisch wird es erst, wenn sich Bloom später, und auch wieder zweimal, an ein weiteres Wort zu erinnern bemüht, und zwar die Bezeichnung für die fein gesponnenen Fäden, die seltsamerweise »Altweibersommer« heißen, also ein Ausdruck, der einen kleinen Gedächtnisaufwand schon begründen kann. Nur heißt diese Stelle eben im Original: »It's like a fine veil or web... fine like what do you call it gossamer« (U 372).[3]

Es führt ein weiter Weg von »wie heißt das doch Altweibersommer«, wenn überhaupt, zu »wie heißen sie doch: Hackbrett« (UW 524, 81[4]), oder bei Goyert von »Sommerfäden« nach »Cembalo« (UG 422, 68), während im Original nicht bloß die Erinnerungsformel, sondern vor allem auch die Ähnlichkeit gossamer/dulcimer für die Verbindung sorgt, ja es liegt nahe, daß die Gleichartigkeit der Wortlautung die ganze Wendung überhaupt mitinduziert hat. Was hier eben keine der mir zugänglichen Übersetzungen (französisch läßt »fils de la Vierge« nicht »tympanon« anklingen, *Ulysse* S. 370, 67) verweben kann, ist die Andeutung (als Detail wohl belanglos, aber im ganzen Motivgeflecht wesentlich) eines im Grunde sprachlich-psychologischen Vorgangs, der nicht übertragbar bleibt. Somit wird die Sprache selbst als relevanter Mitspieler an den Rand gedrängt oder ganz ausgeschaltet, gerade die Sprache, die, wie wir das zunehmend gewahr wurden und wie es auch Hans Wollschläger dargestellt hat, zum eigentlichen Helden des Romans wird.

Und ähnlich muß Molly Blooms Bemerkung, der Schriftsteller Paul de Kock habe »einen so hübschen Namen« (UW 91), danebengehen. Im Deutschen, im Französischen, im Italienischen, usw. verschiebt sich Mollys Interesse unweigerlich, wenn man den (wirklichen) Namen beibehält, was Übersetzer wohl aus Ehrfurcht vor dem Realitätsprinzip zu tun gezwungen sind. Den Abstrich aber in der Bedeutung kann man auch bei übelstem Willen nicht einfach als philologische Floskel abtun.

Wo die Beobachtung einer Person, wie so oft, den sprachlichen Zusammenhängen selbst gilt, muß sich der Übersetzer mit Lösungen behelfen, die nicht bloß ein paar Nuancen weniger aufweisen, sondern gleich noch den Inhalt verfälschen müssen. So daß es angebracht erscheinen möchte, zugunsten nicht realer Bezüge vom primären semantischen Inhalt abzuweichen, also halt doch »Cembalo« zu versuchen (was aber gleichwohl keinen Sprung zu »Altweibersommer« erlaubt) oder eines phallischen Grundtons willen einen anderen Schriftstellernamen zu unterschieben oder notfalls einen zu erfinden. Diesem Verfahren würden dann wieder andere Verästelungen fast jeden Motivs eine Grenze anderswie setzen. Und ironischerweise würden sich solche Sinn-bildenden Arabesken nur dort einfügen lassen, wo die Detailelemente am wenigsten dicht ins Ganze integriert sind – also bei den unwichtigsten. Gerade bei den zentralen Verknüpfungen, wie etwa »world/word«, »Throwaway«, käme man damit auch nicht zurande.

Als nächstes ein Laut-Wort-Gefüge, das in den Gedanken von Stephen Dedalus auftaucht, wie er die Wellen am Strand betrachtet:

> To no end gathered, vainly then released, forth
> flowing, wending back: loom of the moon. (U 55)

Loom of the moon: Stellen wir uns vor, wieviele übersetzerische Entscheidungen hier möglich wären. Wenn im klanglichen Vorgang eine wesentliche Aussage gehört wird – da wir es ja mit einem dichterisch lautmalerischen Ansatz zu tun haben –, geht es darum, dem Mond in möglichst dumpfer Assonanz ein ähnliches Wort zu-

zugesellen. Und wenn es ein gleichlautendes Wort gäbe, könnte man nur froh hoffen, daß es sich semantisch irgendwie fügen würde – nun gibt es aber im Deutschen nichts Einsilbiges, das wie Mond klingt.

Einmal vorausgesetzt (statt nur vage gewünscht), es komme auch vor allem auf die Bewahrung des Lautkörpers an, dann wäre konsequenterweise von der Übersetzung die Nachbildung einer ganzen Kette von schweren *uu*-Wörtern zu fordern als die sprachliche Ausprägung einer psychologischen Unterströmung im gleichen Kapitel, also Entsprechungen zu

tomb, womb, loom; moon, noon,

zu denen später noch kommen: gloom, doom, boom und, nicht zuletzt: Bloom. Solcherlei Entsprechungen können nun offensichtlich nicht ein Hauptanliegen der Übersetzung sein, aber sie sind ein wesentliches Anliegen des Originals. Der Verzicht darauf, der unvermeidlich ist, heißt, daß der so wichtige Ton abgestellt und allein die Bedeutung hervorgehoben wird.

Sozusagen alle Übersetzungen geben der Bedeutung den gleichen Vorrang. Goyert und Wollschläger sagen übereinstimmend »Webstuhl des Mond(e)s« (UG 60, UW 71), die französische Übersetzung »écheveaux du métier de la lune« (*Ulysse* S. 52), im Spanischen heißt es »telar«, im Italienischen »telaio«. Semantisch hat das seine Richtigkeit. Nur wirkt das ungefüge, beschreibende Kompositum »Webstuhl« viel technischer als »loom« (das zudem noch lange nicht so spezifisch zu sein braucht): in ein Wortgedicht paßt es schon gar nicht. Aber das Motiv des Webens (das auch auf Penelope-Molly vorverweist) ist so durchgehend, daß selbst ein klotziger Webstuhl belassen werden muß. Alle Übersetzer (soweit ich sehen kann) tun dies, wobei sie in einigen Sprachen bloß mehr Glück haben (weil sie keinen störenden Stuhl einzuführen brauchen): das französische »métier« ist präzise genug und hat erst noch günstig schillernde Nebenbedeutungen.

Webstuhl ist kaum vermeidbar. Gleichwohl gehen alle nur textilorientierten Übersetzungen an etwas vorbei. »Loom« ist, durch etymologisches Zusammenfallen, auch etwas Visuelles, ein Ausdruck der Seemannssprache (es geht um Wellen, der Titularheld ist mit Odysseus verwandt): »ein undeutliches Erscheinen, ein schwacher Schimmer« – das paßt zu Mond und Nacht und Wellen. Diese Bedeutung von »loom« schimmert also auch noch durch und wird in der Fortsetzung der Stelle aufgenommen: »a naked woman *shining* in her courts«.

Sollte nun das Weben dem Scheinen geopfert werden? Ich weiß nicht. Ich muß auch gestehen, daß mir die visuelle Bedeutung erst nachträglich eingefallen ist – sie mag sogar willkürlich sein: aber der Leser des Originals *kann* sie mitberücksichtigen: diese polysemantische Ausfächerung ist gerade das Kennzeichen des Proteus-Kapitels.

Bei alledem sind wir aber nie sicher, ob nicht irgend jemand dereinst »loom of the moon« als obskures Zitat eines vergessenen Dichters entlarven wird. Auch dann wohl käme der überforderte Übersetzer immer noch schwer um den Webstuhl herum. Aber damit verfährt man notwendigerweise mit dem *Ulysses* so, wie man bisher mit Romanen umzugehen hatte, und versteift sich auf semantische und (hier) tonlose Fixierung. Ein Wesenszug ist es ja gerade, daß das real Richtige von seiner Priorität eingebüßt hat, daß es zunehmend in Frage gestellt wird: in der Umsetzung in andere Sprache wird daraus leicht wieder gegenständlicher Glaube.

»Loom« ist nicht etwa seltene Ausnahme, sondern verkörpert viel eher die Grundsubstanz des *Ulysses*. Nur möchte ich diesen statischen Ausdruck gleich zurücknehmen und eher von Bewegung, von Vorgängen sprechen, also von der Interrelation zwischen den 13 Buchstaben (die auch Lautgebilde sind) und dem Leser. Vor allem im Proteus-Kapitel gehören schillernde Bedeutungen zum Wesen. Die Bedeutung ist auch, daß Bedeutung nicht ganz erfaßt werden kann. Der Text entgleitet, hält nicht still. Der nächste Schritt heißt *Finnegans Wake*.

In *Finnegans Wake* und im *Ulysses* tun Bedeutungen eben das, was das englische »loom« ausdrückt, und es kommt meiner Betrachtung zugute, daß das Wort zunächst ein Verb war, und erst dann Substantiv. *Ulysses* besteht aus Scheinen, Schimmern, Erscheinung und aus Weben, er ist Text und Textur. Und nur allzuoft muß eine Übertragung notgedrungen durch ein Objekt ersetzen, was im Original die proteische Auseinandersetzung selbst ist. Der Verlust besteht nicht so sehr in Bedeutungen, obwohl dort auch, sondern darin daß Vorgänge zu etwas Bestimmtem zu erstarren haben. Der Vorsprung des Originals besteht – überspitzt gesagt – gerade darin, daß im Englischen so manches Wort gleichzeitig Nomen ist und Verbum, gleichzeitig *ist* und *tut* – wie der Titel *Finnegans Wake* und dessen erstes Wort: »riverrun«.

Neben der proteischen Wandlung gibt es auch das andere Extrem: die hyperpräzise, nominale, wissenschaftliche, beinahe computergerechte Darstellung. Im Ithaka-Kapitel, einer neutralen, pedantischen Bestandesaufnahme von äußerster Klarheit, wechselt die Stimme kaum und bleibt anscheinend unerbittlich objektiv. Als Beispiel dient eine Aufzählung, worin sich Bloom seinen denkbaren Abstieg zum Außenseiterdasein und zu gesellschaftlicher Ächtung ausmalt. Dabei werden die allfälligen Demütigungen katalogisiert:

> The unsympathetic indifference of previously amiable females, the contempt of muscular males, the acceptance of fragments of bread, the simulated ignorance of casual acquaintances, the latration of illegitimate unlicensed vagabond dogs, the infantile discharge of decomposed vegetable missiles... (U 646–7)

Diese eindeutige, ja überdeutliche Sprache ist übersetzbar, beinahe ohne semantische Abstriche. Als stellvertretend diene hier lediglich »*the infantile discharge of decomposed vegetable missiles*«, in der neuen Übersetzung »das kindliche Werfen mit faulen pflanzlichen Geschossen« (UW 923[5]). Unsere Sprache scheint so etwas zu wollen. Nach herkömmlicher Stilistik ist diese Fassung eher noch besser, weil einfacher, direkter, anschaulicher. Aber eben dem geht das Original ostentativ aus dem Weg. Mit sturer Konsequenz verwendet Joyce die abstrakte Formulierung, die gefühlsfreie, den latinisierenden Ausdruck, zu grotesken Häufungen. Bei aller Neigung zur Abstraktheit läßt uns ausgerechnet die deutsche Sprache im Stich, die hier von der Alltäglichkeit nicht loskommt. Für »infantile discharge« läßt sich kaum anderes sagen als etwas, was in »Kind« und »werfen« deutlich hervorspringt. Die *möglichen* deutschen Versionen sind unstatthafte Veranschaulichungen, weil sich die Sprache nicht gleichermaßen dehydrieren läßt. Das semantische Inventar wird mühlos herübergerettet, und damit wird dem Leser die Mühe des Umsetzens erspart. Die Übersetzung liefert gleich die Realität – also werfende Kinder und faulendes Gemüse –, die bei Joyce geflissentlich distanziert bleibt. Das trifft auch für andere Sprachen zu. Im französischen

> le bombardement enfantin par projectils végétaux décomposés (*Ulysse* S. 660)

ist immer noch jedes Element klar erkennbar, unmittelbar wirksam.

Dem Original aber geht das unmittelbar Fühlbare ab. Die obige Passage ist einigen Englisch Sprechenden nicht verständlich – und keinem gleich auf Anhieb. Die gedankliche Inszenierung muß erst geleistet werden in einem Vorgang, der minuziös kurz sein kann, aber gleichwohl in der Zeit ablaufen muß. (Zu beachten etwa, daß »discharge« erst nachträglich semantisch bestimmbar wird.) Das Umschlagen der Bedeutung scheint mir das wesentliche Leseerlebnis. Die Erzählerpersona dieses Kapitels setzt uns nicht ein Ereignis vor oder einen Seelenzustand, sondern eine pseudowissenschaftliche Verfremdung, eine desensualisierte Formel, die wir, *nach*gestaltend, erst umzusetzen haben. Diesen Prozeß nimmt die Übersetzung vorweg: nicht verwunderlich, da er ja auch im Original durch Übersetzung entsteht, wenn auch innerhalb der Sprache.

Die Übersetzung sagt somit zu viel zu schnell, aber doch auch wieder zu wenig. Denn durch das interpretative Umschalten, das nachhinkende Verständnis, zu dem das Original den Anstoß vermittelt, wird dieses bei aller neurotischen Eindeutigkeit auch wieder, buchstäblich, zweideutig: jeder seiner Bestandteile ist mitbestimmt auch durch die sprachliche Prägung des Alltags, deren Stelle er eingenommen hat. Hinter den nominalen Erstarrungen von »infantile discharge of decomposed vegetable missiles« verbirgt sich nur um so nachhaltiger so etwas wie »throwing rotten cabbages« – zusammen mit der behutsamen Abhebung von solcherlei Derbheiten.

Man könnte sagen – und die Übersetzer können nicht umhin, zu sagen –, die eigentlich Bedeutung wäre eben »rotten vegetable« oder »fauler Kohl« oder was immer, und die Ithaka-Variante wäre eine (wie immer motivierte) Abweichung von einer unterstellten Norm. Gerade durch die Abnormität weist die Sprache auf diese verdeckte Norm, die der Leser wieder hervorholt. Andersherum jedoch ließe sich diese Norm der direkten, kaum als solche wahrgenommenen Sprache (vorgestellt im Erzählstil der frühen Kapitel oder wieder des letzten) auch als bloß eine weitere der Illusionen darstellen, die der *Ulysses* zu enthüllen beiträgt. Denn gerade das »Eigentliche«, das wir so gerne unterstellen, gibt es wohl gar nicht – sprachlich so wenig wie psychologisch oder gesellschaftlich; und wir können ebensowenig aus all den Wirklich- und Möglichkeiten den »eigentlichen« Leopold Bloom herausschälen. Daß die Übersetzungen den Hinweis auf das Rollenverhalten der Sprache selbst oft nicht schaffen, bleibt eine empfindlichere Einbuße als die unvermeidlichen Nuancenverluste.

Es geht hier selbstverständlich nicht um das Geschick der einzelnen Übersetzer. Sicher könnten jetzt einzelne Zuhörer Verfremdungsvorschläge anbieten, etwa »Projektil«; man könnte auf administrative Umständlichkeiten wie »in Verwesung begriffen« verfallen oder »infantil« versuchen, doch man würde feststellen, daß eine radikale Verwissenschaftlichung nicht zustande kommen kann, bestimmt nicht auf 70 bis 100 Seiten. Und damit sind auch wieder die komischen Entspannungen verunmöglicht, die durch das plötzliche Umspringen zurück ins Alltägliche entstehen. Im Original folgt etwa auf »missiles« das durch und durch gewöhnliche »worth little or nothing...«, was dort aus dem Rahmen fällt, in einer Übersetzung daraus aber nicht fallen kann, weil die Voraussetzungen weder für einen solchen Rahmen noch für das Gefälle gegeben sind.

Gerade auf die Konsistenz der Effekt-Akkumulation käme es an, denn in anderem Kontext könnte jedes Wort durchaus anders, eben anschaulich, wirken, und tut es auch. So ließe sich »decompose« mit einer viel früheren Passage vergleichen, und zwar schon im *A Portrait of the Artist as a Young Man*, wo es nicht abstrakter Versachlichung dient, sondern beiträgt, die Schrecken der Hölle zu schildern, die ein Priester seinen Zöglingen liebevoll ausmalt. Der

Priester scheint die Synonyme mit sadistischem Behagen aneinanderzureihen:

> Imagine some foul and putrid corpse that has lain rotting and decomposing in the grave, a jellylike mass of liquid corruption[6]

Klaus Reichert hatte hier entsprechende Verwandtschaften zu finden:

> Stellt euch einen fauligen und verwesten Leichnam vor, der modernd und zerfallend im Grab gelegen hat, eine gallertartige Masse flüssiger Zersetzung[7]

Hier, wo es um Sinnfälligkeit geht, hält die Sprache eine Auswahl bereit. Leider nicht dort, wo ein Bereich der gefühlsmäßigen Vorstellung entrückt bleiben soll; und es leuchtet wohl ein, daß aus dem Spektrum der *Porträt*-Synonyma weder »faulig« noch »modernd« noch »zerfallend« noch »verwesend« von sich aus die gewünschte Wirkung ergeben würde.

Nur nebenbei: im spröden Ithaka-Kapitel verliert sich in der Übersetzung von »decomposed« auch ein thematischer Fingerzeig auf die Erzähltechnik selbst: ihre zerstückelte Form ist De-komposition, ein umständliches Auseinanderfügen der Erfahrung in abstrahierte Gegebenheiten, ein nüchternes Zerlegen in die Bestandteile.

Es gibt nur ein Original, der Übersetzungen aber sind viele; die Zahl der *möglichen* Übersetzungen läßt sich nicht beschränken. Jede Kritik an einer bestehenden impliziert eine weitere Übersetzung. Der Vergleich von vier Versionen eines Satzes aus *Ulysses* mag etwas von der Problematik aufzeigen. Es geht um einen feierlichen Ausspruch von Buck Mulligan beim Verlassen des Turms im ersten Kapitel:

> –And going forth, he met Butterly (U 23)

Georg Goyert, in den zwanziger Jahren, gibt die Situation in ihrer banalen Alltäglichkeit wieder:

> (*I*): Und als er weiterging, traf er Butterly[8]

Damit ist er in guter Gesellschaft: die meisten bisherigen Übersetzer begnügten sich mit dieser Wörtlichkeit und sind dadurch richtig. Jede Abweichung davon verfälscht etwas Elementares, was den *Ulysses* auszeichnet, und sogar eine Verbindung zurück zum *Porträt*. Dieser Entwicklungsroman ist auch eine evolutionäre Variation des Themas der Begegnung, angefangen bei der Muhkuh und Tuckuck Baby auf der ersten Seite; im weiteren trifft Stephen auf Eltern, Lehrer, Priester, Mädchen, Institutionen – bis er im programmatischen Schlußwort die Begegnung mit der Wirklichkeit der Erfahrung selbst anruft.[9] Auch der *Ulysses* ist die Geschichte von Begegnungen, eine seiner einfachsten Formeln wäre: Bloom trifft Stephen. Das alles ist hier wiederholt oder vorgezeichnet.

Es gibt auch gute Gründe, den Namen Butterly unverändert beizubehalten (was ja auch sonst in einer Übersetzung gar nicht weiter zu begründen wäre). Dazu einige Fakten: Derselbe Name Butterly kommt noch einmal vor im Roman. Es gab Leute im Dublin von 1900, die Butterly hießen. Der Sprecher, Buck Mulligan, ist einem ehemaligen Jugendfreund nachgebildet, Oliver Gogarty, der diesen Satz tatsächlich von sich gab, ja denselben Satz in eins seiner Erinnerungsbücher aufgenommen hat. Dort gibt er auch an, um welchen Butterly es sich handelt[10]. Nur kommt eben im Kontext der *Ulysses*-Stelle keine solche Figur vor.

Der Sinn der vorangehenden Umständlichkeit ist zu zeigen, daß die Wiedergabe dieser realen Gegebenheiten eigentlich notwendig ist, selbst wenn der Bezugspunkt des Satzes außerreal, in einer Bibelstelle zu finden ist:

> And going forth, he wept bitterly[11]

»He« ist Petrus, der Jesus eben dreimal verleugnet hat und sich nun schämt. Durch eine geringfügige phonemische Verschiebung hat sich die Konstellation der beteiligten Identitäten verändert. Das bisher unbestimmte Pronomen »he« ist nun von einer renommierten Rolle besetzt, während sich der so markante Name (mit den so realen Dubliner Echos) zur bloßen Charakterisierung eines Vorgangs verflüchtigt hat. Von dieser Überraschung ließ Goyert nichts ahnen: wie die meisten Leser hat er den Schein der Wirklichkeit gar nicht angezweifelt.

Mit einmal stellt sich die Aufgabe jetzt anders: auszugehen hat eine Übersetzung von der deutschen Bibelfassung:

Und ging hinaus und weinte bitterlich.

In der revidierten Ausgabe des *Ulysses* von 1930 versuchte es Goyert mit einem Kompromiß:

(*II*) Und als er weiterging, traf er Bütterlich (UG 23)

Bütterlichs Eltern sind offensichtlich Butterly und bitterlich – nominal geht das ungefähr auf, aber syntaktisch und verbal bleibt der Satz statisch und leblos, vor allem auch, weil sich »treffen« und »weinen« – beide wesentlich – nicht vereinen lassen. Dadurch findet das Aha-Erlebnis des Kostümwechsels – nach meiner Auffassung das symptomatisch Bedeutsamste – kaum richtig statt.

35 Jahre später war es möglich, gleich vom biblischen Vorbild auszugehen – Hans Wollschläger setzt:

(*III*) Und er ging hinaus und weinte Buttermilch (UW 26).

Das Grundschema ist verzerrt, bleibt aber erkennbar. Die Wirkung entspricht der des Spaßmachers Buck Mulligan[12]. In diesem Satz geschieht etwas. Er ist denn auch von Rezensenten aufmerksam besprochen worden; und ein Kritiker versuchte noch eine weitere Optimierung, ein Zurückgreifen auf Goyert (*II*) unter Beibehaltung der biblischen Syntax, wobei das Fehlen des Subjekts dem Kundigen das Matthäus-Wort in Erinnerung rufen soll:

(*IV*) Und ging hinaus und traf Bütterlich[13]

Es wäre ergiebig und zeitraubend, die vier Lesearten zu vergleichen und Befriedigung wie auch Unbehagen zu artikulieren, sich zu wundern, warum das Original gleichzeitig alltäglicher *und* konsequenter umwandelbar ist. Wenn es nun aber gerade auf dieses Umkippen des Sinns ankommt, dann könnte man schließlich noch anders – *freier* – vorgehen und etwas suchen, was im Deutschen eine komische Bedeutungsentladung mit Identitätswechsel zuläßt. Damit wäre viel gewonnen, man hätte aber die Stelle in einen sonst beziehungslosen Knalleffekt verwandelt, wo im Original jedes Element wiederum aufs engste in Beziehungen verwoben ist. Auf den implizierten Petrus etwa sollte man nicht verzichten: hier im

Ulysses wird er durch eine wortspielerische Wendung vorgestellt, im Matthäus-Evangelium (16: 18) wird er durch ein Wortspiel, das auf seinem Namen (Petrus = Fels) beruht, zum Nachfolger Christi berufen. Und die Schlüssel zum Himmelreich, die ihm auf Grund dessen zustehen, verleihen dem Gerangel um den Turmschlüssel zwischen Buck Mulligan und Stephen Dedalus in der vorliegenden Szene gleich eine weitere Dimension.

Solcherlei Bezüge sind wohl am ehesten in »weinte Buttermilch« (*III*) gewahrt, sie sind sogar überzogen signalisiert und doch komisch relativiert. Ein ähnliches Leseerlebnis wird möglich. Manches aber hat sich verschoben, wenn wir einmal als weiteren Gesichtspunkt die Auffälligkeit bemühen wollen: Joyces Satz wahrt den Schein der Gewöhnlichkeit, so daß das Kryptozitat lange Zeit unerkannt bleiben konnte. Diese Möglichkeit, es auch zu übersehen, gibt Wollschläger dem Leser kaum, dort bringt der beinahe surrealistische Ruck die Oberfläche sogleich in Bewegung.

Natürlich bleiben alle derartigen Einbußen eines durchaus episodenhaften Satzes verschmerzbar; im Ganzen fallen sie kaum ins Gewicht. Was leidet, ist etwas Grundsätzliches: der *pars-pro-toto*-Charakter des *Ulysses*, das Mikromodellartige so mancher sonst so harmlosen Stelle. Wesentlich daran ist das Freimachen von relevanten Energien. Mit den zitierten sechs Wörtern ließe sich der *Ulysses* schon recht gut einführen. Eine entsprechende Strahlung geht den Übersetzungen ab – wohl allen, die überhaupt möglich sind. So verhält sich »he met Butterly« zu »he wept bitterly« ungefähr so, wie sich die Schilderung von Blooms Alltagsablauf vor dem polymythologischen Überbau der Odyssee (usw.) ausnimmt. Der Satz setzt Spannungen frei, die sich aus »traf Bütterlich« nicht entwickeln (es ist sicher bezeichnend, daß nur im Original wirksam *zwei* Verben impliziert sind, »met/wept«, also nur dort die Geschehnisse, nicht bloß Personen oder Sachen, dupliziert werden). »he met Butterly« verbirgt auch eine Scheinidentität und nimmt damit eine thematische Fragestellung des Romans vorweg. »Bütterlich« läßt Spekulationen auf Namen und Identität zu, zur Not wenigstens; »Buttermilch« befaßt sich damit, zugunsten anderer Umsetzungen, gar nicht erst, weil kein personaler Schein mehr vorgetäuscht wird.

»Butterly« paßt in noch ganz anderer Weise zu den stilistischen

Eigenarten des ersten Kapitels, das eine Reihe von auffällig theatralischen Adverbien enthält, die nicht so sehr bloß eine Handlung beschreiben, sondern auf absichtliche Posen oder Rollen hinzielen, ganz so, als wären sie auch Anweisungen für einen Schauspieler. Buck Mulligan vor allem spricht oder agiert »sternly... gravely... solemnly... gaily usw.«, einmal sogar seufzt er »tragically«. In dieser Sicht wird »Butterly« geradezu zu der Anthropomorphisierung dieses Rollenadverbs anhand des biblischen »bitterly«, das fast nur noch in der stereotypen Gesellschaft von Weinen auftritt. Die Person »Butterly« ist nur Schein, eben *persona* in der ursprünglichen Bedeutung von Maske oder Charakterrolle. Alle derartigen Betrachtungen über die Sprache selbst und ihr Gebaren scheinen wiederum auch gerechtfertigt durch das, was der Reue des überführten Petrus vorangeht. Er wurde erkannt *wegen* seiner Rede (vielleicht war es die Mundart): »... denn deine Sprache verrät dich« (Matt. 26: 73). Das Verständnis aller Werke von Joyce beruht wesentlich darauf, was die Sprache, die Ausdrucksweise, offenbart und was sie verbirgt. Aufgabe des Übersetzers wäre es, ähnliche Offenbarungen anzuregen.

»... weinte Buttermilch« – die kühnste und vielleicht ulysseischste aller bisherigen Lösungen – schafft ihre semantische Spannweite auf andere Art. Dabei entsteht heimtückischerweise ein neues Risiko. »Buttermilch« erlaubt, wie gesagt, wesentliche Assoziationen von »Butterly« und damit eine reale Dimension nicht, könnte aber beim hellhörigen Leser – und diese Hellhörigkeit und Kombinierfreudigkeit wird dem Leser unterstellt, sonst könnte man sich das meiste Gerede von Übersetzungsproblematik gleich schenken – Bezüge andeuten, die im Original kaum vorhanden sind: etwa zur im Kapitel vorangehenden Butter und zur Milch des Frühstücks. Und wie es sich fügt, wird der Leser später tatsächlich noch auf Buttermilch stoßen[14] und möglicherweise Verbindungen herstellen, die lediglich in der Übersetzung entstehen, aber durch die Exzentrik des Zitats angeregt werden können. Somit führt sich gerade der im besten Sinne mitspielende Leser in die Irre und wird auf falsche Fährte gelenkt. Auf diese Weise kompliziert sich die Problematik des Übersetzens, die ich sonst vor allem negativ geschildert habe, erst noch durch positive Störelemente.

Ich sehe das Hauptproblem einer *Ulysses*-Übersetzung heute darin, wie man seiner eigenartigen Dynamik beikommt. Wie man allenfalls die Entladung ähnlicher semantischer Energien ermöglicht, wie man den mitvollziehenden Leser zu entsprechenden Gedankenprozessen provoziert. Vielleicht werden sich nicht nur bei Joyce Übersetzungen und -theorien (was immer zuerst kommen sollte) bald eher den interpretatorischen Abläufen zuwenden, so wenig wir auch darüber noch wissen. Es wäre nötig, sich nicht bloß auszurichten auf das, was im Original *steht* – also etwa Webstühle, Hackbretter, Geschosse oder Buttermilch, auch wenn kein Schriftsteller bisher mit derartigem spezifischer umging als gerade der *Auch*-Naturalist Joyce –, sondern darauf, was in der Auseinandersetzung (der Rezeption, Verarbeitung, Assimilisation, den mannigfaltigen Umwandlungen) *vor sich gehen* kann oder soll. Seit dem *Ulysses* können wir davon nicht mehr absehn. Eine Antwort haben wir auch nicht, noch nicht, und so behelfen wir uns beim polytropsten aller Romane noch immer, ganz wie Odysseus, von Fall zu Fall und hoffen, wenigstens gelegentlich Bewegung, nicht nur Gegenstände, zu schaffen.

In meinen Beispielen allerdings ging es nur darum, praktisch und anschaulich etwas von den nicht nur lexikologischen oder semantischen Vorgängen ahnen zu lassen, also den Hintergrund anzudeuten, der bei jedem Urteil über Gelingen oder Nichtgelingen der Übersetzung mitzuberücksichtigen ist. Der Übersetzung des Romans, der vom Gelingen und Nichtgelingen unserer Tätigkeiten handelt.

(1978)

»ENTZIFFERUNGEN & PROBEN«

»Finnegans Wake« in der Brechung von Arno Schmidt

»Jeder der folgenden Sätze wird vermutlich falsch sein« (Triton 243)

Daß Arno Schmidt den gesamten *Finnegans Wake* übersetzen werde, war ein Gerücht, das in den frühen sechziger Jahren lange Zeit umging, aber als konkreter Plan den Rhein-Verlag, damals Inhaber aller Rechte, nie erreichte. Gleichwohl reagierte der Verlag präventiv und gab etwas voreilig die Absicht kund, FW durch eine »Gruppe berufener Übersetzer« herauszubringen, die aber ernsthaft nie gesucht und gar nicht berufen wurde. So bleibt die Lücke FW in deutscher Sprache bis auf das von Goyert, Hildesheimer und Wollschläger triptückisch angegangene »Anna Livia Plurabelle«-Kapitel unbesetzt, was angesichts der zugestandenen Unübertragbarkeit auch nicht erstaunt. Immerhin schien damals eine Gelegenheit vertan; viele von uns hätten die Herausforderung Arno Schmidt am ehesten zugetraut, wegen seiner unzimperlichen sprachlichen Potenz und seiner unsteten Affinität zu Joyce. Seine Stimme wäre auf alle Fälle hörenswert gewesen.

Gehört wurde sie dann doch, in Rundfunkgesprächen, die später zusammen mit anderen literarischen Betrachtungen unter dem Titel *Der Triton mit dem Sonnenschirm* (hier: Triton) gedruckt herauskamen. Darin stehen sechs längere und zahlreiche kurze Übersetzungsproben. Allerdings sichert sich Schmidt gleich anfangs gegen die Bezeichnung »Übersetzung« ab und verwendet fairerweise andere, weniger verbrauchte Metaphern wie »erste Näherung«, »Entzerrung ins Deutsche«, usw. So wird durch behutsame Abgrenzung – »Der Versuch einer ersten Lesbarmachung für Deutsche; wie *ich* ihn mir denke« (Triton 200) – die subjektive Verankerung angezeigt und damit möglichen Einwänden von vornherein begegnet und auch der Arroganz derer vorgebeugt, die Übersetzer gern belehren. Zugute kommt Arno Schmidt wie allen Irgendwie-

Bewältigern von FW eben die Nichtübersetzbarkeit, der gegenüber noch jeder vernünftige Versuch etwas für sich hat. Wenn nur etwas vom Original noch hängen bleibt.

»Lesbarmachung« umschreibt ein erreichbares Ziel und impliziert den Tadel, daß FW nicht lesbar ist, es aber doch besser wäre. Das erstere stimmt und ist durch viele Erfahrung belegt: lesbar – im Sinne von unmittelbar verständlich und mühelos assimilierbar – ist FW nicht, aber seltsamerweise äußerst zitierbar und nachhaltig. So manche seiner Stellen bleibt beharrlich im Gedächtnis, so daß sie eben dann doch wieder irgendwie lesbar und sprechbar werden. Ganz so einfach ist der Begriff Lesbarkeit, dem in Rezensionen oft eine etwas unreflektiert große Rolle zukommt, auch nicht. Doch unbestritten bleibt, daß jedes Hinübertragen in eine andere Sprache FW ganz wesentlich verändern muß, und da ist es wohl angebracht, die unvermeidbaren Verfälschungen dem Leser wenigstens zur Wohltat werden zu lassen. Lesbar, d.h. weniger frustrierend und widerborstig, sind die vorgelegten Passagen durchaus. Damit wird dem Leser ein Zugang ermöglicht, den er sonst nicht hätte.

Vermieden wird vor allem die irritante Ablenkung wie auch die Störung des Leseflusses. Obwohl es auch da nicht immer so einfach auszumachen wäre, ob nun dem (nicht bereits an FW oder Schmidts eigenen Werken trainierten) Leser eine Fassung wie

> Eier-Kain jagt den Apfel-Abel; wo sie wollen, entsteht prompt ein Wall (Triton 207)

oder wie

> Broken Eggs will poursuive bitten Apples for where theirs is Will there's his Wall (FW 175)

auf Anhieb leichter eingeht. Sowohl Schmidts reiche Dosierung mit Satzzeichen wie Joyces Sparsamkeit damit (»... daß Joyce nicht interpungirt«, (Triton 204) kann dem Neuling zu schaffen machen.

Die Schmidtschen Versionen machen die Not der Simplifizierungen zur auffälligen Tugend. Angenehm finde ich auch, daß Schmidt theoretischen Vergeistigungen mißtraut, nicht in abstrakte Gefilde entschwebt, sondern anschaulich vorgeht und konkrete Bezüge herstellt: darin hat er mit Joyce viel gemein. Auch wird man ihm nie servile Ehrfurcht vor jedem Zeichen des Originals vorwerfen können. Zum Handikap des Übersetzers gehört es, daß er von einer einmal gewählten Stelle nichts auslassen darf und alles daraus, ob ihm nun verständlich oder nicht, bewältigen muß. Hier geht Schmidt mit selbstsicherem Schneid auch an die schwierigsten Passagen und vermeidet die Flucht in bloß vage Antönung oder die sonst übliche Leisetreterei. Kaum jemand hätte es gewagt.

> while hickstrey's maws was grazing in the moonlight
> (FW 64)

wiederzugeben mit

> während seine drei Pansen im Mondlicht grasten
> (Triton 241).

Der problematischste Teil, das unaufgelöste »hickstrey's«, wird offensichtlich zu »his three« vereinfacht, ohne Rücksicht auf das Genitivische. Der Plural »maws« (der vierte Magen der Wiederkäuer) rechtfertigt dies, wenn auch Joyce im Singular weiterfährt. Notgedrungen muß ein Thema mal überbetont, ein anderes unterschlagen werden. Es wäre billig zu fordern, auch »hick(s)« – in der Bedeutung von Tölpel oder des Schluckaufs – müsse erhalten bleiben, oder zu bemerken, daß die drei vordergründigen Pansen *history*, die Muse der Geschichte, verdrängt haben. Aber damit verschwindet etwas von der Originalmelodie, die gleich zweifach vorhanden ist durch die Anklänge an Thomas Moores »Irish Melodies«, wovon eine beginnt:

> *While history's muse* the memorial was keeping...

eine andere:

> *While gazing on the moon's light...*

Beide sind mit dem Satz verschmolzen, ein irischer Leser würde wohl die Melodie mithören: das kann die Übertragung nicht leisten, aber etwas vom polyphonischen Effekt *versuchen* vielleicht schon. Und da sich Schmidt gerade auf solche Techniken versteht, ist die selbstauferlegte Zurückhaltung eigentlich bedauerlich.

»Bis hierher & nicht weiter!« (Triton 243)

Gelegentlich aber, und wahrscheinlich mehr, als man gleich mitkriegt, knistert's schon etwas: »dieses Nachtstyx«, »dem Beelze-Bubbel«, »so schlamm wie es nur kunnt« (Triton 198, 241, 242), usw. »Lachen von Weinen« (Triton 218) für »lees of whines« (FW 183) schafft ähnliche Bewegung, und es kommt weiß Gott nicht darauf an, daß »lees« im Glas Zurückgebliebenes, »Lachen« aber das Ausgeschüttete bedeutet: Hauptsache, daß der Text zum Leben kommt. Leider nicht so oft, wie es das Werk eigentlich verlangt, und so sind wohl ein paar Chancen ungenützt verpaßt worden, etwa in der Beschreibung von Shems Haushalt gleich noch Wichtiges zur Charakterisierung von Joyce und FW mit aufzunehmen. Zum Beispiel:

FW 183	Triton 218	Weitere latente Bedeutungen:
upset latten tintacks	messingne Reißzwecken	upset Latin syntax
quashed quotatoes	Rührkartoffeln	quashed quotations
messes of mottage	Wort-Botschaften	»mess of pottage« (Linsengericht, das Jakob-James-Shem dem Esau vorsetzte); kath. Messe, mess: Durcheinander
highbrow lotions usw.	vornehme Lotionen	highbrow notions, vielleicht auch »Hebrew«

In der Nörgelei steckt das Kompliment, daß Schmidt durchaus in der Lage gewesen wäre, ein paar ›quotatoes‹ in sein Linsengericht zu rühren. Sicher brächte er für »lapse not leashed« (FW 63) mehr zustande als das einspurige »zuguterletzt« (Triton 240) und könnte eine Ahnung vermitteln von, z.B., der belegten Sprechweise des Betrunkenen, von Fall, Stolpern oder Rückfall, von Wehe-wenn-sie-Losgelassenem – oder wie immer, ohne unlesbar zu werden.

Da wohl Absicht dahinter steht, läßt sich möglicherweise darauf schließen, was aus dem Gesamtspektrum im allgemeinen ausgeklammert wird: Themenbereiche, die von den übrigen Wake-Erklärern eher hervorgehoben werden: Irland, Mythologie, Religion, Musik und – vor allem – Humor. Schmidt bevorzugt, lesemodellkonsequent, das Biograffitische. Irisches fällt gern dahin: sogar »Ireland« wird zu »Zornland« (Triton 216). Das allzu Spezifische wäre auch nicht einzubringen, wie Lieder von Thomas Moore oder ein so bekanntes Stück Patriotismus wie »The West's Asleep«: »the wastes a'sleep« (FW 64) macht aus dem Erwachen die Hoffnung auf einen künftigen Aufstand; »aus Schlafwüsten« (Triton 241) ist unpolitisch – hier könnte nur eine Glosse helfen. Der Verzicht auf Einheimisches, vor allem auf Dublin, könnte damit begründet werden, daß der Schauplatz ohnehin bekannt ist. Somit gewänne man mehr, wenn ein lokaler Kneipenname verallgemeinert wird; »Wieso haben Sie ›Mullingar-Inn‹ mit ›Mülleimer-Herberge‹ wiedergegeben?«, fragt Sprecherin C und erhält zur Antwort einen Verweis auf »buchstabengenaues« Lesen: »... der Text hat ›Mull in can Inn‹« (Triton 243). Hier erlaubt sich Schmidt einen kleinen Scherz, denn die genauen Buchstaben des Textes haben »Mullingcan [*ein* Wort, mit -g-] Inn« (FW 64), was wohl neben Mullingar auch Mulligan (Name eines bekannten alten Pubs in Dublin und einer Figur aus »*Ulysses*«) enthält. Lokales landet etwas pauschal im Mülleimer. Das paßt dazu, daß im Lesemodell Schmidt der Schauplatz vorwiegend nach Triest verlegt ist, und so kann es nicht verwundern, daß »Irische Gegenstände humanen Beobachtern nichtwahrnehmbar« gemacht werden. Das entspricht dem Original selbst, nur fällt dort nicht *nur* das Irische der Unsichtbarkeit anheim:

> ... rendered all animated greatbritish and Irish objects nonviewable to human watchers (FW 403)

Durch syntaktische Schiebung und Korrektur der Interpunktion werden die Gewichte verlagert:

> ... wandelte alles Belebte ins Großbritannische, und machte Irische Gegenstände humanen Beobachtern nicht-wahrnehmbar (Triton 195).

Hier wird sicher mit Absicht entzerrt.

Im Kommentar und in den Textproben hat Schmidt wenig übrig für alles Mythologische (was als unleidige Reaktion auf so manche andächtige FW-Exegese auch wieder begreiflich ist). Von den Ureltern Deukalion und Pyrrha, »... deff, coal lay on, ... call us pyrress« (FW 244), wird nicht Notiz genommen: »... Tauber, Kohl' leg an; ... heiß' mich Feurige« (Triton 245) – oder vielleicht doch? Von Noah läßt sich wohl noch was ahnen, »Harch? Nein« (Triton 245), für »Ark!? Noh!?« (FW 244); von seinen drei Söhnen schon nicht mehr: von »homp, shtemp and jumphet« (FW 63/64) bleibt noch der Dreisprung »Hupf, Stampf & Stulpsprung« (Triton 241). Es ist aber auch hier genauso gut möglich wie bei FW, daß wir als Leser vieles überhören. Etwa in »noch schloß keine Dick-Angetraute// für ihn ›Frieden in Ehren‹ für's Haus« (Triton 207): es steht für »Not yet his Arcobaleine forespoken Peacepeace upon Oath« (FW 175). Schmidt betont das eher Häusliche für das Regenbogenhafte (ital. arcobaleno) von »Arcobaleine«, in »Arco-« steckt mehr etwas Hohes als etwas Dickes; doch die Toleranz des Textes erlaubt vielleicht auch die Hervorkehrung von »baleine« (Wal), was möglicherweise durch »Dick« (Moby?) geleistet wird, allerdings außerhalb des Gesichtsfelds des Lesers.

Mit dem Vorbehalt also des immer möglichen Übersehens weiterer Bedeutungen registriere ich das wohl bewußte Auslassen religiöser Töne. »... und die Maschine des Gesetzes bis Murray-Morgen schloß« (Triton 240) bewegt sich im Alltäglichen und versucht nicht, die Zeit auch liturgisch zu bestimmen; »till the engine of the laws declosed unto Murray« (FW 63) wird getragen von der Stimme des Angelus: »and the Angel of the Lord declared (hier auch: disclosed) unto Mary«, die wohl keiner überhört; zum mindestens macht »unto« auf derartiges aufmerksam.

In FW folgt auf »Panther monster« gleich »Send leabarrow loads amorrow« (FW 244), in der deutschen Näherung wird zwar etwas angeführt (typographisch: › ‹): »›Send Schiebkarrenladungen am Morgen‹« (Triton 246), doch wir vernehmen kaum »Sed libera nos a malo«, der Satz wird nicht erlöst von dem Banalen. Wobei Joyce das Übel der Sünde gleich noch illustriert mit »amor(e)«, das –

vielleicht? – auch deutsch in »leaba-« schon aufklingt. Die Mehrstimmigkeit ergibt sich aus der Unstimmigkeit an der Oberfläche, es gibt weder »amorrow« noch »leabarrow«, und das verleitet uns, nach semantischem Halt zu greifen und Möglichkeiten wie »labor«, »liber« (auch gälisch »leabhar« ist Buch) auszuprobieren, uns sagen zu lassen, daß gälisch »leabha« Bett bedeutet, »barrow« auch als Grabhügel aufzufassen, von Seite 6 des FW eine Ladung Guinness-Bier auf Karren (»a barrowload of guenesis«) zu assoziieren, usw. Wobei wir uns immer um verbindende Einordnung zu bemühen haben. Vor einer solchen Fülle von Reizen will uns eine Lesbarmachung aber gerade bewahren; die Gegengefahr ist dann eben untypische Belanglosigkeit.

Natürlich sagt jedes auch noch so reduktive Modell etwas aus, und ich wüßte nicht, was man praktisch mit »be the chandeleure of Rejaneyjailey« (FW 64) mehr anfangen könnte als »beim Kerzenschein der Kerker-Königin« (Triton 242). Hier flackert auch noch die Himmelskönigin mit auf, im Original ist sie gleich mehrfach vorhanden und doch wieder durch Kontraste in Frage gestellt. Auf Maria beruft sich das Römer Gefängnis (»jail«) *Regina Coeli* (»Kerker«); doch auch »chandeleure« (mit einem Schluß-e als Störelement) weist auf das Thema, es enthält, wiederum spezifisch, Mariä Lichtmeß oder Mariä Reinigung (das Motiv der Reinigung wird im nächsten Satz gleich fortgesetzt in der Vorwegnahme des Endes von »Anna Livia Plurabelle«, der kirchliche Feiertag bestimmt auch die Zeit, nebenbei ist es auch Joyces Geburtstag). Zur jungfräulichen Reinheit aber gesellen sich respektlos andere weibliche Rollen, im Namen Jane(y) und durch die französische Schauspielerin Réjane, bekannt durch Auftritte etwa von »Madame Sans Gêne«: die Welt des Theaters mit seinen Verlockungen und die des Gefängnisses heben sich von der himmlischen ab. (Wenn wir wollen, führt sogar noch – in redundanter Dreingabe – die Réjane durch ihren Vornamen auf das Thema zurück: sie hieß Gabrielle, nach dem Erzengel, der wieder ein besonderes Verhältnis zur Jungfrau hatte. Diese Schaltung ist weder zwingend noch notwendig – aber möglich: es führen viele Wege nach Rom.) Keine denkbare Umsetzung läßt solches Ausfächern zu; aber etwas von der Dynamik, die auch Schmidts eigene Werke auszeichnet, sollte erhalten bleiben.

Ein Mittel, die Mehrstimmigkeit zu erreichen, ist, die Stimmen etwas Verschiedenes hintereinander sagen zu lassen: jeder FW-Übersetzer wendet es an. »... how, parasoliloquisingly truetoned« (FW 63) wird auseinandergefaltet in, zunächst, »der Triton mit dem Sonnenschirm« (trueton-, parasol), und dann, im zweiten, attributivischen Durchgang, »im Brustton des Miß-Selbstgesprächs« (parasoliloquisingly; Triton 240). So lassen sich die Bedeutungen aufzählen, wobei die Näherung hier grad das tut, wovon der Text spricht, nämlich nebeneinander (para) reden (loqui). Natürlich verschiebt sich die Lesewirkung; in der additiven Reihe bleiben die Bestandteile eher unverknüpft, der Leser weiß auch nicht unbedingt, daß sie zusammengehören, während das Original unverkennbar einen Knoten vorsetzt, der sich dann in Gegensatzpaare wie etwa Wort und Ton oder Wahr (true) und falsch (»paralogy«: falscher Schluß) entwirren läßt.

Wo immer sich kein glücklicher Einfall anbietet, ist das zweimalige Ansetzen legitim, selbst wenn sich dabei ein Spannungsfeld in eine Bestandsaufnahme verwandelt. In der Wieder-Holung »nach dem höchst meinungslosen Schlagwechsel solch mittagslosen Nocturnos« (Triton 241) für »after this most nooningless knockturn« (FW 64) sorgen die parallelgeschalteten Adjektive (wobei »meinungslos« dem sonst richtigern »bedeutungslos« vorzuziehen war) erst noch für den inneren Zusammenhalt. Das geht auf Kosten der stenographischen Knappheit: jede Methode, FW zu verdeutlichen, oder gar zu erklären, verlängert den Text.

Die inventarische Aufspaltung leistet einiges an Quantität, theoretisch sogar alles, da sich die Reihe beliebig fortsetzen ließe. Dabei braucht das Nebeneinander nicht säuberlich verpackt zum leichten Erfassen vorzuliegen, durch Verschachtelung etwa kann bloß passivem Lesen entgegengewirkt werden. Ein Gebilde wie »unsere ganze Spaß-Phäno-Tier-menale Welt« (Triton 245) zwingt zur interpretierenden Neuordnung der Fragmente. Das Mini-Puzzle regt zu Vorgängen an, die auch zu FW gehören. Dort gibt sich – »our funnaminal world« (FW 244) – das Adjektiv zunächst täuschend wie *ein* Wort, das zur Suche nach Bestandteilen provoziert.

Außer »fun« ist eigentlich nichts orthographisch präsent. Durch Umsetzen schälen sich, in nicht festzulegender Reihen- oder Rangfolge, Möglichkeiten heraus. Als Silhouette zeichnet sich »Name« oder »nominal« ab; keines der beiden Wörter erscheint anders als, wenn schon, defekt; andererseits ist ihr schemenhaftes Dasein durch die doppelte Annäherung auch wieder gestützt. Dem Schriftbild zum Trotz springt wohl auch »animal« in die Augen. Das Ohr wiederum verwandelt alles in »phenomenal«.

Aus diesem Bündel hat Schmidt ein wirksames Zusammensetzspiel ausgewählt und kommt damit auch dem nahe, was er von FW behauptet: es ist »eigentlich ein MehrspaltenBuch« (Vorläufiges zu Zettels Traum, 1977). Der Text wird in Spalten aufgelöst und diese etwas vermengt. Das Beispiel »funnaminal« zeigt die Brauchbarkeit der Mehrspalten-Vorstellung von FW wie auch, daß er sich dieser Normierung doch wieder entzieht. Was in der geschickten Näherung »Spaß-Phäno-Tier-menale Welt« nicht zur Sprache kommt, ist eine Selbstdarstellung von FW. Die Welt der Phänomene, einschließlich der Tiere, kommt darin nominal, durch Benennung, in Gang, zum Spaß, und der Leser wird animiert, die Erscheinung der nomina auf das hin zu untersuchen, was dahinter liegen mag. Das Wort »funnaminal« ist selbst ein derartiges Phänomen, das optisch und akustisch anders einzuordnen ist, und wir wiederum fassen die Sinne, die wir zu erkennen glauben, in nominale Alternativen. Das Wake-Wort tut eben das, wovon es spricht; Schmidts Ausdruck tut das, wovon Arno Schmidt spricht.

Schmidt verwendet also die Aneinanderreihung verhältnismäßig oft, als Mittel, mehr unterzubringen, aber auch in konsequenter Ausführung dessen, was ihm als Näherung an FW vorschwebt: die Aufspaltung in zwei oder mehr parallel nebeneinander laufende Übersetzungen oder Erklärungen/Kommentare, oder Lesemodelle, die sich ergänzen, was natürlich eine lineare, eindeutschende Näherung nie vermöchte. Und so sind denn auch im Triton die Diskussionen um das Werk so etwas wie der »rechte Rand« (Triton 250), der das andere Lesemodell zu bewältigen hätte. Die Erörterungen durch die drei Stimmen A, B und C im Gespräch gehören also mit zu den Lesbarmachungen, da sie auf ihre Weise zum Verständnis beitragen. Dabei scheint mir die Gefahr, daß ein Leser die deutschen »Näherungen« mit FW verwechselt, viel geringer als die, daß ihm das Buch durch die glossierende Entzerrung im sich objektiv gebenden Rundfunkgespräch verleidet wird. Die Einseitigkeit, die Übersetzungen anhaften muß, wäre hier durchaus vermeidbar.

»Brustton des Miß-Selbstgesprächs« (Triton 240)

Bei allen kritischen Äußerungen Schmidts zu FW wird nie ganz klar, warum es dann doch zu seinen Lieblingsbüchern gehören soll (Triton 271). Die detaillierten Ausführungen beweisen regelmäßig das Gegenteil. Was Arno Schmidt an FW zusagt, bleibt immer noch ein Rätsel. Gleichwohl spüren wir, daß er das Buch, das die meisten von uns etwas zögernd angehn, weil es uns die eigene Ignoranz und Stumpfheit vorhält, genau durchschaut hat, bis auf den Grund. Das führt leicht zu Verallgemeinerungen: Joyce hat sich's »natürlich leicht gemacht« und in dem eigentlichen »MehrspaltenBuch... alles freiweg durcheinandergedruckt« (VZT 3). Auch setzt er einem »der Großen Bücher« (Triton 259) immer wieder vorwurfsvoll Normen, die recht schulmeisterlich anmuten können: »daß Joyce nicht interpungirt... sogar *irreführende* Satzzeichen gibt« (Triton 204).

Als pointierte Verallgemeinerung läßt sich bestimmt sagen, daß FW aus »Etymen« besteht, wenn auch ohne den absoluten Anspruch »Das ist das ganze Geheimnis« (VZT 4). Zumal »etym« (FW 353.22) eins der Wörter ist, das FW selbst beschreibt. Auch die Etym-Theorie, auf FW bezogen, ist nur wieder eine der möglichen Unzulänglichkeiten, auf die wir angewiesen sind. Sicher setzen die Wörter unterschwellige Assoziationen frei, nur würden die meisten von uns alles mit dem Text rückverknüpfen. Gerade das scheint nicht zu geschehen, das etymisch Erkannte tritt zumeist wie eine apodiktische Verlautbarung auf, wie ein willkürlich privater Bezug, nicht begleitet von dem Aha-Erleben, das stärker wirkt als philologische Exkursionen.

Zum völlig isoliert stehenden »Pantocracy« (FW 308) – »*Mir* vertraulichen meine Etyms an, daß ›pants‹ auch ›Schlüpfer‹ & ›crazy‹ ›verrückt‹ sei; das Ganze ergo auf ›Hosentollheit‹ hinauslaufe«

(Triton 281). Anderen Lesern gegenüber sind *diese* Etyms nicht ganz so vertrauensvoll. Auch verhalten sich gerade die Beispiele für Etyms, die Schmidt anderswo gibt, betont anders. Im Freudschen »Vorschwein« kommt es doch auf das zusätzliche *w* an. In gleicher Weise gibt Joyce Signale: »... wenn Nora Joyce warnte... ›They are all weaklings‹, – dann schrieb ihr Gatte das natürlich sogleich schmunzelnd mit zwei ee« (VZT 4). Derartige Signalisation aber fehlt bei »Pantocracy«.

Steckt wirklich in »near the ciudad of Buellas Arias« (FW 435) »vor allem, ›puellas arrears‹: ›Mädchen-Popos‹«? – also mit Umspringen des Akzents von der ersten auf die zweite Silbe – und dies *»vor allem«* (Triton 275)? Wobei hier FW nicht gegen Anzüglichkeiten zu verteidigen ist; Ansichten von Popos gibt es durchaus, und Joyce kann auch »pants« andeuten, aber irgendwie kontextuell oder idiomatisch überzeugend, »a kink in the pacts«, »saddle up your pance« (FW 614, 61).

Wenn die Etymlaunen uns wirklich und vor allem nur immer wieder auf die paar plattsam bekannten Urspielzeuge zurückführen und ein paar biologische Verrichtungen, dann ist FW viel zu lang, ein paar Zeilen täten's dann auch. Auf eine Prosa, worin Etyme so sinnlos walten, wie es die Textproben dartun, trifft denn auch zu, was an Urteilen zusammenkommt: »Albernheit... Autobiografie plus Witz... ein einziger großer Unterleibswitz... Infantilismen der Wut... platt; ja vulgär« (Triton 208, 230, 239, 243 bis 244, 285), usw. Das gilt in der Tat für viele Auslegungen. »Naja; also ›mit Gewalt‹«, sagt denn auch der skeptische B mit gutem Recht: die Gewalt geschieht dem Wort »leathersellers« (FW 312) das heißen soll: »›lather‹ gleich ›Schaum‹, und ›letter‹ gleich ›Buchstabe‹ – also zu Deutsch der ›Schaum-Händler‹ und ›Buchstabenverkäufer‹« (Triton 225). Es muß schon mehr als etymisches Fiat her, um aus »leather« »lather« (was übrigens im Englischen nicht die Konnotationen von unserem »Schaum« hat) oder »letter« zu machen, vergl. etwa bei Joyce: »he was rising my lather« (FW 424/425: hier führt nicht einfach der Gleichklang, sondern das syntaktische »writing my letter« zum Sinn). »Twilight« führt nicht automatisch auf »toilet«, aber Joyce *und* Schmidt finden jeweils Mittel zur Plausibilisierung:

»cultic twalette« (FW 344) oder »twilette« (FW 525), und ebenso bei »T$\frac{w}{o}$ilit of the Guts«.

»an den Haaren herbeigezwungener Tinnef« (Triton 207)

Die so anpassungsfähige Polytropie der Wake-Sprache wird verkannt und in Sturheit verkehrt: »Und weil das englische ›space‹, ›Raum‹, sich Deutsch als ›Spaß‹ sprechen läßt, ergibt sich eine Monolingua mit neuer Logik, derzufolge ein Geometer, er mag wollen oder nicht, eine ›spaßige‹ Figur ist?« (Triton 207). Eben nicht: »space« und »Spaß« kommen etwa dreimal zusammen, immer auf die spaßige Figur vom gemeinsamen Nenner Wyndham Lewis bezogen (Joyce spielt auf dessen Deutschfreundlichkeit an), und zudem in syntaktischen Fügungen wie »making spaces, making spass« – also mit mehrfacher Motivation. Sonst aber nähert sich »space« je nach Bedarf und Gelegenheit mehr »spice«, »species«, »special« oder sonstwas und legt weder sich selbst noch den Geometern Zwänge auf. Die Polylingua ist überaus flexibel (was Etyme offenbar nicht zulassen wollen); andernfalls müßte »not«, wegen der identischen Buchstabenfolge im Deutschen, aus jeder Verneinung einen Notfall veranstalten. Eine semantische Aufladung der Wörter findet statt, doch werden die einzelnen Bedeutungen nicht mit der öden Mechanik abgerufen, die sich in den Gesprächen zeigt.

Auch Arno Schmidt arbeitet mit Kontexten, oder Lesemodellen, deren es offenbar zwei gibt: das »mystische« (das aller andern) und seines, »realistisch«, das ein paar bekannte biographische Fakten zum Angelpunkt erhebt. Viele Deuter haben ihre Aufgabe in der Verbindung von realistischen und andern Bezügen gesehen, aber wegen seiner gewollten Isolation läßt sich das Schmidt-Modell gar nicht verbinden: »Eine ›Koppelung‹ brächte keinen Fortschritt; da die eine Ansicht die andere hoffnungslos blockiert« (Triton 318/319). Dann bliebe nur die räumliche Gegenüberstellung zweier unvereinbarer Modelle. Man hätte auch denken können, beim multikopulativen Wake sollten möglichst viele Modelle sinnvoll eingespannt werden, wie ja auch die vielfältigsten Konflikte verbal darin ausgetragen werden.

Zu Recht wehrt sich Schmidt gegen eine bloß mythologisierende Auslegung und zeigt beflissen immer wieder eine Kehrseite auf: die Türen, die dabei eingerannt werden, standen aber schon recht lange offen; was konstant weggelassen scheint, ist der unverkennbare Protest jeder Wake-Stelle gegen die Reduktionen, mit denen wir uns behelfen müssen. Davon ist nichts zu spüren in der Wiedergabe von Sätzen, die auch autoreflexiv sind. Aus didaktischen Gründen braucht es oft ad-hoc-Beschneidungen wie »Nur Schattenspiel. Nichts als ein Jabberwock-Witz« (Triton 232–233), aber ohne einen Tip auf etwas darüber Hinausreichendes bewegt sich die Notiz am Rande der Unfairneß. Wenn man »sole« in »Sole shadow shows« mit »nur« wiedergibt, nimmt man dem Satz Bewegung und unterschlägt das Wort als »Sonne« im Gegensatz zu Schatten. Ganz schlecht aber ergeht es »jest« im lebhaften, suggestiven Satz »Tis jest jibberweek's joke« (FW 565). Darf ausgerechnet »jest« *nicht* unter die Geste des Großen Pun aufgenommen werden, ein gerierendes, gestikulierendes, scherzhaftes, juristisches *und* einschränkendes Wort? – darf man es je, unter irgend welchen Umständen, auf das allerstarrste, absolute »Nichts als« einengen, also gerade das, was es selbst widerlegt? Hier ist wieder einer lütten Feinheit der Genickfang gegeben, was einem Cooper-Übersetzer (Triton 400), oder einem Goyert (»heute, unerträglich plump, ja falsch!«, Triton 271), nicht nachgesehen würde.

»Sie müssen buchstabengenau lesen« (Triton 243)

Ein paar Unredlichkeiten gibt's da schon auch, die nicht Angelegenheiten der Deutung sind. Eine Sache der Deutung wäre es noch, Joyce mit einem so schlechten Gehör auszustatten, daß er uns »Gortigern« (FW 555) als »garrotte gern« (Triton 316) zumutet. Im selben Verfahren wird »Jugurtha« zu »You garrotter« zurechtgewürdigt. Die mehrmalige Zitierung von »Jugurtha« (Triton 236, 211; einmal versehentlich »Jurgurtha«, 280) aber erweckt den Eindruck – durch die Anführungszeichen –, daß diese Formen in FW stehen. Es gibt sie nicht. Im Text findet sich *nur* »Gugurtha! Gugurtha!« (FW 403, möglicherweise auch ein Bezug auf Gogarty). Die Textwiedergabe selbst darf nicht durch voreingenommene Interpretation entzerrt werden. »Gu-« nun ist von »you-« noch weiter entfernt.

> Wie schreibt denn Der [Joyce] die Namen der ›Alten Meister‹?!:
> ›Hogarth‹...
> A.: Wird zu ›hug-arse‹...
> B.: Botticelli?...
> A.: ›Bottom-silly‹... (Triton 276).

Der schreibt sie aber gar nicht so. Die Anführungszeichen (für deren Weglassung Joyce eins abkriegt) (Triton 204) dokumentieren die anale Schreibweise trügerischerweise als original: FW hat »hogarths... Bottisilly« (FW 435).

Und gleicherweise enthält FW nicht, wie typographisch vorgegeben, »all mouth-speech nix finger-force« (Triton 283) oder »the murdrous dialect« (Triton 243), sondern »mouthspeech allno fingerforce«, »the Murdrus dueluct« (FW 484, 374); und die zitierten Formen »a fox in his stomach«, »inn-genious«, »Isin-Glass« usw. usw. kommen *so* nicht vor. Das geht hinunter bis zu vielen offensichtlichen Druckfehlern und Sorglosigkeiten im Umgang mit dem Text, die nicht bedeutend sein mögen, aber nicht zu dem passen, was über die Vernachlässigung von »Mikrodetails« beim doch weniger subtilen Cooper gesagt wird. Vielleicht verstehe ich einfach den Witz nicht. Möglicherweise handelt es sich um »den nächstunbefangenen Schritt, der da heißt, den arm-unwissenden Alten zu verbessern, zu berichtigen« (Triton 399) – was sicher mit der Interpunktion geschieht. Wenn es aber bloß Fehlleistungen sind, haben Kenner zu entscheiden, ob sich die gerade bei Joyce-Zitaten häufen. Wenn die Veränderungen jedoch Lesehilfen darstellen, dann täuscht die gänsefüßige Tarnung als Original.

Die nicht von außen erkennbaren Entstellungen, jede einzelne wohl belanglos, tragen doch bei zum Eindruck von FW als »Autobiografie plus Witz«, und zwar dem dürftigsten Witz. Ein derartiger FW wäre es dann kaum wert, lesbar gemacht zu werden. Die schulmeisterhafte Rhetorik erweckt in der Tat den Anschein, als wäre über FW etwas objektiv ausgesagt. Die Kommentare sind wohl für Schmidts eigenes Werk ergiebig. Für die Spielregeln von ZT ist er allein zuständig; wenn er Ähnliches als Gesetze von FW ausgibt, wird es zu ergetzlicher Schrulligkeit. Ich glaube immer noch, daß er es im Grunde doch besser weiß. Seine weitausgreifenden Kenntnisse und das Wissen, das Joyce sicher abging (»Vortäuschung des umfaßendsten Wissens«, Triton 215; »ja, er konnte nicht einmal Hebräisch«, Triton 261), hätten bestimmt auch zu wirklich brauchbaren Einsichten führen können. Zumal Schmidt bereits in den sechziger Jahren schon mehr von FW verstand als heute noch alle (mir bekannten) anderen Deuter zusammen: »... bis jetzt also vermeine ich, etwa 75% lesen und wiedergeben zu können. Weitere 15% würden sich, ich zweifle nicht daran, bei intensiver Beschäftigung noch ergeben« (Triton 248).

»es steckt noch mehr darin« (Triton 273)

Schmidts Postulat – »eine vermittelnde, leidlich klare, menschlich-umschreibende und reichlich kommentierende Verdeutschung« (Triton 252) – bleibt bestehen. Über einen Kommentar, wenn er nur breit genug liefe, könnte man sich einigen. An die Verdeutschung selbst will sich wohl niemand wagen. Was ich zu den vorliegenden »Näherungen« sagte, läuft doch wieder auf die Binsenhalbwahrheiten zum Thema Übersetzung hinaus. Auf alle Fälle ist Schmidts Mut erstaunlich. In der bloßen Nachbildung eines Originals, das zudem recht ambivalente Reaktionen auslöst, wären Schmidts Fähigkeiten auch nicht optimal zur Geltung gekommen. Dann kann sich wohl auch kein Schriftsteller überhaupt den zeitlichen Aufwand leisten.

Daß, wie wir schon immer wußten, FW halt doch nicht beizukommen ist, relativiert jeden Einwand. Wenn Joyce am Ende des neunten Kapitels mehrmals mit »Loud« ansetzt, und so »LORD« mit »loud/laut« und »laudare« untermalt, so muß man im Deutschen wohl auf Geräusch und Lob verzichten und ist auf »HErr« angewiesen:

> HErr, überhäuf' uns selbst mit Miseren; unsere Kunstwerke aber umwind' mit Gelächter-Guirlanden! (Triton 253).

Die Stelle ist in Aussage und Technik eine Art Mikromodell: vielleicht kommen wir der Haltung von Mut und Resignation des Buchs darin am nächsten:

> Loud, heap miseries upon us yet entwine our arts with laughters low (FW 259).

Die Skepsis sitzt tief, Bitte und Herausforderung vermengen sich, Elend trifft uns gehäuft, Gnade von oben ist mehr künftige Hoffnung als tägliche Erfahrung, die Kunst bietet Lebensinhalt oder -ersatz oder Ablenkung – nichts ist sicher. All das hat die deutsche Näherung auch, aber weniger melodisch, weniger feierlich, weniger spöttisch, weniger verschüchtert, weniger widerspenstig, weniger resonant.

Die Resonanzen sind vor allem religiös: im einen hörbaren Gebet schwingen gleich viele andere mit. Der Satz überlagert – oder par-odiert (im ursprünglichen Sinn von Nebenher-Singen) – das Gebet: »Lord, have mercy upon us, yet encline our hearts to keep Thy laws«. Diese Matrix existiert im Deutschen nicht brauchbar, so wenig wie der glückliche Umstand, daß »miserere nobis« im Englischen »have mercy upon us« heißt: Joyce kann also dasselbe zweisprachig und tautologisch sagen, es aber dann durch »miseries« doch wieder umkippen lassen. Von den vielen liturgischen Schwingungen hebt sich dann der trotzige – weltliche – verzweifelte – zuversichtliche Ton um so mehr ab. Die Ambivalenz von Glaube und Unglaube (oder von verschiedenen Auffassungen des gütigen/strafenden Gottes im Alten und Neuen Testament), die Ambivalenz des Kindes gegenüber den Vater-Figuren, wird buchstäblich ausgetragen, die Konflikte sind wörtlich und syntaktisch inszeniert. Jeder Oberflächenschein wirkt trügerisch. Der paradoxe Reigen ist nicht fixierbar und nicht übersetzbar, weil die Nichtfixierbarkeit vor allem zu übersetzen wäre. Dem laut-dominant Herrschenden gegenüber klingt das Shemhaft leise Gelächter der Unterdrückten (»heap... upon us«) und doch nicht Aufgebenden: das Lachen wiederum durchdringt die anscheinende Bitte von hinten her, setzt sie um in Kontraste: laut – leise, hoch – tief, Demut – Trotz, Shaun – Shem, Religion – Kunst, Kunst – Leben, gut – böse, Elend – Erbarmen, usw., vielleicht Weinen (»ent-wine«) und Lachen.

Die Zielsprache setzt Grenzen. »Arts« beschränkt sich nicht auf Kunst(werke), es kann auch Kunstkniffe oder Schlichte bedeuten, also die Kunst des Überlebens, die sich mit dem implizierten »laws« nicht immer ganz deckt. Hier die Plumpheit irgend einer Übertragung zu bemängeln wäre müßig; hier wird jeder Notbehelf zur Tugend. Höchstens Rückschlüsse auf die zugrundeliegende Ansicht sind vielleicht ergiebig. Bezeichnenderweise teilt Schmidt den Satz strichpünktlich in der Mitte und schafft damit einen großen Gegensatz. Konsequent verfährt er mit »entwine with«, also dem Verflechten von zwei (etymologisch noch in »en-*twi*-ne«, verwandt mit *Zwei*-fel) oder mehr Fasern zu einem nicht entwirrbaren Strang. Die innige Verquickung, aus der die Unruhe von FW hervorgeht, wird zu »Umwinden« mit Guirlanden, d.h. mit Beiwerk, etwas Aufgesetztem, das dann bei Bedarf auch wieder entfernt werden kann, oder an den Rand abgedrängt als fakultative Dekoration.

Das »Collideorscape« (FW 143: »die kaleidoskopischen Kollidiereskapaden« und, nochmals, »Zusammenprall & Entkommen«, Triton 305) von *Finnegans Wake* besteht darin, daß man es immer anders drehen kann. Ziel der Übersetzung wäre gerade der Dreh selbst, der wesentlicher ist als die vollständige Summe aller Teilbedeutungen. Es fragt sich dann, ob eine Näherung, die dieses Zusammenprallen und Entkommen nicht auch wörtlich veranstaltet und die den nichtstillehaltenden Text erstarren läßt, noch sinnvoll ist.

Eine Antwort wäre – nach längerem Schwanken –: ja, doch, trotzdem, weil halt immer noch etwas mitpulsiert. Weil auch diese Lesbarmachung besser ist als gar kein Lesen, weil sie gleichwohl lebendiger ist als die Sichtbarmachung von semantischen Mechanismen, was meist (wie von mir im Vorangehenden) mit der Subtilität einer mittelschweren Dampfwalze abläuft. Und dann schon deshalb, weil das Wringen mit dem verzettelten Trauma des Ungetyms *Finnegans Wake* ja doch zu manchem angeregt haben muß, was sonst nicht Buch geworden wäre.

(1978)

Fünf Zeilen Text und zehn Seiten Anmerkungen

Ulysses S. 20

Die erste Kreuzung

Frank Budgen, ein Freund, erinnerte sich, wie er einmal in Zürich mit Joyce über einen Roman sprach und etwas vom Inhalt wiedergeben wollte. Da unterbrach ihn Joyce und bestand darauf, die Worte des Autors selbst zu vernehmen – nicht eine Umschreibung. Die Worte selber – so war das wohl gemeint – *sind* in der Literatur der Inhalt. Und so verfehlen auch wir immer dann, wenn wir *über* ein Werk sprechen, damit seine Eigenheit.

Und so nun stellt sich der *Ulysses* in seinem ersten Satz vor:

> Stately, plump Buck Mulligan came from the stairhead, bearing a bowl of lather on which a mirror and a razor lay crossed.

Kaum jemand hatte wohl gemerkt, daß sich die ersten neun Wörter auch als Hexameter lesen lassen, bis Hugh Kenner sie folgendermaßen darstellte:

> Stately, / plump Buck / Mulligan // came from the / stairhead / bearing…

Sicher wird durch Rhythmus und lautliche Ballung (»plump Buck Mull-«) vieles plastisch herausgehoben, vor allem die beiden betonten Eigenschaften am Anfang. Die erste Wahrnehmung konkretisiert sich in einer genannten Person, die wir auf einem kurzen Stück Weg verfolgen, bis sich der Blickwinkel zu einer Nahaufnahme verengt. Groß im Bild erscheint am Ende das Rasierzeug – ein Becken, worauf ein Spiegel und ein Rasiermesser liegen, gekreuzt, »crossed«. Ein seltsamer, aber irgendwie filmisch erlebter Einstieg.

Der Satz bewegt sich von »Stately« zu »crossed«, visuellen Eindrücken, die das Ganze umspannen. Es mag zunächst fast stören, daß sich so etwas wie die Schemen von »State« und »Cross« in den Wörtern abzeichnen, fast als wäre hier schon die weltliche Macht der geistlichen gegenübergesetzt – Staat und Kreuz. Später wird dies noch oft geschehen. Im ersten Kapitel werden schon bald der britische Staat und die katholische Kirche als unterdrückende Meister genannt. Niemand zwingt uns natürlich, das letzte Wort des Satzes dem ersten entgegenzuhalten, aber wenn wir es schon tun, kann als lautliche Klammer sogar die Assoziation »Stations of the Cross« auftauchen, die Kreuzwegstationen. Damit wäre der Auftakt ungebührlich überzogen und ein Irrweg wäre aufgezeigt, ein abschreckendes Beispiel deutenden Übereifers. Eigentümlich ist bloß, daß Joyce solche Verdrehungen so konstant *ermöglicht*. Denn der eben eingeführte Charakter Mulligan fängt gleich im selben Stil an, indem er höchst unpassend lateinisch die heilige Messe intoniert und später in der Tat ein paar Kreuzwegstationen inszeniert. Beim Umziehen deklamiert er: »Mulligan is stripped of his garments« (U 23: »Mulligan wird seiner Kleider beraubt«, S. 25). In einer nächtlichen Szene zitiert er die 10. Station: »Mulligan meets the afflicted mother« (U 516: »Mulligan begegnet der schmerzgebeugten Mutter«, S. 732). Fast wie beiläufig scheint viel von dem, was im Verlauf des Buchs ausführlich zur Sprache kommt, schon leicht – potentiell – vorweggenommen.

Das alles aber braucht den Leser nicht zu kümmern, bestimmt nicht beim ersten Durchgang. Was dann schon auffallen könnte, ist die Spannung zwischen den Adjektiven. »Stately« ist stattlich, imposant, würdig, vornehm. Es verrät noch seinen Ursprung von *status* und *état*, von Obrigkeit und der lateinischen und französischen Sprache, die sie geschichtlich vertreten haben. Es wäre nun ein aufschlußreiches Experiment, von einer nicht eingeweihten Zuhörerschaft raten zu lassen, welch zweites Adjektiv Joyce auf dieses »Stately« folgen läßt, oder sich zumindest zu fragen, welcher Art es sein könnte. Es ist höchst unwahrscheinlich, daß jemand auf so etwas verfiele wie das plumpe »plump«, auf etwas so Massiges, Volles, fast Körperliches. Ein seltsames Paar, dieses »Stately, plump«. Es beäugt sich argwöhnisch, paßt nicht ganz zusammen. Eben so, wie so vieles nicht zusammenpaßt auf dieser Welt und wie so vieles in diesem Roman hart aufeinanderprallt. Hier sind zwei Töne angeschlagen, die sich, später verstärkt, wiederholen und abwandeln werden; die Betonung, je nachdem, von Ordnung und Kultur oder Institutionen – oder aber von Dinglichkeit und unserer physischen Natur. Es scheinen von unserem gedämpften, aber hörbaren, Gegensatz zwei Hauptströmungen auszugehen: einerseits die Schilderung einer rauhen Wirklichkeit; andererseits das Bewußtsein von Traditionen und Konventionen.

Joyce hat ganz einfach den doppelten Ursprung des englischen Wortschatzes ausgenützt, ein romanisches Wort gegen ein germanisches ausgespielt. Was soll nun daraus in eben diesen, einheitlicheren, Sprachen geschehen? Die französische Übersetzung überhöht den Kontrast eher noch mit anderen Mitteln: »Majestueux et dodu«. Ein Wort von majestätischer Herkunft, das andere volkstümlich, lautmalerisch.

Auch die deutsche Übertragung von Hans Wollschläger verwendet Wörter von unterschiedlichem Hintergrund: »Stattlich und feist«, Würde und Dinglichkeit. Stattlich und feist – der Roman, der hier anhebt, ist eine fast beängstigende Masse von Details und von Buchstaben, aber auch, wie sich herausstellt, vielfältig konstruiert und strukturiert – stattlich eingerichtet. Die ersten drei Wörter geben davon schon einen verhaltenen Vorgeschmack.

(1983)

Auf der Suche nach einem Titel

Wir benennen die 18 Kapitel des Romans mit homerischen Namen, die nicht im Buch stehen. Diese hintenherum eingeführten Überschriften sind bequem und eignen sich zur Kennzeichnung der oft so grundverschiedenen Kapitel. Sie greifen eine frühere Absicht auf. In seinen Briefen sprach Joyce oft und gern von »Proteus« oder »Ithaka«; als die Kapitel einzeln in der *Little Review* erschienen, wurden sie ebenfalls nach den entsprechenden Episoden der Odyssee überschrieben.

Wenn nun Joyce die Überschriften beibehalten hätte, würden wir vom ersten Wort »Ulysses« gleich auf »Telemachus« geraten und wären zweifellos von allem Anfang an zu sehr auf die Odyssee ausgerichtet, was einer Irreführung gleichkäme. So aber schwebt der Name »Ulysses« – eigentlich eine Bastardform, Mischung aus

»Odysseus« und »Ulixes« – als latente Möglichkeit vor dem Ganzen. Erfüllt wird sie erst allmählich, im Rückblick, oder beim zweiten Durchgang. Die Lektüre führt ganz im Gegenteil weg vom Odysseus der Antike. Wenn wir uns ihn bildlich vorstellen wollten, so müßten wir ihn in Anlehnung an Homer und alle visuellen Darstellungen mit einem Bart versehen. Im allerersten Satz des *Ulysses* – wir wissen noch nicht, wo wir sind – sehen wir Rasierzeug in Großaufnahme; und schon bald wird das Merkmal des griechischen Mannes entfernt. Also um so weniger Grund, dem detailliert realistischen Text homerische Gewalt anzutun.

Von Homer selbst ist ohnehin kaum die Rede, mit Ausnahme des geflügelten »*Epi oinopa ponton*« (U 11). Aber das ist nun gerade das abgedroschenste, am weitesten bekannte aller Echos aus der Odyssee; zudem geht es in einem Wust von vielerlei Zitaten fast unter. Zwar werden die alten Griechen angeführt, Buck Mulligan will Irland »hellenisieren«, aber dies geschieht meist durch die Vermittlung von Dichtern wie Swinburne. Hingegen wird ausdrücklich von *Hamlet* gesprochen. Mulligan macht sich lustig über die »Ideen«, die Stephen Dedalus zu Shakespeare gern hören läßt.

So nennt Mulligan Stephen Dedalus – und gleichzeitig Prinz Hamlet – »Japhet in search of a father!« (U 24). Mit Japhet ist nicht vordergründig der Sohn Noahs gemeint, sondern eine nach ihm benannte Figur in einem Roman von Captain Marryat, *Japhet, in Search of a Father* (1836), einer Abenteuergeschichte. All dies geschieht im Gespräch auf dem Weg hinunter zum Meer. Mulligan eilt weit voraus, der Engländer Haines und Stephen gehen hintereinander, Stephen mit seinem Eschenstock, »his ashplant by his side« (U 26).

Nichts, was an die Odyssee erinnern müßte. Es sei denn, wir denken an eine der klassischen Homer-Illustrationen von John Flaxman (1755–1826). Zum dritten Buch der Odyssee gibt es eine Zeichnung, die Mentor (in Wirklichkeit Pallas Athene in Verkleidung) und Telemachos zeigt. Die Flaxman-Illustrationen finden sich oft in der *Odyssey* übersetzt von Alexander Pope. Zu der Zeichnung paßt die Stelle im *Ulysses* nur recht ungefähr; in der Odyssee wird von See an Land gegangen, die Reihenfolge ist umgekehrt. Wir brauchen also die Illustration überhaupt nicht.

Seltsam ist nur die Legende, die hergeleitet ist von Mentors Rat, »daß du Kunde einholtest von dem Vater« (Od. 3:15):

TELEMACHUS IN SEARCH OF HIS FATHER

Also doch ein belangloses, weithergeholtes Indiz für den Namen, den wir dem Kapitel aus ganz anderen Gründen zuordnen?

(1982)

EIN HOHER PREIS

Im zweiten Kapitel steht Stephen Dedalus im Büro des Schulmeisters Garrett Deasy und erhält seinen Lohn. Das Gespräch dreht sich um die schlechten Zeiten und um Geschichte. Mr. Deasy weiß, wer an allem schuld ist, die Juden und *das* Weib. Mit Eva hat alles angefangen; die Griechen wurden wegen Helena, der entlaufenen Frau des Menelaos, in einen Krieg verwickelt; ähnlich negativ wirkte sich der Skandal um Parnells Geliebte auf die Verhältnisse in Irland aus.

Mr. Deasy gehört eher der oberen Schicht an und ist Liebhaber der Aristokratie und des Pferdesports (Nestor von einst war

»Pferdebändiger« oder »Meister der Pferde«). An der Wand hängen Bilder berühmter Rennpferde:

> lord Hastings' Repulse, the duke of Westminster's Shotover, the duke of Beaufort's Ceylon, *prix de Paris*, 1866. (U 38)

Die Ehrungen schließen einen ersten Preis im Grand Prix de Paris von 1866 ein. Aber uns steht es frei, »*prix de Paris*« umzudeuten auf den Preis, den vor Zeiten Aphrodite dem Paris zusprach, eben die Helena, die treulose Frau, die der Misogyn Deasy als Exempel gebrandmarkt hat.

Die Belagerung von Troia begann schließlich mit Paris und endete mit einem Pferd.

(1964)

Erstarrte Phrase

Das Aeolus-Kapitel spielt mit journalistischen Techniken und mit Figuren der klassischen Rhetorik. Sprache zeigt sich hier vor allem als eine Sammlung von vorgeformten, wieder verwendbaren Redensarten. Eine davon entstammt einer »der wohlgeschliffensten Perioden«, die dem Sprecher je vorgekommen sind, aus dem Mund eines Rechtsanwalts über die Moses-Statue von Michelangelo:

> that stony effigy in frozen music (U 141)

Hier wird Goethes Bezeichnung für die Architektur aufgenommen und auf die Skulptur umgemünzt. »Ich habe unter meinen Papieren ein Blatt gefunden, wo ich die Baukunst eine erstarrte Musik nenne«, sagte Goethe zu Eckermann (23. März 1829). Daß »er-*starr*-t« mit dem griechischen *stereos* stammverwandt ist, das in der Form »stereotyp« nicht nur den technischen Vorgang in einer Zeitungssetzerei, sondern auch ein Stilmerkmal des Kapitels beschreibt, ist wohl ein ungewollter etymologischer Bonus. Im Englischen wurde aus Goethes Satz die knappe Feststellung: »Architecture is frozen music.« Ähnlich geben die Zitatwörterbücher einen Satz aus Schellings *Philosophie der Kunst* wieder: »Architecture is music in space, as it were frozen music.«

Daß eine so oft gebrauchte Formel zum rhetorischen Schmuckstück werden kann, bezeugt auch Arthur Schopenhauer, der das »oft wiederholte Witzwort« kommentiert und auf Goethes Aussage zu Eckermann zurückführt. »Wahrscheinlich hat er viel früher jenes Witzwort in der Konversation fallen lassen, wo es denn bekanntlich nie an Leuten gefehlt hat, die was er so fallen ließ auflasen, um nachher damit geschmückt einher zu gehn« (*Die Welt als Wille und Vorstellung*, Zweiter Band, Zweiter Teilband, Kapitel 39).

Genau darum geht es, um *aufgelesene* Formulierungen, die in die Rede oder Schreibe ornamental eingesetzt werden können, wenn die Quelle selbst längst vergessen oder unerheblich geworden ist.

(1982)

Keusche Freuden

Stephen Dedalus über William Shakespeare (aber Zeitraum und Spannweite könnten auch leicht an Odysseus erinnern):

> Twenty years he dallied there between conjugial love and its chaste delights and scortatory love and its foul pleasures.
> (U 201)

In den gängigen Ausgaben steht nicht »conjugial«, sondern das viel geläufigere Adjektiv »conjugal«. Joyce aber schrieb das in Übersetzungen der Werke Emanuel Swedenborgs vorkommende Wort »conjugial«. In der Tat hat Stephen Dedalus seine Gegensatzpaare Swedenborgschen Buchtiteln entnommen:

> *The Delights of Wisdom relating to Conjugial Love; after which follow: The Pleasures of Insanity relating to Scortatory Love.*
> *Conjugial Love and Its Chaste Delights: also Adulterous Love and Its Insane Pleasures.*

Daß Joyce den Ausdruck »scortatory love« (von *scortum*, Hure) in den Swedenborgschen Schriften fand und brauchte, berichtete schon sein Bruder Stanislaus. Für Stephen schwingen auch andere Erinnerungen mit. In der Höllenpredigt, die ihn einst so beeindruckte, wurde viel von »foul devils«, »foul demons«, von »foul sin« gesprochen; die Sünden waren hauptsächlich skortatorischer Art. Der Priester wiederholt dort auch Wendungen wie »... he who delighted in the pleasures of..., the filthy pleasures in which they delighted...« (P 111–119).

Bekanntere Titel von Swedenborg, *Arcana Coelestia* und *Heaven and Hell* werden in *Finnegans Wake* verdichtet: »... arcane celestials to Sweatenburgs Welhell!« (552).

Dann ist da noch ein merkwürdiger Zufall. Am Morgen hat Buck Mulligan zu Stephen Dedalus (dessen Namen er als »absurd« kommentiert) gesagt: »I'm hyperborean as much as you« (U 11). Das Beiwort war seit Nietzsche umgewertet worden (»Wir sind Hyperboreer – wir wissen gut genug, wie abseits wir leben«, am Anfang des *Antichrist*). Eigenartigerweise hatte Emanuel Swedenborg einmal eine neuen Erfindungen gewidmete Zeitschrift herausgegeben, »*Daedalus hyperboreus*«.

(1970)

Keine Spur von der Hölle

Haines und Buck Mulligan unterhalten sich über Stephen Dedalus und seine Besessenheit, die der katholischen Erziehung mit ihren Visionen der Hölle zugeschrieben wird:

> ...Eternal punishment... There was something on his mind, I saw. It's rather interesting because Professor Pokorny of Vienna makes an interesting point out of that... He can find no trace of hell in ancient Irish myth... The moral idea seems lacking, the sense of destiny, of retribution. (U 248)

Die Ansichten sind die des späteren großen Keltologen und Indogermanisten Julius Pokorny, der allerdings 1904 erst 17 Jahre alt war (1887–1970). Joyce manipuliert die Zeit und verlegt anachronistisch zurück, was sich einmal so lesen würde:

> Die alte keltische Poesie läßt sich am besten mit einem einzigen Wort kennzeichnen: sie ist unendlich primitiv. Sie weist die beiden Hauptmerkmale primitiver Dichtung auf: das Fehlen jeglicher Moral, jedes beherrschenden Gesetzes, und die Allbelebung der Natur. Der keltische Dichter kennt nur persönliches Recht und Unrecht, aber keine Nemesis, kein drohendes Sittengesetz, das über dem Menschen schwebt, – daher keine Unmoral, keine Sünde.*

Nachzulesen ist alles in einem kleinen Werk, *Die älteste Lyrik der grünen Insel*. Eine Fußnote, »*Die irische heidnische Religion kennt keine Hölle«, scheint mündlich angemessen wiedergegeben in »He can find no trace of hell in ancient Irish myth«. Alles paßt ordentlich, bis auf dem Umstand, daß Pokornys Monographie erst 1923 erschienen ist (Niemeyer, Halle), also ein Jahr *nach* dem *Ulysses*. Julius Pokorny war (in einer Unterredung im Frühjahr 1969) ganz sicher, daß er diese Aussage vorher nie veröffentlicht hatte, hielt es aber für wahrscheinlich, daß ihn Joyce bei einem Vortrag in Dublin im Jahr 1912 gehört haben könnte.

(1970)

Versetzt

Das Wandering-Rocks-Kapitel ist betont oberflächlich, es hat viel mit räumlicher Bewegung zu tun, vor allem damit, wie man in einer Stadt von Punkt A zu Punkt B gelangt. Meist nicht ohne Probleme; es gibt Hindernisse, Orientierungsschwierigkeiten, Umwege, Unsicherheiten.

Wir beobachten den Bruder des verstorbenen großen Politikers Charles Stewart Parnell; er sitzt an einem Tisch: »John Howard

Parnell translated – « [nach dem heutigen Gebrauch erwartet man hier die Bedeutung ›übersetzt‹; doch es geht anders weiter:] » – a white bishop quietly« (U 247). Parnell spielt Schach, er versetzt einen Läufer (»bishop«) auf dem Brett in eine andere Position. »Translated« wird nicht im alltäglichen, sondern im ursprünglichen Sinn verwendet (vgl. »transferieren«). Die kleine, flüchtige Störung wird auf der Stelle behoben, einen Augenblick aber waren wir – wie die Figuren im Kapitel – unschlüssig. Aber noch eine Nebenwirkung bleibt. Wenn (wirkliche) Bischöfe versetzt werden, heißt das kirchliche Fachwort dafür »translate«. Das könnte daran erinnern, daß der große Parnell nach seinem Skandal von den irischen Klerikern, auch den Bischöfen, aus seinem Amt verstoßen wurde. Ein weiteres verschobenes Echo besteht darin, daß Bloom zwei Stunden früher John Howard Parnell gesehen und für sich gedacht hat »His brother used men as pawns« (U 165) – »pawns« sind Bauern im Schachspiel. Schach-Politik-Kirche: alles gehört irgendwie zusammen. Übrigens ist John Howard Parnell City Marshal und von Amtes wegen »Registrar of *Pawn*brokers« (nur sind diese »pawns« etwas ganz anderes, Pfänder, und mit den Bauern überhaupt nicht verwandt).

Wie immer ist es aufschlußreich zu beobachten, wie sich das, was selber mit Übersetzung zu tun hat, in andere Sprachen übersetzt und was in unserem Fall von möglicher Fehldeutung und von Verstrebungen übrig bleibt. Französisch: »J.H.P. déplaça tranquillement un fou blanc«; Italienisch: »J.H.P. spostò tranquillamente un alfiere bianco«; Georg Goyert: »J.H.P. schob ruhig einen weißen Läufer vor«; Hans Wollschläger: »J.H.P. zog ruhig einen weißen Läufer«.

Alle Fassungen sind untadelig, aber natürlich glatter als das Original. Der Leser bewegt sich gradlinig fort, wird nicht dazu angehalten, Bedeutungen auszusondern; es gibt kein Zögern beim Verb, und die Namen der Schachfiguren allein (Läufer, fou, alfiere) verhindern kirchliche Assoziationen. Paradoxerweise wird gleich auch noch der alte Scherz – »A bishop is the only thing that does not lose in translation« – zunichte gemacht, *durch* translation.

(1982)

SKEPTIMISMUS

Rede bei der Entgegennahme des Max-Geilinger-Preises 1972

Meine Damen und Herren
und Freunde,
Ähnlichkeiten zwischen der Person, die eben mit beredtem Lob und literarischem Preis bedacht worden ist, und demjenigen, der jetzt – etwas verlegen und betreten – vor Ihnen steht, sind, so nehme ich an, wahrscheinlich beabsichtigt, doch erscheinen sie dem naturgemäß befangenen Hauptbeteiligten recht zweifelhaft und zufällig. Zum mindesten ist das Bild, das sich aus der so wohlwollend edierten Sammlung von Aspekten ergibt, sehr einseitig und unvollständig: es ließen sich hier noch ganz andere Züge und Eigenschaften anfügen. Ich bin mir der Zufälligkeit der neuen Rolle als Preisträger um so eher bewußt, als ich noch bis vor wenigen Tagen die weit weniger ansprechende Rolle eines gesichtslosen Gewehrträgers in feldgrauer Landschaft zu erfüllen hatte. Und irgendwie bin ich damit bereits bei einem Thema, das von James Joyce immer wieder abgewandelt worden ist: dem Verhältnis des Individuums zu den verschiedenerlei Rollen, die es zu spielen beliebt oder zu spielen genötigt wird. Die Identität ist nur schwer, wenn überhaupt, in den Griff zu bekommen, und Joyce behalf sich damit, daß er alle möglichen und eine Reihe von imaginären Aspekten durchkonjugierte.

Lassen Sie mich damit beginnen, daß die gegenwärtige Rolle, in einem durchaus neuen Kontext, ungewohnt ist und dabei zugleich angenehm und unbehaglich. Und das Unbehagen nimmt nicht ab angesichts der Erinnerungen an die Reden, die Joyce einigen seiner Charaktere in den Mund legt und sie dabei ihre pompöse Hohlheit offenbaren läßt. Immerhin wußten Joyces fiktive Redner, als gewandte Iren, die obligaten Gemeinplätze an der richtigen Stelle zweckdienlich anzubringen und rhetorisch zu drapieren. Heutzutage, wo unser Gehör gerade durch Parodisten wie Joyce erheblich geschärft worden ist, scheint die Aufgabe wesentlich erschwert.

Zum Glück sind einige der Themen von der Sache her beinahe vorgezeichnet und einige meiner Verpflichtungen angenehmer Art. Zwei Namen sind zu erwähnen, und beide gehören mit Zürich verbundenen Schriftstellern. Von Max Geilinger kannte ich bis vor kurzem nur den Namen, und ich hatte gehört, daß er die zwei Zürcher Gedichte von Joyce als erster übersetzt hatte. Er war auch einer der Teilnehmer an der Beisetzung von Joyce im Jahre 1941 und soll am Grab das Wort ergriffen haben. Auch James Joyce ist bei uns nicht besonders bekannt und bestimmt nie populär geworden. Daß ihn immer noch eine Aura des Elitären und Unverständlichen umgibt, kommt natürlich Leuten wie mir, die sich ein Existenzminimum an Vertrautheit mit seinem Werk anzueignen versuchen, sehr zustatten. Gelegentlich bin ich gefragt worden, wie sich wohl Joyce zu einer solchen Feier gestellt hätte. Vermutlich hätte er sich davon ironisch und belustigt distanziert und wäre im Grunde zutiefst geschmeichelt gewesen, und er hätte (und hat) das Ausbleiben solchen Gefeiertseins übelgenommen. Ich bin froh, daß die heutige Feier möglicherweise auch wieder an Joyce erinnert.

Mein aufrichtiger Dank gilt letztlich der Stifterin, Frau Frances Geilinger-Dalton, noch viel unmittelbarer aber dem Dreigestirn des Stiftungsrats, das die Wahl erst zu treffen hatte und mit liebenswürdigster Mühe alles unternahm, dem Ausgewählten die Sache schmackhaft und den Anlaß frei von Peinlichkeiten zu machen. Der solchermaßen unerwartet Geehrte widersetzte sich in gutgespielter Bescheidenheit der Wahl nicht und trug sein Los mit dem Anschein von Lässigkeit. Ich bin also aufrichtig dankbar – und leicht verwirrt von dieser Auszeichnung der Max-Geilinger-Stiftung, dieser – wie es in der Sprache des 19. Jahrhunderts noch immer heißt – Ehrung oder Ehre, was wohl in der Ausdrucksweise unseres Zeitalters vor allem Publizität und einen bestimmten Betrag bedeutet. Es wäre unehrlich, vorzugeben, daß beides nicht willkommen wäre.

Ein so willkommener Einbruch in die Intimsphäre hat natürlich seine bestimmten Nebenwirkungen. Es wird gewissermaßen etwas, was einst als unverbindlicher Zeitvertreib seinen Anfang nahm, mit einemmal von außen her sanktioniert und um- und aufgewertet zu etwas anderem, und es ist nicht ganz klar, zu was eigentlich. Einem Verfasser von Fußnoten und Textglossen kommen von Zeit zu Zeit Zweifel am Sinn seines Tuns. Warum nun allerdings irgendein Tun auch unbedingt seinen Sinn haben muß, weiß ich auch nicht, aber die Zweifel, die ein kaum mehr je zu überwindender Puritanismus manchen von uns eingegeben hat, sind jedenfalls vorhanden und oft peinlich spürbar. Und zumal dann, wenn ein zeitgenössischer Neopuritanimus das Dogma einer (äußerst eng definierten) gesellschaftlichen Relevanz predigt. Solche Zweifel nun lassen sich durch äußere Anerkennung wenigstens teilweise beheben, und vielleicht ist darin auch die Wertschätzung eines (möglichst stichhaltigen) Textkommentars als eines notwendigen Dienstes an der Literaturkritik enthalten.

Anderseits scheint aber, und zwar durch niemands Absicht, doch eine Forderung mitzuschwingen, nun dieses private Tun doch wieder nach außen hin zu rechtfertigen, nachdem eben eine kleine Öffentlichkeit davon Notiz genommen hat. Ich bin erleichtert, daß es nicht mir zusteht, auf die Frage einzugehen, wie die Max-Geilinger-Stiftung gerade auf mich gekommen ist. Henri Petter hat das in einer so freundlichen Weise besorgt, daß ich beim Anhören immer wieder vergaß, von wem eigentlich die Rede war. Es läßt sich aber nicht umgehen, darüber zu berichten, wie ich gerade auf Joyce gekommen bin.

Um auf Joyce zu stoßen, braucht es heute, da eben Ezra Pound zu Grabe getragen worden ist, kaum mehr Mut oder Einsicht oder besonderen Weitblick, und das brauchte es schon vor zwanzig Jahren nicht mehr. Im Grund wissen wir natürlich über die Motivation, die einen Leser zu einer bestimmten Lektüre führt und ihn dabeihält, beschämend wenig, und gerade hier besteht ein Gebiet, das von einer Literaturpsychologie noch zu bearbeiten sein wird.

Im vorliegenden Fall beginnt wohl alles mit einer Freude an den Möglichkeiten der Sprache, wie sie vom Leser wenigstens passiv nachvollzogen werden können. Das äußerte sich etwa in einem ziellosen Versuch, ohne jegliche Vorbereitung ein wenig in die Indogermanistik einzudringen. Auch negative Einflüsse spielen mit: etwa die Flucht aus der Germanistik in die, wie mir schien, viel ehrlichere Anglistik, zum Teil ganz einfach schon darum, weil sich vieles so hochgeschraubt, wie es bei den Germanisten Brauch war, auf englisch überhaupt nicht ausdrücken läßt.

In die paar Monate eines zaghaften Anglistikstudiums fiel dann, beinahe routinemäßig, die erste Begegnung mit dem Frühwerk von James Joyce. Angeregt wurde ich im besonderen auch durch den Proseminarvortrag über »The Dead« von einer Studentin, die heute Frau Prof. Straumann ist. Bestärkt wurde alles durch die Schilderung der Begegnung mit Joyce durch Prof. Heinrich Straumann. Den Ausschlag gab aber weniger der Umstand, daß Joyce in Zürich lebte und starb und daß die Stadt Assoziationen und Reliquien birgt, als vielmehr der Ruf des *Ulysses* als eines obszönen Buches (derartiges war vor zwanzig Jahren noch nicht so leicht zu bekommen) oder die Herausforderung eines schwierigen fremdsprachlichen Textes.

Nun war aber der *Ulysses*, wie sich bald herausstellte, gar kein Buch dieser Art, sondern in seiner unglaublichen Vielseitigkeit von solcher Faszination, daß die Auseinandersetzung nicht aufhörte und sich bald auf *Finnegans Wake* übertrug. Und dann war der Schritt vom bloßen Lesen zum aufdringlichen Kommentieren gar nicht mehr groß, wie denn überhaupt Joyce-Leser sich von anderen durch die Besessenheit abheben, mit der sie eigene Beobachtungen und Entdeckungen den Umstehenden mitteilen. Und so entstehen bald Kontakte mit Gelehrten wie auch mit weiteren Amateuren, die dann wiederum die Beschäftigung mit den Texten intensivieren und anregen.

Es ist viel einfacher, den Werdegang eines Amateur-Fachidioten zu skizzieren, als zu beschreiben, worin nun eigentlich die Anziehung seines Gegenstands besteht. Ich bin noch von keiner Antwort, die ich zu geben versuchte oder die von anderen ausgegangen ist, im mindesten befriedigt. Das Eigentliche scheint immer zu entgleiten, die proteische Ursubstanz zeigt sich bald in dieser, bald in jener Gestalt.

Die Quintessenz von Joyce ist nicht extrahierbar. An Klischees fehlt es allerdings nicht. Joyce hat sicher geholfen, uns unsere Zeit bewußt zu machen. Er hat den Mythos wieder in der Literatur verankert und gleich den Beifall von T. S. Eliot gefunden. Er zeigt uns die Komplexität unseres Verhaltens und unserer Motive auf, so daß es beinahe müßig wird, die herkömmlichen Bewertungsmaßstäbe überhaupt noch zu bemühen.

Joyce scheint mir der Schriftsteller mit dem einsichtigsten Verständnis für alles Menschliche, was immer das heißen mag; er weiß um das Versagen, das Scheitern, das notwendigerweise Unvollkommene. In einem Joyce-Seminar in den Vereinigten Staaten war ich einst erstaunt, vom intellektuellsten und unsentimentalsten aller meiner Studenten die Wirkung des *Ulysses* in der knappen Formulierung charakterisiert zu erhalten: »It teaches me better to love.«

Oder vielleicht hat Joyce ganz einfach ein breiteres Spektrum als alle übrigen. Nichts ist ihm zu ausgefallen, nichts zu gewöhnlich. Extreme berühren sich ständig. Er konzentriert sich auf den engsten Raum und eine ganz bestimmte Zeit – das Dublin der Jahrhundertwende. Gleichzeitig weitet er diese kleine Welt universal aus. Schon anfangs des Jahrhunderts befaßt sich Joyce wie nebenbei mit all den Beziehungen, die eine jüngere Soziologie heute zu tabellieren und zu beschreiben versucht. Wie seinem Zeitgenossen Sigmund Freud ist ihm keine Erscheinung oder Abart des Psychischen zu gering, als daß sie seine Aufmerksamkeit verdiente. Irrtümer und Fehlleistungen sind ihm wesentlich und aufschlußreich. Seine Werke sind als nihilistische Ablehnung und als allumfassende Lebensbejahung gedeutet worden (mir selber scheint die Grundströmung gleicherweise Resignation und Optimismus einzuschließen, etwas, was man als »Skeptimismus« bezeichnen könnte).

Joyce machte uns schon früh aufmerksam auf unser Rollenverhalten, auf die Klischees, mit denen wir sprechen und die unser Denken bestimmen und oft ersetzen, und auf das Schablonenhafte unseres Handelns. Er weiß um die Unechtheit des Kitsch und um die Echtheit unserer Freude daran. Er erkannte schon bald, wie sich Stile verbrauchen und daß manches nur noch parodistisch gesagt werden kann, daß alles Gesagte aber auch immer subjektiv bleibt. Joyce zeigt die Relativität jeder Erscheinung, aber auch ihre Relationen, ihre Verbundenheit mit allem übrigen, und er entwirft ein Labyrinth von Entsprechungen und Analogien, die wiederzuentdecken (oder selber weiter auszubauen) zum vielleicht typischen Joyceschen Leseerlebnis wird. Seine Welt ist geheimnisvoll, komplex, aber grundsätzlich erkennbar, die Phänomene sind vergleichbar.

Joyce wechselt sein Vorgehen ständig: er weiß um die Beschränktheit jeder künstlerischen Darstellung, jeder Perspektive, jeden Stils, so daß er sie gleich alle zusammen und so hintereinander einsetzt, daß sie sich ergänzen und widersprechen. Die Formen der Erzählung machen es deutlich, daß das Was nicht vom Wie abzutrennen ist, das Erzählte von der Erzählweise. So braucht Joyce alle literarischen Konventionen und stellt sie alle in Frage; er erfindet neue Arten, neue Konventionen, die sich selbst in Frage stellen, und er zeigt gleichzeitig, daß der Schriftsteller auf Konventionen angewiesen ist.

Dann ist Joyce der ökonomischste Schriftsteller aller Zeiten, der am Ende Bedeutungen wortschöpferisch komprimiert. Er führt uns vor, wie die Sprache zerbröckelt, erstarrt, abstirbt, als totes Material weiter herumgereicht wird, wie sie aber trotzdem trotzig weiterbesteht, neu und anders auflebt, sich regeneriert. Unsere Sprache kommuniziert und sie verhindert Kommunikation. Sie täuscht, aber sie verbindet dennoch. Joyce erweitert sie, er erhebt sich über Grammatik und den tradierten Sprachschatz: seine Sprache wird un-sinnig und mehr-sinnig.

Möglicherweise liegt die Anziehung gerade darin, daß der Leser nichts Fertiges vorgesetzt erhält, sondern Ansatzpunkte, die er ausgestalten kann. Joyce weiht den Leser unmerklich in ein Spiel ein, das er nach allmählich aufdämmernden Regeln immer weiterspielen muß oder darf. Kein Wunder, daß der Joyce-Leser korrumpiert wird und dazu neigt, alle andere Lektüre flach und zweidimensional zu finden.

Solcherart etwa wären die Versuche, der besonderen Anziehung der Hauptwerke beizukommen. Alle diese angedeuteten Antworten stimmen, und alle treffen daneben. Auch in ihrer Gesamtheit lassen sie das Rätsel ungelöst. Schon die Trockenheit meines Katalogs gibt an, wie wenig überzeugend die Versuche ausfallen, dem auf die Spur zu kommen, was man in altertümlichem Slang die »Bedeutung« eines Dichters nannte. Ich glaube nicht, daß es uns gelingt, die letzte Formel zu finden, die alles zusammenhält. Und selbst wenn es sie gäbe, so würde sie das, was sie umschreibt, nur erklären und doch nicht ersetzen.

Gelegentlich tröste ich mich über die Unfähigkeit, das Wesentliche an Joyce knapp und treffend zu simplifizieren, mit dem verantwortungslosen Gedanken hinweg, daß sich der Amateur mit solch zentralen Fragen gar nicht zu befassen hat oder jedenfalls von Anfang an gar nicht befaßte – seine Beweggründe sind eher kulinarisch als kulturphilosophisch: weil's schmeckt, weil's Spaß macht.

Es ist wohl kein Zufall, daß eingehendere Beackerungen kleiner Gebiete oft den Amateuren vorbehalten bleiben. Der Amateur ist von vornherein behindert; aus Erwerbsgründen bringt er einen Teil seiner Zeit mit Tätigkeiten zu, von deren Wert er nicht immer überzeugt ist. Sein Vorteil ist, daß er sich in dem Bezirk, den er sich absteckt, dann aber nach Belieben umtun kann, was seinem professionellen Kollegen immer weniger möglich ist. Dabei hat er kaum Verpflichtungen und braucht sich um wissenschaftliche Strömungen, die ihm nicht liegen, weiter nicht zu kümmern. Und weil er sich dem zuwendet, was ihm behagt, und er dann, wenn's ihm nicht mehr behagte, jederzeit aufhören könnte, ist es ihm weit eher möglich, seine Begeisterung beizubehalten. Und so sei einem Amateur zuletzt das Geständnis erlaubt, daß es ihm vor allem anderen ganz einfach die Potenz des Wortes angetan hat.

Auch Joyce war von der Macht des Worts fasziniert. Das trieb ihn so weit, Sprache potentiell so aufzuladen, daß er nicht mehr verstanden wurde. Und so wirft man Joyce vor, den Elfenbeinturm zu bewohnen, unverständlich zu sein, letztlich nur mit sich selber zu kommunizieren. Und paradoxerweise ist es gerade Joyce, und sein *Finnegans Wake*, der durch sein als unverständlich geltendes Wort Leute zusammenbringt, und zwar in Wirklichkeit, in Konferenzen, Tagungen, Symposien, Lesegruppen, die durchaus nicht nur von Fachgelehrten berufshalber besucht werden.

Hier wird – aus recht vielfältigen, verworrenen Gründen – das Wort in der Tat aktiv und und mächtig und vollbringt ein kleines Wunder (das Wortspiel gibt sich als philologische Entsprechung des Wunders in der Theologie). Als wunderlich und wundersam hat jedenfalls Joyce die Sprache immer behandelt, und eben dieses Wunder bleibt auch für wenigstens einen Leser erhalten.

(1972)

ANHANG

Abkürzungen

Zitiert wird nach den in Europa geläufigsten Ausgaben:

D	*Dubliners*. Triad/Panther Books, Frogmore, St. Albans, 1977
SH	*Stephen Hero*. Triad/Panther Books, Frogmore, St. Albans, 1977
P	*A Portrait of the Artist as a Young Man*. Triad/Panther Books, Frogmore, St. Albans, 1977
U	*Ulysses*. Penguin, Harmondsworth, 1968
FW	*Finnegans Wake*. Faber & Faber, London, 1939 (alle späteren Ausgaben sind seitenidentisch)
Ulysses	*Ulysses*. Übersetzt von Hans Wollschläger, Suhrkamp, Frankfurt/Main, 1975

Anmerkungen

Enzyklopädisches Stichwort: James Joyce
(Seite 13–21)

1 Andererseits wurde beim V. Internationalen James-Joyce-Symposium in Paris im Juni 1975 *Finnegans Wake* von Philippe Sollers als das »antifaschistischste Buch schlechthin« bezeichnet.

2 Joyce beschäftigte sich mit den Theorien von Giovanni Battista Vico und studierte vor allem dessen *Scienza nuova* (1725); *Finnegans Wake* weist eine Viconische Struktur auf von jeweils drei aufeinanderfolgenden historischen Zeitaltern, gefolgt von einer Periode des Übergangs *(ricorso)*. Joyce hielt weder die Philosophie von Vico noch der andern, auf die er sich stützte (wie Aristoteles oder Thomas von Aquin), notwendigerweise für richtig, aber für brauchbar: »Ich glaube überhaupt an keine Wissenschaft, aber meine Phantasie wird angeregt, wenn ich Vico lese, wenn ich dagegen Freud oder Jung lese, überhaupt nicht« (zitiert nach R. Ellmann, *James Joyce*, Zürich 1961, S. 660).

3 Daneben blieb ein umfangreicher Nachlaß zurück, der größtenteils veröffentlicht worden ist. Dazu gehören die *Epiphanies*: der kirchliche Ausdruck Epiphany entstammt der frühen privaten Ästhetik von Joyce. »Unter einer Epiphanie verstand er eine jähe geistige Manifestation, entweder in der Vulgarität von Rede oder Geste, oder in einer denkwürdigen Phase des Geistes selber. Er glaubte, daß es Aufgabe des Schriftstellers sei, diese Epiphanien mit äußerster Sorgfalt aufzuzeichnen, da sie selbst die zerbrechlichsten und flüchtigsten aller Momente seien« (*Stephen der Held*, Bd. 2 der *Frankfurter Ausgabe*, S. 224). Das Zitat ist aus einer ersten Fassung von *A Portrait of the Artist as a Young Man*, als Fragment erhalten und herausgegeben von Th. Spencer als *Stephen Hero*, New York 1944. Die Frühfassung erlaubt aufschlußreiche Vergleiche der noch wenig durchgeformten Aufzeichnungen mit dem gestrafften, auf einzelne Phrasen konzentrierten Roman. Vorträge, Aufsätze, Rezensionen und Gelegentliches sind gesammelt herausgegeben unter dem irreführenden Titel *Critical Writings* (hrsg. von E. Mason u. R. Ellmann, London 1959). Aus der Triestiner Zeit stammt ein Notizbuch mit der Aufschrift »Giacomo Joyce« (nicht von Joyces Hand) – Tagebuchartiges in lyrischer, fein ziselierter Prosa und stilistische Fingerübung (*Giacomo Joyce*, hrsg. von R. Ellmann, New York 1968). Zahlreiche Gelegenheitsgedichte wurden in die Biographie von Richard Ellmann aufgenommen. Die meisten Briefe sind in drei Bänden gesammelt (*Letters*, Bd. I, hrsg. v. S. Gilbert, London 1957; Bd. II u. III, hrsg. v. R. Ellmann, London 1966). Die Forschung be-

schäftigt sich seit langem mit dem reichen Material von Notizen, Entwürfen, Typoskripten, Reinschriften, Fahnenkorrekturen zu den einzelnen Werken, die deren Entstehungsgeschichte ausführlich dokumentieren.

4 Joyce am 5. Mai 1906 an seinen widerwilligen Verleger Grant Richards: »Es war meine Absicht, ein Kapitel der Sittengeschichte meines Landes zu schreiben, und ich wählte Dublin zum Schauplatz, weil mir diese Stadt das Zentrum der Paralyse zu sein schien... Ich habe sie zum größten Teil in einem Stil skrupulöser Niedertracht geschrieben und in der Überzeugung, daß derjenige sehr verwegen sein müßte, der das, was immer er gesehen und gehört hat, in der Darstellung zu ändern oder womöglich zu entstellen wagte.« (*Briefe*, Frankfurter Ausgabe, Bd. 5, S. 266–267).

5 Joyce signierte einige Briefe und Essays im Jahr 1904 mit »Stephen Daedalus«. Im *Portrait* verwandte er den Namen »Dedalus« – beides in deutlicher Anspielung auf Daidalos, den Handwerker und Künstler der griechischen Mythologie, Erbauer des Labyrinths und Erfinder der Flügel.

6 In der Übersetzung von K. Reichert, *Ein Portrait des Künstlers als junger Mann* (Bd. 2 der *Werke, Frankfurter Ausgabe*, S. 497).

7 »Jeden Abend... sagte ich leise das Wort *Paralyse* vor mich hin. Es hatte immer seltsam in meinen Ohren geklungen, wie das Wort *Gnomon* in *Euklid* und das Wort *Simonie* im Katechismus« (Übersetzung von D. E. Zimmer, *Dubliner*, Bd. 1 der *Werke, Frankfurter Ausgabe*, S. 7).

8 *Finnegans Wake*, S. 360, in einer Passage von vorwiegend musikalischen Anspielungen.

9 C. G. Jung, *Ulysses*, in *Wirklichkeit der Seele*, Zürich 1947, S. 157, S. 169.

10 »We may come, touch and go, from atoms and ifs but we're presurely destined to be odd's without ends«, *Finnegans Wake*, S. 455. Der überzeugende Ton des Satzes trügt: das Dasein wird in Beziehung gebracht zu den kleinsten, nicht mehr teilbaren (wie der Name irrtümlich angab) Partikeln, den Atomen, deren Bewegungen (im einzelnen nicht bestimmbar) den Menschen und das Weltall kausal mitdeterminieren. Dies ist eine Sache von Hypothesen (»*ifs*«, d. h. wenn), von ersten Prämissen; angemessen ist darum die wissenschaftliche Sprache der Wahrscheinlichkeit (»may, ifs, odds«), die dem Mikro- und Makrokosmos (»without ends«) gerecht zu werden sucht, aber so wenig darüber wissen kann wie über Herkunft und Schicksal des Menschen. So schält sich als erste Annäherung eine Art populärwissenschaftliche Darstellung der Welt heraus, der als konträre Weltanschauung die religiöse gegenübergestellt ist, die auf Offenbarung gründet und über Abstammung (von den Ureltern: »atoms and ifs« – Adam and Eve's) und Bestimmung (»pre-... destined«, »odd's« löst sich hier auf zu »God's«, usw.) dogmatisch genau Bescheid weiß. Dann wird chaotisch-zufällig »odd's without ends« zur göttlichen Ewigkeit »world without ends« = »*in saecula saeculorum*« aus der Liturgie. So sind die beiden widerstreitenden Meinungen in einen Satz verwoben: jedes Element paßt (nicht ganz) in mehrere Kontexte. »come, touch and go« kann ver-

bal atomare Bewegung oder menschliche Bewegung ausdrücken; nominal und idiomatisch bringt »(it's) touch and go« die prekäre Situation des menschlichen Daseins in Erinnerung, es ist gleichzeitig ein Hinweis auf die Deutungen von *Finnegans Wake* selbst.

11 s. S. 153 und 193ff.

Variants of Dislocution
(Seite 125–139)

1 This observation was made by Ursula Zeller, a student in a *Ulysses* reading group.

2 A more elaborate definition, »Wenn wir vom Tragischen erklären, daß es den Rahmen einer Welt sprengt, so gilt vom Komischen, daß es aus dem Rahmen einer Welt herausfällt und außerhalb des Rahmens in selbstverständlicher, fragloser Weise besteht«, is to be found in Emil Staiger's *Grundbegriffe der Poetik* (Zürich, Atlantis Verlag, 1946, p. 208). Fittingly enough, Staiger's image would also describe the advent of *Ulysses* itself, and it so happens that it neatly illustrates many detailed interpretations of Joycean texts.

The Challenge: »ignotas animum«
(Seite 143–154)

1 Victor Bérard proposed that the Phoenicians had been compiling just some such volume for merchants and tourists and that it was later translated and edited by the Greeks to become the *Odyssey*.

2 Some available versions:
"he sets his mind to work upon unknown arts", Ovid, *Metamorphoses*, trans. Frank Justus Miller (London: Heinemann, 1960), p. 419.
"applying his mind to obscure arts", *A Portrait of the Artist as a Young Man*, ed. Chester G. Anderson (New York: Viking Press, 1968), p. 484.
"And he devoted his mind to unknown arts", *A Portrait of the Artist as a Young Man*, ed. J. S. Atherton (London: Heinemann, 1964), p. 239.
"to uncouth arts he bent the forge of all his wits," Golding's trans. as quoted in Harvey Peter Sucksmith, *James Joyce. A Portrait of the Artist as a Young Man* (London: Edward Arnold, 1973), p. 33.
"[Daedalus] turned his mind to subtle craft,/An unknown art..."; trans. Horace Gregory (New York: Mentor Book 1551, 1960), p. 220.

3 See, for example, the entry *legend* in Skeat, *An Etymological Dictionary of the English Language* (Oxford, 1909). All the etymologies in the article are of course based on Skeat.

4 Cf. Marilyn French, *The Book as World* (Cambridge, Mass.: Harvard University Press, 1976), pp. 3–22, and my "Book of Many Turns", *JJQ*, 10 (Fall 1972), 44.

5 Skeat, "GEN" (p. 753), *et passim.*

6 The bulky *Thesaurus* or the *Totius Latinitatis Lexicon* emphasize that, primarily, "dimittere est in diversas partes mittere".

7 *Metamorphoses*, III, 381.

8 *Stephen Hero*, p. 213. The sentence is immediately followed by the best-known of Joyce's own esthetic terms: "The object achieves its epiphany." We can illustrate the sudden act of discovering the meaning of a Latin sentence through bringing together non-sequential semantic units by a term like "manifestation" or "shining through" *(epiphaneia).*

9 But there are exceptions. Mary M. Innes translates: "He set his mind to sciences never explored before" *Metamorphoses* (Penguin Books, Harmondsworth, 1955, p. 184).

10 *Odyssey* I: 1. I dimitted my animum over this area in "Book of Many Turns", *James Joyce Quarterly* 10, 1, p. 36ff.

11 I am following Hans Walter Gabler's emendation in *James Joyces "Portrait"*, ed. Wilhelm Füger (München: Goldmann, 1972), p. 20.
The imitation and conflation contains, coincidentally, the signal "botheth": "geen wothe" does in fact mean *both* "wild rose" and "green place"—the inarticulate Stephen is a co-author of *Finnegans Wake.*

12 Skeat, p. 752.

13 Compare. "A Reading Exercise in *FW*", p. 193.

14 Liddell and Scott's *Greek Lexicon* arrives at the specific sense of reading via "perceiving, knowing well, knowing again, recognize." The point made here is not that Joyce knew this Greek verb, but that the ancients realized, painfully well, the precarious nature of the skills involved.

Paratektonik oder Nichts gegen Homer
(Seite 155–171)

1 John Henry Raleigh, "On the Way to Ithaca: The Functions of the 'Eumaeus' Section in *Ulysses*", in *Irish Renaissance Annual*, hg. von Zack Bowen, Newark: University of Delaware Press, 1981; "The schema of Gorman-Gilbert and Linati provide nothing like a parallel between Homer's account of Odysseus' doings at the hut of Eumaeus and the doings of Bloom and Dedalus at the cabman's shelter... In short, Joyce virtually dropped the parallel to the *Odyssey* at this point." (S. 101–102)

2 Phillip F. Herring, *Joyce's* Ulysses *Notesheets in the British Museum*, Charlottesville, University of Virginia Press, 1972, darin "Eumaeus and the Homeric Parallels in the Notesheets" S. 49–57.

3 "This leaves us with several problems of character identity... Is Bloom still Odysseus if... the wanderers' identities merge... Other instances in which identities merge..." (S. 53); "if one looks closer, however, one can see the bloodshot eyes and frayed nerves of Joyce as he attempts to recover, with his characters, for a new assault on Nostos" (S. 49).

4 Zu A. Boudin (546) kann keine Identifikation angeboten werden, höchstens ein Zu(sammen)fall. Am Anfang des zwanzigsten Buchs findet sich Odysseus im Vorhaus seines Palasts, noch immer ein Bettler, und kann nicht einschlafen (er ärgert sich über die treulosen Mägde und die Freier). In einer anschaulichen Passage wird der Ruhelose geschildert: »Er selbst aber wälzte sich bald auf die eine und dann auf die andere Seite. Und wie wenn ein Mann einen Magen, angefüllt mit Fett und Blut, auf vielem brennenden Feuer bald auf die eine und dann die andere Seite wendet und danach verlangt, daß er gar schnell gebraten werde: so wandte er sich von der einen auf die andere Seite und überlegte...« (Od. 20:24–8, in der Übertragung von Schadewaldt). Derartige Bilder aus dem Alltag würden besser zum *Ulysses* passen als in die erhabene Odyssee: Odysseus als Wurst auf dem Grill! Der Vergleich wurde denn auch von Interpreten, da viel zu unwürdig, als spätere Einschiebung verworfen. So etwa durch Victor Bérard in seinem Kommentar: »...ces vers furent interpolés... Cette comparaison... du *Boudin* est digne des Comiques d'Athènes...« (*L'Odyssée*, texte établi et traduit par Victor Bérard, Société d'édition »Les Belles Lettres«, Paris, 1924, III, p. 92–93). *Boudin*! das ist in der Tat das französische, passende Wort für Blutwurst (»boyau rempli de sang et de graisse«, definiert *Le Petit Robert*). So hätte Joyce über den Umweg einer sich in französischer Paraphrasierung anbietenden Bezeichnung den Namen auf einer Postkarte, die der Pseudoodysseus Murphy vorzeigt, doch mit Odysseus zusammengebracht durch eine *mögliche* Assoziationskette. Irgendwo in Südamerika, scheint die Postkarte anzudeuten, hat eine Nebenodyssee stattgefunden.

5 Benützt wird hier die sehr genaue Übersetzung von Wolfgang Schadewaldt, Homer, *Die Odyssee*, Hamburg, Rowohlt Verlag, 1958, S. 181.

6 Die Übersetzungen des Ausdrucks schwanken zwischen diesen Versionen, die verhältnismäßig frei und stereotyp sind, und Versuchen, das Bild einigermaßen zu bewahren: »ein Märchen zusammenschmieden« (Thassilo von Scheffer), »ein Geschichtlein zusammenreimen« (Anton Weiher), »ein Reden herrichten« (Albrecht Schaeffer). Es scheint typisch, daß moderne Übersetzer *eher* die ursprüngliche Bedeutung einzuholen versuchen als ältere.

7 In der behandelten Stelle hat Joyce bereits eine Ableitung von *faber* in eben diesem Sinn verwendet: »...not an entire *fabrication*« (556).

8 Omero, *Il Libro XIV dell' Odissea*, con note italiane del Prof. Salvatore Rossi, Livorno, Raffaello Giusti, Editore, 1914. Es ist aufgeführt im Anhang, »Joyce's Library in 1920«, in Richard Ellmann, *The Consciousness of Joyce*, Faber & Faber, London, 1977, S. 112.

9 Ζεὺς γάρ που τό γε οἶδε καὶ ἀθάνατοι θεοὶ ἄλλοι,
εἴ κε μιν ἀγγείλαιμι ἰδών· ἐπὶ πολλὰ δ' ἀλήθην.''
τὸν δ' ἠμείβετ' ἔπειτα συβώτης, ὄρχαμος ἀνδρῶν·
''ὦ γέρον, οὔ τις κεῖνον ἀνὴρ ἀλαλήμενος ἐλθὼν
ἀγγέλλων πείσειε γυναῖκά τε καὶ φίλον υἱόν,

ἀλλ' ἄλλως, κομιδῆς κεχρημένοι, ἄνδρες ἀλῆται
ψεύδοντ' οὐδ' ἐθέλουσιν ἀληθέα μυθήσασθαι.
ὃς δέ κ' ἀλητεύων 'Ιθάκης ἐς δῆμον ἵκηται,
ἐλθὼν ἐς δέσποιναν ἐμὴν ἀπατήλια βάζει·
ἡ δ' εὖ δεξαμένη φιλέει καὶ ἕκαστα μεταλλᾷ,
καί οἱ ὀδυρομένῃ βλεφάρων ἄπο δάκρυα πίπτει,
ἣ θέμις ἐστὶ γυναικός, ἐπὴν πόσις ἄλλοθ' ὄληται.
αἶψά κε καὶ σύ, γεραιέ, ἔπος παρατεκτήναιο,
εἴ τίς τοι χλαῖνάν τε χιτῶνά τε εἵματα δοίη.

Erstaunlich bleibt schon, wie viele Übersetzer den Homer verbessern und anstelle seiner vier gleichen oder verwandten Wörter elegant variieren, etwa Voss: »auf Reisen... kein irrender Mann... Wanderer... Fremdling«; Rudolf Alexander Schröder: »weit in der Welt... keiner der fahrenden Männer... die fremden Gesellen... Bettler«; Thassilo von Scheffer: »weit durchirrt' ich... der irgend käme... die fahrenden Leute... der schweifende Fuß«. Versucht wird es bei Anton Weiher: »ich fuhr ja die Welt ab... ein Fahrender... die fahrenden Leute... bettelnd«. Wie immer bleibt hier Albrecht Schaeffer seinem Grundsatz treu, Gleiches möglichst mit Gleichem wiederzugeben und dem etymologischen Sinn nahezukommen, ohne Rücksicht auf modernen Sprachgebrauch: »ich schweifte weit... der schweifend kommt... die schweifenden Männer... immer schweifend«. Hier hätte sich sogar als Notbehelf noch ein »von der Wahrheit abschweifen« angeboten. Von allen Odyssee-Übertragungen ist die von Albrecht Schaeffer (*Die Odyssee Homers*, Horen-Verlag Berlin, 1927) die weitaus ergiebigste, aber auch problematischste.

Wortwiederholungen, die oft absichtlich ungeschickt wirken, sind auch ein Kennzeichen des Joyceschen Eumäus-Kapitels.

10 Im Wort *mētis* kulminiert die ganze Verwicklung von *Outis* Odysseus und *oú tis*, niemand, erst recht, denn eine Variante von *oú tis* ist *mḗ tis* (aus syntaktischen Gründen wird die Verneinungspartikel oft zu *mḗ*): das Wort, das Odysseus gebraucht, ist aber nur zufällig lautlich ähnlich: es bedeutet Klugheit, Rat, also die hervorragende Eigenschaft des »*polýmetis Odysseús*«. Die *Outis*-*mētis*-Verquickungen sind der Homerforschung längst geläufig. Hier sollte nur vermerkt werden, daß eine vermutete Paronomasie ausgerechnet an den wohl subtilsten aller Homer-Verse anknüpft.

11 Das Wort »*kérdos*« und seine Ableitungen sind gerade in den Eumaios-Szenen häufig. Auch das bereits erwähnte Eigenschaftswort, das die Ansprache des Odysses zu Nausikaa charakterisiert, leitet sich davon ab: »*kerdaléon*« (Od. 6: 148). Es kommt sogar in Eumäus-Kapitel vor. Bei den Christen erhielt das Wort die bloß negative Bedeutung von Gewinn, Eigenvorteil, und so wird es von Paulus gebraucht, etwa im Titus-Brief: »um schändlichen Gewinns willen« (1: 11). In der Vulgata wurde daraus »*turpi lucri gratia*«, im Englischen eine Redensart, die im Kapitel auftaucht: »for the sake of filthy lucre« (585).

»Ulysses« in der Übersetzung
(Seite 207–243)

1 *Ulysse*, traduction intégrale par Auguste Morel, assisté de Stuart Gilbert, entièrement revue par Valery Larbaud et l'auteur, La Maison des Amis du Livre, Paris, 1929. Zitiert wird im folgenden (Abkürzung F) nach der Ausgabe von Gallimard, Paris, 1948 (Seitenangabe in Klammer).

2 *Ulysses*, vom Verfasser autorisierte Übersetzung von Georg Goyert, Erstausgabe Rhein-Verlag, Basel, 1927 (Privatdruck), revidierte Ausgabe 1930. Zitiert wird hier nach der einbändigen Sonderausgabe, Rhein-Verlag, Zürich, 1956 (Abkürzung D mit Seitenangabe).

3 *Ulisse*, unica traduzione integrale autorizzata di Giulio de Angelis; consulenti: Glauco Cambon, Carlo Izzo, Giorgio Melchiori; Medusa vol. 441, Arnoldo Mondadori Editore, Mailand, 1961 (Abkürzung I).

4 *Odysseus*, översättning av. Th. Warburton, Albert Bonniers Förlag, Stockholm, 1964 (Abkürzung SW).

5 Zitiert wird das Original auch hier nach der Penguin-Ausgabe (Abkürzung U).

6 *Ulysses*, paa dansk ved Mogens Boisen, Martins Forlag, Kopenhagen, 1964 (Abkürzung DN).

7 *Ulises*, traducción por J. Salas Subirat, Santiago Rueda, Buenos Aires, 1959 (Abkürzung SP).

8 »*Ulysses* in Deutschland, kritische Anmerkung zu einer James-Joyce-Übersetzung« von Arno Schmidt, *Frankfurter Allgemeine Zeitung*, 26. Oktober 1957, Nr. 249. – Wieder abgedruckt in *Der Rabe*, Magazin für jede Art von Literatur, Nr. 2, Zürich 1983.

9 *Frankfurter Allgemeine Zeitung*, 26. Oktober 1957, Nr. 249.

10 Frank Budgen, *James Joyce and the Making of 'Ulysses'*, Indiana University Press, Bloomington, 1960, S. 15.

11 Richard Ellmann, *James Joyce*, Rhein-Verlag, Zürich, 1959, S. 664.

12 Jan Parandowski, »Begegnung mit Joyce«, *Die Weltwoche*, Zürich, 11. Februar 1949.

Die fruchtbare Illusion der Übersetzbarkeit
(Seite 246–260)

1 Eine deutsche Übersetzung davon, »Ein Mädchen mit der Harfe« (*Die Literatur des Abendlandes*, Bd. 2, Bertelsmann, Gütersloh, o. J., S. 11), würde sich nicht eignen als Grundlage, da in Irland die Harfe schon emblematisch belegt ist und gar keinen Anklang an Orientalisches zuließe.

2 *Ulysses*, übersetzt von Georg Goyert, Rhein-Verlag, Zürich, 1956, S. 68 (revidierte Ausgabe): im folgenden abgekürzt als UG *68*, usw.

3 Im Anschluß an die Veröffentlichung dieses Aufsatzes 1977 in *Akzente* schlug ein Korrespondent für ›dulcimer‹ das technisch passende »Zym-

bal« vor. »Zymbal« liegt auch wortatmosphärisch-altertümlich richtig, läßt sich aber gleichfalls nicht mit »Altweibersommer« zusammenbringen.

4 *Ulysses*, übersetzt von Hans Wollschläger, Frankfurter Ausgabe, Suhrkamp Verlag, Frankfurt, 1975, im folgenden abgekürzt als UW + Seitenzahl.

5 Bei Goyert ganz ähnlich: »das Werfen mit faulen, pflanzlichen Geschossen durch Kinder« (UG 743).

6 *A Portrait of the Artist as a Young Man*, Penguin, Harmondsworth, 1960, S. 120.

7 *Ein Porträt des Künstlers als junger Mann*, Bibliothek Suhrkamp, Frankfurt, 1973, S. 133–134.

8 *Ulysses*, Privatdruck, Rhein-Verlag, Basel, 1927, Bd. I, S. 34.

9 Um pedantisch zu zählen: »meet«, »met«, »meeting« usw. kommen im *Porträt* 26mal, »encounter« 5mal vor.

10 Oliver St. John Gogarty, *As I was Going Down Sackville Street*, Penguin, Harmondsworth, 1954, S. 73: »Going forth, I met Butterly, a spruce little barrister with a large red face...«

11 Matthäus 26, 85.

12 Ein professioneller Spaßmacher, der Cabarettist Otto, hat denn auch »und weinte Buttermilch« bereits in sein Repertoire aufgenommen.

13 »Das Problem... ließe sich übrigens dadurch lösen, daß man Matthäus genau zitierte. Dort heißt es nämlich: ›und ging hinaus...‹ (also ohne Subjekt). Damit stellt sich beim Bibelkundigen Leser der zweite Teil ›und weinte bitterlich‹ ziemlich sicher ein, den man aber mit ›und traf Bütterlich‹ wiedergeben könnte.« »*Sarg oder Koffer* – das ist die Frage«. Rezension von Christoph Schöneich, *Rheinischer Merkur*, 11.6.76.

14 UW 119, 417, 644.

Nachweis

(E = Erstdruck)

Enzyklopädisches Stichwort: James Joyce
E: u.d.T. »James Joyce: Sprache als Modell einer verzweifelten Welt« in *Die Großen der Weltgeschichte*, Band X, Zürich und München 1978.

Ein Überfremder
E: *Basler Zeitung*, 30.1.1982.

Lese-Abenteuer »Ulysses«
E: u.d.T. »Das Abenteuer ›Ulysses‹« als Beilage zur einmaligen Sonderausgabe des *Ulysses*, Frankfurt 1979.

Korrespondenzen
Auszug aus »Letters of James Joyce«, *Neue Zürcher Zeitung*, 26.2.1967.

»Meine arme kleine einsame Nora«
Auszug aus dem Vorwort zu *Briefe an Nora*, Frankfurt 1971.

»Ein Wunder in sanften Augen«
E: *Neue Zürcher Zeitung*, 15.12.1982.

Umgang mit Anfängen
Revidierte Teilfassung von »Every word is right...«, *Neue Zürcher Zeitung*, 14.7.1968.

Durch ein Glas
E: u.d.T. »James Joyce: ›Ulysses‹ und ›Finnegans Wake‹ – Zumutung oder Chance«, *Börsenblatt für den Deutschen Buchhandel*, Frankfurt, 38.Jg., Nr. 36, 28.4.1982.

Dynamics of Corrective Unrest
Vortrag an der Universität Sevilla am 16.3.1982
E: F.Garcia Tortosa (Ed.), *James Joyce – Actas/Proceedings of the Simposio Internacional en el Centenario de James Joyce*, Sevilla 1982.

Variants of Dislocution
Vortrag am Anglistentag in Zürich, September 1982. Unveröffentlicht.

The Challenge: »ignotas animum«
E: *James Joyce Quarterly* 16, 1/2, Fall 1978/Winter 1979. Revidierte Fassung.

Paratektonik oder Nichts gegen Homer
unveröffentlicht. 1983.

Homeric Afterwit
unveröffentlicht. 1983.

Finnegan neckt
E: *Neue Zürcher Zeitung*, 30.1.1982. Ergänzte Fassung.

Wortgeschüttel
Revidierte Teilfassung von »Every word is right...«, *Neue Zürcher Zeitung*, 14.7.1968.

A Reading Exercise in Finnegans Wake
E: *Levende Talen*, Nr.269, June/July 1970. Ergänzte Fassung.

»Ulysses« in der Übersetzung
E: *Sprache im technischen Zeitalter*, Nr.28, Oktober – Dezember 1968. Revidierte Fassung.

Übersetzerwehen
Revidierte Teilfassung von »Der neue Joyce«, *Die Weltwoche*, Zürich, 6.2.1970.

Die fruchtbare Illusion der Übersetzbarkeit
E: *Akzente* 25, 1, Februar 1978. Ergänzte Fassung.

Entzifferungen und Proben
E: *Bargfelder Bote*, München, Lfg.27, Februar 1978.

Die erste Kreuzung
unveröffentlicht. 1983.

Auf der Suche nach einem Titel
E: u.d.T. »Reader in Search of a Name«, *Scripsi*, James Joyce Issue, No 1, Vol.2, November 1982. Hier in revidierter Fassung erstmals deutsch.

Ein hoher Preis
E: u.d.T. »The Duke of Beaufort's Ceylon«, *James Joyce Quarterly* I, 4, Summer 1964. Hier in revidierter Fassung erstmals deutsch.

Erstarrte Phrase
E: u.d.T. »Frozen Wit«, *James Joyce Quarterly* 19, 2, Winter 1982. Hier in revidierter Fassung erstmals deutsch.

Keusche Freuden
E: u.d.T. »Chaste Delights«, *James Joyce Quarterly* 7, 3, Spring 1970. Hier in revidierter Fassung erstmals deutsch.

Keine Spur von der Hölle
E: u.d.T. »No Trace of Hell«, *James Joyce Quarterly* 7, 3, Spring 1970. Hier in revidierter Fassung erstmals deutsch.

Versetzt
E: u.d.T. »Episcopal Moves«, *James Joyce Quarterly* 19, 2, Winter 1982. Hier in revidierter Fassung erstmals deutsch.

Skeptimismus
E: u.d.T. »It Teaches Me Better to Love«, *Neue Zürcher Zeitung*, 19.11.1972.

Bibliographie

»Early Russian History in *Finnegans Wake*«, *James Joyce Review*, II, 1–2, Spring-Summer 1958, p.63–64.

»James Joyce über das Schweizer Frauenstimmrecht«, *Die Tat*, Zürich, 31.Januar 1959, S.15.

»Schweizerdeutsches in *Finnegans Wake*«, *DU*, Zürich, Mai 1960, S.51–52.

»Some Zürich Allusions in *Finnegans Wake*«, *The Analyst*, No.20, September 1961, p.1–23.

»Dublin Background«, *A Wake Newslitter*, No.2, April 1962, p.5–8.

»Every Klitty of a scolderymeid: Sexual-Political Analogies«, *A Wake Newslitter*, No.3, June 1962, p.1–7.

»Borrowed brogues«, *A Wake Newslitter*, No.8, Dec. 1962, p.4–6.

»rheadoromanscing«, *A Wake Newslitter*, No.11, March 1963, p.1–2.

» A Test-Case of Overreading«, *A Wake Newslitter*, Vol.I, No.2, April 1964, p.1–8.

»Pat As Ah Be Seated«, *A Wake Newslitter*, Vol.I, No.3, June 1964, p.5–7.

»A Touch of Manichaeism«, *A Wake Newslitter*, Vol.I, No.3, June 1964, p.9–10.

»One White Elephant«, *A Wake Newslitter*, Vol.I, No.4, August 1964, p.1–3.

»Zur deutschen Ausgabe« S.9–10. »Bibliographie und Diskographie« S.763 bis 770, in Richard Ellmann: *James Joyce*, Rhein Verlag, Zürich, 1961.

»First Words and No End«, *A Wake Newslitter*, Vol.II, No.3, June 1965, p.17–20.

»Joyce im Gespräch«, *Neue Zürcher Zeitung*, 15.März 1964.

»The Duke of Beaufort's Ceylon«, *James Joyce Quarterly*, Vol.I, No.4, Summer 1964, p.64–65.

»When one reads...«, *James Joyce Quarterly*, Vol.I, No.4, p.65.

»He Was Too Scrupulous Always: Joyce's ›The Sisters‹«, *James Joyce Quarterly*, Vol.II, No.2, Winter 1965, p.66–71.

»Esthetic Theories«, *James Joyce Quarterly*, Vol.II, No.2, Winter 1965, p.134 to 136.

»Mullingar Heifer«, *James Joyce Quarterly*, Vol.II, No.2, Winter 1965, p.136 to 137.

»Cabbage Leaves«, *James Joyce Quarterly*, Vol.II, No.2, Winter 1965, p.137 to 138.

»Ulysses in Zürich«, *Zürcher Woche*, 20.August 1965, S.15.

»Ossianic Echoes«, *A Wake Newslitter*, Vol.II, No.3, June 1966, p.25–36.

»Reverberations«, *James Joyce Quarterly*, Vol.III, No.3, Spring 1966, p.222.

»The Aliments of Jumeantry«, *A Wake Newslitter*, Vol.III, No.3, June 1966, p.51–54.

»Old Celtic Romances«, *A Wake Newslitter*, Vol. IV, No. 1, February 1967, p. 8–11.

»A Question of Modernity« (Review), *James Joyce Quarterly*, Vol. IV, No. 2, Winter 1967, p. 131–132.

»Insects Appalling«, in *Twelve and a Tilly*, Faber & Faber, London, 1966, p. 36–39.

»James Joyce: Eigenheiten im Werk des großen Iren«, Literarische Beilage, *Zolliker Bote*, Zollikon, Nr. 24, Juni 1966, S. 9–11.

»Joyce, das Sechseläuten und der Föhn«, *Zürcher Woche*, Zürich, Nr. 24, 17. Juni 1967, p. 17.

»Hier wohnte Joyce«, *DU-atlantis*, Zürich, September 1966, p. 735–736.

»Letters of James Joyce«, zu den Bänden II und III, *Neue Zürcher Zeitung*, 26. Februar 1967, Nr. 814.

»Die Katze und der Teufel«, Übersetzung von *The Cat and the Devil*, Rhein-Verlag, Zürich, 1966.

»Tellforth's Glory«, *A Wake Newslitter*, Vol. IV, No. 2, April 1967, p. 42.

»Bitterness« and other Notes, *A Wake Newslitter*, Vol. IV, No. 2, April 1967, p. 44–45.

»Litterish Fragments«, *A Wake Newslitter*, Vol. IV, No. 3, p. 52–55.

»Indecent Behaviour« and other Notes, *A Wake Newslitter*, Vol. IV, No. 3, p. 55–56.

»Loose Carollaries«, *A Wake Newslitter*, Vol. IV, No. 4, August 1967, p. 78–79.

»The Issue is Translation«, *James Joyce Quarterly*, Vol. IV, No. 3, Spring 1967, p. 163–164.

»Seven Against *Ulysses*«, *James Joyce Quarterly*, Vol. IV, No. 3, Spring 1967, p. 170–193.

»Tiens, tiens«, *James Joyce Quarterly*, Vol. IV, No. 3, Spring 1967, p. 201.

»The Tellings of the Taling«, *James Joyce Quarterly*, Vol. IV, No. 3, Spring 1967, p. 229–233.

»Latin me that«, *James Joyce Quarterly*, Vol. IV, No. 3, Spring 1967, p. 244.

»Wilderness«, *James Joyce Quarterly*, Vol. IV, No. 3, Spring 1967, p. 245.

»The Bloomsday Book« (Review), *James Joyce Quarterly*, Vol. IV, No. 4, Summer 1967, p. 347–348.

»Universal Word«, *A Wake Newslitter*, Vol. IV, No. 5, October 1967, p. 108 to 109.

»Ex ungue Leopold«, *English Studies*, Vol. XLVIII, No. 6, December 1967, p. 537–543.

»*A Wake Digest*« (edited with Clive Hart), Sydney University Press, Sydney, 1968. (Pennsylvania State University Press; Methuen & Co., London).

»Every Klitty of a scolderymeid: Sexual-Political Analogies«, *A Wake Digest*, Sydney, 1968, p. 27–38 (revised).

»Der große Joyce in kleinem Maßstab«, *Neue Zürcher Zeitung*, 25. Februar 1968, No. 123, S. 49–50 (Rezension von *Giacomo Joyce*).

»Reading in Progress: Words and Letters in *Finnegans Wake*«, *Leuvense Bijdragen* (Louvain), Vol. 57, No. 1, 1968, p. 2–18.

»Every Word is Right: Umgänge in Joyces Werk«, *Neue Zürcher Zeitung*, 14. Juli 1968, No. 426, S. 49–50.

»Some Further Notes on *Giacomo Joyce*«, *James Joyce Quarterly*, Vol. 5, No. 3, Spring 1968, p. 233–236.

»Symbolic Juxtaposition«, *James Joyce Quarterly*, Vol. 5, No. 3, Spring 1968, p. 276–278.

»Nawoord« in *Stephen D.*, De Bezige Bij, Amsterdam, 1968, p. 91–108 (übersetzt von John Vandenbergh).

»Ergänzung der Anmerkungen zu *Giacomo Joyce*«, dt. von Klaus Reichert, Suhrkamp Verlag, Frankfurt, 1968, S. 73–82, *passim*.

»*Ulysses* in der Übersetzung«, *Sprache im technischen Zeitalter*, 28/1968 (Oktober–Dezember), S. 346–375.

»An Encounter« in *James Joyces Dubliners*, ed. Clive Hart, Faber & Faber, London, 1969 (Viking Press, New York), p. 26–38, Notes p. 171.

»Nawoord« in *Giacomo Joyce*, De Bezige Bij, 1969, Amsterdam, p. 85–98 (übersetzt von John Vandenbergh).
Aantekeningen aangevuld door Fritz Senn p. 67–82 *passim*.

»In That European End«, *James Joyce Quarterly* Vol. 6, No 1, Fall 1968, p. 91–95.

»Breslin's Hotel«, *joycenotes* No. 1, June 1969, p. 6.

»A Throatful of Additions to *Song in the Works of James Joyce*«, *joycenotes* No. 1, June 1969, p. 7–17.

»The Short and the Long of It«, *joycenotes* No. 1, June 1969, p. 20–21.

»An Irish Hudibras«, *A Wake Newslitter* No. 6, 2 (April 1969) p. 27.

»Charting Old Ireland«, *A Wake Newslitter*, 6, 3 (June 1969), p. 43–45.

»James Joyce en zijn *Ulysses*«, *Utopia*, No. 6, Juni 1969, Technische Hogeschool Eindhoven, p. 23–26 (übersetzt von B. Wijffels).

»Some Conjectures about Homosexuality in *Finnegans Wake*«, *A Wake Newslitter* VI, 5, p. 70–72.

Programme for the Second International James Joyce Symposium June 10–16, 1969, printed by Carta Druck AG, Zürich, 24 pp.

»James Joyce – Chronik von Leben und Werk«, ed. Suhrkamp Nr. 283, *Neue Zürcher Zeitung* Nr. 165, 16. März 1969, S. 51.

»James Joyce – Chronik von Leben und Werk« by Daniel von Recklinghausen, edition Suhrkamp no. 283, *James Joyce Quarterly* 6, 3, Spring 1969, p. 279.

»Umgang mit *Finnegans Wake*« Bemerkungen zu den Büchern von Anthony Burgess und Arno Schmidt, *Neue Zürcher Zeitung*, Literaturbeilage 7, Dezember 1969, Nr. 714 (Fernausgabe 336), »Sprache als Spielraum« S. 49, »Lesbarmachen und Interpretation« S. 50.

Materialien zu James Joyces »Dubliner«, Edition Suhrkamp, Frankfurt am Main 1969, es No. 357, hg. von Klaus Reichert, Fritz Senn und Dieter E. Zimmer, Anmerkungen, Bibliographie.

»Sprache und Spiel im *Ulysses*«, Zu Eberhard Kreutzers Joyce-Studie, *Neue Zürcher Zeitung*, 8. Februar 1970, Nr. 63 (Fernausgabe 38), S. 49–50.

»Goodness Gracious«, *joycenotes* 3 (December 1969), p. 13.

»Zeven tegen Ulysses« (Übersetzung von »Seven Against *Ulysses*« durch B. Wijffels) *Raam*, 63, March 1970, p. 6–35.
»We've Found Remembrandtsers«, *A Wake Newslitter* VII, 4. August 1970, p. 62–63 (with Rosa Maria Bosinelli).
»In het struikgewas von *Finnegans Wake*« (Übersetzung von »Im Dickicht von *Finnegans Wake*«, B. Wijffels), *Levende Talen* Nr. 269 (June/July 1970), S. 456–461.
»A Reading Exercise in *Finnegans Wake*«, *Levende Talen* Nr. 269 (June/July 1970), p. 469–480.
»Der neue Joyce: Zur Neuübersetzung des Gesamtwerks im Suhrkamp Verlag«, *Die Weltwoche*, Zürich, 6. Februar 1970, Nr. 6.
»Quoint a quincidence«, *James Joyce Quarterly* 7, 3 (Spring 1970), p. 210–217.
»Chaste Delights«, *James Joyce Quarterly* 7, 3 (Spring 1970), p. 253–254.
»No Trace of Hell«, *James Joyce Quarterly* 7, 3 (Spring 1970), p. 255–256.
»Buybibles«, *James Joyce Quarterly* 7, 3 (Spring 1970), p. 257–258.
»Sprache und Spiel in *Ulysses* von James Joyce by Eberhard Kreutzer« *James Joyce Quarterly* 7, 3 (Spring 1970), p. 269–270.
»Der Triton mit dem Sonnenschirm by Arno Schmidt« (Review), *James Joyce Quarterly* 7, 3 (Spring 1970), p. 271–273.
»In That European End II«, *James Joyce Quarterly* 7, 3 (Spring 1970), p. 274 to 280.
»Anmerkungen zu Goyerts Übersetzung von *Anna Livia Plurabelle*«, Suhrkamp, Frankfurt 1970, p. 164–166.
»Seven Against *Ulysses*: Joyce in Translation«, reprint from *James Joyce Quarterly* IV, 3 (1967) in *Levende Talen* Nr. 270 (1970) 512–535.
»*Ulysses* in Translation« in *Approaches to Ulysses*, ed. Thomas F. Staley and Bernard Benstock, Univ. of Pittsburgh Press, Pittsburgh, 1970, p. 249–286.
»The Localisation of Legend«, *A Wake Newslitter* 8, 1, 10–12 (February 1971).
»Cattermole Hill«, *A Wake Newslitter* 8, 2, 32 (April 1971).
»Terminals Four«, *A Wake Newslitter* 8, 3, 46 (June 1971).
»Bush Abob«, *A Wake Newslitter*, 8, 3, 46 (June 1971).
Briefe an Nora (Herausgeber, Suhrkamp Verlag, Frankfurt, 1971) »Vorwort« S. 5–34. »Anmerkungen« S. 147–172.
»James Joyce, der Verfasser des *Ulysses*« *Der Landbote*, Winterthur, 4. Februar 1972, S. 3–4, Sonntagspost.
»Joycean Translatitudes: Aspects of Translation« in *Litters from Aloft*: Papers Delivered at the Second Canadian James Joyce Seminar, ed. by Ronald Bates and Harry J. Pollock, Tulsa Monograph Series, Tulsa, 1972, p. 26–49.
New Light on Joyce from the Dublin Symposium (editor), Indiana University Press, Bloomington & London, 1972.
James Joyce: Aufsätze, 7 essays and bibliography up to fall 1972, preface by H. U. Rübel. Max-Geilinger-Stiftung, Zürich, 1972.
»Book of Many Turns«, *James Joyce Quarterly* 10, 1 (Fall 1972), 29–46. Reprinted in *Ulysses*: *Fifty Years* (ed. Thomas F. Staley), Indiana University Press, Bloomington, 1974.

»It Teaches Me Better to Love«, *Neue Zürcher Zeitung*, Nr. 541, 19. November 1972, 50–52.

A Conceptual Guide to Finnegans Wake (ed. Michael H. Begnal and Fritz Senn), Pennsylvania University Press, University Park and London, 1974.

»His Pillowscone Sharpened«, *A Wake Newslitter*, 9, 6 (Dec. 1972), 109–110; »All Agog«, 110–111; »Dutch Interpretation«, AWN 11, 3 (June 1974), 54; »Thou Art Pebble«, AWN 11, 4 (August 1974), 76; »New Bridges for Old«, AWN 11, 5 (Oct. 1974), 76; »Far Beyond«, AWN 12, 1 (Feb. 1975), 9; »Fiery River«, AWN 12, 2 (April 1975), 33; »Noble Tree«, AWN 12, 2, 33; »Free Leaves«, 33, »Silent Sister«, 34.

»The Rhythm of *Ulysses*«, in *Ulysses: cinquante ans après*, ed. Louis Bonnerot, Didier, Paris, 1974 (*Etudes anglaises* no. 53), 33–42.

Materialien zu James Joyce »Ein Porträt des Künstlers als junger Mann«, hg. Klaus Reichert und Fritz Senn, edition suhrkamp Nr. 776, Suhrkamp, Frankfurt, 1975.

»Nausicaa« in *James Joyce's Ulysses:* Critical Essays, ed. Clive Hart and David Hayman, University of California Press, Berkeley, 1974, 277–311.

»The James Joysymposium« (ed.), *Hawaii Review*, No 5 (Spring 1975), 2–17.

»Metastasis«, *James Joyce Quarterly* 12, 4 (Summer 1975), 380–385.

»Trivia Ulysseana I« (»All Too Familar«, »Frauenzimmer«, »Bayed About«, »That's the Word«, »Touring Whom?«, »Alas, Poor Bloom«, »Rats: Vats«, »How Poets Write«, »A Pun–Gent Chapter«, »Hard of Hearing«, »Hellenize It«, »Wallpaper«, »Tip from the Stable«, »Schiffe brücken«), *James Joyce Quarterly* 12, 4 (Summer 1975), 443–450.

»The Fifth International James Joyce Symposium« (Photographic Essay), *James Joyce Quarterly* 13, 2 (Winter 1978), 133–142.

»Trivia Ulysseana II« (»French Dressing«, »Well pared«, »Sneaky Phrase«, »Dress the Character«, »Last Farewell«, »Hi Hung Chang«, »Nation once again«, »Where the boose is cheaper«), *James Joyce Quarterly* 13, 2 (Winter 1976), 242–246.

»Vorwoord« in *Brieven aan Nora*, De Bezige Bij, Amsterdam, 1976, 5–26 (Dutch translation of *Briefe an Nora*).

»Odysseeische Metamorphosen« in *James Joyces Ulysses: neuere deutsche Aufsätze* (ed. Therese Fischer-Seidel), edition suhrkamp Nr. 826, Suhrkamp, Frankfurt, 1977, 26–57.

»*Epic Geography*, by Michael Seidel« (review), *James Joyce Quarterly* 14, 1 (Fall 1976), 111–113.

»Trivia Ulysseana III« (»History is...«, »Having Eglinton's Cake«, »hed say its from the Greek«), *James Joyce Quarterly* 15, 1 (Fall 1977), 92–93.

»Entzifferungen & Proben: *Finnegans Wake* in der Brechung von Arno Schmidt«, *Bargfelder Bote* (Lfg. 27/Feb. 1978), 3–14.

»Die fruchtbare Illusion der Übersetzbarkeit: Bemerkungen zur *Ulysses*-Übersetzung«, *Akzente*, 25, 1 (Feb. 1978), 39–52.

James Joyce Pub Zürich, publ. by Schweizerische Bankgesellschaft, Zürich, 1978. 56 pp.

»James Joyce: Sprache als Modell einer verzweifelten Welt«, in *Die Großen der Weltgeschichte*. Band X, Kindler Verlag, Zürich und München, 1978, 80–89.
»Das Abenteuer *Ulysses*: Beschwichtigung von Fritz Senn«, Beilage zur einmaligen Sonderausgabe (inserted in the one volume edition of *Ulysses*), Suhrkamp, Frankfurt, 1979, 20 pp.; reprinted as »Wer hat Angst vor dem *Ulysses*?«, *Börsenblatt* 9/30.1.1979, 193–200.
»The Challenge: *ignotas animum*: An old-fashioned close guessing at a borrowed structure«, *James Joyce Quarterly* 16, 1/2 (Fall 1978/Winter 1979), 123–134.
»*A Bibliography of James Joyce Studies*, by Robert H. Deming« (review), *James Joyce Quarterly* 16, 1/2 (Fall 1978/Winter 1979), 181–188.
James Joyce: *Die Toten* (editor), »Nachwort«, »Nachträgliche Vorbemerkungen zum Hades-Kapitel«, Diogenes Verlag, Zürich, 1979 (detebe 164), 238–264.
»Bibliographical Vagaries of *Dublin(er)*«, *James Joyce Quarterly* 16, 3 (Spring 1979), 359–361.
» A Collideorscape!«, *A Wake Newslitter*, 15, 6 (Dec. 1978), 92–93.
»7. Internationales James Joyce Symposium«, *Englisch Amerikanische Studien*, I, 3 (Sept. 1979), 439–440.
»Carola Giedion-Welcker«, *James Joyce Broadsheet*, 1 (Jan. 1980) 3. »Joycean Workshops«, 4.
»The Distant Dubliner: James Joyce«, *Swissair Gazette* 5/1980, 23–28.
»James Joyce: *Ulysses:* A Facsimile of the Manuscript«; »*The James Joyce Archive*« (review); »Hugh Kenner: Joyce's Voices« (review), *Englisch Amerikanische Studien*, 1/80 (March 1980), 154–156.
»Bloom Among the Orators; The Why and the Wherefore and All The Codology«, *Irish Renaissance Annual I* (1980), University of Delaware Press, Newark, 168–190.
»A Rhetorical Account of James Joyce's ›Grace‹«, *Moderna Sprak*, LXXIV, 2 (1980), 121–128.
»Dogmad or Dubliboused?«, *James Joyce Quarterly* 17, 3 (Spring 1980), 237–261.
»Scareotypes: On Some Trenchant Renditions in *Ulysses*«, in *James Joyce: New Glances* (Modern British Literature Monograph Series), *Modern British Literature* 5, 1/2 (1980), 22–28.
»Seeking a Sign«, *A Wake Newslitter* 16, 2 (April 1979), 25–29.
Das George Orwell Lesebuch (George Orwell Reader), editor, and »Nachwort«, Diogenes Verlag, Zürich, 1980.
Briefe von William Faulkner (editor), Diogenes Verlag, Zürich, 1980.
»James Joyce in Zürich«, *Turicum* (Dec. 1980/Feb. 1981), Nr 4, 75–79.
»Erigenating«, *A Wake Newslitter* 17, 2 (April 1980), 24.
»*Finnegans Wake* in der Brechung von Arno Schmidt« (repr.), *Der Übersetzer* (Nov./Dec. 1980), 17. Jg., Nr. 11/12, 1–5.
»Auch einer – Einem Klassiker zum 100. Geburtstag« (P. G. Wodehouse); *Tintenfaß*, Nr. 3 (1981).

»Wer liest, ist immer selber schuld«, *Tintenfaß*, Nr. 3 (1981).

»In memoriam: Jack P. Dalton«, *James Joyce Quarterly* 18, 4 (Summer 1981), 459–460.

»Gogarty and Joyce: Verbal Intimacy«, *Cahiers Victoriens & Edouardiens*, (Montpellier), No. 14 (Oct. 1981), 103–109.

»Semenal Rations«, *A Wake Newslitter* 17, 6 (Dec. 1980), 103.

»From ›a‹ to ›zyngarettes‹«, reviews (Bauerle, *A Word List to Joyce's ›Exiles‹*; Füger, *Concordance to James Joyce's ›Dubliners‹*), *James Joyce Broadsheet*, No. 7 (Feb. 1982), 7.

»A Modest Proposal«, *James Joyce Broadsheet*, No. 7 (Feb. 1982), 7.

»James Joyce – Ein Überfremder«, *Basler Zeitung*, Basel, 30. Januar 1982, 6–7. »Spuren nach Basel«, ib.

»James Joyce – Meister der Verstellungen«, *Tages-Anzeiger*, Zürich, 30. Januar 1982, 47–48.

»Finnegan neckt«, *Neue Zürcher Zeitung*, 30. Januar 1982, 67–68.

»Ein einheimischer Fremder«, *Die Welt*, Hamburg, No. 27 (2. Februar 1982), 19.

»Weaving, unweaving«, in *A Starchamber Quiry* (ed. E. L. Epstein), New York & London: Methuen (1982), 45–70.

»Trivia Ulysseana IV« (»Brood of Tempters«, »Taxilonomy«, »Chap in the Paybox«, »Lost Cause«, »Frozen Wit«, »Sophist Wallops«, »Strange«, »Episcopal Moves«, »High Stakes«, »Ramifications«, »Dilapidated Conditions«, »Classical Idiom«, »The Kitty O'Shea Touch«, »Aquiline Flutter«, »Electricity in Horticulture«), *James Joyce Quarterly* 19, 2 (Winter 1982), 151–178.

»A *Ulysses* Phrasebook« (review), *James Joyce Quarterly*, 19, 2 (Winter 1982), 216–218.

»A Dublimad Replique to Nathan Halper's Letter«, *James Joyce Quarterly* 19, 2 (Winter 1982), 219–220.

»Critical Files: A Project, Maybe«, *James Joyce Quarterly* 19, 2 (Winter 1982), 223–224.

»James Joyce: *Ulysses* und *Finnegans Wake* – Zumutung und Chance«, *Börsenblatt*, 38. Jhg. Nr. 36 (28 April 1982), 1096–1099.

»Righting *Ulysses*« in *James Joyce: New Perspectives*, ed. Colin MacCabe, The Harvester Press, Sussex (1982), 3–41.

»Afterword« in *Nordic Rejoycings 1982 – in commemoration of the birth of James Joyce*, ed. Johannes Hedberg, James Joyce Society of Sweden and Finland (1982), 137–140.

»*Ulysses* von James Joyce«, *Radio DRS Programmhinweise*, Nr. 24, 14 June 1982, 1–2.

»Leivnits« – »The Doubling of Sosie«, *A Wake Newslitter*, Occ. Paper 1 (August 1982), 6, 7.

»James Joyce – vertraut und fremd«, in *James Joyce 1882/1982*: Gedenkfeier in der Aula der Universität Zürich, commemorative booklet issued by the Max-Geilinger-Stiftung Zürich, Zürich, 1982, 13–19.

»Six Notes for Joyce« (»Reader in Search of a Name«, »Tried, like another Ulysses«, »If I Had a Name like Her«, »Far Cries«, »Leivnits«, »The Doubling of Sosie«), in *Scripsi*, James Joyce Issue, No. 1/Vol. 2 (Nov. 1982), 113–124.

»*Ulysses*, ou le changement«, in *James Joyce: Centenary Issue, Etudes Irlandaises*, numéro spécial, 1982, 47–49.

»Joyce in Zürich«, in *kruispunt* 85 – literair kwartaalschrift (Dec. 1982), 47–52.

»Ein Wunder in sanften Augen« (Lucia Joyce gestorben), *Neue Zürcher Zeitung*, Nr. 292 (15. Dezember 1982), 37–38.

»Encore *Finnegans Wake*: Comment traduire une traduction ?«, *La Quinzaine littéraire* 385, 1–15 janvier 1983, 17–18.

»Joyce, alors!«, *Der Rabe*, Nummer 2 (1983), S. 196–205; »Und gleich noch einmal *Ulysses* auf deutsch«, S. 245–6.

»The Fretted Resonances of *Ulysses*«, *Eigo Seinen*, James Joyce Special Number (June, 1983), p. 62–69.

»Von ›Aftersenkung‹ bis ›Zungenkuß‹ – Ärger mit der Duden-Sinnverwandtschaft«, *Der Rabe*, Nummer 4 (1983).

»Foreign Readings«, in Work in Progress: *Joyce Centenary Essays* (ed. Richard F. Peterson, Alan M. Cohn, Edmund L. Epstein), Carbondale: Southern Illinois University Press (1983), p. 82–105.